U0133960

除了野蛮国家，整个世界都被书统治着。

后读工作室
诚挚出品

明清散文十家

从文人之文到学者之文

陈平原——著

人民东方出版传媒
People's Oriental Publishing & Media
東方出版社
The Oriental Press

前　言

这是一本老书，初版至今刚好二十年。但这回的重刊，多有增益，确实称得上“旧貌换新颜”。

先说旧貌。2001 年 2 月至 7 月，我在北大为研究生开设“明清散文研究”专题课。应生活·读书·新知三联书店郑勇君的邀请，据录音整理稿增删润饰，补充批注等，2004 年 6 月以《从文人之文到学者之文——明清散文研究》的面貌刊行。书出版后，反响很不错，日后多次重印，且有韩文译本行世（金红梅、李恩珠译，昭明出版社，2018）。

我的专业是中国现代文学，曾客串撰写贯通古今的《中国散文小说史》。此书原名《中华文化通志·散文小说志》（上海人民出版社，1998），从属于获国家新闻出版署颁发的第四届国家图书奖荣誉奖的百卷大书。2004 年改题《中国散文小说史》，仍由上海人民出版社刊行。此后有台北二鱼文化出版公司版（2005）、北京大学出版社版（2010）等。另外，我还编过《中国散文选》（天津：百花文艺出版社，2000），那是获国家新闻出版署颁发的第五届国家图书奖提名奖的《世界经典散文新编》中的一卷。有这一撰一编垫底，我才敢为北大中文系研究生开设“明清散文研究”专题课——虽略有越轨，但不算太过分。或许正因我不太专业，更多站在五四新文化人的角度谈古论今，随意发挥，时有奇思妙想，反而得到不少古代文史研究者的赞许。

这回东方出版社推出的是增订版，每章附录讲稿中提及的若干原文，以便阅读时参考。另外，增加《结缘傅山》一章，由于体例不同，没正式入列，只是作为附录。即便如此，我还是接受了出版方的建议，将书名改为更为显豁的《明清散文十家》。

为何从最初拟想的十八讲，演变成了正式成书时的九章，在《从文人之文到学者之文——明清散文研究》的“后记”中已有交代。这当然是很大的遗憾，不断有人建议我补讲剩下的那九章（其中三章还有当初的记录稿），以成完璧。明知这是个好主意，之所以没有从善如流，是深感时光流逝，过了这个村，就没有那个店。当初没能一气呵成，时隔多年后再来补讲或补写，总是感觉不太自然。不仅讲课的心态与语气变了，整理成文时不太好衔接，更因学术研究日新月异，你不能视而不见。当初那种横刀立马、勇猛精进的姿态，今天已经不太合适了。这点，几年前应邀整理傅山那一讲旧稿时，就已经清醒意识到。

每本书都有自己的命运，得失难以强求。本书既不够完整，也少“每下一义泰山不移”的考据，但注重古今对话，强调文史沟通，且不时旁枝逸出，妙趣横生，其实更接近我个人的阅读趣味。在这个意义上，偏爱此不怎么“少”的“少作”（准确说是“旧作”），也是有道理的。

2023 年 11 月 21 日于京西圆明园花园

目录

开场白

在中国文学史上，散文乃身影最常见、地位最显赫、边界最模糊，因而也最不容易准确界定并描述的文体。曾经风光八面的古典散文，五四新文化运动后急剧衰落，只是由于 20 世纪 30 年代以及 90 年代的两次崛起，方才让我们意识到其生命力远未衰竭。相对于诗歌、戏剧、小说，散文之未受学界重视，既有今人文类等级观念的偏颇，也受中外理论资源的限制。到目前为止，所谓“文章千古事，得失寸心知”——古典诗歌的理论阐释，前景相当开阔；而散文的研究，则仍处在体会与感悟阶段。这也是我跨越边界，为现、当代文学专业研究生开设明清散文研究课程的缘故。在我看来，千古文脉并未断绝，其中的曲折与沉浮，值得认真探究。

选择明清散文，而不是面目较为清晰的秦汉、六朝或唐宋文章，基于我的个人趣味，但也不可避免地打上了五四新文化人的印记。因强调个性解放而表彰独抒性灵，因批判理学而排斥桐城文章，因痛恨八股而欣赏小品等，这些五四新文化遗产今日仍在发挥作用。但 20 世纪 30 年代关于小品文的论争，起码让我们对晚明文章的复杂性有了较为清醒的了解。而今日学界对“山人”与“商人”关系的辨析，尤其是对堂堂正正的清代学者之文的理解，已经明显超越五四新文化人的阐释框架。

至于本课程倾向于针对具体对象，夹叙夹议，而不是预先建立理论框架，然后展开所谓的“宏大叙事”，乃是有感于当代中国文学教育的流弊。百年中国，西学东渐，“文学史”成为大学中文系的主干课程，学生们记得一大堆思潮流派以及作家作品，惟独缺乏自家的感受与体会。“不读书而好求甚解”，几成中文系学生的通病。尤其是“才气横溢”的北大学生，更是喜欢高屋建瓴，指点江山，而不习惯含英咀华，以小见大。重理论阐发而轻个人体会，重历史描述而轻文本分析，我担心，长此以往，文学教育这一最具灵气与悟性的课堂，将变得严肃、空疏且枯燥无味。有感于此，本课程转而强调读书时的个人体味、研究中的问题意识、写作中的述学文体等。考虑到同学们对明清散文较为陌生，事先编纂出版了包含长篇导读但不加注释的《中国散文选》（天津：百花文艺出版社，2000），讲授时希望同学们配合研读。这一相对笨拙的教学方式，在以“体系”与“眼光”见长的北大课堂，也算“别开生面”。

在我看来，无论是研究文学史、文化史，还是谈论思想史、学术史，归有光、李贽、陈继儒、袁宏道、王思任、徐弘祖、刘侗、张岱、傅山、黄宗羲、李渔、顾炎武、全祖望、袁枚、姚鼐、章学诚、汪中、龚自珍等，都是无法完全绕开的重要人物。描述如此生气淋漓的人生与文章，似乎比用简略的语言，粗线条地勾勒几百年间中国散文发展的脉络要有趣得多。说实话，我更愿意从具体对象入手，步步为营，抽丝剥茧，将自家对明清散文的感觉、体味与判断渗透其中。

在具体讲述之前，我想先介绍若干参考书目（从略），再引几段古人与洋人的话，既是提要求，同时也给自己打气。

除了语言文字，散文一无依傍，不像诗歌有韵律与意象、小说有人物与情节、戏剧有动作与声音、电影有色彩与图像。散文很简单，只要你能开口说话，能动笔写字，就可能无意中闯入这并不神秘的园地。18 世纪法国戏剧家莫里哀《贵人迷》中有这么一句："天哪，我说了一辈子散文都不知道。"这既是笑话，也是真话——散文最日常，最好模仿学习，可也最难精通。你可能一辈子远离散文，但"蓦然回首，那人却在、灯火阑珊处"。但反过来，一辈子孜孜以求，却老是不得其门而入的，也大有人在。别梦想什么"经国之大业，不朽之盛事"，没那回事，尤其是在当今中国；也不要一味嘲讽"文以载道"——就看你载的是谁的"道"，别人的，还是自己的；甚至连是不是"文学"都不必考虑，君不见鲁迅那些有悖"文学概论"的"杂感"，不也逐渐闯入了神圣的文学殿堂？管它什么随笔杂感，文言白话，历史人生，有兴趣有冲动的话，拿起笔来，尝试着写写。结果呢？不一定以"散文"名家，但对于你理解中国古代或现代散文，肯定有好处。

原武汉大学一级教授刘永济先生，在其早年著述《十四朝文学要略》的“叙论”中，提到古人读书，“玄览所得，莫不默契于寸心；钻讨既深，自能神遇于千古”。对于“今代学制，仿自泰西，文学一科，辄立专史”，刘先生大不以为然：“是则文学史者，直轮扁所谓古人之糟粕已矣。”读过《庄子·天道》的，都能明白其中的道理：“不徐不疾，得之于手而应之于心，口不能言，有数存焉于其间。”此等玄机，岂是语言或书籍所能轻易传达。好在文学史的讲授，本不以天才特出之士为工作目标，追求的不过是教育的普及；这点，刘先生也都是承认的。有用，但用处不是很大——起码不像大家想象的那么了不起——这是我对文学史教学的理解。说这些丧气话，并非对自己的工作没信心，而是提醒诸位：学文学，关键在自己的阅读、思考与体会。

清人魏禧在《日录论文》中提及如何借鉴唐宋八大家：“然诸家亦各有病，学古人者，知得古人病处，极力洗刷，方能步趋。否则我自有病，又益以古人之病，便成一幅百丑图矣。”学柳宗元易失之小，学欧阳修易失之平，学韩愈易失之生撰，学苏洵易失之粗豪。没错，无论学哪一家，都可能误入歧途，就看你对人家的长短是否了如指掌。我再胡乱添上几句：学李贽易失之狂，学袁宏道易失之滑，学顾炎武易失之涩，学姚鼐易失之板。老一辈教人读书，常说“沉潜把玩”。所谓“把玩”，依我理解，不是顶礼膜拜，而是知其得，也知其失。了解古人之病，尤其是那些你喜欢的古人及古文之病，这点很重要。

林语堂《四十自叙诗》云:“近来识得袁中郎,喜从中来乱狂呼。……从此境界又一新,行文把笔更自如。”何止是“行文把笔”,更包括“立身处世”。作为留学生,林语堂对传统中国本来了解不多,自从得到周作人的指点,结识晚明小品文家袁宏道,而后上溯李贽、苏轼、庄周,下连金圣叹、李渔等,逐渐建构起自家的生活趣味以及文学史图景。对于林语堂的选择,你可以喜欢,也可以不喜欢;但作为一种读书方法,这很聪明,值得借鉴。也就是说,不仅仅是“知人论世”,更重要的是“尚友古人”。跟诗歌、戏剧、小说不太一样,相对来说,“文”与“人”的关系更紧密些。不一定“文如其人”,但文章与作者的人格、趣味、学养、生活经历等有千丝万缕的联系,这也是我讲课时常常往返于“为人”与“为文”,而且希望诸位能借此结识一两个让你真正倾心的古人的缘故。

黄宗羲《论文管见》称:“古今来不必文人始有至文,凡九流百家以其所明者,沛然随地涌出,便是至文。”可能是自觉的选择——以不文为文、以不诗为诗,本来就是一种文学革新的策略;但也可能是无意得之——学识修养在那里,加上不吐不快,自然成就一篇篇“至文”。在这里,撰述者的地位及身份不太重要,重要的是撰述时的心态。一般人推崇的晚明小品,乃典型的“文人之文”,独抒性灵,轻巧而倩丽;而不太被看好的清代文章,则大都属于“学者之文”,注重典制,朴实但大气。借用魏禧的说法,前者“扬以急”,后者“沉以缓”(《张元择文集序》),各有其长处。只是由于周作人、林语堂等人的成功论述，世人对于明清文章的想象，明显地偏于前者。而在我看来，清人的“文”“学”并重，很可能更值得我们仔细推敲。

在一本青少年杂志上，我读到《费曼物理学讲义》的摘抄（《成长》第三辑，山东画报出版社，2001），很感兴趣。能把物理学讲得如此让人着迷，很不容易。更让我惊讶的是，作为声名显赫的大物理学家，费恩曼竟自告奋勇为大学新生讲课。在《迷人的科学风采——费恩曼传》（上海科技教育出版社，2000）里，有这么一段描述：“对费恩曼来讲，演讲大厅是一个剧院，演讲就是一次表演，既要负责情节和形象，又要负责场面和烟火。不论听众是什么样的人，大学生也好、研究生也好、他的同事也好、普通民众也好，他都真正能做到谈吐自如。”当然，为此，费恩曼做了大量的准备工作，且投入极大的热情。引这段话，并非暗示我的课也像费恩曼一样精彩，而是想说明：讲课也是一门艺术。

希望接下来的“表演”，能较好地传授知识，启发思考，而不是逼着诸位打瞌睡。作为教师，我当然明白，讲课时太急太缓、太松太紧、太干太湿，都不是最佳状态。这方面，需要诸位的提醒与配合。单有演讲者的“谈吐自如”远远不够，还必须有听讲者的“莫逆于心”，这才是理想的课堂。

谢谢大家。

第一讲

别出手眼与放胆为文

李贽的为人与为文

我编《中国散文选》，明清部分比较得意，自认为多有自家见解。选文时，定了个基本原则，每家最多不超过六篇。这对于名家来说，很为难；都是好文章，还是得淘汰来淘汰去。选上六篇文章的，包括撰有《童心说》的李贽。以前的学者，多把李贽作为思想家或批评家，不大作为散文家来论述。今天我准备讨论的，正是作为散文家的李贽。

李贽（1527—1602）是16世纪的文人。依我的眼光，从16世纪到现在，可作为一个大的历史时段来把握。虽然我不太相信周作人的说法，明末的公安三袁与五四时期的胡适，他们对于文学的想象还是有很大差别的。但我承认，16世纪以后，江南经济生产、社会结构与生活方式的变迁，文人独立的生存及发言姿态的萌现，还有各种新思潮——尤其是文学思潮的涌动，都让人感觉到是进入了一个新的时代。而这个时代，似乎离我们很近，那些晚明文人的感觉与表达方式，与今人血脉相通。放远看，这五百年的中国历史，很可能具有某种内在联系。今天主要谈李贽，谈他的为文与为人，暂时搁置“童心说”在文学批评史上的意义，也不去辨析公安三袁与五四新文化人的联系。

才高气豪与祸逐名起

李贽，号宏甫，又号卓吾，别号温陵居士。一般人比较熟悉的称呼是李卓吾，或者龙湖居士。在所有关于李贽的资料中，袁中道所写的《李温陵传》是最值得关注的。这篇文章，收在中华书局1975年版《焚书·续焚书》的前面，很容易找到。等下我会提到，为什么是1975年，在去世近四百年后，李贽获得了最大的哀荣，其名声达到了顶点。我们知道，李贽是在通州被捕，而后在狱中自杀的。通州，明清时代是进出北京的重要关口。这点，读历史的人必须明白。诸位如有兴致，不妨周末到通州走走，拜谒西海子公园城墙遗址边的“李卓吾先生墓”。作为北京市文物保护单位，现在的墓园很漂亮，不过不是原址，已经改迁了两次。“文化大革命”初期，此墓的命运可想而知。但1974年，那时“文革”还没结束，李贽的墓却得到修复，为什么？自然跟“四人帮”发起“评法批儒”运动大有关系。

“‘文化大革命’初，楼拆碑倒弃路侧；1974年，其墓复修。1983年10月，再迁葬于今址。墓坐北朝南，南北30米，东西12米。青砖宝顶，径2.25米，高1.55米，内放骨坛。……而今，墓背靠通惠河故道荷塘，面临西海子古迹鱼池，西有假山花木新亭，东有辽代凌云宝塔，观者无不对不畏权势之士肃然起敬，1984年公布为北京市文物保护单位。”（《北京名胜古迹辞典》589页，北京燕山出版社，1989）

回过头来说李贽。其被捕与自杀的过程，很有戏剧性，值得认真钩稽。李贽1571年到南京任刑部员外郎，认识了好多官员，包括后来为他题写墓碑的好友焦竑，也包括论敌耿定向。1577年，李贽转任云南姚安知府，任满后归来，在湖北公安龙湖寺畔的佛寺里读书、讲学、著述。就在这段时间里，公安三袁前往拜访，并向他请教。与耿定向的好多论辩文字，以及《焚书》《续焚书》中的好多文章，都写于这一时期。正是这些锋芒毕露的论学、论政文字，引起很大争议，终于招来杀身之祸。1580 年前后，李贽开始公开讲学，二十年后，名满天下，当然也就招来很多人的嫉恨。万历二十八年，也就是 1600 年，李贽被官府四处驱逐，只好流寓各地。最后还是因得到一个退职御史马应伦的邀请，才来到京城附近的通州居住。而这时离他去世，只有两年了。

对于叛逆者——尽管只是精神上的叛逆——来说，跑到天子脚下来定居，不是聪明之举。不久，礼部给事中张问达上疏弹劾李贽，说他侮谤圣贤，造谣惑众。于是，官府将李拘捕，导致其在狱中自杀。这么个过程，落在擅长文章而又特别敬佩李贽的公安三袁手中，自然非同小可。据袁中道的《李温陵传》称，奉命拘捕李贽的官员来到马家时，李正生病，一听说官兵来了，突然跳将起来，说，是为我而来的，赶快给我取门板。因为他不能走了，要用门板抬着。马公，也就是马应伦，很讲义气，说，既然朝廷说你是妖人，那我就是藏妖之人。要死的话，我们一起死，不能让你独自上衙门。李贽说，你是有家室的，不能因我而受累；有老父在，不能跟我进城。马应伦的家人及朋友，也都求他不要跟进去。可他还是坚持陪李贽进京，到刑部受审。

第二天，开始正式审讯。审判官问他，为何妄自著书，污蔑圣贤？在此之前，李贽确实刊行了《藏书》《焚书》等，但他并不认为这有什么不妥，于是回答："罪人著书甚多，具在，于圣教有益无损。"意思是说，我著书立说，即便语调尖刻，于圣教也都有益无损，不该获罪。审判官说他不过，就把他下了狱。在狱中，李贽读书作诗自如。有一天，李告诉狱卒，我要剃头了。狱卒送来剃刀，李乘其转身外出，持刀自割其喉。割喉后，并非马上去世，所谓"气不绝者两日"，这才是最可怕的。侍者问他："和尚痛否？"在此之前，李当过官，也做过和尚，但主要是读佛，而非披剃入山。不过，著述时，李贽确实喜欢自称和尚。这时，李已经不能说话了，于是以指书其手曰："不痛。"侍者又问："和尚何自割？"书曰："七十老翁何所求！"遂绝。这段时间，马公恰好不在，一来家里有事，二来看李贽似乎平静下来了，于是暂时回家去。事后，马后悔不迭，埋怨自己保护不周。伤心之余，在通州为李贽"大治冢墓"，并"营佛刹"。

据说，金圣叹临刑前留下妙语："杀头，至痛也，而圣叹以无意中得之，大奇！"鲁迅对此等"笑话"很不以为然，称其"是将屠户的凶残，使大家化为一笑，收场大吉"（鲁迅《南腔北调集·"论语一年"》）。

一般史书上，只写到李贽通州被杀，准确地说，是下狱后自刎。作为史书，这样介绍也就行了。而在袁中道所撰传记里，这最后关头，也就是官兵到来时，马公怎样慷慨陈词，李贽又如何从容就狱，加上充满悬念的突然自刎，这一切都富于戏剧性，也很精彩。真是大手笔，否则，写不出这种文章。

李贽的被捕，罪名是妖言惑众。张问达弹劾李贽时，说他“以李斯为才力”“以秦始皇为千古一帝”“以卓文君为善择佳偶”“以冯道为吏隐”等，最关键的，还是“以孔子之是非为不足据”，如此罪大恶极，该杀。诸位，推崇秦始皇，或者主张不一定以孔子之是非为是非，这样的言论，在当时，可谓惊世骇俗。今天之所以觉得这没什么，近乎“常识”，或是可以理解的“一家之言”，那是因为经过了五四新文化人的观念转化。

也正因如此，五四以后，对李卓吾的评价发生了翻天覆地的变化。从汉代王充的《论衡·问孔》开始，历代文人学者中，对儒家学说或孔子思想提出某种质疑的，代不乏人。到了李贽，也只是反感“万口一词，不可破也；千年一律，不自知也”(《续焚书·题孔子像于芝佛院》)，强调不一定以孔子之是非为是非，而并非真正的“毁圣”。到了晚清，有三个人，章太炎、吴虞、易白沙，先后在东京和北京，公开站出来，对孔教的合理性提出挑战。这个思路，后来被认为是现代中国“批孔”的先声。但章太炎和吴虞都再三说，要把孔子和孔教分开。一个是对中华文明做出重大贡献的伟人，另一个则是挥舞着孔子的旗帜，将孔子作为棍子打人、杀人的真假道学家，这两者必须区分开来。这是晚清及五四那两代人的基本思路。

胡适曾表扬吴虞“只手打孔家店”，那是因为吴虞所撰关于宗族制度、关于孔教的文章，在五四时期影响很大。但请注意，胡适说的是“孔家店”，不是孔子。孔子、孔教、孔家店、孔老二，这四个词大不一样。在我的阅读经验里，称孔丘为

“孔老二”，这是“无产阶级文化大革命”的特产。此前，虽有王充的“问孔”，李贽的不以孔子之是非为是非，以及吴虞对于孔教的批评等，都是力图画一条线：即，作为历史人物的孔子是伟大的，至于后世对孔子的阐发，以及借孔子营造意识形态，则颇有值得质疑之处。今天我来学校，在车上读鲁迅的手稿《在现代中国的孔夫子》，讥讽的也是孔子死后的形象，而不是孔子本人。真正把孔子作为批判目标和打倒对象的，是“文革”后期的批林批孔运动。这才能理解，为什么梁漱溟一直不能原谅冯友兰“文革”中的参与批孔。研究了一辈子儒家思想学说，怎么会写出这种文章？批孔教，那是很多人可以、也愿意做的，批孔则是另外一回事了。

“吴先生和我的朋友陈独秀是近年来攻击孔教最有力的两位健将。他们两人，一个在上海，一个在成都，相隔那么远，但精神上很有相同之点。……我给各位中国少年介绍这位‘四川省只手打孔家店’的老英雄——吴又陵先生！”（《〈吴虞文录〉序》，《胡适全集》第一卷761—763页，合肥：安徽教育出版社，2003）

日后，冯友兰对此有所检讨：“如果自己没有真实的见解或有而把它隐蔽起来，只是附和暂时流行的意见，以求得到某一方面的吹捧，这就是伪。这就叫哗众取宠，照上面所说的，我在当时的思想，真是毫无实事求是之意，而有哗众取宠之心，不是立其诚而是立其伪。”（冯友兰《三松堂自序》189页，北京：生活·读书·新知三联书店，1984）

所以，李卓老才会理直气壮地说，我虽然主张独立思考，不一定以孔子之是非为是非，但对儒家思想体系，对于“圣教”，不但无损，而且有益。可人家不这么看，世人多将孔子和孔教、孔子和道学，说成是一回事。其实，李贽和耿定向的争论，症结也在这里。至于说到为什么要抓李贽，除了“妄著书”，还有“肆行不简”。也就是说，行为很不检点。比如，“与无良辈游庵院”，还有“挟妓女，白昼同浴”。但这些指控，其实并不构成对一个退职官吏进行审讯的理由（学生笑）。即便这些指控都能落实，也不过是伤风败俗，构不成杀头大罪。因为，他不像现在的某些官员，嫖妓时用的是公款。说李贽与妓女“白昼同浴”，到底是真是假，后来也没有进一步追查，因这并非关键所在。

真正需要追究的，是他的言论。时人及后人都明白，李贽是因言而获罪的。所谓“敢倡乱道”“惑世诬民”，此类检举揭发，是很有成效的。正如袁中道所说的，像李贽这样喜欢而且擅长骂人，很容易招来杀身之祸。“孔文举调魏武若稚子，嵇叔夜视钟会为奴隶”，固然痛快一时，可曹操并非真的不懂事，更不是可以随便戏弄的孩子。所谓“祸逐名起”，古往今来，才高气豪、义薄云天的名士，大都没有好下场；而且名声越大，死得越快、越惨。把孔融、嵇康和李贽放在一起，确实可以看出魏晋名士和晚明狂生的不少共同点：都是因言论而被杀，而这个言论又恰好都是反对礼教；更值得注意的是，这些“非汤武薄周孔”的人，很可能才是礼教的真正信徒。鲁迅在《魏晋风度及文章与药及酒之关系》中，有一段很精彩的分析：

语见袁中道《李温陵传》，即用孔融、嵇康比照李贽的“好刚使气，快意恩仇”以及“徘徊人世，祸逐名起”。

例如嵇阮的罪名，一向说他们毁坏礼教。但据我个人的意见，这判断是错的。魏晋时代，崇尚礼教的看来似乎很不错，而实在是毁坏礼教，不信礼教的。表面上毁坏礼教者，实则倒是承认礼教，太相信礼教。

不忍心将“礼教”当作晋升的“工具”或杀人的“借口”，这些真心相信礼教的“迂夫子”，于是转过来不谈礼教，甚至反对礼教。李贽辩解说，他那些惊世骇俗的言论，“于圣教有益无损”，在他是真心话；可他不明白，世界上有那么多不信礼教而又必须高谈礼教的人，怎么能容许他戳穿这层窗户纸！

袁中道再三说，李贽写文章的最大特点是“别出手眼”。这里的“别出手眼”，指的是喜欢读史，谈史，发千古之覆，或借历史影射现实。如果只是书斋里的考辨，或者说“纯正”的学术研究，即便狂放些，也都不会有大问题。可像李贽这样，“上下数千年之间，别出手眼”，必定触犯时忌。古代称为大君子的，你非要攻其所短；过去骂为真小人的，你又说他并非不足挂齿，还有值得表彰的长处。你觉得你这是在“黜虚文，崇实用”，有益于世道人心，可人家认定你“居心叵测”。上下几千年，你大做翻案文章，“舍皮毛，见神骨”，固然廓清了不少历史迷雾，可也使得最高统治者以及大批御用学者面目无光，甚至因此而暴露了不少“御民术”的荒谬与虚妄。

当然，李贽的某些言论，也有矫枉过正的一面。为了惊世骇俗，他会采用特别激烈的口吻，尖刻并且机智的笔调，因而，有时未免“过甚其词”。不过，暂时搁置他文章中的调笑与讥讽，细心的读者，还是能够读出作者的热心与温馨。更重要的是，这样切中肯綮的论述，方才真正有助于世道人心。为了说明这一点，袁中道以司马迁的《史记》和班固的《汉书》作为例子。这两部巨著的作者，都有自家独立的观点，在具体表述时，与当时的主流意识形态不太吻合，但其价值毋庸置疑。后世的史家，惟恐触犯时忌，尽量回避“狂悖之语”，可写出来的史书，“读不终篇，而已兀然作欠伸状”。为什么？很简单，人云亦云，没有独到见解。别出手眼者，容易触犯时忌；没有独到见解的，又让人昏昏欲睡。显然，袁中道是认同李贽这种不无偏激，但很有力度与深度的思维及表达方式的。

后世谈论班马异同，尽管立足点不同，但大都承认马“喜驰骋”，班“尚剪裁”；马“通变化”故“圆用神”，班“守绳墨”故“方用智”。而《史记》《汉书》对“成法”“定例”的不同态度，首先基于其见识，而后才是文风。在与朝廷利益一致的前提下，班固也能写出慷慨悲凉的好文章，如《苏武传》便“千载下犹有生气”，一点不比史迁文逊色。

何心隐（1517—1579），王阳明门下王艮的三传弟子，泰州学派的嫡传。原姓梁，名汝元，永丰（今属江西）人，论学主“心”是万物的本原，肯定人的物质欲望，反对道学家把人欲看成罪恶的说法。到处聚徒讲学，影响极大。据黄宗羲《明儒学案·泰州学案序》，王学“传至颜山农、何心隐一派，遂复非名教之所能羁络矣”。后因得罪张居正，被湖广巡抚杖杀。容肇祖这样评价何心隐：“他以为欲望是可以寡而不可以无，可以选择而不可以废，欲以张皇讲学，聚育英才，以补天下的大空。他的目的太高，而社会的情状太坏，故此为当道所忌，不免终于以身殉道了！”（容肇祖《明代思想史》231页，济南：齐鲁书社，1992）

可很长时间里，像公安三袁那样极力推崇李贽的读书人，不是很多。不只是皇上不喜欢，朝廷命官不喜欢，连很多刚毅正直、很有见识的书生，也都对何心隐、李贽等持严厉批评的态度。到了清初的王夫之、顾炎武等，更是痛骂李贽。为什么？在顾、王等人看来，对一个社会来说，风气的养成格外重要。所谓“千里之堤，溃于蚁穴”。哪怕是一个小洞，控制不住的话，将毁掉千里长堤。而一个时代的文风，与世风、民风乃至社会秩序等，是相互制约、来回激荡的。像李贽这样放言无惮、毫无顾忌、不守礼法的文风，体现了读书人的躁动与轻浮，而这会直接影响到一般百姓的生活方式，尤其是构成对于礼法与秩序的挑战。一个社会，不管是标榜礼教，还是推崇叛逆，都会有明显的副作用。两害相权取其轻，相对于“流氓当道”，“附庸风雅”还是比较可以接受的。

这样，你才能领会，为什么唐宋以降那么多读书人，从朝廷命官到乡绅文士，会那么认真地看待作为一种思维与表达方式的“文体”。因为，代表性的文章风格，其实是体现了甚至影响到一个时代读书人的精神状态的。这么说，你就难怪朝廷会将文章的狂悖、读书人的出言不逊，与社会的能否稳定，社稷江山之是否坚固联系起来。看明清两代皇帝不断强调“厘正文体”，你以为是老生常谈，没什么实际意义。不是的。为什么桐城文章受赞扬？因为思想纯，文体正。朝廷为什么要八股取士？要的不是文章，是思想，是性情。因为文体的厘正本身，就是一种思想教育，一种性格磨炼。明清两代，很多人批判科举考试，批判八股文，可朝廷就是不废除，为什么？朝廷当然明白，练习好八股，对于日后的治国安邦，没有什么实际意义。但有一点，可以训练你的思维，使得你以后做事守正统，不越轨。这才是关键所在。之所以选择科考取士，对统治者来说，主要是一种思想控制。此乃统一舆论、统一思想、统一性格的最好办法。当然，顺带也就统一了那本来最不应该统一的“文章”。

反过来，你也就明白，废除科举考试后成长起来的读书人，为什么他们的文风、精神、性格等，与前一代有那么大的变异，不完全是接受西方“德先生”与“赛先生”的缘故。严复看出了这个问题，他说，废除科举考试，“乃吾国数千年中莫大之举动”，是好是坏，现在还很难说。当时许多人很乐观，认定废除科举考试后，中国的学术文化将突飞猛进；受过西方文化教育的，对此前景更是深信不疑。严复则不无疑虑：“造因如此，结果何如，非吾党浅学微识者所敢妄道。”（《论教育与国家之关系》）有类似想法的，还可举出章太炎。关于这个问题，我在《中国现代学术之建立》（北京大学出版社，1998）中有专门的论述。

中国人相信，学为政本，别小看就那么几个读书人在那儿讲学论道，很可能影响到整个政治运作，动摇整个社会的根本。表面上是在讨论孔夫子的得失，商量秦始皇的是非，可实际上关系重大。将学术界的一个小小争论，迅速上升到整个社会的安定团结，虽不无道理，却容易深文周纳，过度阐释。一直到 20 世纪 90 年代，这个倾向依然存在，即喜欢从具体的学术问题，一下子上升到国家兴亡这样的天下大事。有时是攻击策略，有时则是思维方式。比如前两年，我写过一些关于北大历史的考证文章，受到了某些人士的批评。其中最激烈的，说是像我这么胡弄，资本主义会在中国复辟的。我考证北大校庆参见拙文《“触摸历史”之后》及《〈北大精神及其他〉后记》，均收入《北大精神及其他》，上海文艺出版社，2000年。

为什么改期，即便说错了，也没有这么大的功力（学生笑）。从一个很具体的理论命题，甚至一个字的考据，直接上升到意识形态，然后展开论争，这可不是好习惯。这个思路，随着中国社会的日渐开放，以及市场经济的发达，会逐步改变。可这个改变，也意味着人文学术重要性的下降。对于人文学者来说，以前是不能承受之“重”，以后则很可能是不能承受之“轻”。

好，讲完朝廷非要捕杀李贽不可，就因为他以言犯禁，可能危及整个社会的安定；回过头来，再考察讲述者的态度。

不能学与不愿学

为李贽立传的袁中道，表彰卓老，用的是设问的办法。你如此表彰李贽，是不是准备向他学习？下面的回答非常有趣，值得认真玩味。“虽好之，不学之也。”为什么？因为“不能学者有五，不愿学者有三”。

第一，“公为士居官，清节凛凛”，可我像一般人一样，有人送礼，我都收下，节操不是很好，无法做到像你这么清廉。第二，你不随便“入季女之室”，也没跟小男孩发生什么关系。而我呢，不能断绝情欲，所以，不能向你学习。第三，你“深入至道，见其大者”，比如学道参禅，你都有很好的体悟与见识。而我只会看看文字，自然“不得玄旨”。所以，还是不能向你学习。第四，“公自少至老，惟知读书”，而我没有办法泯灭尘缘，整天对着书本。第五个不能学，是“公直气劲节，不为人屈”，而我胆小怯弱，很容易“随人俯仰”。好，这五个“不能学”，都是意在表彰。用反衬的手法，说你如何刚正、清廉、好学，等等。每一个句式都是，你做到的，我做不到，实在抱歉（学生笑）。你们都明白，这里的“不能学”，其实是一种巧妙的修辞手法。

可别急，后面还有三个“不愿学”呢。“若好刚使气，快意恩仇”，“不愿学者一矣”。像你那么刚正，而且快意恩仇，看不顺眼，马上出手，这我可不愿意学。第二，“既已离仕而隐”，本该遁迹深山，你还“徘徊人世”，难怪“祸逐名起”。当了二十几年官，感觉没劲，归隐到湖北公安的寺庙里来著书讲学，这不很好吗？可你还要来讨论世事，得罪人。这是我第二个不愿意学的。第三，你有时候“细行不修，任情适口”，难免给人提供把柄，成为攻击你的口实，这也是我所不愿意学的。

前面那五个“不能学”，是用反衬的手法，来赞扬李贽的人品与学问。后面三个“不愿学”，则是解释他为什么被杀，或者说，为什么为世人所不容。这一表达方式，明显借鉴了晋人嵇康的《与山巨源绝交书》。同为“竹林七贤”之一的山涛，大概是官当腻了，邀请嵇康出来接替自己的职务。嵇康于是写了这封文学史上很有名的“绝交书”，时间大约是公元261年。单读这封信，你会觉得山巨源这人很俗气，怎么也能进入“竹林七贤”？后来有人考证，嵇康并没有真的跟山涛绝交，文章乃“设辞”，借嘲笑山巨源来表达自己的理念。

“绝交书”说，“人伦有礼，朝廷有法”，如果我当官，必定触犯此等礼法。想来想去，我若当官，“有必不堪者七，甚不可者二”。第一，我喜欢睡懒觉，当官要上堂，我没办法准时起床。第二，我若当官，出入有人跟随，行动很不方便。那时还没规定，哪一级官员出门时，必须警车开道。弄得自己一点自由都没有，连上小吃店都不行（学生笑）。当然，这是我添加的。嵇康比我说得文雅多了，“抱琴行吟，弋钓草野”，有个俗不可耐的吏卒跟随，一点情趣都没有。第三，当官必须端坐公堂，我身上虱子多，得不断搔痒，没办法坐得端端正正的。第四，当官必须经常处理各种文牍，我又不喜欢作书。第五，当官有各种交际，必须接纳各种世俗的人和物，我又不能“降心顺俗”。第六，既然当官，访客及同事中，必定有很多俗不可耐的，为了工作需要，我必须跟他们合作，这我可受不了。第七，当官必须处理各种日常事务，太繁忙，这我也不干。这就是所谓的“必不堪者七”。至于“甚不可者二”，一是因我“非汤武而薄周孔”，为世教所不容；二是因我“刚肠嫉恶，轻肆直言，遇事便发”，没有阮籍那样的修养，根本不适合当官。最后是总结，以我这样的“小心眼”，让我当官，不是把我往绝路上推吗？任我发挥，别人看不惯，说不定就惹了祸；让我压抑，这我又受不了。这样内外交困，“宁可久处人间邪”？

此文在讽世之中，也有直言。喜欢睡懒觉啊，讨厌俗吏啊，还有无法“降心顺俗”等，其实不只是嵇康，很多文人，尤其是有才气的文人，都有这种脾性。因此，一千多年前的文章，你读的时候，还是感觉挺亲切的。诸位将来可能也会进入官场，那时你再回过头读读“必不堪者七，甚不可者二”，感触会很深的。认同“必不堪者七”的很多，坚持“甚不可者二”的，则很少。其实，这是两个不同的层次。我喜欢睡懒觉，不愿跟俗人在一起，这问题不大，基本上属于个人兴趣。而动不动就发脾气，刚肠直胆，而且还非薄世人奉为神明的周孔，这才是最要命的。这段话，表面上是自我批评，其实是自我表彰——表达一种文人的傲气。

回过头来，你再读袁中道的《李温陵传》。所谓“不能学”者五，“不愿学”者三，在表彰李贽方面，可说是深入体贴，把他的性格写得很鲜明。但嵇康的“自述”亲切、自然，袁中道的“传”则有点造作。老是说你怎么样，我怎么样，过多的黑白对比，读起来不如“必不堪者七”真诚。而且，最后的“不愿学者三”，略有规劝、批评李贽的味道。嵇康说我有很多“毛病”，不适合当官，可没说我要改，更没答应认同世人的眼光和趣味。你读《李温陵传》时，会感觉到其中有些“杂音”，在表彰之中，蕴涵着某种批评。正因为如此，袁中道说，我喜欢李贽，但我不学。这不仅仅是文学笔法，也是真心话。而且，我相信，袁中道的立场，正是绝大部分中国人的选择。李贽的这种直气劲节，快意恩仇，很可佩服；但真正愿意学步而且学得有几分像的，我相信不多。

童心与道学

招来杀身之祸的《藏书》和《焚书》，刊行时李贽写了序，解说我为什么如此命名。上下数千年的是非，一般人看不出来，我看出来而且说出来了，估计必须藏之山中，以待后世，所以称之为《藏书》。至于《焚书》，那是答各种知己的书问，切中了近世学者的膏肓。也正因为"中其痼疾"，那些人必定会想办法消灭我，焚我的书。人家烧我的书，那是因为我忠言逆耳；明知可能被烧，可还是要刻印，那是因为有人特别喜欢。既然如此，那就让它到世间去吧。《焚书》主要收录李贽的书信、杂著、史论、诗歌等，其中不少是论战文字。李贽不是个撰写系统著作（如《史通》《文史通义》）的专门家，更像是个精力充沛的斗士。按照胡适的标准，这是"文集"，不是"著作"。其中不少篇章，像是随机应答，临场发挥，而不是精心结撰，这大概跟他的讲学生涯有直接的关系。我编《中国散文史》时，选了六则李贽的文章，全都出自《焚书》。

下面，我将从文章的角度，来解读《焚书》中的某些篇章。

胡适称："这五十年中著书的人没有一个像他那样精心结构的；不但这五十年，其实我们可以说这两千年中只有七八部精心结构，可以称做'著作'的书，——如《文心雕龙》《史通》《文史通义》等，——其余的只是结集，只是语录，只是稿本，但不是著作。章炳麟的《国故论衡》要算是这七八部之中的一部了。"（《五十年来中国之文学》，《胡适全集》第二卷 297 页，合肥：安徽教育出版社，2003）

在《焚书》中,《童心说》一文最为人称道。可以说,《童心说》是所有中文系学生都会阅读、也都应该认真阅读的文章。正因为大家都很熟悉，我不想全面展开，就谈“童心”。把童心当作“绝假纯真，最初一念之本心”来表述，再三强调入世之后的各种活动，包括读书，虽能增加见闻，却减弱了童心。而这中间，最容易遮蔽童心的，是名利与欲望。

童心为什么会被遮蔽，李贽强调两点：一是“修饰”，一是“假言”。“童心”因其“绝假纯真”，自是与“假言”不相容，这点很好理解。至于“修饰”为何也成为“童心”的对立面，这点请大家翻看《杂说》。《杂说》专门表彰“天下之至文”。什么是“天下之至文”？就好像风行水上，不追求、也不在乎一字一句之奇。真能写文章的，最初很可能都是无意为文。只不过胸中有很多“无状可怪之事”，喉间有很多“欲吐而不敢吐之物”，口头又有很多“欲语而莫可所以告语之处”，这种感觉积蓄已久，势不能遏，一旦见景生情，喷薄而出，其结果必定是:“夺他人之酒杯，浇自己之垒块；诉心中之不平，感数奇于千载。”这个时候，根本不可能考虑字句的问题、结构的问题。推崇不可抑制的表达欲望，而对世人津津乐道的注重文字修饰的“拟古”，表示不满与不屑。这与后来袁宏道所提倡的“不拘格套”“直抒胸臆”，可谓一脉相传。周作人之所以说公安三袁与五四新文人心气相通，也是着眼于这一点。说起来，还得追溯到李贽那里。

强调“天下之至文”出于童心，那么，长大成人以后，如周作人《中国新文学的源流》第四讲“清代文学的反动（下）”称：“所以，今次的文学运动，和明末的一次，其根本方向是相同的。其差异点无非因为中间隔了几百年的时光，以前公安派的思想是儒家思想、道家思想、加外来的佛教思想三者的混合物，而现在的思想则又于此三者之外，更加多一种新近输入的科学思想罢了。”

何保留童心？那就是无论为文为人，不计较，少修饰。如此立说，是有强烈的现实针对性的，针对的就是真假道学。《六经》《论语》《孟子》等，虽受到了史官的褒奖，在李贽看来，只不过是往圣先贤的“因病发药，随时处方”，并非千古不变的真理。道学家们以孔孟学说作为判断是非的标准，这种做法的合理性与有效性，李贽认为，很值得怀疑。弄不好《六经》等变成“道学之口实，假人之渊薮”，与童心的“绝假纯真”，恰好形成鲜明对照。

还有一则短文，可以作为《童心说》的补充，那就是同样收入《中国散文选》的《读律肤说》。强调好文章必须发乎性情，但是不是可以反过来说，所有发乎性情的都是好文章？前人告诉你，必须通过读书、通过修炼、通过学习，才可能掌握写文章的技巧。现在不用了，只需脱口而出，直抒胸臆。真是这样的话，文章好坏的标准在哪儿？李贽告诉你，“性格清彻者音调自然宣畅，性格舒徐者音调自然舒缓”，也就是说，性格即文章。性格不同的人，会写出立意及风韵截然不同的文章，这很好理解；至于说只要让自家性情自然流露，就是好文章，那可就很难说了。大概是为了自圆其说，李贽在文章最后添上一句：“若有意为自然，则与矫强何异。”也就是说，有意为之的“自然”，近乎“矫情”，照样不是好文章。这么说来，真的是“故自然之道，未易言也”。在我看来，批判“道学”时，李贽很有力；反过来建立“童心”，则显得有点力不从心。尤其是如何将童心的养成与文章的写作相协调，李贽并没说出个道道来。或许诗文的撰写本就非关学问，不太受理智的约束？有意“不拘格套”，只讲“独抒性灵”，有时会演变成为另外一种套套，就像袁宏道所嘲笑的“新奇套子”（《答李元善》）。

其实，讨论李卓吾在思想史、文学史上的意义，其对于真假道学的批判，应该是关注的重心。这方面的文章，最有名的，当属于《焚书》卷一的《答耿司寇》。信写得很长，八九千字，那是作为文章来经营的。这信很重要，一般讲思想史或文学批评史，都会提到它。我关注的，是其中近乎老吏断狱的读史眼光与表达方式，非常尖刻，也很有见地。一开始说，“嗟夫！朋友道绝久矣。”古往今来，有君臣，而没有朋友。为什么？因为忠臣冒死直谏，批评皇上，会有两种结局：一被杀，没得到现实利益，但因敢谏而留名千古；二皇上开恩，采纳你的意见，那你可就升官发财了。用激烈的言辞批评朝政，被杀则成名，采纳则获利，故老有人愿做此等营生。而对于朋友，你如果批评激烈，则有百害而无一利。为什么？他要是接受你的意见，没有官可以赏你，最多说一声谢谢。有些肚量小的，不只不感谢，还暗地里嫉恨。而如果朋友不接受，那就更惨了，很可能招来公开的报复。还有一点，被皇上整治，总有人抱不平；因得罪朋友而受到伤害，没人知道，知道了也不理会。所以，历史上有忠臣，有谏臣，就是没有敢于批评朋友的朋友。这样读史，确实是看透了人情世态；难得的是，李贽还能用如此嬉笑怒骂的笔调，将世人心中都可能有的微妙感觉，清晰地陈述出来。

好，你再看下面这段话，那是修理当世著名理学家耿定向的，那才叫尖刻。“试观公之行事，殊无甚异于人者。”你不也跟我们一样，整日从早到晚，读书，买田，求科第，取富贵，博求风水，福荫子孙，为什么一开口讲学的时候，就说什么你为自己，我为他人，你们是自私的，我是利他的，我整天考虑的是东家的贫困、西家的饥寒，不像你们只顾自己。李贽嘲笑说，你这种做法，还不如市井小夫。因为人家市井小夫“身履是事，口便说是事，作生意者但说生意，力田作者但说力田。凿凿有味，真有德之言，令人听之忘厌倦矣”。不像你，整天说那些不着边际的大道理，教人如何治国平天下。何况，你整天讲修身养性，可实际上和我们一样，都渴望着当大官，赚大钱。你不是经常自居正统，攻击我们这些异端吗？可我怎么看怎么觉得，我们的生活，我们的欲望，我们的追求，没什么两样。“亦好做官，亦好富贵，亦有妻孥，亦有庐舍，亦有朋友，亦会宾客，公岂能胜我乎？”你我既然没什么两样，为什么你就可以“有学可讲”，而且不容异己，还骂我“弃人伦，离妻室”？我跟你唯一的差异，不就因为你

耿定向（1524—1596），字在伦，号楚侗，称天台先生，黄安（今属湖北）人。嘉靖三十五年进士，历任御史、大理寺右丞、南京右都御史等职，属泰州学派，著有《耿子庸言》《耿天台文集》。

是大官，我不是（学生笑）。可“学问岂因大官长乎”？（学生笑）。是不是官大学问就大，这很难说，要说自我感觉，一般确实是这样（学生笑）。一般人都认为，官做大了，学问自然就大，可李贽不服气，因为，“学问如因大官长，则孔孟当不敢开口矣”。

接下来，李贽乘胜追击，替耿公把脉：“每思公之所以执迷不返者，其病在多欲。”你说了那么多冠冕堂皇的话，可为何做不到，很简单，你无法清心寡欲。人家承认欲望，而你可好，明明有欲望，却要时时遮盖，整天说些道貌岸然的大话。袁宏道有两句诗，很好玩：“自从老杜得诗名，忧君爱国成儿戏。”杜甫忧国忧民，诗歌得以流传千载；后世文人为了博得虚名，也跟着唉声叹气。平日里毫无感觉，一到吟诗作文，必定为忧国忧民而涕泪飘零（学生笑）。在这种文学传统里，本来好端端的“忧国忧民”，最终可能演变成一种标签。李贽嘲笑耿定向，你的问题就出在这个地方：口里说的，不是你心里想的。须知，他们两个原是好朋友，后来才分道扬镳的。当了二十几年官，不干了，专心致志地讲学，这个时候，李贽才敢说，已经基本上领会圣贤言说的本意，而且超脱世俗的欲望。像耿司寇你这样，又当官又讲学，两边的好处都想得，哪里来的“超脱”？

李贽对于道学的批评，是思想史上重要的一环，单从文学角度谈不清。咱们还是回到文章本身。说到文章，不能不涉及李贽的“识、才、胆”。

识·才·胆

刚才说了，李贽的读书，特有眼光，别出手眼，经常能发千古之覆。读史如此，论事也如此。我念一则小札记给大家听，那是在《焚书》卷五，题目叫《党籍碑》，中间有这么一段议论：

卓吾曰：公但知小人之能误国，不知君子之尤能误国也。小人误国犹可解救，若君子而误国，则未之何矣。何也？彼盖自以为君子而本心无愧也。故其胆益壮而志益决，孰能止之。

也就是说，历史上或现实中，小人误国，君子也误国；但小人误国的危害，尚不及君子误国大。为什么？君子误国的时候，自认为一心为公，无愧于天地，所以胆壮志坚，格外执拗，无人能够扭转。李贽说的是王安石。具体到王安石变法，是否属于君子误国，我们不谈。要谈的是李贽对君子误国的批评："故余每云贪官之害小，而清官之害大；贪官之害但及于百姓，清官之害并及于儿孙。余每每细查之，百不失一也。"

诸位念文学史，肯定读过晚清小说《老残游记》，其中第十六回，有刘鹗对自家小说的批点：

赃官可恨，人人知之。清官尤可恨，人多不知。盖赃官自知有病，不敢公然为非；清官则自以为我不要钱，何所不可？

刚愎自用，小则杀人，大则误国！

清官之所以可能比贪官更可怕，就因为清官说，我不要钱（学生笑）。道德上站得住，于是无所忌惮，做起坏事来，更加不择手段。贪官也做坏事，也害人，但心里有鬼，会有所忌惮，有所节制。这里的假设是，贪官还没有完全丧失理智与良心。不过，称清官一旦走错路，对民生的危害比贪官还大，这是非常睿智的见解。尤其是在民众普遍崇拜清官的古代中国。刘鹗对这段描写显然很得意，评语中不禁自赞自叹：

历来小说，皆揭赃官之恶，有揭清官之恶者，自《老残游记》始。

其实，我在《中华文化通志·散文小说志》里提到，刘鹗的独特发现，清初李渔已早着先鞭。《无声戏》第二回就强调清官无人敢谏，倘刚愎自用，执法时弊病更大。这回好了，我又将此“发明权”往上推，追溯到晚明的李卓吾。我相信，他们都是基于自家的观察与体验，而不是互相沿袭。再找找，应该还有新的发现；因为，这是中国官场文化的基本特征。

“若《无声戏》第二回开篇诗云‘从来廉吏最难为，不似贪官病可医’，强调清官无人敢谏，倘刚愎自用，执法时弊病更大。此等对于‘清官的过失’的批评，其实已开刘鹗‘揭清官之恶’的先河。”（拙著《中华文化通志·散文小说志》296页，上海人民出版社，1998）

李卓吾讥笑假正经的道学家，挖苦不要钱因而刚愎自用的清官，是有其现实针对性的，不能由此推导出李贽欣赏小人，提倡贪官（学生笑）。这则短文，很能显示李卓吾思维的特点。用今天的话说，叫“逆向思维”；如果沿用过去的概念，则是“颠倒时论”。一般人都认为，清官当然比贪官好，李卓吾反过来想，贪官当然不好，可清官呢，清官也许问题更大。一旦思路扭转，不难有所发现。在他的读史札记里，此类翻案文章很多，常令人惊心动魄，所以我才说，这是思维方式的问题。

说到思维方式，我要讲一篇文章，这文章不算好，可对于理解李卓吾非常重要。那就是《焚书》卷四的《二十分识》。文章的主旨，是分辨识、才、胆三者的关系。比如说，你有五分才，十分胆，表现出来，就有十分才；而他有十分才，五分胆，人家的判断，也许就是六七分才。李卓吾在胆、才之外，又加上一个识。在李贽看来，关键还是识，有二十分见识，就能成就得十分才，十分胆。

接下来是自我评估，你猜李卓吾怎么说？如果讲经世致用，或者为人处世，李贽称自己：胆五分，才三分，识二十分。这世界我都懂，有那个识，可没那个才，也没那个胆，仅仅能免于祸，不被杀头，已经了不起了。这话本带有自我调侃的成分，日后证明，还是言轻了；不仅经世能力不高，连避祸的常识都缺乏。那么，参禅学道呢？诸位都知道，中年以后的李贽，喜欢谈佛，那就二十分胆，十分才，五分识。我承认，李贽的胆量很大。你看他发言，称秦始皇为千古一帝，还不以孔子之是非为是非，这里有才与识，更重要的是胆。别人也可能有这种想法，但不会像他那样，冒天下之大不韪，直言不讳。这里说的是思考以及表述的大胆。李贽正是这么评价自己的。“若出词为经，落笔惊人”，这里说的是写文章，李贽如何自我评价？二十分识，二十分才，二十分胆！（学生笑）我觉得这说法特精彩，跟我所理解的李卓吾很接近。换句话说，我认为，李贽的为文，超过他的论学，也超过他的学道，更不要说经世了。正是在文章中，李贽的才、识、胆三者，都得到充分的表现。

我想引入一篇文章，让大家对这种学识、性情的“计量方式”，有比较通达的了解。20 世纪 30 年代，林语堂撰有《生活的艺术》一书，那本来是为美国人写的，后来才译成中文。书里有这么一节，叫“一个拟科学的公式”，用幽默的笔调来讨论人类进步以及民族特性。他说，人类的进步可以这么表述：“现实”减去“梦想”就是“禽兽”，“现实”加上“梦想”成了“心痛”，“梦想”减去“幽默”等于“狂热”，“现实”加“梦想”加“幽默”，那就成了“智慧”了。更好玩的是，他想用这套语汇，来给各民族打分。4 代表最高分，1 则是最低分。比如，英国

林语堂（1895—1976），原名和乐，后改玉堂，又改语堂，福建龙溪人。1912 年入上海圣约翰大学，毕业后到清华学堂任教。1919 年赴美、德留学，1923 年获博士学位后归国，任北京大学教授。1932 年主编《论语》半月刊，大受欢迎；此后又分别创办《人间世》和《宇宙风》，提倡幽默，鼓吹“以自我为中心，以闲适为格调”的小品文。1935 年后赴美，用英文撰写文化著作《吾国吾民》《生活的艺术》以及长篇小说《京华烟云》等。1966 年后定居台湾。早期散文主要收录在《剪拂集》《大荒集》《我的话》等书中。

人是现实 3，梦想 2，幽默 2，敏感 1。还有美国人、法国人、德国人、俄国人等，我最关心的是中国人。照林语堂的说法，中国人是现实 4——那是最高分，梦想 1——那是最低分，另外还有两项指标：幽默 3，敏感 3。后面这两项，我觉有点奇怪，中国人真的有那么幽默，那么敏感吗？记得林语堂用中文写作时，常批评中国人缺乏幽默感。怎么一变成英文著作，这两项关键性的指标马上就上来了，甚至比英国人、法国人还高？接下来讨论莎士比亚的现实多少，爱伦·坡的梦想多少，杜甫的敏感多少，苏东坡的幽默多少，我就不一一征引了。我当时读到这里，会心一笑，猜想林语堂这个“拟科学的公式”，很可能是受李贽的启发。20 世纪 30 年代的林语堂，正热衷于学习并传扬袁宏道；而袁最佩服的，恰好是李贽。所以，我怀疑，这个颇具幽默感的公式，是从李贽的《二十分识》那里化出来的（学生笑）。

好，回过头来谈文章。率性而行、天真烂漫，确实是李卓吾的本性。在这个意义上，李确实保有“童心”。但读完《书小修手卷后》，我又有点犹豫。那文章说，袁中道见到李卓吾，劝他不要再吃肉了。李辩解说，“我但禁杀不禁嘴”，虽吃肉，不杀生，又有何妨？袁说，不对，你以前躲在深山老林，弃绝人世，爱吃肉不吃肉，我们管不着。可你现在名气这么大，天下人都知道你在修道。突然间说你还在吃肉，这个影响很不好，起码让“有志者以为大恨”。现在学道的人本就不多，大家的意志也不太坚定，看到你这个样子，会很伤心的。“故我愿先生不茹荤，以兴起此一时聪明有志向之者。忍一时之口嘴，而可以度一世人士，先生又何惮不为？”

我原本猜想，李卓老会说，我选择某种生活方式，是为了我自己的信仰与趣味，而不是想当什么榜样。一个率性而行的文人学者，怎么会为了成为榜样，而改变自己的生活习惯？没想到，文章的结尾是：“余翻然喜曰：‘若说他等皆真实向道，我愿断一指，誓不吃荤！’”我一想，这真好玩，平素吃肉的“和尚”，这回认真起来了，为了劝世人学道，竟发此毒誓。不过，我没有考察他后来到底吃没吃肉（学生笑）。

李贽的突然变得“正经”，倒让我想起一个问题。袁中道在《李温陵传》里提到，你既然“离仕而隐”，为何还“徘徊人世”，还在喋喋不休地谈论人世间的是非？可见不是真正的超脱。耿定向曾指责李贽“超脱”，做事情不负责任，说话自然也就不作数。李卓吾反驳：谁说我超脱，我当了二十几年官，那时，“何曾有半点超脱也”。这正是李卓老可爱的地方，不为观念所束缚，率性而行，快意恩仇。你一定要说他是什么，肯定有问题；因为他是，可也不全是。一方面，他根据自己的行为准则做事；可另一方面，他也不完全否定“榜样的力量”（学生笑）。为了让众人虔诚学佛，竟发誓以后不再吃肉了。这会儿的表现，似乎与平日思想不太吻合。可正是这种矛盾，这种小小的缝隙，让你觉得他很可爱。假如李贽一点人间的事情都不过问，真的成为有道高僧，你会觉得很遗憾的；或者说，还不如现在这样有点“自我矛盾”，来得情趣盎然。

回到李卓吾的自我评价，学道参禅，识不及才，才不及胆。学道如此，撰文也不例外。虽说是二十分才，二十分识，二十分胆，可我觉得，这里面最重要的，还是二十分胆。能有那样的思考深度，固然不容易；可有了深邃的思考，敢把它表达出来，更难。所以说，百无禁忌，放胆为文，那才是李贽的最大特色。有了“放胆为文”，十分才或十分识，都能有二十分的表现。世人撰文，多有各种顾忌，或社会压力，或自我约束，难得有他这样“放胆为文”的。故李贽的文章，即便有这样那样的毛病，你都可以接受。

很可惜，如此狂士，明清易代之际，竟成了替罪羔羊。王夫之、顾炎武等之所以破口大骂，称自古以来小人无所忌惮而敢于侮辱圣人者，莫过于李贽，那是因为，顾、王等检讨明朝灭亡的责任，直指士大夫的道德沦丧、不负责任。而最早打破禁忌，肆无忌惮地攻击礼法，瓦解当世纲常伦理的，李贽算一个。真是风水轮流转，到了清末民初，基于对清廷及其意识形态的批判，章太炎等又开始表彰思想史上的叛逆者李贽。而这种表彰，在20世纪中国，成为主流话语。

王夫之（1619—1692），字而农，号姜斋、一瓠道人等，衡阳（今属湖南）人。晚年居衡阳石船山，学者称船山先生。崇祯十五年举人，明亡后参加抗清斗争。入清不仕，隐居著述四十年以终，有《黄书》《读通鉴论》《姜斋诗话》《船山诗文集》等。船山先生淹贯经史，博通群籍，精于哲理，长于思辨，文章乃其“余事”。即便如此，基于身世、学术的若干闲文，依然以其苍劲之笔、悲凉之气，深深打动读者。

我读李贽的书，最大的感觉是，这是个才气纵横的文人。大家都说他是哲学家、思想家，可我以为，哲学思辨不是他的长处。他的长处是“放胆为文”。这样一种痛快淋漓的表达方式，不要说读书人，连老百姓都听得懂，自然容易引起大家的关注。初读李贽文章，不但可以破愁解闷，还有触电般的感觉。对于这种感觉，公安三袁有精彩的描述。

这一点，类似晚清新学家之阅读龚自珍：“光绪间所谓新学家者，大率人人皆经过崇拜龚氏之一时期。初读《定庵文集》，若受电然，稍进乃厌其浅薄。”（梁启超《清代学术概论》第二十二节）

但这种“颠倒时论”的做法，容易矫枉过正。比如《童心说》提及天下之至文：

> 降而为六朝，变而为近体，又变而为传奇，变而为院本，为杂剧，为《西厢曲》，为《水浒传》，为今之举子业，皆古今至文，不可得而时势先后论也。

六朝有好诗文，没错；传奇、院本不乏精彩的，这我也承认；至于《西厢》《水浒》，那更是不可多得的文学经典。可“今之举子业”，也就是科考文章，怎么也是“天下之至文”？这是很奇怪的事。明清两代那么多重要的思想家，正儿八经地表彰“时文”的，大概就属李贽了。

替圣贤立言、有严格规制的八股文，怎么能和“童心”挂上钩？实在想不清。必须回到李贽著书立说的动力，以及颠倒时论的思维方式。当时文坛主流是摹仿先贤，讲求学力，最能跟“拟古”针锋相对的，是“时文”。因反感高雅的秦汉之文，转而表彰当下的俗曲、小说、戏剧，以及八股文章。这种为了反对“古”与“雅”，刻意表扬“今”与“俗”，有见地，但不无偏颇。这倒有点接近“文化大革命”中很流行的口号：“凡是敌人反对的，我们就拥护。”（学生笑）拟古派说“时文”不好，我就偏说好；不只是一般的好，还是“天下之至文”。

如此逆向思维，加上表达时语调夸张，很能够耸人耳目。但弄不好，逞才使气，钻牛角尖，甚至变成一种“表演”。在一个思想禁锢的时代，敢于怀疑，不以孔子之是非为是非，李卓吾确实了不起。在思想史及文学史上，给予李贽高度的评价，这我赞同。但有一点必须注意，叛逆者之所以难能可贵，是因为大家都谨守传统，不敢越雷池半步。一旦“反传统”成为一种新的“传统”，类似李贽那样的思维及表达方式，其负面价值就暴露出来了。整个 20 世纪的中国，对于“反传统”的表彰，成为最大的时尚，这留下了一些后遗症。比如，评价历史人物时，常以“革新”与“守旧”为唯一尺度，拼命发掘其对于传统的反叛。这样来理解、描述并诠释历史，会有不小的偏差。我们年轻时流行英国女作家伏尼契的《牛虻》，借用其中的意象：世界确实需要“牛虻”，可要是普天下都是“牛虻”，那就没牛可叮了。

“文革”后期，我教过中学，那时的写作训练，主要是写大批判文章。不知是从哪本书上学来的，我告诉学生，写文章要有力，要出新，最好的办法是“做翻案文章”。后来才明白，这叫“颠倒时论”，也叫“逆向思维”。这种思维与表达方式，很容易学，很有效，但也是个很大的陷阱。

杂说

《拜月》《西厢》，化工也;《琵琶》，画工也。夫所谓画工者，以其能夺天地之化工，而其孰知天地之无工乎？今夫天之所生，地之所长，百卉具在，人见而爱之矣，至觅其工，了不可得，岂其智固不能得之与！要知造化无工，虽有神圣，亦不能识知化工之所在，而其谁能得之？由此观之，画工虽巧，已落二义矣。文章之事，寸心千古，可悲也夫！

且吾闻之：追风逐电之足，决不在于牝牡骊黄之间；声应气求之夫，决不在于寻行数墨之士；风行水上之文，决不在于一字一句之奇。若夫结构之密，偶对之切；依于理道，合乎法度；首尾相应，虚实相生，种种禅病皆所以语文，而皆不可以语于天下之至文也。杂剧院本，游戏之上乘也,《西厢》《拜月》，何工之有！盖工莫工于《琵琶》矣。彼高生者，固已殚其力之所能工，而极吾才于既竭者也。夫惟作者穷巧极工，不遗余力，是故语尽而意亦尽，词竭而味索然亦随以竭。吾尝揽《琵琶》而弹之矣，一弹而叹，再弹而怨，三弹而向之怨叹无复存者。此其故何耶？岂其似真非真，所以入人之心者不深耶！盖虽工巧之极，其气力限量只可达于皮肤骨血之间，则其感人仅仅如是，何足怪哉！《西厢》《拜月》，乃不如是。意者宇宙之内，本自有如此可喜之人，如化工之于物，其工巧自不可思议尔。

且夫世之真能文者，比其初皆非有意于为文也。其胸中有如许无状可怪之事，其喉间有如许欲吐而不敢吐之物，其口头又时时有许多欲语而莫可所以告语之处，蓄极积久，势不能遏。一旦见景生情，触目兴叹；夺他人之酒杯，浇自己之垒魂；诉心中之不平，感数奇于千载。既已喷玉唾珠，昭回云汉，为章于天矣，遂亦自负，发狂大叫，流涕恸哭，不能自止。宁使见者闻者切齿咬牙，欲杀欲割，而终不忍藏于名山，投之水火。予览斯记，想见其为人，当其时必有大不得意于君臣朋友之间者，故借夫妇离合因缘以发其端。于是焉喜佳人之难得，羡张生之奇遇，比云雨之翻覆，叹今人之如土。其尤可笑者，小小风流一事耳，至比之张旭、张颠、羲之、献之而又过之。尧夫云："唐、虞揖让三杯酒，汤武征诛一局棋。"夫征诛揖让何等也，而以一杯一局觑之，至眇小矣！

呜呼！今古豪杰，大抵皆然。小中见大，大中见小，举一毛端建宝王刹，坐微尘里转大法轮。此自至理，非干戏论。倘尔不信，中庭月下，木落秋空，寂寞书斋，独自无赖，试取《琴心》一弹再鼓，其无尽藏不可思议，工巧固可思也。呜呼！若彼作者，吾安能见之与！

（续修四库全书《李温陵集》）

童心说

龙洞山农叙《西厢》，末语云："知者勿谓我尚有童心可也。”夫童心者，真心也。若以童心为不可，是以真心为不可也。夫童心者，绝假纯真，最初一念之本心也。若失却童心，便失却真心；失却真心，便失却真人。人而非真，全不复有初矣。童子者，人之初也；童心者，心之初也。夫心之初，曷可失也？然童心胡然而遽失也？

盖方其始也，有闻见从耳目而入，而以为主于其内而童心失。其长也，有道理从闻见而入，而以为主于其内而童心失。其久也，道理闻见日以益多，则所知所觉日以益广，于是焉又知美名之可好也，而务欲以扬之而童心失；知不美之名之可丑也，而务欲以掩之而童心失。夫道理闻见，皆自多读书、识义理而来也。古之圣人曷尝不读书哉？然纵不读书，童心固自在也；纵多读书，亦以护此童心而使之勿失焉耳，非若学者反以多读书、识义理而反障之也。夫学者既以多读书识义理障其童心矣，圣人又何用多著书立言以障学人为耶？童心既障，于是发而为言语，则言语不由衷；见而为政事，则政事无根柢；著而为文辞，则文辞不能达。非内含以章美也，非笃实生辉光也，欲求一句有德之言，卒不可得。所以者何？以童心既障，而以从外入者闻见道理为之心也。

夫既以闻见道理为心矣，则所言者皆闻见道理之言，非童心自出之言也，言虽工，于我何与？岂非以假人言假言，而事假事、文假文乎！盖其人既假，则无所不假矣。由是而以假言与假人言，则假人喜；以假事与假人道，则假人喜；以假文与假人谈，则假人喜。无所不假，则无所不喜。满场是假，矮人何辩也？然则虽有天下之至文，其湮灭于假人而不尽见于后世者，又岂少哉！何也？天下之至文，未有不出于童心焉者也。苟童心常存，则道理不行，闻见不立，无时不文，无人不文，无一样创制体格文字而非文者。诗何必古《选》，文何必先秦，降而为六朝，变而为近体，又变而为传奇，变而为院本，为杂剧，为《西厢曲》，为《水浒传》，为今之举子业，皆古今至文，不可得而时势先后论也。故吾因是而有感于童心者之自文也，更说甚么六经，更说甚么《语》《孟》乎！

夫六经、《语》、《孟》，非其史官过为褒崇之词，则其臣子极为赞美之语，又不然，则其迂阔门徒、懵懂弟子，记忆师说，有头无尾，得后遗前，随其所见，笔之于书。后学不察，便谓出自圣人之口也，决定目之为经矣，孰知其大半非圣人之言乎？纵出自圣人，要亦有为而发，不过因病发药，随时处方，以救此一等懵懂弟子、迂阔门徒云耳。药医假病，方难定执，是岂可遽以为万世之至论乎？然则六经、《语》、《孟》，乃道学之口实，假人之渊薮也，断断乎其不可以语于童心之言明矣。呜呼！吾又安得真正大圣人童心未曾失者而与之一言文哉！

（续修四库全书《李温陵集》）

读律肤说

淡则无味，直则无情。宛转有态，则容冶而不雅；沉着可思，则神伤而易弱。欲浅不得，欲深不得。拘于律则为律所制，是诗奴也，其失也卑，而五音不克谐；不受律则不成律，是诗魔也，其失也亢，而五音相夺伦。不克谐则无色，相夺伦则无声，盖声色之来，发于情性，由乎自然，是可以牵合矫强而致乎？故自然发于情性，则自然止乎礼义，非情性之外复有礼义可止也。惟矫强乃失之，故以自然之为美耳，又非于情性之外复有所谓自然而然也。故性格清彻者音调自然宣畅，性格舒徐者音调自然疏缓，旷达者自然浩荡，雄迈者自然壮烈，沉郁者自然悲酸，古怪者自然奇绝。有是格，便有是调，皆情性自然之谓也。莫不有情，莫不有性，而可以一律求之哉！然则所谓自然者，非有意为自然而遂以谓自然也。若有意为自然，则与矫强何异。故自然之道，未易言也。

（续修四库全书《李温陵集》）

书小修手卷后

岁辛丑，余在潞河马诚所所，又遇袁小修三弟，虽不获见太史家兄，得见小修足矣，况复见此卷乎！

小修劝我勿吃荤。余问之曰：“尔欲我不用荤何故？”曰：“恐阎王怪怒，别有差委，不得径生净土耳。”余谓：“阎王吃荤者，安敢问李卓吾耶！我但禁杀不禁嘴，亦足以免矣。孟子不云：七十非肉不饱？我老，又信儒教，复留须，是宜吃。”小修曰：“圣人为祭祀故远庖厨，亦是禁吃荤者。其言非肉不饱，特为世间乡间老耳，岂为李卓老设此言乎？愿勿作此搪塞也！”余谓：“我一生病洁，凡世间酒色财，半点污染我不得。

今七十有五，素行质鬼神，鬼神决不以此共见小丑，难问李老也。”小修曰：“世间有志人少，好学人益少，今幸我明世界大明升天，人人皆具只眼，直思出世为学究竟大事。先生向栖止山林，弃绝人世，任在吃荤犹可；今日已埋名不得，尽知有卓吾老子弃家学道，作出世人豪矣。十目共视，十手共指，有一毫不慎，即便退心，有志者以为大恨。故我愿先生不茹荤，以兴起此一时聪明有志向之者。忍一时之口嘴，而可以度一世人士，先生又何惮不为？”予翻然喜曰：“若说他等皆真实向道，我愿断一指，誓不吃荤！”

（续修四库全书《李氏续焚书》）

第二讲

文人的生计与幽韵

陈继儒的为人与为文

上节课讲李贽，这节课讲陈继儒。

李贽（1527—1602）和陈继儒（1558—1639）相差三十年，是紧相衔接的两代人。这两人，在当时以及后世，都被作为晚明小品的代表。一个李贽，一个陈继儒，恰好代表了晚明小品的两个极端。所以，放在一起来讨论，特别合适。

从晚明开始，如果谈小品，经常会李、陈对举。一定要说其间的分别，我愿意说，一个是讲禅悦的斗士——李贽的反道学，有王学左派的背景，也有从佛学里发展出来的表达方式；一个是言悠闲的山人。都是对时下平庸的反叛，可二人的生活处境和发展路向大不一样。恰好两人都喜欢讲“异”，而且都有有关“异人”的议论，那就从这里说起。

异端与异人

表面看，所谓“异人”，不外异于常人。可李贽的标举“异人”，是相对于传统的“中行”而言的。也就是说，他把“异人”解读为不理会社会常规的英雄、豪杰、狂者、妖人等。所以，思想史或文学史家一般都会从“异端”这个角度来谈论李贽。在李贽看来，那种依违，那种乡愿，是最不可取的。所以，他的发言立意，都是用一种极端的姿态来对抗主流社会。当然，这与李贽读书时别具手眼，能在常人认定毋庸置疑处发问，大有关系。

在《焚书》里，有一篇《读书乐引》，说的是天幸生我手眼，使我读书的时候，能见到别人见不到的东西。古往今来，读书论世，有人能见到皮面，有人能见到体肤，有人能见到血脉，有人能见到筋骨，而我呢？能洞见五脏，深入骨髓。所以，他看到的东西，别人一般看不到。这就涉及上节课提到的《焚书·杂述》中专论“识力”的那一则。那篇文章里，再三提到他过人的“胆力”，确实是有自知之明。有他那种眼光的，天下不止一人；但有深邃的目光而且用激烈的口吻把它表达出来，这才是李贽的特点。所以，仅仅说他能洞察五脏六腑，还不够；必须说，用淋漓尽致的语调，把这种“明察秋毫”准确无误地表现出来，不惜得罪天下人，甚至有点故意向天下人的常识挑战的味道，这才是我们赞叹不已的李卓吾。正因如此，我们说他是“异端”。

“龙湖先生，今之子瞻也，才与趣不及子瞻，而识力胆力，不啻过之。”（袁中道《珂雪斋集》卷十《龙湖遗墨小序》）

而陈继儒的“标新立异”，则是另外一个路子。他也说“异”，但他的“异”只是异于常人。在他那本最负盛名的小品集《岩栖幽事》里，有一段自述，说他喜欢读异书，焚异香，且终生布衣，故客曰：“此亦天壤一异人。”其实，晚明文人中，读异书，焚异香，此乃常态，没什么了不起的。之所以敢称“天壤一异人”，主要在于终生布衣、傲视王侯这一点。换句话说，陈继儒在晚明最大的特色，在于以一布衣而得天下大名。

他也不是从未参加过科举考试，只是在两次赴考失败后，当机立断，急流勇退，过起隐居生活来。其实，考两次没考上的多得很，没什么好害羞的，尽可屡败屡战。在明代社会里，读书人的正途，当然是科考。两次三次考不上，还可以考下去，一直考到老。就像归有光，虽然科场上不太顺利，最后也还是在 59 岁那年中了进士，好歹也当过一任县令。李贽虽然反叛，早年也曾科举得志，当过好几年京官，还出任过云南姚安知府。像陈继儒那样，聪颖过人，读书有得，而又不愿去谋取一官半职的，确实很少。

在 29 岁那年，看透了科考把戏，陈继儒随即放弃举业，转而隐居昆山之阳。这个故事，后来被不断传颂，因而广为人知。我要追问的是，隐居昆山的陈继儒，在其后的五十年里，何以为生？更重要的是，一个不曾有过功名的隐君子，为什么能得享天下大名？对于陈继儒为什么选择隐居生活，后世有过各种各样的解释。台湾清华大学的陈万益教授，在《晚明小品与明季文人生活》那本书里，引了陈继儒临终时的遗训，值得注意：

启予足，启予手，八十年履薄临深；

不怨天，不尤人，百千秋鸢飞鱼跃。

一般认为，像陈继儒那样勤于结交王侯，而又得到下层百姓的拥戴，有钱有闲，无官无职，是活得很滋润的“山人”。没想到临死前，竟冒出一句“履薄临深”。于是，陈万益先生进一步发挥：时世艰难，眉公只好采取不介入的态度，苟全性命于乱世。

有两个例子，可以支持这一说法。陈继儒和东林党人顾宪成是好朋友，但顾宪成组织东林讲社时，他敬谢不敏。另外，魏忠贤的党羽在南京为魏忠贤建生祠，让有名的文人写文章，他也拒绝参加。你会发现，在有可能惹是生非的大事情上，他全都尽量往后退，避免湿了鞋子。所以，如果算总账，既无功，也无过。如此“履薄临深”，大是大非问题上从不发言，借以保持生活的安定与心境的平和，使陈继儒看上去不像一个不满现实的“隐士”，而是平和静穆的“逸民”。正是出于对平静安逸生活方式的主动追求，他屡征不起。这一点，跟我们所熟悉的唐人借隐为名，最后变成终南捷径大不一样。

陈继儒的特点，我想用三句话来概括：第一，坚卧不起。也就是说，真隐，而不是把“隐”作为一种获取功名的途径。第二，关怀地方。这是好多传记里提到的，值得注意。对朝廷大事不感兴趣，对地方的社会生活颇为关注。第三，一艺在身，自成事业。凭自己的手艺吃饭，比如说，他的书画鉴定，他的诗文，以及编纂畅销书（学生笑）。这是真的，下面我还会说到，他凭什么生存，而且活得很滋润，还能接济穷苦的秀才们。比如，他跟董其昌是好朋友，互相推崇，对文人画传统的形成有贡献。作为文人，陈继儒自有特长，可“学成文武艺”后，不再“卖与帝王家”，而是卖给愿意而且有能力购买的平民百姓、缙绅富豪以及地方官吏。这么一来，把自己降低为一个“手艺人”，而不是传统中国读书人那种“吾曹不出如苍生何”的伟大想象。

董其昌（1555—1636），字玄宰，号思白、香光居士，华亭（今上海市松江）人，虽官至南京礼部尚书，主要贡献在书画艺术。其讲究笔墨，轻视写实，标榜士气，推崇南宗等，对明末清初的书坛画坛影响极大。谈诗论画、记游记事的《画禅室随笔》，除完好地体现了其艺术观念，文字也清新澹远，饶有趣味。

以上三点，乃陈继儒安身立命的基本态度。不过，我不太同意这便是“苟全性命于乱世”。因为，嘉靖至万历年间，很难说是真正意义上的“乱世”。读文学史的人，都知道魏晋年间，名士少有全者，所以会有嵇康、阮籍那样的表达方式。陈继儒的朋友，除了反魏忠贤的，比如东林党人，受到严厉的政治迫害外，大都还活得相当舒心。因此，眉公的“如履薄冰”，与其说是害怕政治迫害，不如说是注重人际关系，保留较大的回旋余地，避免得罪各种现实的与潜在的“衣食父母”。这一点，下面还会涉及。

在《檐曝偶谈》中，陈眉公说了一句话，有助于我们理解这位晚明著名的山人。“不是闲人闲不得，闲人不是等闲人。”如何理解？不妨以《中国散文选》里的这则《花史跋》为例。

先看开篇：“有野趣而不知乐者，樵牧是也；有果窳而不及尝者，菜佣牙贩是也；有花木而不能享者，达官贵人是也。”有三种人，不可能享受野趣、花果、草木。为什么？像牧童、樵夫，他们整天在山里面，不能享受野趣，那是为生活所逼。他们整天想的是怎么赚钱来养活自己，根本不会考虑你文人欣赏的野趣。你跟樵夫说，这儿的山林很漂亮呀；或者跟牧童说，你真幸福，很悠闲嘛，这都是鬼话。二十多年前，我到过肇庆的七星岩，那儿的山水挺漂亮的。当时，肇庆师专的同学接待我，我很高兴，对他们说："你们在这儿生活很幸福。"被他们嘲笑了一通。他们说，你不想想我们这里是"穷山恶水"。外地人只看到山清水秀，不会问这里物产如何；而如果物产不丰饶的话，这里的人何以为生。

日后崛起的旅游业，使得"穷山恶水"迅速升值，这可是始料所未及。

另外，对于卖水果和运水果的人来说，即便水果坏了，也都不敢尝。你说他为什么不尝鲜？还不是为了生活。要是水果都被自己吃了，那还怎么赚钱。所以陈继儒说，这些牙贩菜佣，没办法了解水果的味道。

第三种人，"有花木而不能享者，达官贵人是也"。园里种了很名贵的花木，但是无法鉴赏。不是没钱，而是没这个心思；贵人整天想的，或者是官，或者是钱。而享受花草树木，需要有悠闲的心境。

陈继儒在这里想说的是，两种人不能悠闲：一种为生活所迫，没办法悠闲；另一种则为金钱、功名、利禄所诱惑，同样没办法悠闲。偶尔瞥上一眼，也会很高兴，但无法真正进入花木的世界，不能真正地理解野趣，或者说体会大自然的神韵。

《花史》是陈继儒的朋友王仲遵撰写的一本书，二十四卷里面专门讲古今谈花种树的韵事。陈继儒在《花史题词》里提到，这书可以当农书读，可以当种树书读，读此史者，可以长世，可以经世，可以避世，可以玩世。但如果是肉食者，可就不能解其味了。接下来说，如果你性情相近，又整天仰卧在树林中间，仔细地观看花开花落，把它跟千万年的兴亡盛衰等同起来理解，那么，二十一史就和我眼前这册《花史》是一样的。这里所表达的，是晚明山人鄙视政治、追求田园趣味的生活理想。因而，他特别强调，两种人——一类为生活所迫，一类为富贵所诱——都不能够真正理解田园的情趣。

这个思路，后来被很多人接受。清初的张潮有句名言："能闲世人之所忙者，方能忙世人之所闲。"20 世纪 30 年代，林语堂在《吾国与吾民》和《生活的艺术》这两本书里面，将此"悠闲"理论发挥到极致。而且，林语堂还企图用它来医治美国人的忙碌。这两本书是用英文写的，在美国出版后成为畅销书。总的指导思想就是，用道家哲学，用明清文人的生活趣味，来针砭、批评美国人或者西方世界对于日常生活的缺乏鉴赏。当然，在具体论述中，未免把中国人给理想化了。比如，其中一节的标题是：伟大的悠闲者——中国人（学生笑）。诸位都知道，现在的中国人，可没那么多悠闲。但是，就中国文化本身

张潮（1650—？），字山来，号心斋，安徽歙县人。天性好奇，博雅为趣，曾将各种杂学汇集成《昭代丛书》《檀几丛书》。另外，辑《虞初新志》，撰《幽梦影》等。

而言，尤其是明清的江南文人，他们的生活确实是非常精致的。后来因各种条件变化，比如战乱，比如朝代更换，比如社会变迁，文人生活日渐贫困；到了需要为日常生活而奔波，自然悠闲不起来了。以后呢，这种所谓“精致的生活”“伟大的悠闲”，基本上就失落了。到了最近十年，温饱问题解决后，情况发生了变化，下班后急急忙忙去跳舞，或者假日里紧紧张张去旅游。所谓的“休闲”，成了生活中必不可少的点缀。可大致说来，有了“休闲”的行为，但仍缺少“悠闲”的心境。

另外，林语堂遵循陈继儒、张潮的思路，再三提到，悠闲和隐逸不太一样。可以说，隐士主要是指一种心态，一种气节，一种不合作的态度，至于有无高深的文化修养，无所谓。但是真正意义上的“闲人”，不只是心态，还有心境、财力、教养。所以，所谓的“闲”，是有文化的闲，有教养的闲。这样的话，你会发现，“悠闲”其实并不简单。

这样，把李贽和陈继儒对照起来看，你就会发现，两个人的“异”都是跟时世不和谐，跟世俗不同步。问题在于，陈继儒跟别人不一样，而能得享天下大名，得到天下人的喜欢，这就不容易了。要说陈继儒的“异”，主要是“异”在这个地方。某种意义上说，这种“异”，其实是“同”，即它满足了一般人“逾规而不越轨”的心理需要。表面上是跟世人隔绝，有点“不食人间烟火”的意味，但这种姿态“无伤大雅”，并不挑战主流社会的伦理道德与价值观念，上自朝廷命官，下至平民百姓，都能接受，也都能欣赏。这与李贽的斗士姿态被普遍拒绝，恰好形成鲜明对照。

一般人认为，陈继儒隐居昆山，是出世的。但在我看来，他是颇为入世的。因为他洞悉世态人情，用出世的姿态来吸引一般公众，并因此获得必要的生活资料。再来看李贽，他老爱挑刺，批判伪道学等，如此固执地坚持自己的理念，这才是不通世故。李贽到死的时候，还坚信自己“有益圣教”，被人家抓起来审判，还再三跟人家争辩。这使我想起鲁迅在《魏晋风度及文章与药及酒之关系》那篇著名演讲中，提及嵇康、阮籍，说他们不是不信礼教，而是太信礼教了。回过头来看李贽，这位很入世的李贽，其实反而远离尘俗。

“魏晋时代，崇拜礼教的看来似乎很不错，而实在是毁坏礼教，不信礼教的。表面上毁坏礼教者，实则倒是承认礼教，太相信礼教。因为魏晋时所谓崇奉礼教，是用以自利，那崇奉也不过偶然崇奉，如曹操杀孔融，司马懿杀嵇康，都是因为他们和不孝有关，但实在曹操、司马懿何尝是著名的孝子，不过将这个名义，加罪于反对自己的人罢了。于是老实人以为如此利用，亵渎了礼教，不平之极，无计可施，激而变成不谈礼教，不信礼教，甚至于反对礼教。”（鲁迅《而已集·魏晋风度及文章与药及酒之关系》）

以上，略为分疏李贽、陈继儒几乎不可同日而语的“异”。

著述与生计

清人蒋士铨撰有传奇《临川梦》，在第二出“隐奸”中，陈继儒的上场诗是：

蒋士铨（1725—1785），字心馀，又字清容、苕生，号藏园，铅山（今属江西）人。乾隆二十二年进士，曾任翰林院编修。诗与袁枚、赵翼并称“江右三大家”，但主要仍以杂剧和传奇的创作著称于世，其收录《临川梦》等的《藏园九种曲》，在中国戏剧史上有一定地位。主要戏曲及诗文均收入《忠雅堂全集》。

妆点山林大架子，附庸风雅小名家。
终南捷径无心走，处士虚声尽力夸。
獭祭诗书充著作，蝇营钟鼎润烟霞。
翩然一只云间鹤，飞去飞来宰相衙。

除了这首上场诗外，在这出戏里，陈继儒还自称，“并非薄卿相而厚渔樵”，而是想要“借渔樵而哄卿相”。下面还有一句：

费些银钱饭食，将江浙许多穷老名士养在家中，寻章摘句，分门别类，凑成各样新书，刻板出来。吓得那一班鼠目寸光的时文朋友，拜倒辕门，盲称瞎赞，把我的名头传播四方。而此中黄金、白镪不取自来。你道这样高人隐士，做得过做不过？

蒋士铨对陈眉公的讥讽，除了“妆点山林”，还有“獭祭诗书”，即请了一些江浙地方的穷老名士来家里抄书摘编，印出来哄骗读者，获取金钱，像这样当隐士，当然很舒服了。

对于这个指控，尤其是前面的“妆点山林”，以及“翩然一只云间鹤，飞去飞来宰相衙”，几乎所有讨论陈继儒的论著都会引用，只是解释不一样而已。举两个例子：一是吴承学的《晚明小品研究》，说这几句揭露可谓入木三分；另外一个是郭预衡的

参见吴承学《晚明小品研究》92—107页，南京：江苏古籍出版社，1998；郭预衡《中国散文史》下卷231—236页，上海古籍出版社，1999。

《中国散文史》，里面说，如此讥讽，未必尽得其实，因陈继儒也有积极用世之意。在谈陈继儒的那一节里，郭先生专门摘了许多陈继儒的用世之言，证明他是如何关怀民间疾苦。可是从晚明到现在，一般读者心目中的陈继儒，并不以积极用世为特色。

中国文人一般都会有很多侧面，读他的文集，必须抓住关键，才不至于误解。记得咱们北大的一位老先生说过，读书要见其“大”；不然的话，中国文史资料那么丰富，什么东西找不到？就是人造卫星，我也能给你找出来（学生笑）。资料丰富，加上诗无达诂，真的是必须把持得住，防止过度诠释。郭先生的《中国散文史》，是到目前为止部头最大、资料最丰富、最值得参考的一部散文研究专著。但有一点，他的基本思路，就是发掘中国文人忧国忧民的传统。所以，对每个散文家，他都力图从这个角度去解读。在我看来，从忧国忧民的角度来解读陈继儒，即便读进去了，肯定也是有问题的。不过，像吴承学那样，完全认同蒋士铨的讥讽，我也持怀疑态度。

这种对于陈眉公“妆点山林，附庸风雅”的讥讽，清初的钱谦益有言在先。因此，就让我们从钱谦益说起。在钱谦益的《列

钱谦益（1582—1664），字受之，号牧斋，晚号蒙叟，常熟（今属江苏）人。博通经史，能诗擅文，当时极负盛名，俨然文坛领袖。著作有《初学集》《有学集》《投笔集》等。另编有《列朝诗集》，既保存有明一代文献，所撰各家小传也多精辟见解。牧斋才学盖世，但清兵南下时率先迎降，历来被视为贰臣，于名节有亏。近人陈寅恪以诗史互证的方法，凸显钱氏晚年著书不忘故国旧君之微旨，并表彰其反清复明志向，进而要求世人“应恕其前此失节之愆，而嘉其后来赎罪之意，始可称为平心之论”（《柳如是别传》985页，上海古籍出版社，1980）。

朝诗集小传》丁集下，有一个《陈征士继儒传》，我略为介绍一下。

在叙述眉公“取儒衣冠焚弃之”“结隐于小昆山”时，添上一句“妙得老子阴符之学”。请注意，钱谦益特别指出陈继儒对老子处世哲学的领略，这是第一点。第二，讲到陈眉公跟董其昌的关系。董其昌是晚明著名的书画家，对中国书法及文人画传统起过决定性的作用。陈、董二人都以书画名家，并且互相推崇。这里说，陈继儒的书画“妙绝天下”，从城镇到乡村，到处都充斥着陈继儒的作品，酒楼茶馆里甚至挂他的画像。第三是说他“名达京师”，很多大官推崇他，在皇上面前不断提及，因此皇上好几次征用他，他都以身体不好为由辞谢了。最后活到八十多岁（学生笑）。第四，“短章小词，皆有风致”，特别适合于“妆点山林，附庸风雅”。他的小东西写得很有风致，很有情趣。当钱谦益说陈的著作可以“妆点山林，附庸风雅”的时候，并不完全是嘲讽，而是对他的作品的一种定位。有人说他特了不起，那是胡说；反过来，说他一无是处，也不是通人之论。他的作品自有其价值。第五，他跟同时代的文人不太一样，他是“享高名，食清福”的。最后，就是我们刚才提到的，招集好多穷老名士编书之事。“延招吴越间穷儒老宿隐约饥寒者，使之寻章摘句，族分部居，刺取其琐言僻事，荟蕞成书，流传远迩。”就是说，他把那些有文化但又“不达”的读书人，请到自己家里来，给他们分派任务，让他们编书。具体说来，就是把各种书里的“清言”收集起来，条分缕析，汇集成册。这种书，出版后很受欢迎，很多人“争购为枕中之秘”，因此，眉公之名倾动四海。这里有一点必须先做辩解，不是因为编了这些书，使得眉公天下闻名；而是反过来，因为他有大名，书商想借他的名卖书，所以才会允许他请那么多的穷老书生来做事。

这个事情，在蒋士铨的《临川梦》里，是作为笑料的；可《南吴旧话录》里有另外的说法。说他得了高名后，看到老朋友很不发达，便请他们到家里来住，然后找出四方征文润笔的请托，对他们说，对不起，我实在太忙了，请你们替我“一偿文债”吧。这样，就把稿酬分给他们，那些人当然很高兴。他的孩子问，你为什么不明说送他们钱？陈继儒说，我的文章别出机杼，别人是模仿不了的。我之所以这样做，是希望他们拿钱的时候受之有名，不会伤害自尊心。你看，这个说他如何仗义，那个说他如何寡廉鲜耻，霸占别人的知识产权（学生笑）。其实，没必要把陈继儒的这种做法说得太卑鄙，更没必要说得很高尚。在我看来，这是“周瑜打黄盖，一个愿打一个愿挨”。或者说，这是一种互利，用今天时髦的说法，是“双赢”（学生笑）。

为什么这么说？谈论陈继儒，必须把商业因素考虑在内。因为，这不是一个传统意义上的清高的文人，也不是拿皇家俸禄的官吏，而是一个有一技之长，自食其力，靠市场生活的山人。他要赚钱，那是再自然不过的事，有点商人习气，也不难理解。虽然我们说，上海开埠才一百多年的历史，可江南一带，历来比别的地方更擅长商业经营。陈继儒很清楚他在干什么，既要得名，也要得利，名利之间必须形成良性循环。像《南吴旧话录》那样，说陈继儒这人特仗义，赚了钱有了名后，能拉哥们儿一把（学生笑），这我不太相信。他的这种做法，说不上多么高尚，但也说不上特剥削，只能说是市场规则促使他选择了这种生活方式。当然，编什么，怎么选，还是能体现陈继儒的眼光的。现在挂名陈继儒的著作很多，好多并不是陈继儒亲自做的。但是，你必须承认，这些书大致的风格还是一致的。

好，回过头来看，这其实是一个简单的事情。那就是把神圣的文学，降低为一种谋生的手段。把中国人源远流长的"经国之大业，不朽之盛事"，变为一种获取生活资料的劳动。这样一来，你就可以对他的得和失，看得比较透。这可不是我故意在嘲笑他。在《岩栖幽事》里，有一段话，大意是：古代的隐者大都亲自去耕种，可我身体不好，筋骨薄；古代的隐者会自己去钓鱼、去打猎，可是我不愿意杀生；古代的隐者，他们家有良田百亩，可是我出身贫瘠；古代的隐者能克制自己，尽量节省，可我不耐饥寒（学生笑）。有这四个不能，怎么办？唯一的办法就是著书以谋生。

诸位听了这句话，很可能觉得不新鲜，因为诸位肯定记得龚自珍的"著书都为稻粱谋"。可陈

龚自珍（1792—1841），字璱人，号定庵，浙江仁和（今杭州）人。早岁屡试不第，三十八岁始中进士。晚年辞官讲学，开一代新风。乃嘉、道间提倡"通经致用"的今文学派的代表人物，再加上其文古奥奇崛，其诗瑰丽雄阔，对晚清的思想文化界影响极大。今人辑有《龚自珍全集》。

继儒的“著书都为稻粱谋”是真的，不像龚自珍那样寓有悲愤之意，也不跟“避席畏闻文字狱”联系在一起。而且，在我看来，陈继儒安于此道，把这种生活方式安排得非常妥帖。

在我这本《中国散文选》的序言部分，我提到一点，《四库全书总目》以及清代文人再三嘲笑陈继儒“形同商贾”，这其实不太准确。在传统中国，士农工商，商是排在最后的。可是请大家注意，明中叶以后，商人阶层迅速崛起。余英时先生有本书，叫《中国近世宗教伦理与商人精神》，专门讨论明清商人社会地位的上升及其与传统宗教伦理的关系，基本理路是从韦伯的《新教伦理与资本主义精神》来的，但有很多发现，这书值得一读。至于像陈继儒这样，既不是政治家，也不是官僚，甚至连传统意义上的候补官僚也不是，诸位想想，他靠什么生活？不耕不宦的陈继儒，何以能够自食其力？也就是说，所谓“形同商贾”，其实正是山人们摆脱正统意识形态的基本动力。

“商人恰好置身于上层文化和通俗文化的接榫之处，因此从他们的言行中，我们比较容易看清儒、释、道三教究竟是怎样发生影响的，又发生了什么样的影响。现在一般研究中国思想史的人有两极化的倾向，或者偏向‘纯哲学’的领域，或者偏向‘造反宗教’。这是有意或无意地把西方的模式硬套在中国史的格局上面。在这两极之间，还有一大片重要的中间地区仍是史学研究上的空白。商人的意识形态在这一中间地区实占有枢纽性的地位。”（余英时《中国近世宗教伦理与商人精神》，《士与中国文化》577 页，上海人民出版社，1987）

追问不耕不宦甚至也不直接经商的陈继儒，到底何以为生，谈论这个问题，必须将晚明江南经济生活相当活跃这一点考虑在内，这是第一；第二，晚明江南“附庸风雅”的时尚，造就了一大批陈继儒文化产品的潜在消费者；第三，晚明出版业的发达，保证了生产—消费过程的畅通无碍。我们都知道，陈继儒的主要谋生手段是编书，这种寻章摘句，如果产销对路，真是一本万利。在这里，市场是最重要的，个人才华倒在其次。就像今天我们看到的，文科大学生业余打工，主要任务是编书，据说是一把剪刀走遍天下（学生笑）。报纸上说，某大学的学生因此而成为百万富翁，我有点怀疑；但不少大学生“为稻粱谋”而编书，却是确凿无疑的。假如是这样的话，回过头来，你就很容易理解陈继儒带着一帮穷老书生的“工作”。只是那时候不用剪刀，而是用毛笔，摘摘抄抄，然后交给出版商。

选择什么资料，以及如何编排更好推销，这里当然有个人的眼光在，但最主要的还是对于市场的把握。把这个东西考虑在内，你就会明白，近年很时尚的说法，即“晚明文人的独立人格”，必须打点折扣。山人的独立人格，很大程度依赖于出版业。当然，要是从独立于朝廷，不必以进入官场为唯一出路，或者说从“学成文武艺”而不必想方设法“卖与帝王家”这个角度，这么说也还可以。总的来说，我觉得，与其刻意拔高这些文人的“光辉形象”，不如承认这是晚明江南出版业兴盛而形成的一种新的生活方式。

热肠与幽韵

先从《茶董小序》说起。《茶董》是陈继儒的朋友夏树芳，就是文章里面提到的“茂卿”所作的一本书。“董”即董狐，春秋时候晋国的史官，被作为“良史”的代表。《茶董》当然就是为茶作史的意思。我们先读读陈继儒为《茶董》所作的小序，从前面往后顺下来。

注意下面一句：“自谓独饮得茶神，两三人得茶趣，七八人乃施茶耳。”就是说，一个人饮的时候，能得到茶的神韵，两三人饮的时候，能得到茶的趣味，到了七八人，那就好像在施舍茶汤，一点意思也没有了（学生笑）。“自谓”，应该就是自己独自悟到的吧？可这话，古人早已说过了。宋人黄庭坚说：“品茶一人得神，二人得趣，三人得味，六七人是名施茶。”也就是说，陈继儒的“自谓”，是要打折扣的。其实，读他的书，你会发现，这是个很普遍的现象。

参见清人陆廷灿《续茶经》卷下之二“茶之饮”。

在陈继儒的许多优雅的言辞里，你会不时发现古人的身影。他的特点是善于转化，用得恰如其分，让你感觉不到哪些是抄来的。就像今天不少善用“锦言大观”的文人一样，很能得一般大众的欣赏。读书多的人，像钱谦益，就可能嘲笑陈继儒只会寻章摘句。至于像我们这样读书不多的，一看，哇！太棒了！（学生笑）“独饮得茶神，两三人得茶趣，七八人乃施茶耳。”哎！不错，有道理，够新鲜的。而这其实跟他的编书生涯大有关系。不否认陈继儒读书多，有悟性，但长期的编书，养成了他写文章时的一大毛病：类似“格言集锦”。

接下来，“新泉活火，老坡窥见此中三昧”。“老坡”，是指苏东坡，这里讲的是他的《试院煎茶》："君不见，昔日李生好客手自煎，贵从活火发新泉。"就是说，煎茶的时候，最好是活火，而且用新泉。下面的"屑饼作团"，涉及茶史上的一个问题，我稍微解释两句。一般认为，秦统一中国以前，以巴蜀为中心，已经有饮茶的传统。秦汉以降，这个习俗向四面八方扩散。从魏晋直到唐宋，主要的制作方法是将茶叶磨成末，用各种调料做成饼。这一过程，费时费工，而且经过水泡、火煎，茶的香味有些丧失了。到了明代，一是为了保持茶叶的味道，一是为了节省时间，再加上明太祖朱元璋下令，以后进贡不要用团茶，社会上方才基本改用散茶。因此，明以前和明以后，饮茶方式很不一样，此前以团茶为主，此后跟今天一样，大都用散茶。

下面又说："黄鲁直去芎用盐，去橘用姜，转于点茶全无交涉。"黄庭坚跟苏东坡一样，是讲求雅趣而且能文能诗能书的大文人。他煮茶时用盐代替川芎，用姜代替橘皮。唐宋的煮茶，跟我们今天很不一样。那是因为，明代以前，饮茶时要加调料。苏东坡的诗里就说到过煮茶用姜好，不要用盐。而唐代的陆羽则认为，煮茶最好加一点盐。不管是加姜还是用盐，那时的习俗，煮茶是要加调料的，加姜、加盐、加橘子皮等。明代以后，才强调不要加这些杂七杂八的东西，追求"标格天然，色香映发"。这样的做法，可以保留茶叶天然的香味。可惜这种饮茶方法，陆羽、苏轼、黄庭

参见陆羽《茶经·茶之煮》及田艺蘅《煮泉小品·宜茶》。

坚都无缘见识，要不，真不知道会留下何等诗文。

下面说，江阴夏茂卿喜欢谈酒，我则劝他，酒喝多了会出事，还不如“隐囊纱帽，翛然林涧之间，摘露芽，煮云腴，一洗百年尘土胃”。前面说了，山人喜欢谈山林，而且出语新奇，像“一洗百年尘土胃”这样的句子，确实令人耳目一新。下面我们读袁中郎等人的文章，也经常会碰到这样造语奇特的警句。这是晚明文人的共同特点。

文章接下来说，历代对酒的禁令有松有严，但从来没有一个朝代禁过茶。反而是我大明王朝，竟然严把关口，禁止茶流出中国。这么好的东西，给胡虏学去，太可惜了。所以，“茶有不辱之节”。这样给茶戴高帽，算不上巧妙。倒是最后几句值得品味：

> 热肠如沸，茶不胜酒；幽韵如云，酒不胜茶。酒类侠，茶类隐。酒固道广，茶亦德素。

我想在“热肠与幽韵”，或者“侠与隐”这个题目上，做点文章。

记不得是上学期还是再上个学期，我发过一个狂言，说希望有一天，能借“茶与酒”来谈论中国文化和中国文学。我相信，这是一个很有意思的题目，因茶与酒跟中国文人性格的形成大有关系。甚至可以说，闭着眼睛，我也能猜出谁喜欢喝茶谁喜欢饮酒（学生笑）。是很有意思的。比如说李白，大家肯定记得“李白斗酒诗百篇”，那是喜欢喝酒的了，这没错。可苏东坡呢？我真不知道他是喜欢酒呢，还是喜欢茶。我读过他的《和陶饮酒二十首引》，里面说：“吾饮酒至少，常以把盏为乐。”这话看得我很开心，因为我不会喝酒（学生笑）。念博士课程时，导师王瑶先生说过，学文学不会喝酒，太可惜了（学生笑），害得我险些转业（学生大笑）。苏东坡的诗里，经常说他醉酒，还说酒后挥毫如何佳妙。清醒的时候不会写草书，但是酒后会写，还写得特棒。等酒醒一看，哎哟！我怎么能写出这么好的草书（学生笑）。这么说，东坡居士该是喜欢喝酒的吧？可后来读《书东皋子传后》，里面说，天下像我这样不能饮酒的，大概很少；不过我“喜人饮酒”，即喜欢看别人喝酒。朋友来了，一定请他喝酒，看他喝得醉醺醺的样子，我感觉特别好（学生笑）。

这也是我的一块“心病”，特别希望能找到不喝酒或不大会喝酒的中国文人，以证明我有资格学文学。找到这两条材料，我稍有信心。一个偶然的机会，我向复旦大学做《唐诗补》的陈尚君教授请教，苏东坡酒量如何？大概陈尚君酒量也不大，所以很高兴地告诉我说，他认真统计过了，苏东坡确实不大喝酒，酒量很小很小（学生大笑）。但是他喝茶，这一点，有很多诗文可做佐证。

我之所以说这些闲话，那是因为，我觉得酒和茶不只是两种性质不同的饮料，它对人的身体，对人的气质，对人的情感，对想象力的驰骋，都会有所影响。文人的“热肠”或“幽韵”，很可能跟酒和茶的特性有关。想象中，李贽应该是喝酒的，而陈继儒则喝茶。假如是这样，我们对中国文学史上很多文人的生活习惯，会有新的了解。但是，这个话不能说得太绝。比如说，鲁迅喝酒，周作人喝茶（学生笑）。周作人喜欢喝茶，这没错，但他的《苦茶随笔》出版后，很多人给他寄苦茶。他只好写文章更正（学生笑）。不过，“苦茶”那种味道，跟他的为人与为文，还是很适合的。在某种意义上，酒或茶都可以作为一种意象，一种传统，或者说一种文化象征。

周作人《苦茶随笔·关于苦茶》称：“其次有一件相像的事，但是却颇愉快的，一位友人因为记起吃苦茶的那句话，顺便买了一包特种的茶叶拿来送我。这是我很熟的一个朋友，我感谢他的好意，可是这茶实在太苦，我终于没有能够多吃。”

如果说酒和茶是两种不同的文化，那么，必须考虑另外一个问题，那就是，不同时代对酒和茶会有不同的想象。比如说，晚明文人对茶的欣赏，便成为一种潮流。除了夏树芳写《茶董》，董其昌、陈继儒为他作序、题词，还有田艺蘅写《煮泉小品》，陆树声写《茶寮记》，徐渭写《煎茶七类》，屠隆写《考槃余事·茶》、陈继儒写《茶话》《茶董补》等。像田艺蘅、陆树声、徐渭、屠隆、陈继儒等，都是晚明有名的小品文家。刚才提到唐宋人饮茶，陆羽说要加盐，苏东坡说要加姜，而田艺蘅《煮泉小品》里再三说，加盐加姜，都是水厄。加了这些东西，茶的本来味道就出不来了。至于

田艺蘅，字子艺，钱塘（今浙江杭州）人，晚明著名学者田汝成之子，生卒年不详。著作有《田子艺集》《煮泉小品》《留青日札》等。尤以后者最为人称道，因其内容包罗万象（天文地理、典章制度、社会风俗、艺林逸闻等），且文字简洁。

时人之“以梅花、菊花、茉莉花荐茶者”，田艺蘅认为，这种做法风韵可赏，可同样损了茶的真味道。如何保持茶的真味道，在晚明文人看来，不只是饮食习惯问题，更体现为一种审美趣味乃至生命境界。

别的人如何说茶的好话，我都可以理解。唯一出乎我意料的，是徐渭也来谈饮茶的佳妙。像徐渭这样以狂放不羁著称的文人，应该喜欢酒才对。就气质而言，徐渭更接近李贽，我相信读艺术史、读文学史的人，都会有这种印象。但徐渭也写过很精妙的关于茶的文章，比如《煎茶七类》和《秘集致品》。在后者中，他说：

茶宜精舍，宜云林，宜瓷瓶，宜竹灶，宜幽人雅士，宜衲子仙朋，宜永昼清谈，宜寒宵兀坐，宜松月下，宜花鸟间，宜清流白石，宜绿藓苍苔，宜素手汲泉，宜红妆扫雪，宜船头吹火，宜竹里飘烟。

借助于这么多“宜”，我想，他所要表达的是，茶代表一种清幽的境界，一种文人的雅趣。在这些松月下，清泉间，以及幽人雅士之后，我想狗尾续貂，加上一句：“茶宜山人，宜清言，宜小品。”

清言与文章

最后，我想给陈继儒作一个小小的总结。

其实，陈继儒在哲学上不如李贽，文学上不如袁宏道，才气不如徐渭，绘画不如董其昌（学生笑）。他不是这些方面的最佳选手，要选什么“梦之队”，很可能轮不到他。但有一点，他把晚明文人的众多特点凝聚起来，把晚明文人对于精致生活的追求人格化，因而成为晚明山人的最佳标本。大家一提到晚明山人，或者晚明的江南文人，谁最合适作代表？很可能是陈继儒。不是因为他的文章写得特漂亮，也不是他的绘画特了不起，而是他的姿态代表了晚明文人心目中理想的生活。

陈继儒写了很多书，名气很大。但在我看来，没有特了不起的好文章。为什么这么说？从魏晋清言走向唐宋文章，是一个自然发展过程。而在晚明，将文章散为清言，对文人聊天很有意义，但对于文学事业来说，却不是好事情。魏晋文人的清谈，直接促成了思想的活跃、文章的通脱、语言的考究，以及对空灵境界的追求等。但陈继儒的文章，却大都是一段段“锦言”集合而成。诸位读到的《中国散文选》里的这三篇，还是我挑出来的比较完整的“文章”。像《花史跋》那样的东西，能看出一个人的生活趣味，可作为文章，却不够精致。在我看来，陈继儒的众多书里，有“清言”，没“文章”。或者说，有警句，有隽语，但没有精心结撰的好文章。回到清人对他的批评——“好逞小慧”，这是有道理的。有才智，有悟性，但过于欣赏自家的小聪明，并且迫不及待地将它表露无遗。这在晚明小品文家中，是个比较普遍的现象，但最突出的，还是陈继儒。你会发现，在陈继儒的书里，一句一句摘，可以摘出很多精彩的句子。可是要找到一篇近乎完美的好文章，可就很费斟酌了。就文章而言，陈继儒是典型的“有名句，无名篇”。

另外还有一点，这种“好逞小慧”，一开始读的时候很新奇，但读多了可就腻了。为什么不适可而止，非要等到人家读腻不可？这就牵涉到前面所说的，这是一种新兴的文化产业。作为生活态度的“悠闲”，一旦成为一种标榜，一种劳作，很容易变味，即变成一种谋生手段。清风明月，以及对于清风明月的鉴赏，自家领受就是了，用不着到处跟人家说。如果整天对人家说，我生活在清风明月中，多么惬意、多么悠闲啊，那这种“悠闲”本身便很值得怀疑。也就是说，我嫌他过于注重对于悠闲的表达，乃至有贩卖自家悠闲的嫌疑。

陈继儒性情好，待人温和，经常有人去他的山庄里参观，跟他聊天，他都热情接待。你想想，这差不多都变成旅游观光项目了（学生大笑）。我总觉得，这种悠闲背后，还是有一点不太自在的东西。比如说，对悠闲姿态的讲究，对自家高洁形象的苦心经营，同样是一种不自在。名分可以摆脱，官职可以不要，经国大业可以卸下，可就是放不下“悠闲”的身段。有时候我想，陈继儒在刻意营造悠闲的山人形象时，会不会失去真正的自由？

第三点，作为晚明流行文化的制造者，陈继儒的生活姿态和作品集是互相对照的。陈继儒的书好销，与陈继儒的逸事广泛流传是有直接关系的；所以，他的生活也是作品。也正因如此，就像我在前面提到的,《岩栖幽事》等“畅销书”在流行的同时，会失去它本来新奇的意义。一篇文章里，有一两个警句，特提神；要是满篇都是警句，这文章肯定好不了。陈继儒的文章，就有这毛病，把好多不同场合、不同时间地点所需要的佳句叠加在一起，反而冲淡了原来的新奇味道。初读陈继儒的书，你可能特别兴奋，就像林语堂说他读袁中郎文章时的感觉——“喜从中来乱狂呼”。可是读多了，你就会发现，那个“新奇套子”有时候挺让人讨厌的。

林语堂《四十自叙诗》:“近来识得袁中郎，喜从中来乱狂呼。……从此境界又一新，行文把笔更自如。”

最后一点，我们必须承认，陈继儒的为人与为文，有利于解构传统中国文人的假面具。也就是说，一千多年的“经国之大业，不朽之盛事”，到了这儿，基本上变成一种生活资料的谋求。这个过程的形成以及中断，很值得关注。清初思想家顾炎武、王夫之等出于对明亡的痛心疾首，对晚明江南文人有很刻毒的批评。加上清廷查禁“好逞小慧”的山人及其小品，中间一隔就是两百多年。到了晚清以后，又是这一块地方，又是这一批文人首先动起来了。我说的“这一批”，是指这一种类型的文人，在上海以及江浙等地重新崛起。也就是说，晚明江南文化中那种“消解正统”的能力，

参见陈平原、王德威、商伟编《晚明与晚清：历史传承与文化创新》，武汉：湖北教育出版社，2002。

在晚清又出现了。

在我看来，对于建功立业、对于封侯拜相的淡忘，是晚明文人生命形态中最值得关注的一点。当然，在消解正统的同时，能否建立起什么，则又另当别论。所以，我想借这两个人——一个是用自以为正确的理念来抵制主流意识形态，即正面抗争的李贽；另一个则抽身而退，另外营造自己的小世界，那就是陈继儒——代表晚明两种不同的文人类型。

当我谈陈继儒的时候，固然说的是活生生的个体，可也隐含着我对晚明江南文化，尤其是文人心态的理解。大概十年前，我在某篇文章中稍微涉及中国文化的“南北”问题。有一次和余英时先生聊天，谈到所谓的“京海之争”，应该上推到明代。当然，那时的“海”不是上海，而是江南。我们所说的南北学术、南北文化，可以从六朝讲起。但真正形成今天京海对峙格局，其中政治、经济、文化、学术、民风等差异，很可能从明代中期就已经凸显。这样的话，讨论陈继儒和李贽，就可以获得另外一个角度。李贽和陈继儒，这两个人的思想及文化立场很不一样，但还有一点差异，同样值得注意。李贽是泉州人，中进士后到过云南当官，后来在湖北的黄安讲学，晚年寄居北京郊区的通州，一生行踪，主要不在江南。而陈继儒呢，一辈子没有走出扬子江和钱塘江之间。我们所说的江南，主要指的就是这一块，广东、福建不在内。与今日的“海派文化”渊源极深的“江南文化”，在晚明时已经相当成熟，由此养成的社会风尚和审美趣味，值得我们关注。诸位有兴趣的话，不妨试试。

今天就讲到这儿，下一回谈袁宏道。下课。

茶董小序

范希文云："万象森罗中，安知无茶星？"余以茶星名馆，每与客茗战，自谓独饮得茶神，两三人得茶趣，七八人乃施茶耳。新泉活火，老坡窥见此中三昧，然云出磨，则眉饼作团矣。黄鲁直去芎用盐，去橘用姜，转于点茶全无交涉。今旗枪标格天然，色香映发，岕为冠，他山辅之，恨苏、黄不及见，若陆季疵复生，忍作《毁茶论》乎？江阴夏茂卿叙酒，其言甚豪，予笑曰："觞政不纲，曲爵分愬，呵詈监史，倒置章程，击斗覆觚，几于腐胁，何如隐囊纱帽，翛然林涧之间，摘露芽，指云腴，一洗百年尘土胃耶？醉乡网禁疏阔，豪士升堂，酒肉伧父，亦往往拥盾排闼而入。茶则反是。周有《酒诰》，汉三人聚饮，罚金有律，五代东都有曲禁，犯者族，而于茶，独无后言。吾朝九大塞著为令，铢两茶不得出关，恐滥觞于胡奴耳，盖茶有不辱之节如此。热肠如沸，茶不胜酒；幽韵如云，酒不胜茶。酒类侠，茶类隐，酒固道广，茶亦德素。茂卿，茶之董狐也，试以我言平章之，孰胜？"茂卿曰："诺。"于是退而作《茶董》。

（续修四库全书《陈眉公集》）

陆宫保适园序

东坡云："山川风月本无常主，闲者便是主人。"此善适山川风月者也。

予谓园之界限不在小大，以目与足所到为界，假令瞽者、兀者扶携而游，目不及赴，足不及领，虽有园，无园矣。设以常人而埒夸父之步、离娄之睫，则园于顷刻判为大小。非园之俄大俄小也，目与足之所到异也。然园之权在目与足，而目与足之权在我。我者不适，则虽大士之千目，韦驮之日扰四部洲而行不止也。于目与足何有哉？

先生解学士之绶东归，治园二亩，以息躬。树无行列，石无位置，独一小阁出于树稍竹篠之间，玲珑翕张，以收四面之胜，先生蓝舆造之，日偕故人、鱼鸟相与咏歌，以共适其中。盖世之雕镂奇丽之观，先生淡而不御，如逃三公。而其云物之变幻，草木之郁蒸，则若先生之学问名节，日引月长，所谓"生则恶可已者也"。先生以我适园而不以园适我，故杖履所至虽撮土卷石，宛若五岳砺而五湖带焉。

今先生八十余矣，垂老而神明不衰，其目与足矫若少年，而又与性之善适者会，则先生之婆娑偃仰于是闲也，岂减香山之池上司马之独乐哉？嘻！古今之园多矣！然皆化为落蕃蔓草，惟二公之荒陂遗迹至今人称之，将无为世欣慕者，不独在园乎？知此而后，可与先生谈适园矣。

（续修四库全书《陈眉公集》）

花史跋

有野趣而不知乐者，樵牧是也；有果窳而不及尝者，菜佣牙贩是也；有花木而不能享者，达官贵人是也。古之名贤，独渊明寄兴，往往在桑麻松菊、田野篱落之间。东坡好种植，能手接花果，此及之性生，不可得而强也。强之，虽授以《花史》，将艴然掷而去之。若果性近而复好焉，请相与偃曝林间，谛看花开花落，便与千万年兴亡盛衰之辙何异？虽谓“二十一史”，尽在左编一史中可也。

（四库全书《花史左编》）

第三讲

阐扬幽韵
与
表彰声色

袁宏道的为人与为文

晚明公安三袁，尤其是“老二”袁中郎，是大家比较熟悉的，几乎所有的中国文学史，都会提到他的“独抒性灵，不拘格套”。我编《中国散文选》，“导言”及“小传”部分，关于袁宏道（1568—1610），主要谈了以下四个问题。

第一，袁宏道强调时代变迁给文学带来的影响，反对泥古，主张创新，这一点，主要得益于李贽。公安三袁的求新求变，强调“独抒性灵”，有“童心说”的影子。

第二，公安三袁，大的文学主张一致，只是具体到为人为文，仍有不小的差异。相对于哥哥袁宗道、弟弟袁中道，袁宏道更讲求“韵”和“趣”。

第三，钱谦益在《列朝诗集小传》里，表扬袁中郎有“涤荡摹拟”之功，同时批评他“机锋

袁宗道（1560—1600），字伯修，公安（今属湖北）人，与弟宏道、中道齐名，并称公安三袁，有《白苏斋集》。不满“文必秦汉，诗必盛唐”的复古主张，宗道转而推崇清新畅达的白居易与苏轼，名其斋曰“白苏”，以自别于时流。正如钱谦益所说的，“其才或不逮二仲，而公安一派，实自伯修发之”（《列朝诗集小传》丁集中“袁庶子宗道”则）。

袁中道（1570—1626），字小修，有《珂雪斋集》。黄宗羲品评小修文，有一妙语，可助理解公安文章之“非从自己胸臆流出不肯下笔”：“珂雪之文，随地涌出，意之所至，无不之焉。冯具区云：‘文章须如写家书一般。’此言是之而非也。顾视写家书者之为何人：若学力充足，信笔满盈，此是一样写法；若空疏之人，又是一样写法，岂可比而同之乎？珂雪之才更进之以学力，始可言耳。”（《明文授读》卷二十七）

侧出，矫枉过正”，称此举流弊丛生，致使晚明文章越来越猖狂。这一论述思路，日后影响很大。

第四，所谓“矫枉过正”，其实是袁宏道自觉选择的论述策略。刻意追求惊世骇俗，一般人都说唐诗了不起，我就告诉你“唐无诗”；一般人都说秦汉文章特棒，我就坚称“秦汉无文”(《与张幼于》)。这种发言姿态，既成就了他早年的高名，也使其日后备受非议。中国人普遍讲求“修辞立其诚”，如果大家觉得你是怎么痛快怎么说，还怎么信你？这种注重讲话姿态，迎合大众趣味，我怀疑跟晚明出版业的发达有关。有一点可以帮助大家思考，20 世纪 90 年代的文学及文化批评，跟 20 世纪 80 年代有什么不同？最大的差异在于，发言时到底是讲求“诚意”呢，还是注重“效果”。如果是后者，那么，“矫枉过正”确实是不二法门。

我第一次认真面对袁中郎，是在十六年前。那时，刚到北大念博士生，年少气盛，说话写文章，全都没轻没重。当时关注东西方文化的碰撞，选择林语堂作为研究个案。20 世纪 30 年代，林语堂作《四十自叙诗》，其中有这么两句：“近来识得袁中郎，喜从中来乱狂呼。”那时，林语堂办《论语》《人间世》，提倡“闲适”与“幽默”，在文坛影响很大。后来，他用英文撰写的《吾国吾民》《生活的艺术》等，在美国成为畅销书。但在很长时间里，讲现代文学史，要么不提林语堂，要么持批判的态度。我因为对晚明感兴趣，比较容易理解林语堂的立场，写了几篇文章，算是给他做一点平反工作。真没想到，不到十年，竟又兴起“林语堂热”。几年前，重刊旧文时，我加了个按语，大意是说，当年文章发表后颇获好评，只有一位刚从美国回来的老同学说他不喜欢，为什么？用逞才使气的办法批评人家的逞才使气（学生笑）。这个事情对我触动很大。林语堂的文章，有时显得轻佻；我用同样的语调来批评他，表面上痛快淋漓，实际上对历史人物，缺乏一种温情与体贴，失之刻薄。

参见《陈平原小说史论集》上卷8页，石家庄：河北人民出版社，1997。

读现代文学的同学都知道，20世纪30年代有过一场关于小品文、关于闲适的论争。按鲁迅《〈自选集〉自序》的说法，新文化运动取得胜利以后，《新青年》的团体散掉了，有的高升，有的退隐，有的继续前进。研究者一般认为，鲁迅是代表继续前进的；至于退隐的，则包括周作人、林语堂、刘半农和钱玄同等。1927年国共分裂后，政治形势陡然紧张，很多话不能说了，文人们于是由“叛逆”变为“闲适”。按照这个思路，所谓“闲适”，意味着放弃责任，逃避现实，躲进自家的小楼，这当然是不可取的。当初我论林语堂，大致也是这个调调。

其实，“心情半佛半仙，姓字半藏半显”（李密庵《半半歌》），在出世和入世之间徘徊，这种心态，在传统中国文人中十分普遍。所谓“出家前做，似和尚诗；出家后做，似秀才诗”（徐珂《清稗类钞》第八册3946页，北京：中华书局，1984），这现象也很普遍，不限于某位清代诗僧（学生笑）。

借用杨诚斋诗句，那就是："袈裟未着嫌多事，着了袈裟事更多。"现代作家俞平伯《古槐梦遇》中，有这么一句妙语："不可不有要做和尚的念头，但不可以真要去做和尚。"（学生大笑）而弘一法师（李叔同）之所以特别受人崇敬，除了其"以出世精神做入世事业"，更因持律极严，真应了《古槐梦遇》中的另一句："假如真要做和尚，就得做比和尚更和尚的和尚。"

俞平伯（1900—1990），原名俞铭衡，字平伯，原籍浙江德清，生于苏州，曾祖父为清代著名学者俞樾。1915年考入北京大学，1918年参加新潮社，1921年加入文学研究会，并开始和胡适、顾颉刚讨论《红楼梦》。1923年起先后在燕京大学、清华大学、北京大学等校任教，1956年后转为中国社科院文学研究所研究员。1954年因《红楼梦》研究遭受错误批判，30年后始得正式平反。作为学者的俞平伯，主要著作有《红楼梦辨》《论诗词曲杂著》等；作为文人，俞平伯的主要成绩在散文，有《杂拌儿》《燕知草》《古槐梦遇》《燕郊集》等。

面对不能不想当和尚，但又很少真的当和尚的中国文人，我的论述框架来自鲁迅。在关于林语堂的文章中，我提到陶渊明并非整天飘飘然，袁中郎也自有他的苦闷；所谓的"闲适"背后，隐含着焦虑、屈辱与抗争。后人谈论袁宏道或者晚明小品，比如郭预衡的《中国散文史》下册（上海古籍出版社，1999）、吴承学的《晚明小品研究》（南京：江苏古籍出版社，1998）等，也大都袭用这一思路，只不过材料更丰富、论述更精致而已。

好，那么就让我们就从袁中郎的出世和入世说起。

为官与遗世

在具体讨论前，有必要简单介绍一下袁宏道的生平。袁宏道，字中郎，号石公，湖北公安人，乃宗道之弟、中道之兄。读书中举，一路顺风，但有一阵子考不取进士，转而追随李贽。中道为他所撰“行状”，对这一段经历有精彩的描述：“先生既见龙湖，始知一向掇拾陈言，株守俗见，死于古人语下，一段精光，不得披露。至是浩浩焉如鸿毛之遇顺风，巨鱼之纵大壑。”万历二十年，也就是1592年，袁宏道终于中了进士，但没有马上出来当官，而是回家继续读书。1595年，方才出任吴县县令；可不久又辞官，走吴越，游西湖，爬天目，着实痛快地游荡了好一阵子。1598年，袁宏道入都就选，授顺天府教授。这时，兄弟三人都在北京，相聚讲学，对李贽思想学说的“尚欠稳实”有所反省，开始调整自己的思路。1600年，请假归里，不想再当官了，与名僧游于乡里。六年后，也就是1606年，顶不住家里的压力，又重新出道，可早已意兴阑珊。1610年定居江陵沙市，同年9月去世。

与一般追求“格物致知”“修身齐家治国平天下”的正统文人不太一样，袁宏道似乎从一开始就对当官不太感兴趣。不是被罢黜，也很难说怀才不遇，从中进士后，就一直犹犹豫豫，出，还是不出。当两年官，没兴趣，打道回府；在家待腻了，熬不住，又重新出山。这么出出进进，折腾了好几回。就像《甲辰初度》诗所说的：“劝我为官知未稳，便令遗世也难从。”出世也不是，入世也不是，矛盾得很。

念中国文学的，很容易发现，鄙薄官场，表彰隐逸，是我们的一大传统。跟这相联系的，那就是对于金钱的蔑视。你要是在诗文中摆阔，说你如何有钱，没人看得起。相反，哭穷，没人敢嘲笑。因为，“君子固穷”；而且，“诗穷而后工”。是否真的如此，那是另一回事。读其他国家的文学作品，你不会有那么强烈的感觉。反正，鄙薄金钱与权势，是中国文人的一大特色。

为什么老是出出入入，纠缠不清？钱伯诚的《袁宏道集笺校》（上海古籍出版社，1981）卷二十一，收有《兰泽、云泽两叔》。信里提到，长安沙尘中，无日不念山中的乔松古木；而当年隐居山中时，又以一见京师为快。我想，很多人都会有类似的感受，繁华的都城与古朴的乡村，互相移位，同样值得怀念。信中又说：

寂寞之时，既想热闹；喧嚣之场，亦思闲静。人情大抵皆然。如猴子在树下，则思量树头果；及在树头，则又思量树下饭。往往复复，略无停刻，良亦苦矣。

这比由于钱锺书的小说而广为人知的“围城”之喻，更为形象，也更精彩。城外的人想进来，城里的人想出去，这是各自所处位置，决定了其对于另一种生活的向往。现在不是这样，树上树下由你挑，你在哪个位子上都不满意。这里说的，有些是人性的问题，比如，鱼与熊掌不可兼得，才高气盛、感情丰富的，大都会有这种困惑，古今中外概莫能外。但有些则是基于政治制度与文化观念，比如如何看待官场，以及如何解决“寂寞”与“喧嚣”之间的矛盾。

在吴县县令任上，袁宏道给朋友写了好多信，抱怨当官实在没意思。初次为官，就是一个实缺，按理说，应该感觉不错才是。诸位必须明白，同样是当官，实缺和虚衔，地方官与京官，大不一样。比如说，他后来到北京来当顺天府学的教授，又迁国子监的助教，这些都属于名声很好，但没有实权，油水不大，类似今天在政协当干部一样。这和在江南富庶之地吴县当县令，是两回事。一般人对于如此肥缺，应该是乐滋滋的，可袁宏道却是满腹牢骚。读读这些信，你就知道什么叫“文人”。

先看收入《袁宏道集笺校》卷五的给沈广乘的信，他说：“人生做吏甚苦，而作令为尤苦，若作吴令，则其苦万万倍，直牛马不若矣。”只听说过贫下中农的生活“牛马不如”，没想到当县太爷的也这么抱怨（学生笑）。为什么？因为“上官如云，过客如雨，簿书如山，钱谷如海，朝夕趋承检点尚恐不及”，你说苦不苦？上级要来检查，过往官吏必须迎送，加上还有很多文书需要处理，对于悠闲懒散惯了的文人，感觉实在是不堪其苦。主要还不在于劳顿，而是难看的嘴脸。对付簿书，需要“一副强精神”；见到钱谷，需要“一副狠心肠”，这也都罢了，最难的还是官场是非。见到上官，需要“一副贱皮骨”；见到过客，需要“一副笑嘴脸”。如此当官，了无生趣。在同样收入卷五的给丘长孺的信中，袁宏道说得更难听：

> 弟作令备极丑态，不可名状，大约遇上官则奴，候过客则妓，治钱谷则仓老人，谕百姓则保山婆。一日之间，百暖百寒，乍阴乍阳，人间恶趣，令一身尝尽矣。苦哉，毒哉！

所谓“过客”，当然不是一般的旅人，不是直接领导，就是同级官吏，或者有什么特殊关系，再不就是著名人士。吴县县令级别不高，地方又很重要，大家都来游览，难怪其苦不堪言。见到过往官吏，不知道哪天用得着，全都不敢得罪，像妓女一样（学生笑）。这说法有点夸张，但也不无道理。至于像守官仓的小吏一样，整天算计；像保山婆，也就是媒婆一样，老是絮絮叨叨，可那是你分内的事，谁让你“食君俸禄”（学生笑）。你说，官当得这么累，一点意思都没有，人间恶趣，一身尝尽。那么我问你，怎么当官，才不算委屈？到底是官场的规矩不好，还是你自己心态有问题？

说到“官场规矩”，不完全是明末的问题。诸位还没真正进入社会，也就不太了解所谓的官场。古往今来，有些备受非议的“官场规矩”，坚如磐石，你可以诅咒，但撼不动。比如上下级的关系。如果你对待上官，不是以“奴”的身份，而是以“主”的口气，都像李白那样“傲视王侯”，那肯定有问题。只是抱怨“不才明主弃，多病故人疏”，而不反省你把上级当听差，那不行。官场和文坛就是不一样。在文坛，你才气大，可以傲视天下；在官场，官大一级压死人（学生笑），不管哪个朝代，都是如此。这种不认才气认官衔的规矩，对于自恃清高的文人来说，是个极大的打击。所以，文人气太浓的，太清高的，一般当不好官。你可以想象，希望“独抒性灵，不拘格套”的袁县令，碰到如此官场规矩，能不叫苦连天？

孟浩然《归故园作》：“北阙休上书，南山归敝庐。不才明主弃，多病故人疏。白发催年老，青阳逼岁除。永怀愁不寐，松月夜窗虚。”闻一多《唐诗杂论·孟浩然》引述孟诗：“欲济无舟楫，端居耻圣明。坐观垂钓者，徒有羡鱼情。”然后进一步发挥：“然而‘羡鱼’毕竟是人情所难免的，能始终仅仅‘临渊羡鱼’，而并不‘退而结网’，实在已经是难得的一贯了。”（《闻一多全集》第三卷34页，北京：生活·读书·新知三联书店，1982）

可这也有问题，到底中国文人想不想当官？有一次，在国外讲学，一位学中国文学的博士，就这么问我。因为，念中国古代诗文，确实很矛盾，又怀才不遇，又“不为五斗米折腰”。真当官，真归隐，这都好说；问题是，绝大部分中国文人，都是一边当着官，一边嚷嚷，我要归隐了，当官真没意思（学生笑）。人家不禁追问，这样的官员，合格吗？你整天想着“采菊东篱下”，处理琐碎的日常事务时，能否尽心尽责，会不会草菅人命？当官要为民做主，不能老是“平日袖手谈心性，临危一命报君王”。读中国古代诗文，极少涉及具体的从政之道，大都只是表达“致君尧舜上，再使风俗淳”的伟大理想，以及对于官场的诸多不满。那么，人家就会问，以如此鄙薄官场的心态从政，能尽忠职守，治理好地方吗？念文学的，大都喜欢听骂官场的，似乎骂得越凶，越有良知，越值得表彰。而这些清高的文人，既混迹官场，又心系山林，是否有助于国家的长治久安，却很少考虑。倘若你在诗文中出谋划策，涉及具体政绩，人家会说你是法家，只懂刑名钱谷，缺乏道德关怀。我想提醒诸位，这样的论述框架，可能沿袭了传统文人的偏见。在我看来，只是表达忧国忧民之心，而不考虑具体实施方案，这样的“治国平天下”，效果很可疑。

好，我们再回过头来看看袁宏道。当初林语堂为了反对道学家的方巾气，刻意表彰袁中郎的闲适。反过来，鲁迅出于论战的需要，强调袁宏道也有愤恨与不满。这些都是事实，都有足够的资料支持。问题在于，哪些资料更重要，更值得我们关注。受鲁迅的影响，现在的学者们，大都喜欢发掘袁中郎的社会责任感，比如郭预衡的《中国散文史》，就找到了很多此类的材料。其中最著名的，一说袁中郎辞吴县令时，某宰相得知，曾慨叹“二百年来无此令矣”；还有一则是，吴中人说：“此令近年未有，惟饮吴中一口水耳。”如此清白廉正，惟饮吴中一口水，可见其为吴县令，是颇有政绩的。有人甚至说，袁宏道识如王文成，也就是王阳明；胆如张江陵，也就是张居正，“假之以年，天下事终将赖之”。我们都知道，在明代政治史上，王、张都扮演了十分重要的角色，是功勋卓著、当然也是争议很大

在《且介亭杂文二集·“招贴即扯”》中，鲁迅这样评说袁宏道：“中郎还有更重要的--方面么？有的。万历三十七年，顾宪成辞官，时中郎‘主陕西乡试，发策，有“过劣巢由”之话。监临者问：“意云何？”袁曰：“今吴中大贤亦不出，将令世道何所倚赖，故发此感尔。”’（《顾端文公年谱》下）中郎正是一个关心世道，佩服‘方巾气’人物的人，赞《金瓶梅》，作小品文，并不是他的全部。”

的人物。将袁宏道跟这两人相提并论，说天下事可以委托给他，可见评价之高。可你仔细一查，这两段“美言”，一出自袁宗道，一出自袁中道。也就是说，说好话的，不是他哥，就是他弟（学生笑）。这样的言论，作为史料，是要打折扣的。明代文人喜欢拉帮结派，公安三袁也有这种嫌疑。三兄弟读书有得，互相支持，友情可嘉；可他们之间互相说的好话，当不得真。很简单，你把袁中郎“直牛马不若矣”之类的抱怨，与他兄弟称其如何尽忠职守，两相比照，就明白是否真的“二百年来无此令矣”。

郭预衡先生引用的是袁宗道的《寄三弟》和袁中道的《吏部验封司郎中中郎先生行状》，见《中国散文史》下卷248－249页，上海古籍出版社，1999。

说袁宏道有很浓的文人气，对归隐山林更感兴趣，不等于否认他也有政治抱负——虽然不切实际，而且，也有牢骚与不平，并非整日悠闲。有几封袁宏道给朋友的信，很能说明他的趣味，故常被论述者引用。诸位知道，中国古代文人喜欢用书札来表达自己的理想和抱负。这些书札，不太涉及日常事务，很大程度是在做文章。表面上是写给某个特定读者，实际上准备日后入集，是用心经营的。你会发现，了解古代文人的观念、情感和学识，序跋书札等甚至比正经的“策”“论”更有用。

这里想介绍的三封信，不但文章漂亮，思路也很奇特，值得一封封细说。第一封是写给徐汉明的，里面说：“弟观世间学道有四种人：有玩世，有出世，有谐世，有适世。”玩世不恭的，像庄周、列御寇、阮籍这种人，上下几千年，就那么几个；真的出世的，像达摩、马祖、临济这些高僧大德，世间也极少；至于那些谐世的，讲求仁义道德，学问亦切近人情，可就是用世有余，超乘不足。最后一种，那就是“适世”了：

其人甚奇，然亦甚可恨。以为禅也，戒行不足；以为儒，口不道尧、舜、周、孔之学，身不行羞恶辞让之事。于业不擅一能，于世不堪一务，最天下不紧要之人。

这种人，于世无大益，可也无大碍，贤人君子避之惟恐不及，但我却“最喜此一种人”。因其不必像和尚那样讲苦行，也不必像儒生那样讲仁义，尽可随心所欲，顺乎自然。

读这信，你会觉得，袁中郎活得很潇洒。可你再看看这一封，那是写给黄平倩的：“但每一见邸报，必令人愤发裂眦，时事如此，将何底止？”这又是一个袁宏道，也会怒发冲冠，拍案而起。这是我当年从鲁迅那里学来的，用以批评林语堂之“以偏概全”。

第三封是写给苏潜夫的，也是我当年引用过的：“夫弟岂以静退为高哉？一亭一沼，讨些子便宜，是弟极不成才处。若谓弟以是为高，则弟之眼如双黑豆而已。”

好，我们把这些材料略为收拢，很容易发现，这位晚明文人，既讲闲适，也有苦闷，二者都是真的。尤其第三封，似乎别的学者不用，我却觉得很关键。这位整天谈闲说适的文人，并非“以静退为高”。反过来，你也不能以为袁兄整天“忧君爱国”。请看其《显灵宫集诸公，以城市山林为韵》，其中有这么八句：

> 邸报束作一筐灰，朝衣典与栽花市。
> 新诗日日千余言，诗中无一忧民字。
> 旁人道我真聩聩，口不能答指山翠。
> 自从老杜得诗名，忧君爱国成儿戏。

读中国文学，必须警惕对于文人挂在嘴上的“归隐山林”或“致君尧舜”做过度阐释。讨论文人的出世与入世，除了时局，还必须将其性情与趣味考虑在内，不要一律上纲上线。

文人的立身处世，在所谓的抗争与消极、进取与颓废、清高与世俗之间，还有好多的实际考虑。比如，决定文人的隐不隐，还有一个必不可少的因素，那就是经济条件（学生笑）。为什么袁宏道老在“为官”与“遗世”之间徘徊，隐一阵，又不隐了，跑出来当官？上一回讲到陈继儒时，我说到他作为隐士的生财有道。所谓“大隐隐朝市”，不只是观念问题，还必须有雄厚的经济实力作后盾。所以说，讨论中国文人的仕与隐，除了政治立场、道德境界、审美趣味等，还必须考虑同样很重要的经济实力。

传统中国文学里，经常可以看到三类形象，一是诗人，一是官人，一是商人。一般来说，诗人强调精神，官人注重权势，商人炫耀金钱。在这三者之间，念中国文学的，一般最鄙薄的是商人，最推崇的是诗人。可实际上，明代中叶以后，商人的地位迅速上升，在很多情况下，是商人的金钱决定着社会风气乃至审美趣味。有一点请大家注意，晚明的隐士并非政治上的反对派，没有坚定的政治信念，也不能吃苦，他们极力追求“雅致的生活”，决定了其或明或暗地受制于金钱或商人的趣味。陈继儒是这样，袁宏道也是这样，这与上古或中古时代的隐士，比如桀溺或陶渊明，全都不一样。

孔子使子路问津，耕田不辍的桀溺答曰：“滔滔者，天下皆是也！而谁以易之？且而，与其从辟人之士也，岂若从辟世之士哉？”（《论语·微子》）

幽韵与声色

一般来说，讨论晚明文人的生活方式，必然涉及“出入”与“仕隐”。可还有一个问题，同样值得关注，那就是关于“幽韵”与“声色”的分辨。先看《瓶史》中的这句话：“夫幽人韵士，屏绝声色，其嗜好不得不钟于山水花竹。”也就是说，“幽韵”与“声色”，是两种互相拒斥的生活趣味。官吏和商人，一般来说擅长相对粗俗的“声色”；至于欣赏细腻的“幽韵”，需要心境，也需要教养，更适合于文人。可我想说的，恰好是晚明文人的不避粗俗，在强调“幽韵”的同时，纵情“声色”。

官、商擅“声色”，文人喜“幽韵”，这是一般人的见解，读袁中郎书札，你会发现，此君不受此等束缚，鱼与熊掌兼而好之。在那则很有名的《龚惟长先生》(《袁宏道集笺校》卷五）中，袁中郎渲染人生五大乐趣。所谓“三快活”者，乃文人本色：

箧中藏万卷书，书皆珍异。宅畔置一馆，馆中约真正同心友十余人，人中立一识见极高，如司马迁、罗贯中、关汉卿者为主，分曹部署，各成一书，远文唐、宋酸儒之陋，近完一代未竟之篇。

如此清雅高洁的“书生意气”，对比“四快活”的纵情声色，你可能会觉得有些突兀：

千金买一舟，舟中置鼓吹一部，妓妾数人，游闲数人，泛家浮宅，不知老之将至。

携妓泛舟，在古代中国文人那里，是很平常的事，没什么好惊讶。问题在于，别的文人也都这么做了，但不像袁宏道这样明目张胆，将这么两种截然不同的趣味相提并论，甚至将后者置于前者之上。不同于声色犬马之徒的“附庸风雅”，作为风雅之士，袁宏道反过来刻意渲染自己的“携妓泛舟”，这当然是挖苦假道学，标榜自家的不同流俗。这与他的强调率性而行，为文为人均“不拘格套”，以及推崇下里巴人的民歌时调，是一脉相传的。

“食色，性也”，文人与官商有同好，今天看来，很正常。只是以前不这么看，似乎“山中幽韵”与“都市声色”，二者截然对立，一高雅，一恶俗，不可同日而语。袁中郎揭开文人“清高”的面纱，让你明白文人掩盖在笔墨下的欲望。目前学界谈论晚明思潮，多关注阳明心学的正面影响，即如何从致良知到重性情、尊性灵；至于其中的求乐自适与猖狂傲世，同样不容忽视。后者与晚明文人的纵情声色，不无关系。我们知道，晚明江南多才女，且集中在青楼，包括今天大家津津乐道的秦淮名妓等。江南经济发达，文化繁荣，青楼女子文化修养又很高，晚明文人出入妓院，是很正常的现象。我想说的是，在晚明，如果你规规矩矩，皓首穷经，没人赞赏；但倘若你才华横溢，镇日流连酒馆青楼，尽情享受人生，那大家会对你很佩服，也很欣赏。这就是社会风气，也是晚明文学得以产生的基础。

郑振铎（1898—1958），笔名有西谛、郭源新等，祖籍福建长乐，生于浙江温州。1917 年考入北京铁路管理学校，五四运动爆发时，作为学生代表积极参加。1921 年参与发起文学研究会，1923 年接替茅盾主编《小说月报》，1931 年起在燕京大学、清华大学任教。1949 年后担任文物局长、文化部副部长等。1958 年出国访问时，因飞机失事殉难。撰有《家庭的故事》等小说集、《山中杂记》等散文集，但主要成就在学术研究，先后出版有《文学大纲》《插图本中国文学史》《中国俗文学史》《中国文学论集》《中国古代木刻画史略》等。

20 世纪 30 年代，郑振铎写过一篇很有名的文章，题为《谈〈金瓶梅词话〉》，讨论这部中国文学史上的头号“淫书”，到底是怎样产生并流播的。其中有这么一段，很值得品味：

《金瓶梅》的作者是生活在不

断的产生出《金主亮荒淫》、《如意君传》、《绣榻野史》等等"秽书"的时代的。连《水浒传》也被污染上些不干净的描写；连戏曲上也往往都充满了龌龊的对话（陆采的《南西厢记》、屠隆的《修文记》、沈璟的《博笑记》、徐渭的《四声猿》等等，不洁的描写与对话是常可见到的）。笑谈一类的书，是以关于"性"的玩笑为中心的（象万历板《谑浪》和许多附刊于《诸书法海》、《绣谷春容》诸书里的笑谈集都是如此）。春画的流行，成为空前的盛况。万历板的《风流绝畅图》和《素娥篇》是刊刻得那末精美（《风流绝畅图》是以彩色套印的；当是今知的世界最早的一部彩印的书）。据说，那时，刊板流传的春画集，市面上公开流行的至少有二十多种。

这里的基本假设，当然属于现实主义，即文学乃时代风气的体现，"在这淫荡的'世纪末'的社会里，《金瓶梅》的作者，如何会自拔呢？"后来的学者，在这方面挖掘得更深、更细，但研究思路上受郑振铎的启发。比如，荷兰学者高罗佩（R. H. Van Gulik）的两本奇书，对此便有更精细的论述。《中国古代房内考》（李零等译，上海人民出版社，1990）第十章，专门讨论明代的房中书、色情小说、春宫画之间的关系；而《秘戏图考》（杨权译，广州：广东人民出版社，1992）中篇"春宫画简史"，更是对今日难得一见的套色春宫画册如《风流绝畅》《花营

作为荷兰著名汉学家，高罗佩（1910—1967）之享誉学界，除了上述《秘戏图考》《中国古代房内考》等书外，还有在西方被称为"中国的福尔摩斯小说"的《狄公案》。

锦阵》等，做了专门介绍。经过这么多年各国学者的共同努力，加上社会日渐开放，查阅此类色情书籍及画册，已经不是太困难。可当初郑振铎讨论这问题，得益于他别具一格的收藏。大家都知道，郑先生乃著名藏书家，尤其关注小说戏曲等“俗文学”。20 世纪 20 年代，他写过一篇短篇小说，叫《书之幸运》，说的正是其收藏春宫画及色情小说的艰难。

晚明文人的放荡与自适，使其既有陈继儒那样的山中幽韵，又有《金瓶梅》这样的情色文章。两边兼顾，左右逢源，这就是我们今天谈论的袁中郎。说到《金瓶梅》，最早给予正面评价，表示极大兴趣的著名文人，正是这位风流倜傥的袁兄。目前我们见到的最早表扬《金瓶梅》的文章，是袁宏道写给著名画家董思白，也就是董其昌的信。诸位读各种《金瓶梅》研究资料集，比如侯忠义等编的《金瓶梅资料汇编》（北京大学出版社，1985），以及黄霖编的《金瓶梅资料汇编》（北京：中华书局，1987），关于《金瓶梅》在明代社会的流传，都以袁宏道的两封信打头。其中《与董思白》有这样一段：

《金瓶梅》从何得来？伏枕略观，云霞满纸，胜于枚生《七发》多矣。后段在何处抄竟，当于何处倒换？幸一的示。

这封写于万历二十四年，也就是公元 1596 年的信，与清人的分辨到底是“诲淫”呢，还是“以淫止淫”，思路大不一样，欣赏的是其“云霞满纸”。十年后，袁宏道又给谢在杭，也就是谢肇淛写信，催问：“《金瓶梅》料已成诵，何久不见还也？”你从我这里拿走这部奇书，已经这么长时间，早就熟读，说不定都能背了，怎么还不还？（学生笑）他所抄录的《金瓶梅》，大概只有全书十之三四，不过，是他最早给了《金瓶梅》极高的评价，并到处宣传，向朋友推荐，借给他们看，可见其人之“幽韵”（学生笑）。

谢肇淛，生卒年不详，字在杭，福建长乐人。万历进士，官广西右布政使。能诗善文，尤以笔记《五杂俎》著称。

袁宏道虽然从学于李贽，但性格不像李贽那么决绝。尤其是入京以后，读书渐多，视野渐广，思想及性情都有所变化，不再对整个社会采取对抗的态度，而是在仕、隐之间徘徊。这影响到他的文学及文化的趣味。假如是李贽，不论“幽韵”还是“声色”，都会把它表达得淋漓尽致；而袁宏道则依违两可，顾盼自如。那是因为，在袁中郎看来，二者都属于“韵”，属于“趣”，没必要强分轩轾。在讲究生活趣味这一点上，中郎还是很有体会的。

研究中国文史的人，很容易患有鲁迅所嘲笑的“爱国的自大”，即把中国文学、中国文化说得好得不得了。别的我不敢说，

“中国人向来有点自大。——只可惜没有‘个人的自大’，都是‘合群的爱国的自大’。这便是文化竞争失败之后，不能再见振拔改进的原因。……‘合群的自大’，‘爱国的自大’，是党同伐异，是对少数的天才宣战；——至于对别国文明宣战，却尚在其次。他们自己毫无特别才能，可以夸示于人，所以把这国拿来做个影子；他们把国里的习惯制度抬得很高，赞美的了不得；他们的国粹，既然这样有荣光，他们自然也有荣光了！”（鲁迅《热风·随感录三十八》）

在把日常生活艺术化这方面，古代中国人的确是天下第一（学生笑）。衣食住行，在在体现中国文化的精髓；这些都是活着的、一举手一投足就能显示的“文化”，其重要性，一点也不比经史子集差。在我看来，这种文化观念与日常生活的互相交融，正是古代中国的一大特色。

这样，我们就不难理解，林语堂当年在美国用英文撰写《吾国与吾民》《生活的艺术》等，教导美国人应该怎样享受“悠闲”，为什么会博得一片掌声。关注娱乐新闻的同学，都会注意到，李安的《卧虎藏龙》很可能获奥斯卡外语片奖。这回是武侠的故事，以前他拍的《推手》《喜宴》等，也都是把中国人日常生活的优雅，以及潜藏在习俗与举止中的幽微情感，用美国人能读懂的电影语言，讲述出来。一个文学，一个电影，在传播中国人的“生活趣味”这一点上，林语堂与李安前后呼应，交相出彩。

李安执导的《卧虎藏龙》，日后果然获奥斯卡最佳外语片奖。

有一点我坚信不疑，中国人的生活趣味，与中国人的文章一样，值得我们关注。我这里说的，主要是古代中国，而且是文人。晚清以降，国势衰微，民生凋敝，闲不得，也雅不得。还有，必须明白，即便是晚明，即便在富庶的江南，“风雅”也只属于有钱有闲者。现代社会讲求民主，包括政治权利，也包括文化趣味，会有拉平的趋势。只是以往中国文人那种十分精致的生活，不应该就此断绝。以前也不是所有的人都很优雅，但现在的问题是，大家都差不多，都很粗俗（学生笑）。

1924年，周作人写过一篇《北京的茶食》，其中特别感叹，在古老的京城里，居然吃不到“包含历史的精炼的或颓放的点心”。你可能指责他，不考虑民生艰难，饭都吃不饱，谈什么好点心；可周作人的辩解也很有道理：

我们于日用必需的东西以外，必须还有一点无用的游戏与享乐，生活才觉得有意思。我们看夕阳，看秋河，看花，听雨，闻香，喝不求解渴的酒，吃不求饱的点心，都是生活上必要的——虽然是无用的装点，而且是愈精炼愈好。

这种说法，其实很得晚明文人的神韵。关于北京茶食的粗劣，我十多年前刚到北京时，也很惊讶，为什么月饼硬得都能砸死人？

托改革开放的福，最近二十年，中国社会风气发生很大变化，其中一点，就是不再以粗俗为美。讲了将近一百年的革命，革命者自有追求，以粗犷、粗粝、粗俗为美，对文化上的雅致与悠闲，是持鄙夷态度的。一个举止优雅的风流才子，就像晚明的唐伯虎那样的，在大革命的暴风雨中，只能属于被嘲讽的对象（学生笑）。一直到20世纪90年代，才对“闲暇”有了正面的理解与阐述。随之而来的，是大批休闲书籍的出版；有个搞出版的朋友甚至提醒我，今年是“休闲年”。仔细观察，你会发现，这些讨论“休闲哲学”“休闲文化”的书，都是从国外引进的；而中国本来十分悠久的“休闲”传统，却基本上被遗忘了。到过欧洲或者日本旅游的，都不得不承认，他们今日的生活，的确比中国人雅致。但这跟经济实力有关系，总有一天，中国人也会刻意追求生活的“悠闲”与“雅致”。读读上海古籍出版社 1993 年编辑出版的《生活与博物丛书》，那里面收集历代有关花卉果木、禽鱼虫兽、器物珍玩、饮食起居的著述一百四十种，稍为翻阅，你就知道中国人日常生活的情趣。

以此为出发点，你再回过头来读晚明人的文章，可能会别有体悟。那就是，无论诗歌散文还是日常生活，中国人追求“物我合一”。赏花呀，游山呀，品茶呀，养鹤呀，全都成了一门艺术。这里，我想以袁宏道的《瓶史》为例，说明晚明文人的趣味。这《瓶史》，不只是日用知识，更是审美趣味；作为文章来读，也很有味道，因此，我把它选入《中国散文选》。

这组文章，讲的是作为日常生活点缀的“插花”，但讲得津津有味，将实用性的知识与审美感受、文人趣味融合在一起。就说第三则“器具”吧。“养花瓶亦须精良。譬如玉环、飞燕，不可置之茅茨；又如嵇、阮、贺、李，不可请之酒食店中。”这是起兴，作者在做文章，与所要介绍的具体知识无关。插花时，要特别注意花瓶的质地与造型，这点一般人都能体会得到。但下面这一段，可就见知识，非常人所能道：

尝闻古铜器入土年久，受土气深，用以养花，花色鲜明如枝头，开速而谢迟，就瓶结实，陶器亦然，故知瓶之宝古者，非独以玩。

对此，我略有怀疑。中国人讲究吃什么补什么，怎么花瓶也如此？（学生笑）不过，袁宏道用了“尝闻”二字，大概他也没试过，拿不准。下面这一段，其他书中也有类似的说法，好像更可信些：

冬花宜用锡管，北地天寒，冻水能裂铜，不独磁也。水中投硫黄数钱亦得。

现在屋里有暖气，对于“北地天寒”四字，体会不深；放在四百年前，这可是实实在在无法克服的障碍。《瓶史》十二则，包括“品第”“择水”“洗沐”“清赏”等，既有实用性知识，比如用古铜器插花，或投硫黄可以防冻；也有审美的，比如花瓶如何与所插之花相配。这样的叙说，浸透着性灵和趣味，可做文章阅读。

趣味与文章

此类兼及知识与文章的“闲书”，在晚明其实很不少，比如王世懋的《学圃杂疏》、屠隆的《考槃余事》、田艺蘅的《煮泉小品》、陆树声的《茶寮记》、文震亨的《长物志》，以及高濂蔚为大观的《遵生八笺》等。阅读此类著述，最直接的收高濂，字深甫，别号端南道人，钱塘（今浙江杭州）人，生卒年不详。著有南曲《玉簪记》《节孝记》，诗文集《雅尚斋诗草》，以及从八个方面介绍延年之术、却病之方的《遵生八笺》。后者可见晚明文人生活情状以及精神状态，文章佳否倒在其次。

在《中华文人生活》最后一章谈论鲁迅的“文人性”，以及在《中国小说史略》的译后记中称其为“悲凉之书”，均显示日本著名中国学家中岛长文的独特见解。

获，是对于晚明文人生活趣味的把握。日本学者荒井健编《中华文人生活》（东京：平凡社，1994），所收各文，虽也论及“先驱者”白居易与李后主，还以鲁迅的“文人性”作结，但中间的主体部分，乃讨论晚明文人对养生、饮食、情色、园林、书画、出版、文房趣味等的思考与实践。

上一次课，我提到一个有趣的问题，即中国文人与茶酒之间的关系。一个是浓烈的酒，一个是清幽的茶，二者都对中国文人的生活及写作产生过巨大的影响。凭直觉，我估计袁宏道喜欢的应该是茶。果不其然，在《惠山后记》这篇文章中，有这么一句话：“余少有茶癖，又性不嗜酒，用是得专其嗜于茶。”这个“少有茶癖”的袁宏道，会欣赏徐渭、李贽等的慷慨激烈，但不会像他俩那么“莽撞”和“极端”。多一点文人雅趣，少一些深切的悲痛，以及近乎疯狂的执着。读李贽的东西，读徐渭的东西，你会发现，他们的精神状态，已经接近癫狂，不是装疯，而是真的有点疯了。尤其是徐渭，是类似梵高那样的天才。相对来说，袁中郎心理状态良好，很正常；可也正因为如此，他对悲苦已极乃至绝望的心情，体会不深。

我想讲讲袁宏道的《徐文长传》，这是一篇名文，很有特色，长短互见。此文有三点值得我们注意，第一就是那戏剧化的开篇：

余一夕坐陶太史楼，随意抽架上书，得《阙编》诗一帙，恶楮毛书，烟煤败黑，微有字形。稍就灯间读之，读未数首，不觉惊跃，急呼周望："《阙编》何人作者，今邪古邪？"周望曰："此余乡徐文长先生书也。"两人跃起，灯影下读复叫，叫复读，僮仆睡者皆惊起。

这么奇妙的诗文，到底是谁写的？我袁宏道活在人世三十年，怎么居然不知道天底下还有这般奇人！一问，原来是徐文长。于是，"两人跃起，灯影下读复叫，叫复读"。用这样夸张的语调，来渲染大才子徐渭的不世出，可谓先声夺人。可这是正儿八经给人家立传，竟用如此小说笔法，明显不同于史家著述，的确是文人文章。

对于徐渭这样不世出的奇才，任何世俗的功名都是无所谓的，因此，没必要胶着于科考成绩或仕宦经历。于是，袁宏道直接进入徐渭的诗文风格，这段描述，十分精彩：

其胸中又有勃然不可磨灭之气，英雄失路、托足无门之悲，

徐渭（1521—1593），初字文清，改字文长，号天池山人、青藤道士，山阴（今浙江绍兴）人。除诗文外，擅杂剧，长书画，多才多艺，著作有《徐文长全集》《徐文长佚稿》《南词叙录》《四声猿》等。天才超逸、狂放不羁的徐文长，其写意画健笔纵横，水墨淋漓。不难想象，撰写小品文时，自是不拘格套。对于前后七子之提倡复古，文长大不以为然。"其胸中又有勃然不可磨灭之气，英雄失路、托足无门之悲"，故为诗为文，均亦歌亦哭、如嗔如笑，"一扫近代芜秽之习"，对公安派的崛起大有引领之功（参见袁宏道《徐文长传》）。

故其为诗，如嗔如笑，如水鸣峡，如种出土，如寡妇之夜哭，羁人之寒起。虽其体格时有卑者，然匠心独出，有王者气，非彼巾帼而事人者所敢望也。

读到这里，你很难不拍案叫绝。说别人的诗文如何新鲜，用“如种出土”来描述，亏他想得出来！袁宏道真会写文章，他有很多对人对文的描述，都是用比喻，很生动，也很独特。有一点，他很少用现成的语汇，而是随意组合，别出心裁。会写文章的人都懂得，少用成语，尤其是四字句的成语，这是保证文章新鲜的诀窍。成语是什么？那就是大家都熟悉的，你我都知晓的，谁都能脱口而出的表达方式，这样的东西用多了，文章必定显得浮滥。“如嗔如笑”，那没什么，很一般；“如水鸣峡”，这就有点意思了；到了“如种出土”，奇峰突起，妙极了。说徐渭的诗文特别新鲜，就好像种子突然从地下冒出来那样；至于“如寡妇之夜哭”，那种幽怨，更是难以言说（学生笑）。你会发现，袁宏道这些精妙的感觉与表述，接近诗，而不是通常诉诸理性的文学评论。当然，下面说徐渭“有王者气，非彼巾帼而事人者所敢望也”，对于今日的女性读者来说，很容易体会到其中的性别歧视；但那是时代使然，不要太苛刻。总的说来，袁宏道的巧设妙喻，以及表述的清新与造语的奇崛，在晚明文坛风靡一时。

徐渭之备受关注，除了诗文书画，就是奇特的性格。尤其是晚年的忧愤以至发疯，更是立传者必须直接面对的。你猜袁宏道怎么写？

> 晚年愤愈深，佯狂益甚，显者至门，或拒不纳。时携钱至酒肆，呼下隶与饮。或自持斧击破其头，血流被面，头骨皆折，揉之有声。或以利锥锥其两耳，深入寸余，竟不得死。

头骨被自家用斧头敲碎了，用手一揉，咔嚓咔嚓！（学生笑）袁宏道的确会写文章，用这样很特别的细节，让你有真切的感受。可大家知道，徐渭不是“佯狂”，是真的疯了。要装疯，不能敲得这么重。古今中外，才气太大、太离经叛道、太愤世嫉俗的，其精神状态大都近于癫狂。在疯与不疯之间徘徊，就看你把握得住把握不住；把握不住，那就真的疯了。说句很正经的“笑话”，精神太正常的人，弄文学艺术，难有大的成就。精神的正常与不正常之间，有时很难截然区分，既能把自家的才情发挥到极致，又不陷于癫狂，这当然是最为理想的状态。但这很难，读中外的文学史、艺术史，你会发现，大才子自杀的很多。

把这么一个悲苦已极，最后真的疯了，用斧头敲击自己脑袋瓜的人，说成是“佯狂”，那未免过于轻巧了。为什么这么写？有两种可能。一是袁宏道认为“疯”不是好事，为尊者讳，故意说成是古已有之的很优雅的“佯狂”，使其符合徐渭的名士身份。另外一种可能，是出于文章的考虑，这么写，方才显得跌宕起伏，神秘诡异。用今天的话说，那就是，“可读性”很强。晚明文人好奇，写文章往往故意起波澜。弄得不好，就会因过分追求结构及文字的“巧妙”，而失去本该有的精神及风格上的“沉郁”。

袁宏道早年暴得大名，靠的是奇思妙想，是文章新奇，而不是思想深刻。他和李贽不一样，大家会认为李贽有思想，很深刻，但一般不认为袁宏道是思想家，虽然南京大学出版社的“中国思想家丛书”里有他一本。我主要将其作为有感觉、讲趣味的文人来看待与评说。从这个角度来阅读、品鉴袁中郎的文章，我选择《满井游记》。之所以选这一篇，还有我对于北京历史文化的兴趣。

周群：《袁宏道评传》，南京大学出版社，1999。

诸位在北京，大都生活了好几年。在北京待久了，你会对它产生感情。记得周作人说过，他的故乡不止一个，凡他住过的地方都是故乡，现在住在北京，于是北京就成了他的家乡了（《故乡的野菜》）。你我都住在北京，对北京的风土人情产生兴趣，是很自然的事。同样，你能理解，四百年前，公安三袁在北京聚会，常常游览风景名胜，写下了不少纪游的诗文，其中就包括今天要讲的这篇《满井游记》。此文撰于万历二十七年，也就是公元 1599 年；出游时间是农历二月廿二日，阳历应该是三月中旬。今天是 3 月 23 日，那么，大约四百年前的这个时候，袁宏道出游北京郊外的满井。

满井在什么地方？《帝京景物略》卷一有“满井”一则，称其“出安定门外，循古壕而东五里”。那应该就在现在的二环路和三环路、东直门和安定门之间。我查清代以后的各种方志和地图，都没有找到这个地名，诸位如果见到，请告诉我一声。不知“满井”现在隐藏在哪条小巷子里，但大体方位还是明确的。

满井为什么有名？按《帝京景物略》的说法，这是因为“井高于地，泉高于井，四时不落，百亩一润”。初春时节，这儿成了游春的绝好去处。对于“春初柳黄时”的感觉，南方北方大不一样。这儿肯定有不少人和我一样，是从四季皆绿的南方来的，不大能体会春天的美妙。我也是到北京后，才真正理解古人为何那么重视游春。我第一次进京，是三月底，那无中生有、日新“夜”异的柳黄，真让我激动不已。《帝京景物略》里，还收了袁宏道的两首诗，《游满井》和《再游满井》。如此又文又诗，可见袁对满井的兴趣之浓。

刘侗（约 1594—1637），字同人，号格庵，麻城（今属湖北）人，为文私淑竟陵派首领谭元春。与于奕正合撰《帝京景物略》，详记北京风物，既有史料价值，文笔也值得欣赏。该书虽系刘、于合作，但以文章论，主要还是体现刘侗的趣味。纪昀对此书的评价颇为公允：“其胚胎，则《世说新语》《水经注》；其门径，则出入竟陵、公安；其序致冷隽，亦时复可观。盖竟陵、公安之文，虽无当于古作者，而小品点缀，则其所宜；寸有所长，不容没也。”

回到袁宏道的这篇游记，我们不难发现，他描摹自然风景的精细。我想，有文字兴趣的人，都能体会到下面这一句的魅力：“高柳夹堤，土膏微润，一望空阔，若脱笼之鹄。”那时北京的冬天，一定比现在冷，到了阳历三月，才开始解冻。地近古井，冰水渗下，所以，“土膏微润”。道路两旁的高柳，刚从冬眠状态恢复过来，“柳条将舒未舒，柔梢披风，麦田浅鬣寸许”。“鬣”是马颈上的长毛。麦田好像马的鬃毛一样，风一吹，上下起伏。此情此景，让憋了一冬天的游客们，心情犹如飞出牢笼的天鹅。描写过土地、冰水、树梢、麦苗之后，转入动物："凡曝沙之鸟，呷浪之鱼，悠然自得；毛羽鳞鬣之间，皆有喜气。"中国人讲究物我合一，而不是客观的写生。有喜气的，是鸟，也是人。就好像杜甫的诗句："感时花溅泪，恨别鸟惊心。"大地万物，刚刚苏醒过来，一切都充满生机，无论高柳、花鸟，还是游客，全都洋溢着"喜气"。这就是初春的北京：土膏微润，冰皮始解，柳梢摇曳，麦田俯仰，飞鸟和游鱼悠然自得——这一切，使得刚刚走出冬天的游客们满心欢喜。文章最后点题："始知郊田之外，未始无春，而城居者未之知也。"

这篇《满井游记》，文字很漂亮，感觉也很细腻。但有一段描写，我不太喜欢。哪一段？就是下面这两句："山峦为晴雪所洗，娟然如拭，鲜妍明媚，如倩女之靧面而髻鬟之始掠也。"为什么不喜欢呢？我承认，山水情韵离不开名士风流，晚明文章中，确实多有"山水"一转而为"情人"的。袁宏道的诗文中，常将山水比喻为美人，一会儿美人身体，一会儿美人神态，一会儿美人举止，初时还觉新鲜，多了，就挺让人烦。林纾说这是"以香奁之体为古文"（《春觉斋论文》），带有道德谴责的意味；我则从另外一个角度来思考，即在同一篇文章中，"幽韵"与"声色"能否和谐相处。

晚明文人放荡，喜欢谈论女人身体，这我没意见。可在描摹山水、体现幽韵的文章中，突然阑入情色文字，感觉不是很舒服。幽韵有幽韵的好处，声色也有声色的佳妙，像袁宏道那样追求兼而得之，未尝没有道理。只是在文章中，最好还是将《金瓶梅》与陈继儒的山中清言分开。小品文字强调“本色”，就好像酒最好“烈”，茶必须“幽”，你弄出个又烈又幽的“茶酒”，我想不会好喝（学生笑）。另外，以美人喻山水，这是中国文人的传统，并不是你袁中郎的独创；老这么写，反落入了俗套。

最后，我想回到那则很有名的《龚惟长》。在这封信里，袁中郎提到人生“真乐有五”，有家庭之乐，有著述之乐，有声色犬马之乐，最后一乐尤其值得关注：

> 然人生受用至此，不及十年，家资田地荡尽矣。然后一身狼狈，朝不谋夕，托钵歌妓之院，分餐孤老之盘，往来乡亲，恬不为怪，五快活也。

前面那四种乐，大家都能想得出来，惟有这“五快活也”，乃袁中郎的独创。钱都花完了，恬不知耻，“托钵歌妓之院，分餐孤老之盘”，达到这个境界，真不容易！（学生笑）可这是真的吗，还是只是说说而已？在我看来，此乃典型的“少年不识愁滋味，为赋新词强说愁”。诸位读读张岱的文章，就会知道什么叫历尽沧桑，告别繁华，然后“忏悔佛前”。这种心境，只有经历过世事沉浮，见识过家国兴亡，说出来，才有沉甸甸的分量。否则，只是俏皮话，未免太轻巧了些。

这正是我对袁中郎不太满意的地方：说是“独抒性灵”，可我还是隐隐约约地感觉到，袁兄过分期待读者的掌声，怎么说效果好，就怎么说。这既促成了其文辞乃至立意的新奇，也诱使他在某种程度上为文造情。在我看来，所谓“修辞立其诚”，如果不做太死板的理解，起码对于“文章”来说，还是有道理的。

这点，下周谈张岱，可以有更多的发挥。

袁宏道文章选读

会心集叙

世人所难得者唯趣。趣如山上之色、水中之味、花中之光、女中之态，虽善说者不能下一语，唯会心者知之。今之人慕趣之名，求趣之似，于是有辨说书画、涉猎古董以为清，寄意玄虚、脱迹尘纷以为远，又其下则有如苏州之烧香煮茶者。此等皆趣之皮毛，何关神情？

夫趣得之自然者深，得之学问者浅。当其为童子也，不知有趣，然无往而非趣也。面无端容，目无定睛，口喃喃而欲语，足跳跃而不定，人生之至乐，真无逾于此时者。孟子所谓不失赤子，老子所谓能婴儿，盖指此也。趣之最上乘也。山林之人，无拘无缚，得自在度日，故虽不求趣而趣近之。愚不肖之近趣也，以无品也，品愈卑，故所求愈下。或为酒肉，或为声伎，率心而行，无所忌惮，自以为绝望于世，故举世非笑之不顾也，此又一趣也。迨夫年渐长，官渐高，品渐大，有身如梏，有心如棘，毛孔骨节俱为闻见知识所缚，入理愈深，然其去趣愈远矣。

余友陈正甫，深于趣者也，故所述《会心集》若干人，趣居其多。不然，虽介若伯夷，高若严光，不录也。噫，孰谓有品如君，官如君，年之壮如君，而趣如此者哉！

（续修四库全书《解脱集》）

小陶论书

小陶与一友人论书。陶曰："公书却带俗气，当从二王入门。"友人曰："是也。然二王安得俗？"陶曰："不然。凡学诗者从盛唐入，其流必为白雪楼；学书者从二王入，其流必为停云馆。盖二王妙处，无畦径可入，学者模之不得，必至圆熟媚软。公看苏、黄诸君，何曾一笔效古人，然精神跃出，与二王并可不朽。昔人有向鲁直道子瞻书但无古法者，鲁直曰：'古人复何法哉？'此言得诗文三昧，不独字学。"余闻之失笑曰："如公言，奚独诗文？禅宗、儒旨，一以贯之矣。"

（续修四库全书《解脱集》）

徐文长传

余一夕坐陶太史楼，随意抽架上书，得《阙编》诗一帙，恶楮毛书，烟煤败黑，微有字形。稍就灯间读之，读未数首，不觉惊跃，急呼周望："《阙编》何人作者？今邪古邪？"周望曰："此余乡徐文长先生书也。"两人跃起，灯影下读复叫，叫复读，僮仆睡者皆惊起。盖不佞生三十年，而始知海内有文长先生。噫，是何相识之晚也！因以所闻于越人士者，略为次第，为《徐文长传》。

徐渭，字文长，为山阴诸生，声名藉甚。薛公蕙校越时，奇其才，有国士之目。然数奇，屡试辄蹶。中丞胡公宗宪闻之，客诸幕。文长每见，则葛衣乌巾，纵谭天下事，胡公大喜。是时公督数边兵，威振东南，介胄之士，膝语蛇行，不敢举头，而文长以部下一诸生傲之，议者方之刘真长、杜少陵云。会得白鹿，属文长作表。表上，永陵喜。公以是益奇之，一切疏记，皆出其手。文长自负才略，好奇计，谈兵多中，视一世士无可当意者，然竟不偶。

文长既已不得志于有司，遂乃放浪曲蘖，恣情山水，走齐、鲁、燕、赵之地，穷览朔漠。其所见山奔海立，沙起云行，风鸣树偃，幽谷大都，人物鱼鸟，一切可惊可愕之状，一一皆达之于诗。其胸中又有勃然不可磨灭之气，英雄失路、托足无门之悲，故其为诗，如嗔如笑，如水鸣峡，如种出土，如寡妇之夜哭，羁人之寒起。虽其体格时有卑者，然匠心独出，有王者气，非彼巾帼而事人者所敢望也。文有卓识，气沉而法严，不以摸拟损才，不以议论伤格，韩、曾之流亚也。文长既雅不与时调合，当时所谓骚坛主盟者，文长皆叱而奴之，故其名不出于越，悲夫！喜作书，笔意奔放如其诗，苍劲中姿媚跃出，欧阳公所谓“妖韶女老，自有余态”者也。间以其余，旁溢为花鸟，皆超逸有致。

卒以疑，杀其继室，下狱论死。张太史元汴力解，乃得出。晚年愤益深，佯狂益甚，显者至门，或拒不纳。时携钱至酒肆，呼下隶与饮。或自持斧击破其头，血流被面，头骨皆折，揉之有声。或以利锥锥其两耳，深入寸余，竟不得死。周望言：“晚岁诗文益奇，无刻本，集藏于家。”余同年有官越者，托以抄录，今未至。余所见者，《徐文长集》《阙编》二种而已。然文长竟以不得志于时，抱愤而卒。

石公曰：先生数奇不已，遂为狂疾；狂疾不已，遂为囹圄。古今文人牢骚困苦，未有若先生者也。虽然，胡公间世豪杰，永陵英主：幕中礼数异等，是胡公知有先生矣；表上，人主悦，是人主知有先生矣。独身未贵耳。先生诗文崛起，一扫近代芜秽之习，百世而下，自有定论，胡为不遇哉？梅客生尝寄余书曰："文长吾老友，病奇于人，人奇于诗。"余谓文长无之而不奇者也。无之而不奇，斯无之而不奇也。悲夫！

（续修四库全书《瓶花斋集》）

瓶史

瓶花引

夫幽人韵士，屏绝声色，其嗜好不得不钟于山水花竹。夫山水花竹者，名之所不在，奔竞之所不至也。天下之人，栖止于嚣崖利薮，目眯尘沙，心疲计算，欲有之而有所不暇。故幽人韵士，得以乘间而踞为一日之有。夫幽人韵士者，处于不争之地，而以一切让天下之人者也。惟夫山水花竹，欲以让人，而人未必乐受，故居之也安，而踞之也无祸。嗟夫，此隐者之事，决裂丈夫之所为，余生平企羡而不可必得者也。幸而身居隐见之间，世间可趋可争者既不到，余遂欲欹笠高岩，濯缨流水，又为卑官所绊，仅有栽花种竹一事，可以自乐。而邸居湫隘，迁徙无常，不得已乃以胆瓶贮花，随时插换。京师人家所有名卉，一旦遂为余案头物。无扦剔浇顿之苦，而有味赏之乐。取者不贪，遇者不争，是可述也。噫，此暂时快心事也，无狃以为常，而忘山水之大乐，石公记之。凡瓶中所有品目，条列于后，与诸好事而贫者共焉。

一花目

燕京天气严寒，南中名花多不至。即有至者，率为巨珰大畹所有，儒生寒士无因得发其幕，不得不取其近而易致者。夫取花如取友，山林奇逸之士，族迷于鹿豕，身蔽于丰草，吾虽欲友之而不可得。是故通邑大都之间，时流所共标共目，而指为隽士者，吾亦欲友之，取其近而易致也。余于诸花取其近而易致者，入春为梅，为海棠；夏为牡丹，为芍药，为安石榴；秋为木樨，为莲、菊；冬为蜡梅。一室之内，荀香何粉，迭为宾客。取之虽近，终不敢滥及凡卉，就使乏花，宁贮竹柏数枝以充之。虽无老成人，尚有典刑。岂可使市井庸儿，溷入贤社，贻皇甫氏充隐之嗤哉？

二品第

汉宫三千，赵娣第一；邢、伊同幸，望而泣下。故知色之绝者，蛾眉未免俯首；物之尤者，出乎其类。将使倾城与众姬同辇，吉士与凡才并驾，谁之罪哉？梅以重叶、绿萼、玉蝶、百叶缃梅为上，海棠以西府、紫绵为上，牡丹以黄楼子、绿蝴蝶、西瓜穰、大红、舞青猊为上，芍药以冠群芳、御衣黄、宝装成为上，榴花深红重台为上，莲花碧台锦边为上，木樨毬子、早黄为上，菊以诸色鹤翎、西施、剪绒为上，蜡梅磬口香为上。诸花皆名品，寒士斋中理不得悉致，而余独叙此四种者，要以判断群菲，不得使常闺艳质杂诸奇卉之间耳。夫一字之褒，荣于华衮，今以蕊宫之董狐，定华林之春秋，安得不严且慎哉！孔子曰："其义则某窃取之矣。"

三器具

养花瓶亦须精良。譬如玉环、飞燕，不可置之茅茨；又如嵇、阮、贺、李，不可请之酒食店中。尝见江南人家所藏旧觚，青翠入骨，砂斑垤起，可谓花之金屋。其次官、哥、象、定等窑，细媚滋润，皆花神之精舍也。大抵斋瓶宜矮而小，铜器如花觚、铜觯、尊罍、方汉壶、素温壶、匾壶，窑器如纸槌、鹅颈、茄袋、花尊、花囊、蓍草、蒲槌，皆须形制短小者，方入清供。不然，与家堂香火何异，虽旧亦俗也。然花形自有大小，如牡丹、芍药、莲花，形质既大，不在此限。尝闻古铜器入土年久，受土气深，用以养花，花色鲜明如枝头，开速而谢迟，就瓶结实，陶器亦然，故知瓶之宝古者，非独以玩。然寒酸之士，无从致此，但得宣、成等窑磁瓶各一二枚，亦可谓乞儿暴富也。冬花宜用锡管，北地天寒，冻水能裂铜，不独磁也。水中投硫黄数钱亦得。

四择水

京师西山碧云寺水、裂帛湖水、龙王堂水，皆可用；一入高粱桥，便为浊品。凡瓶水须经风日者。其他如桑园水、满井水、沙窝水、王妈妈井水，味虽甘，养花多不茂。苦水尤忌，以味特咸，未若多贮梅花为佳。贮水之法：初入瓮时，以烧热煤土一块投之，经年不坏。不独养花，亦可烹茶。

五宜称

插花不可太繁，亦不可太瘦，多不过二种三种，高低密如画苑布置方妙。置瓶忌两对，忌一律，忌成行列，忌以绳束缚。夫花之所谓整齐者，正以参差不伦，意态天然，如子瞻之文随意断续。青莲之诗不拘对偶，此真整齐也。若夫枝叶相当，红白相配，此省曹墀下树，墓门华表也，恶得为整齐哉?

六屏俗

室中天然几一，藤床一。几宜阔厚，宜细滑。凡本地边栏漆桌、描金螺钿床，及彩花瓶架之类，皆置不用。

七花祟

花下不宜焚香，犹茶中不宜置果也。夫茶有真味，非甘苦也；花有真香，非烟燎也。味夺香损，俗子之过。且香气燥烈，一被其毒，旋即枯萎，故香为花之剑刃。棒香合香，尤不可用，以中有麝脐故也。昔韩熙载谓木犀宜龙脑，酴醾宜沉水，兰宜四绝，含笑宜麝，薝葡宜檀。此无异笋中夹肉，官庖排当所为，非雅士事也。至若烛气煤烟，皆能杀花，速宜屏去。谓之花祟，不亦宜哉?

八洗沐

京师风霾时作，空窗净几之上，每一吹号，飞埃寸余。瓶君之困辱，此为最剧，故花须经日一沐。夫南威、青琴，不膏粉，不栉泽，不可以为姣。今以残芳垢面秽肤，无刻饰之工，而任尘土之质，枯萎立至，吾何以观之哉？夫花有喜怒寤寐晓夕，浴花者得其候，乃为膏雨。澹云薄日，夕阳佳月，花之晓也；狂号连雨，烈焰浓寒，花之夕也。唇檀烘日，媚体藏风，花之喜也；晕酣神敛，烟色迷离，花之愁也。欹枝困槛，如不胜风，花之梦也；嫣然流盼，光华溢目，花之醒也。晓则空庭大厦，昏则曲房奥室，愁则屏气危坐，喜则欢呼调笑，梦则垂帘下帷，醒则分膏理泽，所以悦其性情，时其起居也。浴晓者上也，浴寐者次也，浴喜者下也。若夫浴夜浴愁，直花刑耳，又何取焉。浴之之法：用泉甘而清者细微浇注，如微雨解酲，清露润甲。不可以手触花，及指尖折剔，亦不可付之庸奴猥婢。浴梅宜隐士，浴海棠宜韵致客，浴牡丹、芍药宜靓装妙女，浴榴宜艳色婢，浴木樨宜清慧儿，浴莲宜道流，浴菊宜好古而奇者，浴蜡梅宜清瘦僧。然寒花性不耐浴，当以轻绡护之。标格既称，神彩自发，花之性命可延，宁独滋其光润也哉？

九使令

花之有使令，犹中宫之有嫔御，闺房之有妾媵也。夫山花草卉，妖艳实多，弄烟惹雨，亦是便嬖，恶可少哉？梅花以迎春、瑞香、山茶为婢，海棠以苹婆、林檎、丁香为婢，牡丹以玫瑰、蔷薇、木香为婢，芍药以罂粟、蜀葵为婢，石榴以紫薇、大红、千叶、木槿为婢，莲花以山矾、玉簪为婢，木犀以芙蓉为婢。菊以黄白山茶、秋海棠为婢，蜡梅以水仙为婢。诸婢恣态，各盛一时，浓淡雅俗，亦有品评。水仙神骨清绝，织女之梁玉清也。山茶鲜妍，瑞香芬烈，玫瑰旖旎，芙蓉明艳，石氏之翔风，羊家之净琬也。林檎、苹婆姿媚可人，潘生之解愁也。罂粟、蜀葵妍于篱落，司空图之鸾台也。山矾洁而逸，有林下气，鱼玄机之绿翘也。黄白茶韵胜其姿，郭冠军之春风也。丁香瘦，玉簪寒，秋海棠娇，然有酸态，郑康成、崔秀才之侍儿也。其他不能一一比像，要之皆有名于世。柔佞纤巧，颐气有余，何至出子瞻榴花、乐天秋草下哉！

十好事

嵇康之锻也，武子之马也，陆羽之茶也，米颠之石也，倪云林之洁也，皆以癖而寄其磊块俊逸之气者也。余观世上语言无味、面目可憎之人，皆无癖之人耳。若真有所癖，将沉湎酣溺，性命死生以之，何暇及钱奴宦贾之事？古之负花癖者，闻人谈一异花，虽深谷峻岭，不惮蹶躄而从之，至于浓寒盛暑，皮肤皴鳞，污垢如泥，皆所不知。一花将萼，则移枕携襆，睡卧其下，以观花之由微至盛至落至于萎地而后去。或千株万本以穷其变，或单枝数房以极其趣，或臭叶而知花之大小，或见根而辨色之红白，是之谓真爱花，是之谓真好事也。若夫石公之养花，聊以破闲居孤寂之苦，非真能好之也。夫使其真好之，已为桃花洞口人矣，尚复为人间尘土之官哉？

十一清赏

茗赏者上也，谭赏者次也，酒赏者下也。若夫内酒越茶及一切庸秽凡俗之语，此花神之深恶痛斥者，宁闭口枯坐，勿遭花恼可也。夫赏花有地有时，不得其时而漫然命客，皆为唐突。寒花宜初雪，宜雪霁，宜新月，宜暖房。温花宜晴日，宜轻寒，宜华堂。暑月宜雨后，宜快风，宜佳木荫，宜竹下，宜水阁。凉花宜爽月，宜夕阳，宜空阶，宜苔径，宜古藤巉石边。若不论风日，不择佳地，神气散缓，了不相属，此与妓舍酒馆中花何异哉？

十二监戒

宋张功甫《梅品》，语极有致，余读而赏之，拟作数条，揭于瓶花斋中。花快意凡十四条：明窗，净室，古鼎，宋砚，松涛，溪声，主人好事能诗，门僧解烹茶，蓟州人送酒，座客工画花卉，盛开快心友临门，手抄艺花书，夜深炉鸣，妻妾校花故实。花折辱凡二十三条：主人频拜客，俗子阑入，蟠枝，庸僧谈禅，窗下狗斗，莲子胡同歌童，弋阳腔，丑女折戴。论升迁，强作怜爱，应酬诗债未了，盛开家人催算帐，检《韵府》押字，破书狼籍，福建牙人，吴中赝画，鼠矢，蜗涎，僮仆偃蹇，令初行酒尽，与酒馆为邻，案上有黄金白雪、中原紫气等诗。燕俗尤竞玩赏，每一花开，绯幕雪集。以余观之，辱花者多，悦花者少。虚心检点，吾辈亦时有犯者，特书一通座右，以自监戒焉。

花寄瓶中，与吾曹相对，既不见摧于老雨甚风，又不受侮于钝汉粗婢，可以驻颜色，保令终，岂古之瓶隐者欤？郁伯承曰："如此，则罗虬《花九锡》亦觉非礼之礼，不如石公之爱花以德也，请梓之。"

（续修四库全书《陈眉公重订瓶史二卷》）

第四讲

都市诗人的奇情壮采

张岱的为人与为文

比起王季重、刘同人或者徐霞客来，张宗子张岱（1597—1689）更难讲。不为别的，就因为诸位已经品尝过闵老子的茶，或曾独往湖心亭看雪；像张岱那样“酣睡于十里荷花之中，香气拍人，清梦甚惬”，诸位大概也早已领略过了——起码在纸上。因此，诸位心目中，各有各的张岱，容不得别人指手画脚。几年前，我曾讲过一次明清散文，自由发言时，大家争先恐后谈论的，多是这位张宗子。估计今天也是这样，明清散文家中，诸位最为了解、作品读得最多、而且最能欣赏的，很可能还是张岱。这就让人为难了，一是诸位可能对这节课期待太高，希望能印证自己的某些感觉；二是诸位可能各有成见，很难听得进不同声音。

王思任（1574—1646），字季重，号遂东，又号谑庵，山阴（今浙江绍兴）人，著作有《文饭小品》《王季重十种》等。袁宏道开始引笑话入传记，且不乏俚率与游戏之作；可要说嬉笑怒骂皆成文章，当让越人王思任。号“谑庵”的王思任，“聪明绝世，出言灵巧，与人谐谑，矢口放言，略无忌惮”（张岱《王谑庵先生传》）。拒绝马士英入浙，以小品笔调上疏，竟留下传诵一时的“吾越乃报仇雪耻之国，非藏垢纳污之区也”的名句（参见《明季南略》卷五）。以诙谐之笔写浩然正气，也属晚明文学一绝。

好在我的见解平实，估计跟诸位的感觉没有根本性的冲突。在我看来，明文第一，非张岱莫属。而且，如果在中国散文史上评选“十佳”，我估计他也能入选（学生笑）。尤其是《陶庵梦忆》，篇篇都是好文章，随便翻开一页，都是可圈可点。我讲中国散文，这已经是第三轮了，每次重读《陶庵梦忆》，总是“其乐融融”，而不仅仅是“有所收获”。这本薄薄的小书，真是耐读。诸位如果出门旅行，这是不可多得的适合于随身携带的好书。

关于张岱的生平及创作，我在《中华文化通志·散文小说志》第五章，以及《中国散文选》的“导言”和小传部分，已经有所介绍。今天，稍微涉及“文学史上的张岱”，然后尽快进入具体作品的分析。

讲张岱的文章源流，最经典的论述，当推明人祁豸佳《〈西湖梦寻〉序》。所谓“笔具化工”，有点虚，不太好把握；但强调张宗子和郦道元、刘同人、袁中郎、王季重的联系与区别，还是能让人心领神会。描摹山水的，一般都会追溯到《水经注》，这是宋元以下诗文评点的套话。可郦道元之外，另加三个当代文人，这可就不一样了。刘同人的生辣，袁中郎的倩丽，王思任的诙谐，这都比较容易体会，难的是后面那句话：“其一种空灵晶映之气，寻其笔墨又一无所有。”技巧性的东西容易说，所谓

祁豸佳，字止祥，号雪瓢，晚明戏剧家祁彪佳（1602—1645）从弟，山阴（今浙江绍兴）人。工诗文，善书事，天启举人，官吏部司务，国亡后不仕，卖画代耕。张岱《陶庵梦忆》卷四《祁止祥癖》有云：“人无癖不可与交，以其无深情也；人无疵不可与交，以其无真气也。余友祁止祥，有书画癖，有蹴鞠癖，有鼓钹癖，有鬼戏癖，有梨园癖。”另，张岱《琅嬛文集》卷五《跋祁止祥画》：“士人做画，当以草隶奇字之法为之。树如屈铁，山如画沙，绝去甜俗蹊径，乃为士气。止祥仿仲圭画，点画间笔笔有行草书意，盖取法仲圭，而又能解脱绳束。真是透网金鳞，令人从何处捉摸？”

“空灵之气”，可就不大好办了，感觉得到，但难以描述。既然无法准确把握，如此“神妙”，怎样评说？其实，这是经验之谈：一眼就能看到的好处，往往最难评说。读苏东坡的文章，读张岱的文章，不必多么高深的学问，单凭直觉，一般人都会喜欢。可就因为容易喜欢，反而更难把它说清楚。今天的课，就想扣紧本文，谈论中国散文大家张岱。主要集中在下面三个问题：第一是自叙与自嘲，第二是民俗与寄托，第三是绚烂与平淡。

自叙与自嘲

略为翻看《中国散文选》，不难发现，我对“自叙”这一文体有特殊的兴趣。从陶渊明的《五柳先生传》，到王绩的《自作墓志文》、刘知幾的《自叙》、徐渭的《自为墓志铭》，再到清人汪中的《自序》、梁启超的《三十自述》等，一口气选了那么多自叙、自序、自为墓志铭，用今天的概念，统称为自传，Autobiography，肯定是别有幽怀。等一下我会提到，为什么会特别注意这种文体在古代中国以及文学史上的功用，这里先回到今天的正题——张岱。

1931 年商务印书馆出版的郭登峰编《历代自叙传文钞》，以及 1977 年台北艺文印书馆出版的杜联喆编《明人自传文钞》，都提供了很多有用的资料。

从“自叙”入手，我选的是张岱的《自为墓志铭》。少为纨绔子弟的张岱，晚年撰写《自为墓志铭》，审视平生足迹，是得意，还是失意？是夸耀，还是忏悔？这可是个有趣的话题。“蜀人张岱，陶庵其号也。少为纨绔子弟，极爱繁华……”如此开篇，让你惊讶，作者为何丝毫不谈自家身世。因为，所谓“纨绔子弟”，必定是家世显赫，否则没有挥霍、懒散、浪荡的本钱。我们知道，张岱的祖先，确实是有功名的。高祖中进士，曾官吏部主事；曾祖中状元，任翰林院编修；到祖父张汝霖，好歹也还是个进士。只是到了父亲，才变得不取功名，乐为鼓吹。也就是说，对音乐戏剧的兴趣，在读书做官之上。一般的“墓志铭”，“数典”时不该“忘祖”，这里的故意略去，大概是怕辱没了祖先。因“一无所成”，不好意思提及祖先英名；可单是“纨绔子弟”四字，还是让你明白，这可不是平常人家。

何以自称“少为纨绔子弟”，请听作者自述：“极爱繁华，好精舍，好美婢，好娈童，好鲜衣，好美食，好骏马，好华灯，好烟火，好梨园，好鼓吹，好古董，好花鸟，兼以茶淫橘虐，书蠹诗魔。劳碌半生，皆成梦幻。年至五十，国破家亡，避迹山居。”这段话，应该倒过来读，“年至五十，国破家亡”，不想卖身投靠新朝，于是披发入山。有了这场变故，才会回首往事，恍如隔世。一是少时繁华，一是老来孤寂，借助于“回首”，获得某种呼应与对照。张岱到底活了多少岁，学界尚无定论，但不管是八三、八四，还是八八、九二，反正是长寿。套用一句老话，“寿则多辱”。经历国破家亡，晚年回首平生，追忆少时所经历、所喜爱的都市繁华，能不感慨万千？正因这深深的眷恋，以及由眷恋而来的无尽感慨，促成了《陶庵梦忆》中余韵无穷的怀旧文章。

既是《自为墓志铭》，总得对自家事业有所评说。“常自评之，有七不可解”。下面关于“七不可解”的叙述，比如“贵贱紊”“贫富舛”“文武错”“尊卑溷”“宽猛背”“缓急谬”“智愚杂”等，评说的其实不是个人，而是社会与时代。《自为墓志铭》的体例，本该集中笔墨于自身；可这里的贵贱紊乱、贫富差错、文武翻倒等，其实是指向大动荡的时代。明清易代之际，各种价值观念都被动摇甚至颠覆，读书人的心理感受格外强烈。说这些，其实还是泛论，跟自家生活不是很贴切。终于，话锋一转，主人公登场了。

下面这一段，才是真正的自我评说。“有此七不可解，自且不解，安望人解？故称之以富贵人可，称之以贫贱人亦可；称之以智慧人可，称之以愚蠢人亦可。”诸如此类的自我辩解，依旧不着边际。最重要、也最沉痛的，还是下面这两句话：“学书不成，学剑不成，学节义不成，学文章不成，学仙学佛，学农学圃俱不成，任世人呼之为败子，为废物，为顽民，为钝秀才，为瞌睡汉，为死老魅也已矣。”天崩地裂之际，无所作为的读书人，内心深处无疑是很痛苦的；可发为文章，故作轻松，且自我调侃。你看他，“学仙学佛，学农学圃俱不成”，还有，学文章、学节义也都不成，这可真是“一无是处”了。

同是“自嘲”，有人轻松，有人沉痛，相去何止千里。读林语堂的《八十自叙》（北京：宝文堂书店，1990），第一章“一捆矛盾”中，也有些略带自嘲的话，比如“他什么书都看”，可“从来不读康德哲学，因为他自称受不了；也讨厌经济学”。还有，“他是卡通人物‘米老鼠’”以及“女星凯瑟琳·赫本的忠实观众”，也“喜欢和男友们说‘荤话’”。可明眼人都清楚，这些“俏皮话”，没有丝毫自责的意思，更多的是表示自家口味“不俗”。张岱不一样，当他说到“学书不成，学剑不成”时，我相信，不是志得意满，而是老泪纵横。

上回讲墓志铭的体例，我专门提到韩愈、欧阳修所面临的难题：文章家的趣味，如何与当事人的愿望协调。孝子贤孙表彰祖宗功业的愿望，完全可以理解；不弄虚作假已经很不错，文过饰非，那是再自然不过的了。于是出现一个尴尬局面，家属恨不得把所有官衔都写上，而且尽量拔高；可作为文章家，韩愈或欧阳修心里都很清楚，若依此要求，文章肯定写不好，因而也就必定“不传”。这也是欧阳修特别提到，墓志铭难写的缘故。过去允许文人腾挪趋避，墓志铭中，不时还能冒出些好文章。到了讲究“组织鉴定”，那就更是只争评价高低，管不了文章好坏了。

参见拙著《中华文化通志·散文小说志》(上海人民出版社，1998) 119—126 页。

跟这种专门褒扬先人功业的“墓志铭”大异其趣的，是所谓的“自为墓志铭”。从陶渊明的《五柳先生传》开始，中国人之撰写自传、自叙、自为墓志铭等，多半采取自我调侃的笔调。同样是叙述平生，可以半真半假，亦虚亦实，嘲讽多而褒扬少。从陶渊明、王绩、徐渭，一直到张岱，基本上采取的都是这种策略，带有游戏文章的意味，或者说寄沉痛于诙谐。这就难怪张岱的《自为墓志铭》，袭取表彰功业为主的墓志铭体式，但改变宗旨，转为自我调侃。

一般所说的“自嘲”，除了显而易见的自我批评，往往还隐含着另外两种旨趣：一是讽世，一是述志。讽世比较容易理解，比如说“七不可解”，谈的就是整个世道的颠倒，表白自己如何与整个社会格格不入。述志呢？你看他说“学文章不成，学仙学佛，学农学圃俱不成”，似乎很低调，其实是在感叹自己怀才不遇。整篇《自为墓志铭》，表面上都在骂自己，说自己这也不行那也不行，拿自己开玩笑。可这“玩笑”中，隐含了张岱的自我定位。别人为什么没有这么多感叹，很可能不是因为人家成功，而是人家少年时本就没有学这学那的远大抱负。

诸位还年轻，不大能体会到这一点。将来有一天，你会突然间发现，你想做的很多事情，其实是做不成的。这个时候，早先的抱负越大，失落感也就越明显。这种感觉，有时不以个人的实际成绩高低为转移。很多人，你可能觉得他做得不错，挺成功的，为什么还有那么多的郁闷。这种郁闷，很大程度源于过高的自我期待。记得我的导师王瑶先生去世时，很多师长都写文章，我也写。但有一点不一样，别人表彰先生的功业；我则提及先生内心深处的悲凉。一个人越有才气，越心高气傲，晚

参见《鲁迅研究》1990年1期所刊纪念王瑶先生诸文，以及《王瑶先生纪念集》（天津人民出版社，1990）、《王瑶和他的世界》（石家庄：河北教育出版社，2000）。

年的悲凉感就越深。这是没有办法的事。古往今来，真能实现自己少年时的理想的，没有几个。

因此，张岱的《自为墓志铭》，不完全是反语或讽刺，自嘲之中，也有真实的成分在。那就是“述志”。在描述自己的无所作为、无能为力的同时，反衬了原先的人生理想与自我设计。包括汪中等人的墓志铭，都有这个倾向。我们知道，“怀才不遇”乃古往今来无数中国文人的“通病”。“不遇”是真的，至于是否都有“才”可“怀”，那就很难说了。之所以沉沦下僚，有时是社会制度的问题，有时是机遇或人事的问题，但也有可能是自家才华所限，怨不得外在环境。再说，并非所有的“牢骚”，都能转化成为《离骚》。张岱《自为墓志铭》之所以可读，就在于它用自嘲的口吻来总结自己的一生，意绪苍凉。就像《陶庵梦忆自序》所说的，“繁华靡丽，过眼皆空，五十年来，总成一梦”。有这种“苍凉”作底，张岱的自嘲才显得真实，也才显得可爱。

虽然自嘲“学书不成，学剑不成，学节义不成，学文章不成”，张岱其实还是颇有著述的，要不，只是极爱繁华的纨绔子弟，咱们没必要花时间讨论。“初字宗子，人称石公，即字石公。好著书，其所成者，有……”，接下来就是《石匮书》等著作目录了。前面刚说过自己如何一事无成，笔锋一转，开列起自家十五种著作，又似乎不无得意之色。你也许会觉得这文章转得急了些，甚至有点前后矛盾。其实，这正是《自为墓志铭》的文体特征。是自嘲，可并非检讨，你别以为作者真的一无是处。在某种意义上说，自嘲是表，自颂才是里。用现在时髦的说法，这就叫作另类的自我表扬。这个书目开下来，当然是给自己评功摆好的了。这样的回首平生，不是自我揄扬是什么？对于读书人来说，还有什么比著述传世更值得关注，也更值得向世人一一交代的？

好，那我们就尊重作者的意愿，略为评说今日很容易见到的几种张著。这些书，大致可这么分类：一是传统读书人特别看重的经学著述，那就是《四书遇》；一是体现作者经世情怀的史著，那就是《石匮书》；一是带有小百科性质的杂著《夜航船》，还有三种精彩绝伦的散文小品集《陶庵梦忆》《西湖梦寻》《琅嬛文集》。

张岱的《四书遇》，前些年浙江古籍出版社整理重刊，很容易找。如果没时间读，起码看看序言。《四书遇序》也收在《琅嬛文集》里，后者任何一所大学图书馆里都能找到。这则序言，主要是表白自己的读书方法，如何与一般经学家不同：只读白文，不问训诂。诵读白文数十遍，突然有所感悟，写下来，这就是我的“经解”。作者说，乱离两载，东奔西跑，什么都丢掉了，就剩这本著作一直珍藏在身边。可见作者对《四书遇》，是很看重的。可作者的“看重”，并不能保证此书的价值。关注经学，这是传统中国读书人的共同趋向。在我看来，《四书遇》没什么了不起。除了证明作者确有悟性，也曾认真读过经，其他的，那就很难说了。这跟张岱读书的特点大有关系，不管训诂，直接跟白文对话，固然可以克服此前读书人过分讲求考据训诂、典章制度而落下的支离破碎毛病，但也会限制解读经典的深度与广度。换句话说，这种“只读白文”的解经法，明显地“近文人而远学者”。

张岱写《石匮书》，毫无疑问，是有所寄托的。这在《石匮书自序》里说得很清楚。有人能写史，有人不能写史，更有人不能写史而非写不可，那就是我。为什么？就因为眼见得“有明一代，国史失诬，家史失谀，野史失臆”，整个一个“诬妄之世界”。明亡了，作为先朝遗民，有必要撰写一部真实的历史，为有明一代的是非得失作总结。从崇祯戊辰年开始落笔，写了十几年，遭遇国变，然后携其副本，遁入深山，继续研究、写作。作者称，此书“事必求真，语必务确”。但这是史家的共同口号；我更看重的，是其知不可而为之。也就是前面提到的，“余故不能为史，而不得不为其所不能为也”。这是一种强烈的使命感。换句话说，我不认为张岱是个杰出的史家。作为学者，张岱在经学或史学方面的才华实在不明显。研究者出于好心，拼命拔高其学术成就，没必要。我更倾向于从悟性，从责任感，从气节，而不是从学术史角度来解读他的经学或史学著作。

还有一本“小百科”性质的《夜航船》。此书类似读书笔记，分类摘抄的同时，有所归纳与整理。他把读书人所需要的日常知识，按天文、地理、人物、考古、文学、礼乐等，分成二十大类一百三十个子目，每个子目包含若干小条，分别加以解说。比如，卷八“文学部”中，包含经史、书籍、博洽、勤学、著作、诗词、歌赋、书简、字学、书画、不学、文具等十六目；其中的“诗词”目里，就有关于“乐府”“诗体”“苦吟”“推敲”“点铁成金”“爱杀诗人”等的解说。边读书，边摘抄，有分类整理之劳，而无稽核辨正之功。宋元以降，读书人的笔记，有的成为“著述”，有的则只是“摘抄”。关键不在体例，而在有无自己的发现。以这个标准来衡量，《夜航船》没有多少考证，属于资料收集、分类索引，说不上“成一家之言”。《夜航船》作为专业著述，意义不大；可这个编纂过程，给文章家张岱打下一个学问的基础，这点很重要。

读过钱锺书的讽刺小说《围城》的，大概都对李梅亭的“随身法宝”，那个“装满学问”的卡片箱颇有印象。想问“杜甫”吗？好，随手一翻，马上就是相关资料。博学的钱先生，对此举明显语带嘲讽。卡片箱不等于学问，这点没问题；可读书人为了整理资料及自家思路，分类做卡片，其实一点也不可笑。黄宗羲《思旧录》中提及钱谦益如何攻读八家文，那姿态也很不优雅：

见其架上八家之文，以作法分类，如直叙，如议论，如单序一事，如提纲，而列目亦过十余门。

大家知道，钱谦益乃清初有数的大诗人、大学者，眼界极高，也都如此读书。关键在于，别把手段当目的，误将卡片箱当作学问渊薮。老一辈学者中，不少人注重抄书或做卡片，因为，分类摘抄的过程，本身就是一种很好的学术训练。不只是记忆，更包含选择与思考。现在改用电脑查询，表面上检索范围扩大，可资料来源没有个性，你知道的，我也知道，我不知道的，你也茫然。对人文学术来说，这可不是好事情。有一点必须记得，功力不等于学问，可学问必须有功力支持。

参见拙文《数码时代的人文研究》，《茱萸集》187—203页，沈阳：春风文艺出版社，2001。

回到张岱的《夜航船》，所谓记取“眼前极肤浅之事”，养成博识与趣味，对于文人来说，并非可有可无。这个学问基础，对于成就文章家张岱的真正功业，也就是我下面着重谈论的三本小书《陶庵梦忆》、《西湖梦寻》和《琅嬛文集》，实在功不可没。在我看来，纯粹的文人“太轻”，专门的学者“太重”，张岱的文章之所以“举重若轻”，跟他的学问不大不小有关。

开列过著作目录，该说点得意的事吧。你猜他说什么？六岁时随祖父张汝霖在西湖边游览，碰到陈眉公陈继儒跨一角鹿，为钱塘游。陈继儒问张岱的祖父，听说你的孙子很会做对子，能否试试？于是，指着屏上的《李白骑鲸图》，出了上联：“太白骑鲸，采石江边捞夜月。”六岁孩童应声而答：“眉公跨鹿，钱塘县里打秋风。”除了对仗工整，还略带一点调侃的味道，确实是才思敏捷。难怪眉公大笑，说：“那得灵隽若此，吾小友也。”平生那么多遭遇，为何单取一儿时逸事？大概就为了最后那句叹息：“岂料余之一事无成也哉？”儿时“灵隽若此”，老来才会感叹“一事无成”。不是真的一事无成，而是相对于儿时的睿智与灵敏，不免略感失落。

大家应该记得，《世说新语·言语篇》里，有一则“小时了了，大未必佳”的逸事。少年孔融的反唇相讥，其实不太成立：老大不佳者，“小时”未必都“了了”。可儿时聪慧，毕竟还是很令人欣慰的。我相信，行文至此，张岱颇为得意。一方面是自嘲，一方面也是自夸，用调侃的语调，掩盖几乎压抑不住的得意之色。因此，张岱的《自为墓志铭》不是检讨书，也不是忏悔录。

面对孔融的反唇相讥，《世说新语》称：“（陈）韪大踧踖”；《孔融别传》则是：“（李）膺大笑，顾谓融曰：‘长大必为伟器。’”我喜欢后一种记载。

真性情与忏悔录

接下来的“因思古人”，“皆自作墓铭”的例子，举出来的王无功是王绩，陶靖节即陶渊明，徐文长乃徐渭，这些人都有自叙或自为墓志铭传世。张岱说，我想学他们，可刚落笔，就觉得自己“人与文俱不佳”。踌躇再三，终于想通了：“第言吾之癖错，则亦可传也已。”平生一事无成，想来想去，唯一可传的，是我的个性、性情与癖好。请注意，文人自述，可以有牢骚，有不平，有自嘲，但不能说得太过分；要是给人“一无可取”的印象，那可就糟了。在自我嘲笑的同时，还得给读者一点希望，在张文，就是“吾之癖错”可传。

诸位很可能马上联想到，张岱对于“癖”的偏好。而这，正是整篇文章的关键所在。前面讲袁中郎时，我提到这个问题；而在《陶庵梦忆》和《琅嬛文集》里，这问题再次凸显。《陶庵梦忆》卷四《祁止祥癖》，有这么一句名言：

人无癖不可与交，以其无深情也；人无疵不可与交，以其无真气也。

这话张岱本人肯定很得意，因此，后来又把它引入《琅嬛文集》卷四《五异人传》：

岱尝有言：人无癖不可与交，以其无深情也；人无疵不可与交，以其无真气也。余家瑞阳之癖于钱，髯张之癖于酒，紫渊之癖于气，燕客之癖于土木，伯凝之癖于书史，其一往深情，小则成疵，大则成癖。五人者皆无意于传，而五人之负癖若此，盖亦不得不传之者矣。

这五个人，没有什么了不起的功业，但都有某种特殊爱好；正是这“疵”与“癖”，显示其“真气”与“深情”，故可传。

而“我”呢，也是一个有疵有癖的人，比如，好鼓吹，好骏马，好古董，好华灯，好烟火等。这些癖好，在一般人眼中，都是不务正业。张岱却不这么看。在他看来，这正是自己有深情、有真气的表征。我有毛病，可我有真性情，所以可传。在自嘲中，张岱其实还是有所坚持的。这个“坚持”，就是对自己的有癖好因而一往深情的个性，有特殊的理解、体认与阐释。

关于这一点，必须略做辨正。当代散文家黄裳特别崇拜张岱，有真理解，也有很精彩的论述。可他在《绝代的散文家——张宗子》中，指《自为墓志铭》为“一个地主阶级大少爷的‘忏悔录’”，这是我所不能同意的。特定时代的意识形态印记，这点可以忽略不计；关键是“忏悔录”三个字，让人觉得突兀。在《关于张宗子》里，黄裳进一步阐发：“我国文人之能为《忏悔录》如法兰西之卢骚者，乃更无第二人。”这里说的，当然就是《自为墓志铭》。可我以为，张岱的“极爱繁华”，以及自称“学书不成，学剑不成”等，很难说是真正意义上的“忏悔”，与卢梭的《忏悔录》更不是一回事。是自嘲，但自嘲中有所坚持。这必须回到晚明文人的心理状态以及文化趣味，才能准确理解。假如你明白，晚明文人把“性情”看得比“功业”还重，你就会意识到，张岱的“自嘲”，其实包含着“自夸”。将《自为墓志铭》和《祁止祥癖》《五异人传》放在一起阅读，不难明白这一点。

黄裳《绝代的散文家——张宗子》《关于张宗子》二文，均收入其随笔集《银鱼集》(北京：生活·读书·新知三联书店，1985)。

《陶庵梦忆自序》说到：“遥思往事，忆即书之，持向佛前，一一忏悔。”确实有“忏悔”二字，可你仔细读下去，他忏悔什么？忏悔好鲜衣，好美食？没有。忏悔“学书不成，学剑不成”？也不像。不管是《陶庵梦忆》，还是《西湖梦寻》，都是在“寻梦”，寻找早已失落的“过去的好时光”。国破家亡，二十年后，追忆昔日的繁华，这个繁华，包括家国、都市以及个人生活，有的只是感叹与惋惜，而看不出什么刻骨铭心的自责或反省。所以，说是“忏悔”，我觉得过于夸张。我们知道，“寻梦”和“忏悔”不是一回事。对于往事的追忆，当事人津津乐道，后来者心向往之，而这，正是张岱文章魅力所在。

美国学者欧文（Stephen Owen）的《追忆——中国古典文学中的往事再现》（上海古籍出版社，1990），最后一章“为了被回忆”，也曾提及《陶庵梦忆》。欧文的意见是：

无论是在自序里还是在回忆录的本文中，我们发现的只有渴望、眷恋和欲望，找不到一丝一毫的悔恨和忏悔。（164 页）

这与我的观点很接近；只是我的看法更趋极端：张岱不只毫无忏悔之意，甚至还有夸耀之心。夸耀什么？夸耀自家的“真性情”。

其实，将卢梭的《忏悔录》引到中国语境，用以比附古代中国文人的，还有钱锺书先生。钱先生的《管锥编》（北京：中华书局，1979）第 358 页谈到《汉书・司马相如列传》，也有类似的说法：

虽然，相如于己之“窃妻”，纵未津津描画，而肯夫子自道，不讳不怍，则不特创域中自传之例，抑足为天下《忏悔录》之开山焉。

把天下《忏悔录》的开山，拉到中国来，而且一搁就是两千年前的汉代。这考证，很令人振奋，但似乎有点不大对劲。因为，传统中国人，其实是缺乏“忏悔”意识的。佛教确有“忏悔”一说，但那是持律的需要，而且针对的是“杀生”等佛教戒条。我们读南朝沈约的《忏悔文》，检讨夏天被蚊子叮时，不该“忿之于心，杀之于手”。真正从社会人生的角度“忏悔”，而且“灵魂深处爆发革命”，那正是中国人所欠缺的。

钱先生的比附，在我看来，最大的问题，很可能是“时代倒错”。班固《汉书》的《司马相如列传》，大体上沿袭司马相如的《自叙》。后者对于琴挑卓文君，确实是既不隐讳，也不羞愧。因此，唐代刘知幾撰《史通》时，才会嘲笑司马相如说，别人的自叙、自传都是表彰祖宗功德和自家业绩，你可好，连琴挑卓文君这么不道德的事情都写进来了，实在太不应该。钱锺书则反其道而行之，说你看，他把自己这么不道德的事情都写出来，不是《忏悔录》是什么？其实，同是“琴挑卓文君”，唐人刘知幾认为不道德，是伤风败俗的举动；汉人司马相如则觉得这是风流雅事，不

刘知幾《史通・序传》：“然自叙之为义也，苟能隐己之短，称其所长，斯言不谬，即为实录。而相如《自叙》，乃记其客游临邛，窃妻卓氏，以《春秋》所讳，持为美谈。虽事或非虚，而理无可取，载之于传，不其愧乎！”

只没必要隐瞒，还可以炫耀。所以，是否属于“忏悔录”，取决于立说时的心理状态。傲世越礼的司马相如，对自己的特立独行，很是得意，在自传里讲述当年如何“琴挑卓文君”，根本就没有忏悔或自我反省的意思。只不过斗换星移，到了唐代，道德标准变了，刘知幾觉得此举惊世骇俗。又过了一千年，钱锺书以唐人的评价来解读汉人的心态，于是出现了“过度阐释”。

与此相类似的，可以举出宋人洪迈的《容斋随笔》。洪迈论及《琵琶行》时，嘲笑白居易不该夜入妇人船中，相从饮酒，极丝弹之乐，“中夕方去”。接下来的责问，更是义正词严：“岂不虞商人者，它日议其后乎？”你就不怕商人日后到处说你的坏话？对这段妙语，陈寅恪《元白诗笺证稿》（上海古籍出版社，1982）做了辨正：白居易邀请妇人过来饮酒，而不是跳到人家船上去。既然是独居的茶商外妇，空船上怎么办得起如此盛筵？再说，诗中并没说明何时散宴，你怎么会有半夜才离去的想象？如此读诗，“可惊可笑”。更重要的是，陈先生称，这牵涉到古今社会风俗之不同，不能不辨。唐宋两代，男女礼法，相差甚远。“唐代自高宗武则天以后，由文词科举进身之新兴阶级，大抵放荡而不拘守礼法，与山东旧日士族甚异。”（52页）元稹撰《莺莺传》，极力夸耀自己

陈寅恪《读莺莺传》：“盖唐代社会承南北朝之旧俗，通以二事评量人品之高下。此二事，一曰婚。二曰宦。凡婚而不娶名家女，与仕而不由清望官，俱为社会所不齿。此类例证甚众，且为治史者所习知，故兹不具论。但明乎此，则微之所以作《莺莺传》，直叙其自身始乱终弃之事迹，绝不为之少惭，或略讳者，即职是故也。”（《元白诗笺证稿》112—113页，上海古籍出版社，1982）

的始乱终弃，而友朋们也都视为当然，原因就在这里。关于后者，陈寅恪在《读〈莺莺传〉》中有专门论述，可参阅。

我当然明白，卢梭的“忏悔”，并非毫无隐瞒，也说不上格外深刻。研究者提醒我们，卢梭撰写《忏悔录》时，披露的多是“无关紧要”的缺点。在这个意义上，所谓不留情面的自我剖析，或者用“文化大革命”中的说法，“触及灵魂深处”（学生笑），不说绝对没有，但确实很难。只不过比较基督教文化与儒家文化，前者更具有“忏悔”的习惯与传统。

关于自传，这里再多说两句。借助这一特殊文类，理解中国文人的心态，也理解中国文学的演进，这一思路，我有兴趣。开列几本外文书，给那些与我有同好的朋友。这不属于本课程“题中应有之义”，没兴趣的同学可以暂时闭目养神。

Autobiography：Essays Theoretical and Critical, Edited by James Olney, Princeton University Press,1980；*On Autobiography*, by Philippe Lejeune, University of Minnesota Press,1989; *Literati and Self Re / Presentation: Autobiographical Sensibility in the Eighteenth-Century Chinese Novel*, by Martin W. Huang, Stanford University Press,1995；*Authority and the Modern Chinese Writer : Ambivalence and the Autobiography*, by Wendy Larson，Duke University Press ,1992 . 另外，日本学者川合康三 1996 年由创文社推出的《中国的自传文学》，已有中译本（北京：中央编译出版社，1999），可参阅。

民俗与寄托

《陶庵梦忆》《琅嬛文集》《西湖梦寻》这三册小书，有一个共同特点，那就是“遥思往事”。一是“往事”，一是“遥思”，均相对于此时此地的生活。我们知道，“距离”产生美感。诉说遥远的往事，很容易带有温情；而这种温情，多少掩盖了事物原本存在的缺陷，只呈现其“富有诗意”的一面。

前几年有一场争论，关于“文革”，关于知青，关于大串联。有一次，跟研究生们谈起“文革”的经历，说到大串联中如何挤火车，人塞满了，门无法出入，只好从车窗爬上爬下。学生一听，不但没有恐惧感，反而说这真好玩，以后有这样的机会，我们一定跟着去（学生笑）。至于知青的上山下乡，也是这样。一方面时空阻隔，你不大能体会到其中的苦涩、艰难与血腥；另一方面，回城后的知青，在追忆往事时，自觉不自觉地将“广阔天地”的日常生活诗意化了。于是，有了“青春无悔”这样颇为矫情的口号。对于“文化大革命”，对于知青下乡，我主张持冷静的态度，不要太受个人感情的左右。遥思往事，确能产生温情，但其掩盖不如意处，甚至粉饰伤疤，歪曲真相，需要我们警惕。换句话说，所有的“遥思往事”，都会有意无意地把“散文”当“诗”来写。眼前的世界越是狭小，这种美化往事的倾向便越明显。明清易代，天崩地裂，张岱的“遥思往事”，不能不带有更多的温情与想象。

但这还不是我主要关心的问题。我想追问的是，张岱的“遥思往事”，选择了哪些，又遗落了哪些。这其实大有讲究，体现了作家的历史意识与文化趣味。明清易代，很多人在写前朝遗事，而且都很动感情，因其中寄托了故国之思。张岱有点特别，追忆的不是文人雅事，更不是军国大业，而是都市里的日常生活。原先的缺点，比如“好华灯，好烟火，好梨园，好鼓吹，好古董，好花鸟”等，如今反倒成了好事，起码使他的记忆非同寻常，不只五光十色，而且真实生动。当初张岱如果跟一般读书人一样，很“务正业”的话，我相信，日后写不出如此流光溢彩的好文章。

怎么说呢，假如原先是个留意功名或关心世事的读书人，即便他想写华灯烟火，梨园鼓吹，也都写不好，因为没那个感觉。“少为纨绔子弟”，张岱的沉湎游玩，无意功名，在原先的评价体系里，是“没出息”，或者“不正经”。可时移事迁，经国大业无能为力，日常生活的意义得以凸显。而谈论日常生活，尤其是乡风市声、人情世态、民俗节庆、说唱杂耍等，见多识广的张岱远比一般读书人在行。所以我说，早年的“极爱繁华”，其实成就了作为散文大家的张岱。这一点，只要比较明亡后诸多遗民的写作，就能明白。

明清笔记中，并非全都是军政大事，也有涉及社会生活、文化风俗的，但像张岱写得这么细致、这么生动，几乎绝无仅有。举个例子，同是写城市，刘侗等的《帝京景物略》就显得过于“冠冕堂皇”，侧重表现宫殿、寺庙、名胜以及文人雅趣，和张岱的关注日常生活、描摹社会风情，很不一样。因此，我非常欣赏周作人的一句话，他说：“张宗子是个都会诗人，他所注意的是

“张宗子的文章是颇有趣味的，这也是使我喜欢《梦忆》的一个缘由。我常这样想，现代的散文在新文学中受外国的影响最少，这与其说是文学革命的还不如说是文艺复兴的产物，虽然在文学发达的程度上复兴与革命是同一样的进展。……我们读明清有些名士派的文章，觉得与现代文的情趣几乎一致，思想上固然难免有若干距离，但如明人所表示的对于礼法的反动则又很有现代的气息了。”（周作人《泽泻集·陶庵梦忆序》）

人事而非天然，山水不过是他所写的生活的背景。”这话出自《泽泻集》里的《陶庵梦忆序》，那是他给俞平伯重刊本《陶庵梦忆》写的序。

俞平伯1924年标点刊行了清人沈复的小说《浮生六记》，1927年又标点刊行了张岱的小品集《陶庵梦忆》。夹在这中间的，还有同为北京朴社刊行的自撰诗集《忆》。这册1925年刊行的旧体诗集，从内容到形式，都适合于怀古：线装，手写影印，配有十八幅丰子恺的插画，很是精致。那年，俞平伯只有二十六岁，追怀的是童心、薄影、刹那间的情怀，所谓“小燕子其实也无所爱，只是沉浸在朦胧而飘忽的夏夜梦里吧了”。这种心境，与张岱的《陶庵梦忆》相当契合。当然，这与俞平伯出身世家——他是俞樾的曾孙，对传统文人的生活和趣味有特殊的感受，大有关系。

上学期我讲山水意识的兴起对中国人审美趣味的深刻影响。宗白华在《论〈世说新语〉和晋人之美》中，有句话说得很好：“晋人向外发现了自然，向内发现了自己的深情。”魏晋以降，山水精神与自我意识结伴而行，真是“相看两不厌”。这一点，历来为学界所关注。至于都市庶民的日常生活，虽然在宋元明清的众多笔记，以及“三言二拍”之类白话小说中得到很好的表现，但不太为文学史家所重视。

宗白华称：“晋人艺术境界造诣的高，不仅是基于他们的意趣超越，深入玄境，尊重个性，生机活泼，更主要的还是他们的‘一往情深’！无论对于自然，对探求哲理，对于友谊，都有可述：……晋人向外发现了自然，向内发现了自己的深情。山水虚灵化了，也情致化了。”（《论〈世说新语〉和晋人之美》，《艺境》130—131页，北京大学出版社，1987）

我们重视屈原、杜甫那样的忧国忧民，也喜欢陶潜、王维那样的潇洒散淡，至于作为文明象征的都市生活及其文学表现，反倒没有给予足够的欣赏。法国学者谢和耐（Jacques Gernet）的著作《蒙元入侵前夜的中国日常生活》（南京：江苏人民出版社，1995），以《梦粱录》《武林旧事》《都城纪胜》等笔记为主要素材，构建南宋都城杭州的日常生活。其实，我们可以用张岱的文章，比如《陶庵梦忆》《琅嬛文集》《西湖梦录》等，再参照同代人的相关著述，来复原明末江南的日常生活。说实话，对民俗工艺、民间文化和都市风情等的理解与把握，张岱的文章，远在许多史书与方志之上。

说到都市生活，有一点必须提醒，那就是贵族趣味和民间趣味的融合。基于阶级斗争学说，以前我们更多强调贵族趣味与民间趣味的对立，似乎二者泾渭分明；可仔细观察，在都市的日常生活里，二者无法截然分清，甚至还有合流的倾向。最明显的，我举两个例子，一是对西湖的鉴赏，一是对京剧的喜欢。那么多人热爱西湖，有达官贵人，也有平民百姓。这种共同的审美倾向，更落实在“梨园趣味”上。徽班进京以后，上至王公贵族，下至京城里的平民百姓，大家都叫好。如此文化娱乐活动，贵族玩，平民也玩。表面上，雅有雅的趣味，俗有俗的偏好，可实际上，很容易“交叉感染”。“好梨园，好鼓吹”，并不限于某一特殊阶层。就在“都市”这一生活空间里，我们原先设想的泾渭分明的贵族艺术和民间艺术的边界，某种程度上被淡忘，被超越。

在《陶庵梦忆》里，谈得最多的，是戏剧，是节庆，自然风景反倒退居其次。不再是独立的日月山川，风景只是作为人物活动的背景。诸位把它跟袁中郎等人的山水游记对比，便可以看得很清楚。当然，这也与西湖的特点有关，这是都市里的山川，人工化的自然，而不是真正的山水。郦道元写遍天下名川，徐霞客从东南走到西南，看到的是真山真水，而张岱则只是固守杭州。《陶庵梦忆》等三书，眼界几乎没有超出西湖，描写的就是杭州这么个繁华都市。叫他“都市诗人”，我觉得还是相当准确的。

徐弘祖（1586—1641），字振之，号霞客，江阴（今属江苏）人。喜周游，不求仕进，其所撰《徐霞客游记》，在科学史和文学史上均系奇书。霞客在地理学上的贡献，以及其作为一代新学风的开创者和实践者，有待现代学者丁文江的发现。至于徐氏游记的文学价值，其友人钱谦益早已有言在先：“惟念霞客先生游览诸记，此世间真文字，大文字，奇文字，不当令泯灭不传。……闻其文字质直，不事雕琢，又多载米盐琐屑，如甲乙账簿，此所以为世间真文字，万万不可改换窜易，失却本来面目也。”（《嘱徐仲昭刻游记书》）“慧眼识英雄”的钱谦益，极力推崇“不事雕琢”的“世间真文字”，隐约可闻晚明文学思潮的袅袅余音。

西湖不大，可在“都市诗人”眼中，照样别有洞天。为了说明这个问题，请诸位看《西湖七月半》。“西湖七月半，一无可看，止可看看七月半之人。”不写西湖，也不写月色，写的是在西湖边看月的人。什么人呢？张岱列了五种。第一种，只顾在楼船箫鼓里，享受灯火和优伶，“名为看月而实不见月者”。第二种呢，“亦船亦楼，名娃闺秀，携及童娈，笑啼杂之，环坐露台，左右盼望，身在月下而实不看月者”。请注意“左右盼望”四字，很传神。第三种更进一步，名妓闲僧，浅斟低唱，“亦在月下，亦看月，而欲人看其看月者”。不能说他们不看月，也看，但有表演的成分，希望别人注意到他们在看月（学生笑）。第四种，不舟不车，不衫不帻，酒醉饭饱，唱无腔曲，什么都看，又什么都没真看。第五种境界最高，值得认真品味：“小船轻幌，净几暖炉，茶铛旋煮，素瓷静递，好友佳人，邀月同坐，或匿影树下，或逃嚣里湖，看月而人不见其看月之态，亦不作意看月者，看之。”如此淡泊素雅之士，逃到里湖，无意引人注目，可还是未能躲过作者的目光。叙述者“我”，不在此五种看月人中，只是扮演观察者身份。月一无可看，西湖也没什么好说的，可看月人的姿态及心态，却值得好好把玩。从达官贵人的摆阔，到小名士的作态，再到高人的雅素，全都尽收眼里。

杭人游湖，平日早出晚归；就因为西湖七月半太有名，不看不行，于是全都赶来了。话里话外，有些许讥讽的味道。终于完成看月的“仪式”，众人各自归家。岸上的人，湖里的人，逐渐散尽。这时候，我辈方才登场。前面那一段呢，“我”在哪儿？我在湖中观看各式各样的看月人；虽没出场，却是个重要的存在。小舟靠岸，夜色已深，断桥石磴也凉了，“席其上，呼客纵饮，此时月如镜新磨，山复整妆，湖复颒面”。“颒面”，即是洗脸。游人散尽，湖光山色方才恢复清新的面目。这时候，前面提到的那第五种人，也就是“或匿影树下，或逃嚣里湖”的雅士，也都出来与我辈互通声气。于是，“韵友来，名妓至”，或唱歌，或弹琴。

诸位知道，晚明名妓的文化修养大都很高，文人也喜欢与其交往。同是江南繁华地，杭州西湖的“艳名”，远不及南京秦淮河，这似乎不能归之于城市的经济实力，或者女性的姿色容貌。照余怀《板桥杂记》的说法，“金陵为帝王建都之地”，多有宗室王孙，乌衣子弟；再加上南都贡院与秦淮歌舍比邻，秋风桂子之年，举子流连声色，纵情诗酒，更促成此一段旖旎风光。可更值得注意的是，秦淮名妓与当世才子的亲密交往，比如李香君与侯方域、柳如是与钱谦益、董小宛与冒襄、顾媚与龚鼎孳，甚至到了“谈婚论嫁”的地步，其相亲相爱，相敬相慕，以及国难当头时的相知相助，在普遍轻视女性的传统中国，几乎成了“千古佳话”。这在客观上大大提升了秦淮名妓的声望。事过境迁，我们常在明清文人的诗集、笔记或传奇里，见识这些“秦淮名妓”的身影；至于很可能同样出色的“西湖名妓”，则因没有很好的文字记载，不再被后世的文人学者所追忆。

余怀（1616—？），字澹心，别号鬘持老人，莆田（今属福建）人，寓居南京，有著作多种，影响最大的当属《板桥杂记》。

文章最后两句，值得认真品鉴。终于，月色苍凉，东方将白，连韵友、名妓也都走了，这时候，方才是“我”的西湖。“吾辈纵舟，酣睡于十里荷花之中，香气拍人，清梦甚惬。”这种雅趣，落在陈眉公、袁中郎笔下，很可能大加渲染，而张岱则只是一笔带过。十里荷花之中，小舟飘荡，香气拍人，此情此景，确实很美。可若是加以发挥，或者略为炫耀，马上变得造作，不可爱。饱经沧桑的张岱，只是淡淡一笑，自己享受就是了。此种佳妙，需要心领神会，说多了，反而显得俗气。

中国文人，尤其是明清两代的才子，有品位、有雅趣的，往往孤芳自赏。张岱没有这个毛病。读他的文章，你感觉不到徐渭、李贽那样的愤世嫉俗。不是不懂，而是看透，一切都经历过，也都明了，因此，看人看事，比较通达，也比较洒脱。一个明显的标志，就是不怎么愤怒与孤傲。举个例子，西湖看月的五种人，尤其是前四种，显然与张岱的趣味格格不入；可下笔时，作家很有分寸，略有嘲讽，但相当温和。尤其是最后，作为审美理想的“我”登场，还与“向之浅斟低唱者”互通声气。也就是说，“我”并不特别孤单，西湖里像我这样的雅人，还有不少。高雅之士而具有“平常心”，这点很难得。

可以相对照的，还有《湖心亭看雪》。“大雪三日，湖中人鸟声俱绝”，我独往湖心亭看雪。天地间竟如此空旷，“长堤一痕、湖心亭一点，与余舟一芥、舟中两三粒而已”。可到了亭中，突然发现，有人跟我一样高雅，在这么漫天飞雪的晚上，到亭中来喝酒。各自惊叹“湖中焉得更有此人！”于是同饮。归来途中，“舟子喃喃曰：‘莫说相公痴，更有痴似相公者。’”请注意，不是“众人皆醉我独醒”，而是“莫说相公痴，更有痴似相公者”。就像前面说的，这里的“痴”，是“一往深情”。我有真性情，别人也有。这么看待世界，就可以避免过分的偏执与孤傲。

奇丑与不平之气

都市生活的各个层面，在张岱的笔下，都有很好的体现。这里就讲两篇文章。一是《柳敬亭说书》，一是《彭天锡串戏》。

“南京柳麻子，黧黑，满面疤瘤，悠悠忽忽，土木形骸。善说书。”为柳敬亭写过传记的，还有吴伟业、黄宗羲等，张岱文章特异之处有三。一是提及柳敬亭说书，称颂其“描写刻画，微入毫发，然又找截干净，并不唠叨”，话锋一转，武松进酒店，大吼一声，“店中空缸、空甓皆瓮瓮有声”。说书场中本无缸瓮，给他这么一说，似乎也“瓮瓮有声”起来。这样来写柳的说书技艺以及听众的入神，借用张文中一句话，就叫“闲中着色”。二是说书人的自尊：“主人必屏息静坐，倾耳听之，彼方掉舌。”诸位知道，以前的说书艺人地位低下，必须想方设法笼络听众，哪敢这么摆架子。台下的听众，很可能边嗑瓜子边喝茶，说不定还聊大天，然后有一搭没一搭地看戏或听书。柳敬亭可好，有人耳语或打呵欠，他“不辄言”。咱们现在上课，也都不敢这样（学生笑）。艺人的地位虽不高，可柳敬亭自尊自重，而且要求别人也这样对待他。这点“傲气”，显然很得张岱的喜欢。三是除了渲染柳敬亭的说书技艺，比如“疾徐轻重，吞吐抑扬，入情入理，入

陈汝衡《说书史话》（北京：人民文学出版社，1987）第六章“清代说书”第三节“大说书家柳敬亭”，对吴伟业、黄宗羲两种《柳敬亭传》多有辨析，值得参考。

筋入骨”，更强调柳的其貌不扬。陈汝衡《说书史话》（北京：人民文学出版社，1987）第六章“清代说书”，专列一节“大说书家柳敬亭”，还附有清人绘制的柳敬亭像。此像印制不佳，看不太清楚，很难判断柳是否真的很丑。作为艺人，长相俊丑本是关键，可张岱故意提醒你，“柳麻子貌奇丑，然其口角波俏，眼目流利”。如此“吞吐抑扬”，大有深意。

为人作传，本该“扬长避短”才是，为何故意渲染他的“奇丑”？这正是晚明文人的特点。有癖，有痴，一往深情，这样的人可交，也可赏。你如果真能欣赏他的说书技艺，也就不会再计较外在的相貌什么的了。再说，在晚明文人眼中，有毛病，更可爱（学生笑）。因为，这才是真实的人生。你看晚明文人的文章，喜欢吹嘘自己或朋友的毛病：有人口吃，有人麻子，有人贪财，有人好色，但只要一往情深，这就值得欣赏（学生笑）。

这种因专注或深情而脱略形骸的，从庄子说起，学究气了些，那就看日常生活里的表现吧。李渔《闲情偶记》卷三《声容部》中，有一则“态度”，主要分辨“姿色”与“媚态”。前者关注五官的布置，后者看好流动的表情。李渔的意见很明确：“女子一有媚态，三四分姿色，便可抵过六七分。”也就是说，女人之美，在“态”而不在“势”。日后

李渔（1611—约1679），字笠鸿、谪凡，号笠翁，兰溪（今属浙江）人。家设戏班，对剧场艺术情有独钟，著有传奇《比目鱼》《风筝误》等十种，合称《笠翁十种曲》。短篇小说集《十二楼》《无声戏》等结构巧妙，笔墨清新，在小说史上也占有一席之地。李渔著作中最享盛名的，还是包含戏曲理论、妆饰打扮、园林艺术、居室布置、饮食养生、花草栽培等的《闲情偶寄》——该书文情并茂，学识兼佳。

沈三白撰《浮生六记》，以及林语堂对这部小说的解读，都特别指出，“芸”长得并不漂亮，但因有“媚态”，故显得可爱。

这种眼光，后来在武侠小说里得到进一步的发展。五官端正的白面书生，好人不多，武艺超群的更少。至于那些有缺陷的人物，比如断胳膊少腿的，或者独眼，只要敢闯荡江湖，必定身怀绝技。这样的角色，虽则其貌不扬，一出手你就明白，真正的高人在此。像金庸的小说，故意让笔下的英雄人物略有残缺，包括心理的、生理的、智识的，目的是凸显其性情。让你别太看重外在的东西，深入内心，体察人情。这既是“真人不露相”的民间智慧，也是“武戏文唱”的需要。当然，女侠是另一回事，照样还是花容月貌，要不读者不答应。看来，男性的阅读眼光，还是占主导地位。

张岱喜欢“说戏”，尤其注重舞台表演；《陶庵梦忆》里，就有很多这样的篇章。我们知道，从张岱的祖辈起，家里就养戏班子。自幼耳濡目染，难怪张岱对戏剧别有会心。这则《彭天锡串戏》，劈头就是“彭天锡串戏妙天下”。可文中并无多少具体描述，最为关键的，是这么一段话：“盖天锡一肚皮书史，一肚皮山川，一肚皮机械，一肚皮磊砢不平之气，无地发泄，特于是发泄之耳。”彭天锡的戏为什么受欢迎？不是因为演员的相貌或技巧，而是因为一肚皮书史，一肚皮山水，一肚皮不平之气。我们知道，从宋代开始，说唱艺人的文化修养，一直受到文人学者的关注。罗烨《醉翁谈录·舌耕叙引》里，提到说书人如何“吐谈万卷曲和诗”，就有这么颇为夸张的表述："论才词有欧、苏、黄、陈佳句；说古诗是李、杜、韩、柳篇章。"不过，除了读书、阅历、技巧，张岱更强调"不平之气"。这一说法，大有来头。

宋人笔记《梁溪漫志》里，记载着这么一个故事。有一天，命运多舛的苏东坡，吃过饭，一边揉着肚子，一边慢慢走着，问身边的侍儿：你们说，我这里面是什么东西？一个婢女抢着说：都是文章（学生笑）。苏东坡不以为然。又上来一个，说："满腹都是机械。"这里的机械，指的是技巧。苏东坡照样摇头。等到他的侍妾朝云开口："学士一肚皮不合时宜。"（学生笑）苏东坡这才"捧腹大笑"。你读宋元以降文章，会发现，很多人喜欢用这个典故。比如，金圣叹撰《读〈第五才子书〉法》，说《史记》是"太史公一肚皮宿怨发挥出来"；容与堂本《李卓吾先生批评忠义水浒传》，卷首有小沙弥怀林的"述语"，提到李贽之所以热衷于评点《水浒传》："盖和尚一肚皮不合时宜，而独《水浒传》足以发抒其愤懑，故评之为尤详。"

金圣叹（1608—1661），名采，字若采，明亡后改名人瑞，号圣叹，长洲（今属江苏）人。顺治十八年，清世祖去世，金圣叹和同郡诸生借哭庙之机，鸣钟击鼓，反贪官抗征粮，同年七月被杀。性滑稽，能诗文，有《沉吟楼诗选》及杂著多种传世。金氏才华横溢，思路突兀，出语诙谐，所撰序跋及"读法"，不只论述精彩，且本身便是好文章。

"一肚皮不合时宜""一肚皮的抑郁不平之气"，意思都一样。都是"不平则鸣""愤怒出诗人"。有了这一肚皮的愤懑与不平（学生笑），写文章时，才有所寄托，才不会被书史、山川、技巧等给压垮。不读书的，空空荡荡；有知识的，又容易变成两脚书橱。可见，不管是艺人还是文人，高明之处，在学识，在阅历，在技巧，但更在情怀。有所寄托，有所沉湎，有所超越，方才谈得上“出类拔萃”。这里说的是“彭天锡串戏”，可也不妨理解为“夫子自道”。张岱的文章写得好，同样也是因他有一肚皮书史，一肚皮山水，一肚皮机械，一肚皮不平之气（学生笑）。单有“不平之气”，未见得就能成为好作家，这点我想大家都能明白。张岱的好处，在于他把“一肚皮不平之气”和书史、山水、机械等糅合在一起，这才有了我们今天赞叹不已的《陶庵梦忆》等集子。

绚烂与平淡

张岱的文章，不像公安派“机锋侧出”，所以没有给人“芽甲一新，精彩八面”的感觉。一开始读，你很可能不觉得特别爽口。没有刻意经营的“精彩”，甚至显得有些平淡。第一印象是“干净”，碧空万里。文字干净，不是“没词”，而是思想敏捷，表达准确。只是这种文章境界，不太讨少年人喜欢。而且，干净的文章，必须有绚烂作底，才可读，才不至于一转而成干枯。《陶庵梦忆》里说唱戏、说放灯、说扫墓、说竞渡、说说书、说品茶等，既是妙文，也是绝好的社会文化史料。所述各事，和宋人周密的《武林旧事》、吴自牧的《梦粱录》等很接近；但要说文章，可就相去甚远了。这种文章趣味，这种洒脱心境，是周、吴等所没有的。毕竟是经历过公安性灵、竟陵幽深的陶洗。表面上是“忆即书之”，无意为文，实则大有讲究。

这种讲究，我同样举两个例子。一是《闵老子茶》，这文章好读，我相信很多人会喜欢。但我想提醒诸位：这是另外一篇文章《茶史序》的节写。《茶史序》前后各有一段，前一段是“周又新先生每啜茶，辄道白门闵文水。尝曰：‘恨不令宗子见。’”这个周又新，就是《闵老子茶》开篇提及的周墨农；至于闵文水，不用说，就是文章主角“闵老子”。下面的文字大致相同，只是作为序言，最后还得转回所序的《茶史》。张、闵二君，英雄相惜，遂定交，此后“饮啜无虚日”。品茶之余，拿出《茶史》，细细论定，刊行天下，让好事者略晓茶理的精妙。这种对市井奇人的欣赏，让你联想到吴敬梓《儒林外史》的结尾，或者阿城的《棋王》。

这些寄托着文人生活理想的“奇人”“奇事”，关键不在“一技之长”，而是“一往情深”。“人无癖不可与交，以其无深情也”，类似的说法，袁宏道的《瓶史》已着先鞭，比如“好事”那一则，就有这么一句：“余观世上语言无味、面目可憎之人，皆无癖之人耳。”而张岱接过这一思路，大加演绎，在《祁止祥癖》《五异人传》等文里，将其精微处，发挥得淋漓尽致。与袁中郎的空头议论不同，张岱举了好多例子，说明“有癖”如何“可爱”。而且，将此趣味，落实在几乎所有文章中。就像这则《闵老子茶》，说的也是“我”和周、闵三人无伤大雅的同好、同癖。

张岱擅长写人，而且以细节为主。三言两语，便足以流传千古。这种笔调，最直接的渊源，应该是《世说新语》。《陶庵梦忆》里的不少人物，包括张岱自己，都颇具晋人风韵。但还有一点，这种笔墨的养成，我怀疑跟张岱的好说书、好梨园有关系。写的多是奇人，选用的又都是传奇性的细节，干脆利落，要言不烦，让你“拍案惊奇”。我曾再三提醒诸位，关注“笔记”在中国文学史上的特殊功用，这种兼及“散文”与“小说”的著述形式，对于文体的转换与革新，关系重大。

“‘笔记’之庞杂，使得其几乎无所不包。若作为独立的文类考察，这是一个致命的弱点；但任何文类都可自由出入，这一开放的空间促成文学类型的杂交以及变异。对于散文与小说来说，借助笔记进行对话，更是再合适不过的了——这是一个双方都可介入、都与之渊源甚深的‘中间地带’。”(《中华文化通志·散文小说志》15 页，上海人民出版社，1998)

因“少为纨绔子弟”，张岱见多识广，波澜不惊。像“独往湖心亭看雪”，或者“酣睡于十里荷花之中”，这样的雅事，出自陈眉公、袁中郎笔下，会有炫耀的嫌疑；落在我辈手中，估计也会（学生笑）。只有张岱，淡然一笑，点到为止。这是因为，繁华靡丽，过眼皆空，经过了，也就不太稀奇。所以说，张岱后半生的“平淡”，是以前半生的繁华靡丽为前提的，这是第一点。第二，毕竟是国破家亡，披发入山，此时的“好弄笔墨”，不可能重弹太平岁月的老调。易代之际，读书人地老天荒的感觉，使得其文章不可能过于“空灵”；即便出于“平淡”的口吻，也都显得很不平淡。第三，张岱不只见识广，而且读书多。我说过，《四书遇》《夜航船》等，不是什么了不起的著作，但有一个好处，证明张岱确实读了好多书。有这样的“绚烂”作底，张岱的“平淡”，于是非同一般。

另一个例子是《夜航船序》。“天下学问，惟夜航船中最难对付。”为说明这一点，张岱讲了个故事。有一个和尚，同一个读书人一起坐夜航船，一路上，读书人高谈阔论，和尚很害怕，觉得自己没学问，只好蜷缩在船角。可越听越不对，和尚终于发问：请问相公，澹台灭明——那是孔子一个学生的名字——是一个人呢，还是两个人？读书人回答：当然是两个人啦。和尚又问：那尧舜呢？读书人更是理直气壮：当然是一个人。和尚笑了笑：“这等说起来，且待小僧伸伸脚。”（学生笑）就像张岱说的，这种“眼前极肤浅之事”，我辈必须记取，免得大小和尚动不动就要伸伸脚（学生笑）。

说到这儿，还有件趣事，同样值得一提。在《一卷冰雪文后序》里，张岱讲道，昔日张凤翼刻《文选纂注》，有个迂腐的读书人追问，既然是文选，为什么还有诗？张凤翼跟他说，这是昭明太子所辑，干我什么事。那读书人还不依不饶：“昭明太子，现在在哪儿？”（学生笑）张告诉他：“已经死了。”读书人说：“既然死了，那就不追究了。”（学生笑）张答：“即便不死，你也没办法追究。”（学生笑）“为什么？”“他读的书多。”张岱说，我很理解这句话的妙处，所以，轮到我编《一卷冰雪文》，也附诗。我同意这个说法，读书做学问，确有入门途径，以及若干必须遵守的规则；但若“读的书多”，达到某种境界，确实百无禁忌，不被各种现成规矩所束缚。

也就是说，同样的事情，有人能做，有人不能做（学生笑）。初听起来，这很不公平；可你仔细想想，是有道理的。比如有些话，饱经沧桑的人说出来，很好；少年人依样画葫芦，就不太合适了。前些年我回中大，见到师兄的孩子，才五六岁，背了很多唐诗宋词。那天，他靠在门上，父亲问他："干吗？"他作沉思状，答："断肠人在天涯。"（学生笑、鼓掌）

闵老子茶

周墨农向余道:“闵汶水茶不置口。”戊寅九月，至留都，抵岸，即访闵汶水于桃叶渡。日晡，汶水他出，迟其归，乃婆娑一老。方叙话，遽起曰:“杖忘某所。”又去。余曰:“今日岂可空去?”迟之又久，汶水返，更定矣。睨余曰:“客尚在耶！客在奚为者?”余曰:“慕汶老久，今日不畅饮汶老茶，决不去。”汶水喜，自起当炉。茶旋煮，速如风雨。导至一室，明窗净几，荆溪壶、成宣窑瓷瓯十余种，皆精绝。灯下视茶色，与瓷瓯无别，而香气逼人，余叫绝。余问汶水曰:“此茶何产?”汶水曰:“阆苑茶也。”余再啜之，曰:“莫绐余！是阆苑制法，而味不似。”汶水匿笑曰:“客知是何产?”余再啜之，曰:“何其似罗岕甚也?”汶水吐舌曰:“奇，奇！”余问:“水何水?”曰:“惠泉。”余又曰:“莫绐余！惠泉走千里，水劳而圭角不动，何也?”汶水曰:“不复敢隐。其取惠水，必淘井，静夜候新泉至，旋汲之。山石磊磊藉瓮底，舟非风则勿行，故水之生磊。即寻常惠水犹逊一头地，况他水邪！”又吐舌曰:“奇，奇！”言未毕，汶水去。少顷，持一壶满斟余曰:“客啜此。”余曰:“香扑烈，味甚浑厚，此春茶耶?向瀹者的是秋采。”汶水大笑曰:“予年七十，精赏鉴者，无客比。”遂与定交。

（续修四库全书《陶庵梦忆》）

湖心亭看雪

崇正五年十二月，余住西湖。大雪三日，湖中人鸟声俱绝。是日更定矣，余拏一小舟，拥毳衣炉火，独往湖心亭看雪。雾凇沆砀，天与云、与山、与水，上下一白。湖上影子，惟长堤一痕，湖心亭一点，与余舟一芥，舟中人两三粒而已。到亭上，有两人铺毡对坐，一童子烧酒，炉正沸。见余大喜，曰："湖中焉得更有此人！"拉余同饮。余强饮三大白而别。问其姓氏，是金陵人，客此。及下船，舟子喃喃曰："莫说相公痴，更有痴似相公者。"

（续修四库全书《陶庵梦忆》）

西湖七月半

西湖七月半，一无可看，止可看看七月半之人。看七月半之人，以五类看之。其一，楼船箫鼓，峨冠盛筵，灯火优傒，声光相乱，名为看月而实不见月者，看之。其一，亦船亦楼，名娃闺秀，携及童娈，笑啼杂之，环坐露台，左右盼望，身在月下而实不看月者，看之。其一，亦船亦声歌，名妓闲僧，浅斟低唱，弱管轻丝，竹肉相发，亦在月下，亦看月，而欲人看其看月者，看之。其一，不舟不车，不衫不帻，酒醉饭饱，呼群三五，跻入人丛，昭庆、断桥，嘄呼嘈杂，装假醉，唱无腔曲，月亦看，看月者亦看，不看月者亦看，而实无一看者，看之。其一，小船轻幌，净几暖炉，茶铛旋煮，素瓷静递，好友佳人，邀月同坐，或匿影树下，或逃嚣里湖，看月而人不见其看月之态，亦不作意看月者，看之。

杭人游湖，巳出酉归，避月如仇。是夕好名，逐队争出，多犒门军酒钱，轿夫擎燎，列俟岸上。一入舟，速舟子急放断桥，赶入胜会。以故二鼓以前，人声鼓吹，如沸如撼，如魇如呓，如聋如哑，大船小船一齐凑岸，一无所见，止见篙击篙、舟触舟、肩摩肩、面看面而已。少刻兴尽，官府席散，皂隶喝道去。轿夫叫船上人，怖以关门，灯笼火把如列星，一一簇拥而去。岸上人亦逐队赶门，渐稀渐薄，顷刻散尽矣。吾辈始舣舟近岸，断桥石磴始凉，席其上，呼客纵饮。此时，月如镜新磨，山复整妆，湖复颒面。向之浅斟低唱者出，匿影树下者亦出，吾辈往通声气，拉与同坐。韵友来，名妓至，杯箸安，竹肉发。月色苍凉，东方将白，客方散去。吾辈纵舟，酣睡于十里荷花之中，香气拍人，清梦甚惬。

（续修四库全书《陶庵梦忆》）

柳敬亭说书

南京柳麻子，黧黑，满面疤瘤，悠悠忽忽，土木形骸，善说书。一日说书一回，定价一两。十日前先送书帕下定，常不得空。南京一时有两行情人：王月生、柳麻子是也。余听其说《景阳冈武松打虎》白文，与本传大异。其描写刻画，微入毫发，然又找截干净，并不唠叨。勃夬声如巨钟，说至筋节处，叱咤叫喊，汹汹崩屋。武松到店沽酒，店内无人，謈地一吼，店中空缸、空甓皆瓮瓮有声。闲中着色，细微至此。主人必屏息静坐，倾耳听之。彼方掉舌，稍见下人呫哔耳语，听者欠伸有倦色，不辄言，故不得强。每至丙夜，拭桌剪灯，素瓷静递，款款言之。其疾徐轻重，吞吐抑扬，入情入理，入筋入骨，摘世上说书之耳而使之谛听，不怕其不齰舌死也。柳麻子貌奇丑，然其口角波俏，眼目流利，衣服恬静，直与王月生同其婉娈，故其行情正等。

（续修四库全书《陶庵梦忆》）

自为墓志铭

蜀人张岱，陶庵其号也。少为纨绔子弟，极爱繁华，好精舍，好美婢，好娈童，好鲜衣，好美食，好骏马，好华灯，好烟火，好梨园，好鼓吹，好古董，好花鸟，兼以茶淫橘虐，书蠹诗魔。劳碌半生，皆成梦幻。年至五十，国破家亡，避迹山居，所存者破床碎几，折鼎病琴，与残书数帙，缺砚一方而已。布衣蔬食，常至断炊。回首二十年前，真如隔世。

常自评之，有七不可解：向以韦布而上拟公侯，今以世家而下同乞丐，如此则贵贱紊矣，不可解一；产不及中人，而欲齐驱金谷，世颇多捷径，而独株守于陵，如此则贫富舛矣，不可解二；以书生而践戎马之场，以将军而翻文章之府，如此则文武错矣，不可解三；上陪玉皇大帝而不谄，下陪悲田院乞儿而不骄，如此则尊卑溷矣，不可解四；弱则唾面而肯自干，强则单骑而能赴敌，如此则宽猛背矣，不可解五；夺利争名，甘居人后，观场游戏，肯让人先，如此缓急谬矣，不可解六；

博弈摴蒱，则不知胜负，啜茶尝水，则能辨渑淄，如此则智愚杂矣，不可解七。有此七不可解，自且不解，安望人解？故称之以富贵人可，称之以贫贱人亦可；称之以智慧人可，称之以愚蠢人亦可；称之以强项人可，称之以柔弱人亦可；称之以卞急人可，称之以懒散人亦可。学书不成，学剑不成，学节义不成，学文章不成，学仙学佛、学农学圃俱不成，任世人呼之为败子，为废物，为顽民，为钝秀才，为瞌睡汉，为死老魅也已矣。

初字宗子，人称石公，即字石公。好著书，其所成者，有《石匮书》《张氏家谱》《义烈传》《琅嬛文集》《明易》《大易用》《史阙》《四书遇》《梦忆》《说铃》《昌谷解》《快园道古》《傒囊十集》《西湖梦寻》《一卷冰雪文》行世。

生于万历丁酉八月二十五日卯时，鲁国相大涤翁之树子也，母曰陶宜人。幼多痰疾，养于外大母马太夫人者十年。外太祖云谷公宦两广，藏生牛黄丸盈数簏，自余囡地以至十有六岁，食尽之而厥疾始瘳。六岁时，大父雨若翁携余之武林，遇眉公先生跨一角鹿，为钱塘游客，对大父曰："闻文孙善属对，吾面试之。"指屏上李白骑鲸图曰："太白骑鲸，采石江边捞夜月。"余应曰："眉公跨鹿，钱塘县里打秋风。"眉公大笑起跃曰："那得灵隽若此，吾小友也。"欲进余以千秋之业，岂料余之一事无成也哉？

甲申以后，悠悠忽忽，既不能觅死，又不能聊生，白发婆娑，犹视息人世。恐一旦溘先朝露，与草木同腐，因思古人如王无功、陶靖节、徐文长皆自作墓铭，余亦效颦为之。甫构思，觉人与文俱不佳，辍笔者再。虽然，第言吾之癖错，则亦可传也已。曾营生圹于项王里之鸡头山，友人李研斋题其圹曰："呜呼，有明著述鸿儒陶庵张长公之圹。"伯鸾高士，冢近要离，余故有取于项里也。明年，年跻七十，死与葬，其日月尚不知也，故不书。铭曰：

穷石崇，斗金谷。盲卞和，献荆玉。老廉颇，战涿鹿。赝龙门，开史局。馋东坡，饿孤竹。五羖大夫，焉肯自鬻。空学陶潜，枉希梅福。必也寻三外野人，方晓我之衷曲。

（1985 年岳麓书社《琅嬛文集》）

夜航船序

天下学问，惟夜航船中最难对付。盖村夫俗子，其学问皆预先备办。如瀛州十八学士，云台二十八将之类，稍差其姓名，辄掩口笑之。彼盖不知十八学士、二十八将，虽失记其姓名，实无害于学问文理，而反谓错落一人，则可耻孰甚。故道听途说，只办口头数十个名氏，便为博学才子矣。

余因想吾八越，惟余姚风俗，后生小子，无不读书，及至二十无成，然后习为手艺。故凡百工贱业，其《性理》《纲鉴》，皆全部烂熟，偶问及一事，则人名、官爵、年号、地方枚举之，未尝少错。学问之富，真是两脚书厨，而其无益于文理考校，与彼目不识丁之人无以异也。或曰："信如此言，则古人姓名总不必记忆矣。"余曰："不然，姓名有不关于文理，不记不妨，如八元、八恺，厨、俊、顾、及之类是也。有关于文理者，不可不记，如四岳、三老、臧穀、徐夫人之类是也。”

昔有一僧人，与一士子同宿夜航船。士子高谈阔论，僧畏慑，拳足而睡。僧人听其语有破绽，乃曰：“请问相公，澹台灭明是一个人，两个人？”士子曰：“是两个人。”僧曰：“这等尧舜是一个人，两个人？”士子曰：“自然是一个人！”僧乃笑曰：“这等说起来，且待小僧伸伸脚。”余所记载，皆眼前极肤浅之事，吾辈聊且记取，但勿使僧人伸脚则可已矣。故即命其名曰《夜航船》。

古剑陶庵老人张岱书。

（续修四库全书《夜航船》）

第五讲

史家之文的阔大与入情

黄宗羲的为人与为文

今天讲黄宗羲（1610—1695），这是最为我心仪的学者之一。因为太喜欢了，所以讲起来有点战战兢兢。其实，要说清人之文，尤其是我所关注的学者之文，黄宗羲比傅山、比顾炎武都更值得欣赏。坦白交代，我对清文之所以感兴趣，尤其是努力凸显清代的学者之文，最早是从黄宗羲那里获得灵感的。

有清一代的读书人，不管治学还是为文，都讲综合。这是做学术史、文化史、文学史的学者，一般都会承认的。最流行的说法，就是义理、考据、辞章三者互补互动。虽然此说确实是由于姚鼐的强调而广为人知，但类似的说法，此前其实有好多人谈过。到了清代的后期，曾国藩在“义理、考据、辞章”外，又加上一个“经济”。这里的“经济”，当然不是economy，而是经世致用、治国安邦。但是，即便不说“经济”，单是“义理、考据、辞章”三合一，作为读书人的自我设计，也都有点过于理想化。所以，章学诚才会在《答沈枫墀论学》中，将此三门简化为“文”和“学”。而袁枚的《答友人某论文书》，也告诫弟子们，怎么样安身立命、读书立志。话说得很实在，也很实用。那就是，首先你必须想好，到底是希望进《文苑传》，还是入《儒林传》。二者的要求是不一样袁枚（1716—1798），字子才，号简斋，又号随园老人，钱塘（今浙江杭州）人，有《小仓山房集》《随园诗话》《子不语》等。乾嘉之学极盛时，绝大部分学者醉心考据而忽略辞章。自居文人的袁枚，将南宋理学、前明时文与本朝考据同列古文三弊。而且，据说其中尤以考据之弊最大（《与程蕺园书》）。袁氏以能剪裁夸耀于“博雅大儒”，又以合奇偶卑视桐城“义法”。其论文兼取六朝骈俪，讲求奇偶相间，对时人学八家文从平易的欧曾入而不从奇峭的韩柳入甚不以为然。所有这些，都切中桐城末流庸弱不振之弊。

的，包括自我期待、知识背景以及发展道路，都是不一样的。用我们今天的说法，你想当作家呢，还是想当学者，最好早点立志。许多有才气的年轻人，徘徊于这两者之间，到老一事无成，比学者多了一点文，比文人又多了一点学。这样不行，肯定做不好。袁枚要年轻人立志读书，以进《文苑传》或《儒林传》为目标。但他没想到，还有另一种可能性，那就是哪个传都进不去（学生笑）。不管怎么说，章、袁都意识到，“文”和“学”之间是有距离的。这个想法，和我所讲的清人讲综合，并不矛盾。在清人看来，除非你经商，成哲人，或做政治家，否则，读书做学问，“文”和“学”很可能是两个最主要的分途。

话又说回来，中国人自古以来就有“文非学不立，学非文不行”之类的说法。“文”和“学”，二者是没办法截然分开的。从这个角度来看，你就会发现，清代的文人学者，各有其专长与偏见。比如说，桐城派会嘲笑汉学家“不文”；而反过来，戴震等乾嘉学术的代表人物，也会嘲笑姚鼐等桐城宗师“不学”。学者嘲笑文人不学，文人嘲笑学者不文，这种意气之争，历朝历代都有，只不过在清代体现得格外明显。可见其“文”“学”分途发展的大趋势，以及意识到这一“专业化”的大趋势，而力图重新走向综合的努力。当然，不是所有的人都能做到这一点；但如果做到了，出手不凡，成绩也相当可观。今天要讲的，正是这个问题。

不必文人始有至文

不一定立志当文人，才能写出第一流的好文章，这是黄宗羲的一贯思路。这个思路直接对应的，是清人最头痛的一个问题，那就是文、学如何兼修。其实，这个问题至今没有解决，仍困扰着我们，尤其是中文系的才子们。诸位进了北大中文系，肯定听说过这样的故事，老系主任杨晦有句名言：北大中文系不培养作家。所谓“不培养作家”，不是歧视文学创作，而是作为教学及研究单位，中文系任务多样，不以出著名作家为主要指标。再说，文学创作不同于学术研究，很大程度得益于个人天赋以及生活体验，与读书多少不完全对应。杨先生的这个说法，至今仍是个有趣的话题，有人阐发，有人反对。这当然与大学中文系的定位有关，但另一方面，我们也逐渐意识到，“文”“学”之间的隔阂与沟通，是个不容易轻易打发的大问题。

参见拙文《“文学”如何“教育”》，《文汇报》2002年2月23日。

不用说，传统中国的读书人，很多是文人而兼学者。这个传统，一直到晚清的章太炎、梁启超那一代人。甚至到了民国，比如说鲁迅等人，也还沿袭这个传统。但是20世纪50年代以后培养出来的大学生，所谓作家与学者，几乎截然分开。你会发现，当代中国的许多著名作家，实在太没学问。这也是大家喜欢攻击的，比如挖苦刘心武用错了什么典，余秋雨说错了什么话。但是，另一方面，学者们写不出像样的好文章，却没有成为攻击的目标。学者固然可以嘲笑文人不学，但反过来，也应该允许作家嘲笑学者不文。其实，我也知道，有些自称“野狐禅”的读书人，便对北大这样的“名门正派”颇不以为然。其中有一点，就是批评许多名头很响的学者不会写文章。“不会写文章”，对其他专业的研究者，比如你考辨古文字，或撰写经济史，也许关系不是特别大；但如果是讨论文学，那确实是有问题的。擅长表达，不等于文笔花哨，更不是乱用形容词，或者逞才使气。用苏东坡的话说，那就是不只了然于心，而且了然于手和口。这确实不容易。

“孔子曰：‘言之不文，行而不远。’又曰：‘辞达而已矣。’夫言止于达意，即疑若不文，是大不然。求物之妙，如系风捕影，能使是物了然于心者，盖千万人而不一遇也，而况能使了然于口与手者乎？是之谓‘辞达’。辞至于能达，则文不可胜用矣。”（苏轼《答谢民师书》）

在浙江古籍出版社出版的《黄宗羲全集》第二册，收录有黄宗羲的名著《金石要例》，后面附有《论文管见》。文章很短，不过一千多字，但很精彩。黄宗羲谈文说艺的话很多，我就想抓住这几则，仔细讨论。在黄宗羲看来，学者本无意为文，可一旦出手，可能会超越唐宋八大家。就像《李杲堂文钞序》所说的，此类文章“脱略门面”，不以欧、曾、《史》、《汉》为模仿目标，反而有自家面目，这正是学者之文的好处。这话说得在理。诸位不信，请读读从归有光到桐城诸家，再到民国时期有名的散文家，比如说朱自清等人，你会明显地感觉到，文章很好，可隐约有一个门面在。也就是说，由于着意经营，长期揣摩，容易形成一种套路。这样的文章，讲规矩，重门面，容易在一次次的复制中被模式化，丧失其锐气与新意。一看就是好文章，可那是刻意经营出来的。再好的文章，都经不起一代代的模仿。而学者不一样，不想硬挤进《文苑传》，写作时心态轻松，自然而然地调动其学识与情感，反而可能超越当代的写作模式或时尚。有意为文者，苦心经营了一辈子，大家都泡在里面，很容易雷同。反而是这些不讲家法的学者，有可能别出手眼，写出好文章。今天，我想主要讨论这个问题。

讨论这个问题，首先请大家关注所谓"唐宋八大家"。明清以降，由于归有光以及桐城文派的总结与提倡，唐宋八大家作为"文章典范"的说法，已经深入人心。以至到了今天，不必念中文系，也都知道唐宋八大家，从韩愈、柳宗元一直数落下来，井井有条。如此流行的唐宋八大家，只有在周作人那里，受到狠狠的打击。不是说后面的模仿者不行，而是从老祖宗韩愈说起，一路批下来。为什么？就因为周作人认定，韩愈开启了一个很不好的风气，那就是装腔作势，搭足架子，"替圣贤立言"，这样做，很容易丧失自家面目。这一点，倒是与黄宗羲要

"韩愈文起八代之衰，其文章实乃虚骄粗犷，正与质雅相反"（《风雨谈・关于家训》）；"（韩文）我却但见其装腔作势，搔首弄姿而已，正是策士之文也"（《苦茶随笔・厂甸之二》）；"韩退之则尤其做作，摇头顿足的作态，……这完全是滥八股腔调，读之欲呕，八代的骈文里何尝有这样的烂污泥？"（《立春以前・文学史的教训》）

求文章“脱略门面”相似。不过，黄并没有否定八大家文，相反，在《论文管见》中，除“学文者熟读三史八家”的要求，还不时以韩柳的经验为例证。

还有一则材料，很能说明黄宗羲对于唐宋八大家的看法。黄宗羲晚年所撰《思旧录》，其中有一则《钱谦益》，提及“时公言韩、欧乃文章之《六经》也”。将韩愈、欧阳修的文章，比作读书人所必须苦攻的“六经”，也就是说，将其作为整个学问或者说整个文章的根柢。钱谦益的这一评价，可是非同小可。下面这句话更有意思，说的是钱谦益如何攻读八家文：“见其架上八家之文，以作法分类，如直叙，如议论，如单序一事，如提纲，而列目亦过十余门。”把唐宋八大家文，按照写作手法分类，以便揣摩与借鉴，可见其用心之深。大家都知道，钱谦益乃清初有数的大诗人、大学者，眼界极高，难得他如此佩服韩、柳等古文家。黄宗羲说这句话时，只有敬佩，没有任何嘲讽的意思。当然，黄宗羲谈文章，不只是追摹八大家；《论文管见》中，有几点值得关注。

首先，“学文者须熟读三史八家，将平时一副家当，尽行籍没，重新积聚”，这点很好理解，所有强调承继传统者，都会这么说。值得注意的是下面的提醒：善于经营文章者，除了深厚的学识，还必须添上“竹头木屑”，以及“常谈委事”。也就是说，兼采各种各样杂七杂八、不登大雅之堂的知识，而后下笔，更容易出彩。经史不用说，还有各种大小文章，乃至百姓的日常经验，你都应该了然于心，融会贯通。这跟桐城派所讲求的“雅洁”，可是完全两样。清人批评桐城，很重要的一点，就是他们读书太窄了。读书窄，不只学植薄，更要命的是思想偏狭。一辈子专攻几种书，以后写文章，洁是洁了，可没有生气，也没有血肉。史家不一样，要求见多识广，“三史八家”固然好，“竹头木屑”“常谈委事”也不能丢。你会发现，从“史”走出来的文人，兴趣一般比较广泛，思想也比较通达，其作文，往往也大气些。这是第一个我想说的。

一般人谈黄宗羲的文章观，都会说他如何主张原本“六经”、诗道性情等。我不想谈这些，就想专门讨论黄宗羲如何面对文和学之间永恒的矛盾，以及如何来超越二者之间的壁障。第一，我刚才提到了，努力把各种知识重新积聚；第二，作文不贵模仿，但“要使古今体式无不备于胸中”。作文不贵模仿，追求独抒胸臆，这是晚明文人喜欢说的话，比如袁中郎等，便都有很决绝也很精彩的表述。黄宗羲的特点在于，既不模仿，又讲体式。为什么？就为了不被大题目所压垮。古今体式无不备于胸中，各体皆能，然后再来讨论独创性，这和傅山所说的有正才有奇，正之极为奇，有奇才有变这个思路是一致的。这都是对于晚明文人过分依赖个人才情的反拨。直抒胸臆是好事，可假如对古今体式不了解，你的文章很可能出现较大的偏颇。是空灵了，可很浅，而且只能局限于某些特定的题目。你会发现，晚明文人确实有这个毛病，善写小文章，但拿不起

傅山《霜红龛文集·字训》称：“写字之妙，亦不过一正。然正不是板，不是死，只是古法。”“写字无奇巧，只有正拙。正极奇生，归于大巧若拙已矣。”

大题目。这也是史家的趣味，可以欣赏小文章，但更看重大题目。大题目拿捏不住，担当不起，那算不上真正的豪杰之士。读袁中郎的文章，还有归有光以及方苞、姚鼐等的作品，你会发现，这些纯粹的文人，确实承受不了大题目。无法想象归有光如果面对楚汉之争，能否写出司马迁那样惊天地泣鬼神的大文章。不只是篇幅，也不只是气势，更跟为文者的阅历、心态和胸怀大有关系。不被大题目压倒，能够游刃有余地撰写各体之文，这可是一种很高的境界。

第三个，“叙事须有风韵，不可担板”。一般人读到这两句，很容易说，这不是小说家的伎俩吗？黄宗羲则认为，你要是读过《晋书》《南北史》的列传，你就会发现，这也是史家的拿手戏。所谓“每写一二无关系之事，使其人之精神生动”，我们读黄宗羲的《女孙阿迎墓砖》《思旧录》等，可以发现，这也是黄宗羲文章的特色。当然，这“一二无关系之事”可不是随便挑的，要靠它来凸显人物的精神与性格，必然考虑这些小事与生平大事之间的呼应。前面我讲欧阳修的时候，讲过这一点，讲《史记》更是如此，这确实是写人的一大诀窍。“叙事须有风韵”，这点没有人反对；这里需要分辨的，是所谓的“小说家伎俩”。其实，就像黄宗羲所说，此类描写技巧，并不为小说家所独占。方苞等桐城文家，因噎废食，力避小说笔法，使其文章雅洁有余，而血肉与生气明显不足。

第四个问题，如何用经。到底是“多引经语”，还是“融圣人之意而出之”，对于文章家来说，这是个棘手的问题。最近在北大召开了题为“多元之美”的比较文学国际会议，我提交的论文是《现代中国的述学文体——以“引经据典”为中心》，讨论的正是类似困境。文之所以必须根源于“六经”，目的是立定思想、学问的根基；可另一方面，也有文章本身的考虑。黄宗羲对刘向、曾巩等人喜欢在文中直接引录经语，很不以为然。这样一来，思想固然正确，学问也有所体现，可文章的韵味，则很可能荡然无存。如果像韩愈、欧阳修那样，将圣人之意融会贯通，再用自己的语言表达出来，这样的话，文章才血脉贯通。这一点，其实前人已经有过很好的总结，比如宋人陈亮《论作文法》中，便有这样的妙语：“经句不全两，史举不全三。不用古人句，只用古人意。但用古人语，不用古人句，能造古人所不到处。”此乃经验之谈，难怪明代高琦的《文章一贯》以及清末民初林纾的《春觉斋论文》，也予以转录。大段引语容易破坏文章的整体感，使得文气阻隔；而不用引语又显得不学无术，故“引《易》引《诗》一两语作点缀，亦古文中常有之事”（《春觉斋论文·论文十六忌》）。

第五点，文以理为主，这是学者之文的特点。文章可以叙事，可以抒情，也可以议论。如果突出抒情，诗人词人本色当行；注重叙事，则史家更为擅长。这就难怪文章家最看重的是议论。黄宗羲强调的是，即便是以讲理为主的“论”，也必须有感情的浇灌，否则很容易显得干瘪或肤浅。所以，他特别表扬欧阳修“志交友，无不呜咽”；以及柳宗元的“言身世，莫不凄怆”。有郁闷，有眼泪，有真情实感在里面，这样，说理的时候才能动人。你读黄宗羲的文章，即使是《天一阁藏书记》这样本该注重学术源流的文章，也都是琐琐碎碎，把自家的遭遇、感悟等全都带进来。这样的说理之文，方才不会显得呆板。

最后一点，就是我开头所说的，黄宗羲认定，“古今来不必文人始有至文”。为什么这么说？因为自古以来，第一流的文章并不专属于文人。九流百家，只要有自己的领悟与发明，并将这种压抑不住的感觉自然而然地表达出来，那样的话，就很可能是至文。这里想挑战的，是文人始有至文的假设。而这个挑战，在黄宗羲本人的文章中，已经得到很好的落实。这其实是跟他的整个生活经历有关系。全祖望在《梨洲先生神道碑文》里说，黄宗羲身处易代之际，多写慷慨赴义的血性男子，尤其是对抗清而死的“死难诸公”特别加以表彰，故其碑版文章可读、可传。史家本就擅长叙事，再加上黄宗羲讲究文辞，还有表彰的是千古不灭之忠魂，难怪黄宗羲的文章阔大，有生气。就像我刚才说的，“大题目”不是想做就能做的，跟你的生活遭遇，跟你所处的时代，跟你个人的气质，都有关系。这么一个轰轰烈烈的时代，这么多轰轰烈烈的人物，只要你的笔墨能与其相副，很容易成为至文。

打个比方，记得20世纪80年代后期，张中行出版《负暄琐话》和《负暄续话》，大家都叫好。这好，一半属于张先生的生花妙笔，另一半则应归结为老北大人物的气韵生动。你会发现，写二三十年代的“北大老人”容易，写五六十年代的

“北大新人”难，不是无法落笔，而是难以得意。有写作者自身的功力问题，但更与表现对象密切相关。像晚清或“五四”那两代人，只要你意到笔到，自然而然就能出彩。相反，如果对象本身不太精彩的话，你怎么用力都不行（学生笑）。这是没办法的事情。所以，有时想想，你说归有光拿不起大题目，这有点不太公平，因为，这跟他的个人阅历与眼光大有关系。还有袁枚也是这样。在这个意义上，所谓的大题目、大文章，有时是可遇而不可求的。

当然，除了时势，也跟黄宗羲的气质与才情有关。在《明文案》——这是他编的一本文选——的序言里，黄宗羲有这么一句话：“凡情之至者，其文未有不至者也。”血性男儿，一往情深，清初学人中，最容易赢得我辈读书人欣赏和认同的，很可能就属黄宗羲。我承认，王夫之的思辨比黄宗羲精微，顾炎武的学识比黄宗羲博大。可我还是认定，清初学者中，能将生命、性情、学问融为一体，而且能用恰到好处的文字表达出来的，黄宗羲是第一位。

这里，不能不牵涉黄宗羲跌宕多姿的一生。

党人·游侠·儒林

黄宗羲的一生充满传奇色彩，这也是我对他感兴趣的原因。诸位有兴趣的话，请读他的《自题》，里面有这么一段话：

初锢之为党人，继指之为游侠，终厕之于儒林。其为人也，盖三复而至今。岂其时为之耶，抑夫人之有遐心？

作为东林党人的后裔，少年黄宗羲曾参加了对魏忠贤余党的清算；明亡后参加抗清活动，屡遭追捕。意识到回天乏力，退入书斋，最终成为一代大儒。如此由“党人”而“游侠”而“儒林”，形成了我所说的充满传奇色彩的一生。我在《千古文人侠客梦》中，曾提及中国文人心目中最为理想的人生，那就是：“少年游侠，中年游宦，老年游仙。”（学生笑）但如此境界，只有汉代的名相张良真正实现，其他的，大都只走了一步、两步。能走完三步的，极少极少。可虽不能至，心向往之。黄宗羲之为后人所追慕，跟这有点类似。

“中国文人理想的人生境界可以如下公式表示：少年游侠—中年游宦—老年游仙。最能代表这种人生境界的是汉留侯张良。……中国历史上如张良般圆满实现这三部曲的或许不多，可这种人生理想，千百年来为中国文人所梦寐以求。其中三个阶段虽互有联系，但又各有其独立价值，前者绝非只是为后者铺路搭桥。”（《千古文人侠客梦》202—203页，北京：人民文学出版社，1992）

黄宗羲的父亲黄尊素，是明代天启年间的御史，著名的东林党人，被魏忠贤陷害入狱而死。1628年，黄宗羲进京去替父讼冤，那时，崇祯皇帝已给东林党人平反，魏忠贤也已经死了。在审讯魏忠贤余党时，黄宗羲出庭对证，在公堂上以暗藏的铁锥猛刺许显纯，后来又把囚禁他父亲的牢卒打死。此事传颂一时。这样血气方刚的东林党后人，清军南下后，必然会有惊人的举动。

在浙江古籍版《黄宗羲全集》第11册中，有一则《怪说》，自述其生平所遭困厄。这段话，值得转述。自清兵南下以后，“悬书购余者二”，就是说，官府贴布告悬赏要黄的人头，这样的经历有两次。至于“守围城者一，以谋反告讦者二三”，说的是清兵南下时，曾率领军民守城，后又被人举报，说是谋反，只好到处躲藏。另外，还有诸多危难，“可谓濒于十死者矣”。如此经常游走于刀锋，处于生死的边缘，其生命体验，与纯粹的书生不同。

早年轰轰烈烈的政治生涯，与晚年的书斋著述，实际上大有关系。这也是大家所津津乐道的地方。只是一介书生，生活太平淡，没那么多戏剧性。而“侠无书”，其行为或许广为传播，其学说与思想，则很可能事过境迁就被世人遗忘。像黄宗羲这样，把这三者很好地结合在一起，很不容易。流传到后世的，主要是他的著作；可如果没有被指为党人、被视为游侠的生活经历，只是困守书斋，其感悟与思想，必定大有差异。至于黄宗羲波澜壮阔的文章，更是固守书斋的乾嘉诸老所无法想象的。

我想说的，主要不是作为东林党的后人，黄宗羲如何奋起与阉党余孽抗争，也不是如何与清兵对阵。史书上说，“其得不死，皆有天幸”，确实如此。如果不是苍天保佑，我们就只知道历史上有个烈士叫黄宗羲（学生笑），至于其他的，也就说不上了。

作为学者的黄宗羲，著作甚多，诸位肯定知道的，比如说《明夷待访录》《明儒学案》《南雷文定》等。现在有了浙江古籍出版社12卷本的《黄宗羲全集》，研究起来方便多了。如果要我评判他的著述，包括他的“文”与“学”，我想用梁启超《清代学术概论》里面的一段话。这段话本是评论作为整体的清初学术：

在淆乱粗糙之中，自有一种元气淋漓之象。

早年的政治抗争，晚年的闭门著述，二者并非截然对立。请记住，黄宗羲的大半辈子是生活在清朝，从1644到1695年，五十年间，始终不与新朝合作，甚至顺治下诏书，征为博学鸿词，也不应召，这需要很强的意志与信仰。入清后，黄宗羲坚持以遗民身份著述，这种坚定的政治立场，延续了早年的“意气”，与那个时代诸多或早或迟、或主动或被动改换门庭的读书人相比，黄宗羲的气节，令人敬佩。

梁启超（1873—1929），字卓如，号任公，别号饮冰室主人，新会（今属广东）人。先后主编《时务报》《清议报》《新民丛报》《新小说》等，在介绍西方学说、鼓吹变法维新、提倡“诗界革命”和“小说界革命”方面，不只当年声名显赫，而且影响极为深远。梁氏才思敏捷，著述甚丰，编为《饮冰室合集》。梁氏处“过渡时代”，读书博杂，再加上主报馆笔政，为文的最大特征在于不守规矩，打破已有的文体界限。古文与时文、骈文与散文、史传与语录、辞赋与佛典，乃至日文语法与西学词汇，都在梁启超文中竞相出场。前人论文讲体式，家法不同者戒律自然不同，但都认定有所“不可”；梁氏则百无禁忌。讨论“俚语”与“韵语”何以杂处、或者“情感”与“条理”如何协调，都不是关键所在；梁氏文章的奥秘在于“纵笔所至不检束”所带来的文体之“解放”。梁文之纵横捭阖、汪洋恣肆，与其“横溢”之“才气”有关，但更得益于“报馆文章”的纵容与怂恿。

记得王国维在论及清代学术时，有一个通俗形象的说法，即“国初之学大，乾、嘉之学精，道、咸以降之学新”(《沈乙庵先生七十寿序》)。这段话，大体上能把握住这三百年间的学问变迁。至于文章，则不敢如此统而言之。不过，我想借用来谈黄宗羲的文章。以梁启超所说的“元气淋漓”，加上王国维描述的“气象阔大”，来表彰黄宗羲的为人与为文，我以为是大致恰当的。

如果承认黄文“气象阔大”，那么，我想追问的是，到底是什么因素，成就了黄宗羲这样的学者之文。

读书博杂与思想通达

不是所有的学者之文，都有如此“阔大”的气象。黄文之所以能成其“大”，原因很多，我想择要说一说。这里主要围绕我编的《中国散文选》所收黄宗羲文来展开，目的是便于大家对照阅读。

王国维《沈乙庵先生七十寿序》:“我朝三百年间，学术三变：国初一变也，乾、嘉一变也，道、咸以降一变也。顺、康之世，天造地昧，学者多胜国遗老。离丧乱之后，志在经世，故多为经世之学，求之经史，得其本原，一扫明代苟且破碎之习，而实学以兴。雍、乾以后，纪纲既张，天下大定，士大夫得肆意稽古，不复视为经世之具，而经史小学专门之业兴焉。道、咸以降，涂辙稍变，言经者及今文，考史者兼辽、金、元，治地理者逮四裔，务为前人所不为，虽承乾、嘉专门之学，然亦逆睹世变，有国初诸老经世之志。故国初之学大，乾、嘉之学精，道、咸以降之学新。”

首先，既为学人，必然是学识丰富。而在传统中国，书籍的出版、流通与收藏，有很多困难。对于读书人来说，能否接触到大量藏书，直接关系到眼界的宽窄。所以，我专门选了一则《天一阁藏书记》，目的是凸显黄宗羲的书生本色以及阅读视野。所谓“读书难，藏书尤难；藏书久而不散，则难之难矣”，这是古人常有的感慨，跟今人的没时间读书，恰成反比。今天来学校的路上，有个朋友告诉我说，可以买《四库全书》光盘版，问我要不要。过去说坐拥书城，感觉很优雅，很有学问的样子。现在只需要若干资料光盘，使用起来也很方便。在此之前，我已收藏了像《二十五史》《十三经》《全唐诗》等光盘，刚开始很激动，慢慢地有些困惑。我还读书吗？我相信以后诸位也会面临这个问题。书很容易到手，但是塞进你的电脑或者书橱，不等于就进入了你的大脑。这一点，古人跟我们很不一样，比如说，明清文人最大的困难，就是如何收书藏书。读书的欲望很强，但藏书很少，这很痛苦，必须四出访读。所以，藏书不仅仅是保存文献，更是传递知识培育人才的重要途径。

黄宗羲的《天一阁藏书记》，实际上是以“论”为“记”。第一段感慨“读书难”，第二段诉说“藏书难”，第三段转入“藏之久而不散，则难之难矣”。经过一番如此这般的议论，这才进入正题：“天一阁书，范司马所藏也。”即便转入范氏藏书，天一阁藏书楼其实也是一笔带过，说的还是我当年如何登楼读书，撰写目录，而目录又如何广泛流传。最后表达希望，那就是江南藏书世家范氏子孙能“如护目睛”一样，保护这座藏书楼，以免其如过眼烟云。

这是一个有学问的爱书人写出来的天一阁，跟我们今天注重叙事或抒情的天一阁大不一样。在这里，我想强调几个问题，一是明清江南藏书家对保存文献、赓续传统、形成知识共同体的意义。大家知道，清廷开四库馆，向民间征集藏书时，江南藏书家贡献最大。在此之前，书籍的聚集与流散，对于一时一地读书风气的形成有直接的影响。在没有公共图书馆之前，藏书楼对于形成地方的文化环境，对于酝酿知识共同体，具有决定性的意义。诸位有兴趣的话，读一读美国学者艾尔曼的《从理学到朴学——中华帝国晚期思想与社会变化面面观》，其中第四章涉及这个问题。

余秋雨的名文《风雨天一阁》便是很好的例证，其中描写黄宗羲的登阁："出乎意外，范氏家族的各房竟一致同意黄宗羲先生登楼，而且允许他细细地阅读楼上的全部藏书。这件事，我一直看成是范氏家族文化品格的一个验证。他们是藏书家，本身在思想学术界和社会政治领域都没有太高的地位，但他们毕竟为一个人而不是为其他人，交出了他们珍藏严守着的全部钥匙。这里有选择，有裁断，有一个庞大的藏书世家的人格闪耀。黄宗羲先生长衣布鞋，悄然登楼了。铜锁在一具具打开，一六七三年成为天一阁历史上特别有光彩的一年。"（《秋雨散文》111 页，杭州：浙江文艺出版社，1994）

"藏书家是学术研究的首要条件之一。他们收藏、出版史料，向有关学术研究提供必要的参考文献。在 17、18 世纪兴起的图书收藏热中，藏书家和实证研究关系十分密切。没有这些藏书，文献考证家就无法获得研究必需的材料。江南图书楼的长足发展、雕刻及善本翻刻业的进步，使学术交流更为便利，还为之提供了新的资料来源。"（艾尔曼著，赵刚译:《从理学到朴学——中华帝国晚期思想与社会变化面面观》101 页，南京：江苏人民出版社，1995）

其次，我想说的是，黄宗羲的趣味，不同于收藏型或商业型的藏书家。诸位知道，同是藏书，目的不同。有人是为了做学问而藏书，有人是为了积聚财富而藏书，有人是为了把玩而藏书，三者很不一样。商业型的藏书家和鉴赏型的藏书家，基本上只看版本，不问书籍的内容。黄宗羲和钱谦益都属于学问型的藏书家，之所以收藏图书，主要是为了自己使用，同时也出于对书籍的爱好。全祖望的《二老阁藏书记》里，有一段话说得很好："太冲先生之书，非仅以夸博物，示多藏也。……先生之藏书，先生之学术所寄也。"对于真正的读书人来说，藏书既是学问的根柢，也是学术的寄托。藏什么，不藏什么，跟这些书是不是孤本、将来能不能升值，没有关系。

当然，书读到一定程度，一般都会对朝夕相处的作为物质形态的"书籍"产生感情。这个时候，难免连带着对书籍的版本产生兴趣，但这跟专门做版本或搞收藏的，还是不一样。有一句老话："奇文共欣赏，疑义相与析。"其实，好书也需要同道"共欣赏"，方才有趣。请看下面这一段：

> 庚寅三月，余访钱牧斋，馆于绛云楼下，因得翻其书籍，凡余之所欲见者无不在焉。牧斋约余为读书伴侣，闭关三年，余喜过望。

很可惜，绛云楼一把火化为灰烬，钱、黄闭关读书之约落空。这个事情很动人，在《思旧录》里还提到。绛云楼也是清初很重要的藏书楼，加上钱谦益眼界极高，这楼可不是轻易登得的。诸位必须明白，过去藏书很不容易，一般都不愿意把自己的收藏公开，必须是好朋友才可以登堂入室，把玩藏书。让你登楼读书，而且拿出最珍贵的本子，你要什么都给你看，这可是极大的信任，也是很大的面子。更让人感慨的是，已经进入晚年的钱牧斋，会约比他小二十八岁的黄宗羲，准备一起闭门读书三年。这种对知识的渴望，还是挺令人感动的。这篇文章，让你了解到黄宗羲对于藏书，或者说对于知识积累的巨大热情。有了这种热情，读书、作文、讲求学问等，才有根基。

此外，我还想突出史家黄宗羲在清初学术重建方面的贡献，所以选择了《明儒学案凡例》。

如果你对明人空谈心性、束书不观的风气略有了解，就会明白清初学人为什么对晚明学风有那么大的反感，也才会理解黄宗羲在重建学术传统时，为何特别强调读书、藏书以及“辨章学术，考镜源流”。《明儒学案》是一代名著，中文系的我不敢说，历史系的学生肯定会读；当然，中文系学古典文献的，估计这也是必读书。即使老师没要求，翻一下这书的体例，再选读一两章，还是很有好处。我选这篇《凡例》，想强调两点，第一是“学问之道，以各人自用得着为真”。黄宗羲之所以对倚门傍户、依样画葫芦表示不满与不屑，即基于此。认定学问不同，但可能同样有自己的价值，因而，各家学说是并置在《明儒学案》里的，而不是独尊一家、一派、一体。这显示了史家的思想通达之处。第二，古之学者，读书以自得为主。举一个例子，胡季随从朱熹读书，朱再三追问胡心得何在，答不上来，就是不告诉你，让你自己体会。实在苦思不得，那时才告诉你。古之学者，不轻易传授读书的经验和心得。为什么？不是吝啬，而是“盖欲其自得之也”。

几年前，我写文章讨论过这个问题。过去书少，容易读得细，而且自己琢磨，努力体会。现在书多了，加上学校里以课堂讲授为主，老师把古今中外无数贤哲好不容易获得的知识、经验，乃至读书诀窍——假如有的话，全都一股脑端出来，恨不得一个早上就教会你。这样一来，需要记忆的东西太多，“百思不得其解”的又太少。也就是说，需要自己去琢磨、领会的东西太少了。我相信朱熹的话，读书是自己的事情，别人管不得，别人也帮不得。即使进的是最好的学校，老师也帮不了你多少忙，假如你不想自己“苦思”的话。我之所以挑这篇文章，希望提醒诸位，一是学问宗旨不同，可以并置；通过并置不同的学问，让你理解一代学术，也让你养成比较开阔的眼光与胸襟；二是读书必须自得，不要期待老师轻易告诉你答案，那是偷懒，不是好事情。就这两点。

黄宗羲作为一代史学大家的贡献，读文史的人大都知道，我不想多说。我想说的是，人家一般不太注意的，那就是《中国散文选》选收的《匡庐游录》。其实，不管是《四明山志》《今水经》，还是《匡庐游录》，一般都将其归为地理类。这当然没错，只是我还希望将黄宗羲的地理著作作为文章来阅读与欣赏。在读《匡庐游录》之前，请大家注意前面的“题辞”。里面说，庐山固然山水绝佳，而诗人像陶渊明，文章像欧阳修，风流如白居易，道学若朱熹，佛教有慧远等，这些绝色人物，错落其间，让你应接不暇，这才是庐山的真正魅力。登庐山，不只观赏自然山水，更像是在阅读一部中国文化史。因此，黄宗羲称自己登庐山时，以唐证宋，以宋证元，以元证今，“杖履所及，一二指摘，正不可少”。也就是说，走到哪儿，考证到哪儿。这种学者游山的态度，决定了这部游记本身，带有很浓厚的学问色彩。登山之前，黄已经做了很多功课，读了很多相关的诗文，以及各种地方志和山志等。这样一来，游记越写越长，最后变成了以游山为线索的考据文章。

作为文章来阅读，请大家注意讲复生松这一段。在这里，黄宗羲摆脱了学者的考证趣味，说起故事来。除了描写这么一棵死而复生的松树，更有关于当年朋友如何作文，在这个树下焚烧，祭祀亡友的。而现在，连写祭文的陆文虎也都死去二十年了。这就难怪作者看到此树时，“为之慨然”。这一段，摆脱了严谨的考证，颇有晋人“木犹如此，人何以堪”的情调，很有味道。

“桓公北征经金城，见前为琅邪时种柳，皆已十围，慨然曰：‘木犹如此，人何以堪！’”（刘义庆《世说新语·言语》）。

有意思的，还包括这一段最后关于右军墨池的考辨。讲到寺内有王羲之的墨池，东坡《怪石》说的“灌以墨池水”，就是这个地方。但也有人做了考证，说这不可信。你猜黄宗羲怎么说？“然流传既久，即其不足信者，亦为古迹矣。”这个态度很通达，跟一般史家不太一样。做史地考证，学者们一般关注真伪，而且以此作价值判断。黄宗羲还是有文人趣味，你看他对“伪作”的评价——这很可能是假的，可假得久了，也就成了古迹。这是所有游山玩水的人都必须具有的心态，否则，你满眼看过去，很可能都是“赝品”，游山回来，一肚子火。在我看来，山水名胜，除了天造地设，还体现了世态人情，一代代人的心情与想象力，积累下来，就是好东西。你不要太当真，否则，出门老受气（学生笑）。你以为你真看到了尧舜的足迹，或者原汁原味的唐代寺庙，没那回事。除了考古发掘，作为地上遗存的古迹，不可能千真万确。你眼前的名胜古迹，十有八九是假的，有的是唐代作的假，有的是宋人作的假，有的是这几年才弄的。假的时间有长短，如果假的时间长，也成了真风景。像这种不足信的故事，非要考证清楚，有这个必要吗？比如说，今天你们上庐山，导游会告诉你们这个传说那个故事，假如宋代就已经有记载了，虽然假，也很可爱。当然，如果是这几天才作的假，那就不太好玩了（学生笑）。这最后一句，说是流传既久，即使不足信，也是古迹，这态度我很喜欢。不纯粹是史家的眼光，还有文人趣味，这是黄宗羲可爱的地方，也是我将《匡庐游录》作为文章来阅读、欣赏的理由。

当然，如果只是讲讲藏书楼，写写游记，很多文人都能做。黄宗羲之所以声名显赫，不仅是学识渊博，读书很多，阅历广泛，会写一手文章，还因为其思想深度。这就不能不谈到他的《明夷待访录》了。

《明夷待访录》始作于清康熙元年（1662），完成于康熙二年（1663），书名原作《待访录》，至全祖望撰《梨洲先生神道碑文》、郑性父子在乾隆年间刊刻该书时，始改称《明夷待访录》。此书虽被清廷所禁，但屡为私家刊刻；晚清以降，标点刊印本更是极多，是黄宗羲众多著作中流传最广者。

《明夷待访录》成书于1663年，距现在已经有三百四十年了，可今天读来，这书仍有很多新意。不只是文章，更包括他的政治观念，所以，挺难得的。我们知道，先秦诸子中，就已经有若干批判君主专制的，包括《吕氏春秋》里面所说的“贵公”“去私”，更包括我们熟悉的“大道之行，天下为公”；到了魏晋，那就更多了，比如，阮籍的“君立而虐兴”，鲍敬言的“无君论”等。这些，读思想史或文学史，一般都会提到。但是宋元以下，程朱理学统治几百年，到了黄宗羲的时代，君权是一个不可侵犯的神圣观念。所以，黄宗羲才会以《原君》作为《明夷待访录》的开篇。其实，不仅是明清之际，即使到了今天，依然没有完全铲除世人头脑里的君权思想。只要想想，打开电视，全都是清朝皇帝，从顺治、康熙到乾隆，连雍正都大为风光，咸丰、光绪露面的机会相对少些，而且很不得志，但那是时势使然。世人如此看好、或者说倚重皇帝，你能说中国人已经彻底铲除君权思想了？至于观看清宫戏剧，比附当今中国，那就更离谱了。所以我说，三百多年前黄宗羲的《原君》，今天读来仍然有新意，也就在这个地方。

值得关注的是，黄宗羲不只批评昏君，还嘲笑小儒之死守君臣之义。那个本来应该受天下人爱戴的“君”，现在成了独夫民贼，天下人“视之如寇仇”，这一变化，使得那些死守君臣之义者，无所适从。这里用的是伯夷、叔齐的典故。因为纣和桀都是昏君，所以汤、武诛之，那是合情合理的。但也有人不这么看，认为无论如何不应该弑君。《史记·伯夷列传》中说，武王伐纣，伯夷、叔齐两个人扣马而谏，最后不食周粟，在首阳山饿死了。称“妄传伯夷、叔齐无稽之事”，是因为这个事情，在汉以前的书里面没有记载，故黄宗羲认定，这是汉代的小儒编造出来的。武王伐纣，这事值得赞赏，连孟子都这么说，而“孟子之言，圣人之言也”。这里所说的“圣言”，应该指的是《孟子·梁惠王下》中的话。梁惠王问孟子，你怎么看周武王伐纣这个事情，如此以臣下而弑君，行吗？孟子说：“闻诛一夫纣矣，未闻弑君也。”也就是说，假如昏君害民，臣下有权力推翻他。这是孟子基本的思路，即所谓“民贵君轻”。传统中国的读书人，正是用这种以民为本的观念，来挑战君主专制的。后世的昏君，不允许别人窥伺王位，于是“废孟子而不立”。本来明代的孔庙里，除了主祀孔子外，还有四个配祀的，那就是孟子、颜子、子思、曾子。朱元璋当皇帝后，听说《孟子》里有“民为贵，君为轻”这种说法，大怒，下令把孟子的牌位撤下来。

孟子的民本思想，作为传统中国抵抗君权的思想资源，有其意义，但不宜估计过高。五四新文化运动将儒家作为专制制度的根源来批判，有点矫枉过正。可后来20世纪五六十年代的海外新儒家，想从儒家思想里发展出新的民主政治，这也是很困难的事情。传统中国的“君轻民贵”，与现代的民主政治之间，还是有比较大的距离。包括我们今天讨论的《原君》里面所体现出来的对王权独尊的抗议，同现代民主制度也不是一回事。黄宗羲反复争论为君的职责，还是寄希望于圣君贤相。

其实，这不是思想史课程，我关注的，还是黄宗羲文章本身的魅力。看他如何确立命题，并从容地展开论述。立说时，喜欢纵论古今，本就是中国文章的特色。记得晚清时，外国传教士或学者提起中国人写的文章，最感到无法理解的，明明是眼前的事，为什么一定要从尧舜说起。今天讨论兴办学堂，从三代之学说起；明天涉及治理河道，更是必须追溯大禹（学生笑）。这是中国人写文章的特点，大事小事，都得“从头说起”，显得特有学问。另外，中国除了历史悠久，再就是地域广阔，于是，文章非要从天南说到海北不可。一是从古到今，一是从南到北，纵横交错，形成论述的坐标。“文革”中，各省成立革委会，都发一篇社论，很有气魄的样子，开头必是“从”什么“到”什么，这句式十分流行。比如，“从天山脚下到东海之滨，从北国风光到南海椰林”（学生笑）。地理上的东西南北，时间上的古往今来，一经一纬，大帽子下，很可能谈论的只是一件日常琐事。这是中国人写文章的一个格套，很实用（学生笑），但俗不可耐。可要是落在真正根柢经史者手中，那又是另外一回事。

我想说的是，必须是自出机杼，然后步步为营，丝丝入扣，这样的引经据史，才有意义。讲政治的文章，以尧舜做题目的，实在太多了。黄宗羲在尧舜旁边，立了另外两个人：许由和务光。传说尧要把自己的职位让给许由，许由赶快逃避；而汤要把天子之职转给务光，务光于是负石自溺而死。这是古代中国很有名的两个隐士，都是拒绝当天子的。这文章主要不是谈人，是在谈制度。因此，立足点落在“明乎为君之职分”，即如何确立君王的职责与权限。表面上是在讨论“老生常谈”的“三代之治”，其实是在探讨一种制度性的缺陷，以及如何建设一种合理的社会制度。当然，作者的思路，不像我们今天这么明确。

不过，黄宗羲的论述，没有多少玄思，而是基于日常生活经验，娓娓道来，很有智慧。大家为什么都想当皇帝？就因为当皇帝获利最大。诸位批判读书做官，效果很小；但如果有一天当官没什么好处，那就不必要批判了。利之所在，难怪大家趋之若鹜。问题不在个人的道德操守，而在制度建设。为什么有人希望以天下人之血肉作为自己登上圣殿的台阶，当了皇帝后又死守这个位子？就因为当皇帝的好处太多了。若如是，“则为天下之大害者，君而已矣”。不从个人修养，而从制度设计的角度来讨论君的问题，这是黄宗羲高明之处。

我关注的是，作为史家，黄宗羲是如何表述这一思想的。旁征博引，而又恰到好处，这其实不容易。你会发现，他精心选择了几个小故事，而这些故事除了支持他的观点，又都饶有趣味。比如，“汉高帝所谓‘某业所就，孰与仲多’者，其逐利之情不觉溢之于辞矣”。这说的是，汉高祖刘邦的父亲认为他不如二哥会赚钱，于是不免语带讥讽。后来刘邦当了皇帝，就跟他父亲说，你看看，到底是我哥赚的钱多呢，还是我赚的钱多？（学生笑）如此说来，为什么当皇帝，不就是为了赚钱吗？这么一种“逐利”的观念，在中国社会各阶层里普遍存在。所谓“打江山”和“坐江山”，其实也是这个思路。如果是这个思路，为了坐江山，“屠毒天下之肝脑，离散天下之子女，以博我一人之产业”，那是很自然的事。这是第一个故事。

第二个故事就是关于伯夷和叔齐，这故事没注出处。因这个故事太常见了，不必注。请注意，古人写文章，引征古事时，有的注明出处，有的不注，取决于时人对这一段历史文献的熟悉程度。

第三个例子更有趣。“昔人愿世世无生帝王家，而毅宗之语公主，亦曰：‘若何为生我家！’痛哉斯言！”其实包含两个故事。第一个故事，说的是南朝宋顺帝刘准被迫退位出宫时，对天发誓：“愿后身世世勿复生帝王家。”据说，一时“宫中皆哭”。第二个故事，说的是崇祯皇帝朱由检，就是那位吊死在景山上的。李自成军杀进北京，长平公主拉着崇祯皇帝哭，崇祯皇帝挥剑斩之，断其左臂，说，谁让你生在我们家。这两个故事，说明什么问题？不就是皇帝也不那么好当的，弄不好有血光之灾？可古往今来，后悔当皇帝的，还是极为罕见。黄宗羲举的这两个例子，都是大难临头，才有勿生帝王家的感慨。前面讨论君臣之义，突然笔锋一转，说起皇帝也有皇帝的难处，这转折本身，没有太大的理论意义。可作为文章，则显得摇曳多姿。这篇文章，思想史家关注的，肯定是前半部，我则对最后一段的横生枝节感兴趣。不是一条道走到底，而是略作顿挫，甚至倒过来思考，这样的表述方式，使文章顿起波澜，显得曲折幽深。即便立说为主的文章，也都有如此姿态与情趣，不容易。

深于情与工于文

黄宗羲的文章有姿态，有风韵，而这种境界与气象，很大程度是由于学识，也根源于人情。易代之际的生活阅历，还有史家丰厚的学识，再加上深于情，使得他的文章大气，不同于前面谈到的归有光、袁宏道等人。但是，儿女情长和家国兴亡，并不是毫不相干的。我故意选一篇儿女情长的文章，目的是想体现黄宗羲的另一面。《女孙阿迎墓砖》，这文章容易读，好处也很明显。一是深于情，另一个呢，就是对于细节的重视。你看第一段，说孙女如何依恋爷爷，宁愿不要果食，也不让爷爷出门。用这种细节，来写孙女的可爱。记得黄宗羲在谈论归有光文章时，有这么一段话："予读震川文之为女妇者，一往情深，每以一二细事见之，使人欲涕。"震川就是归有光。归有光的文章好在什么地方，在黄宗羲看来，那就是特别能表现儿女情长。写到妻子、孩儿的时候，特别能贯穿自己的感情；而这种"一往情深"，又往往是借用一两个细节来表现。《女孙阿迎墓砖》的写作，明显是借鉴归文。

归有光（1507—1571），字熙甫，号震川，昆山（今属江苏）人。虽擅长八股，科场中并不顺利，直到去世前六年方中进士。主要生涯为讲学授徒，有《震川先生集》传世。归氏为文，长于叙事而短于议论，多委婉缠绵之笔，而少刚直奇崛之气。若《项脊轩志》《先妣事略》《寒花葬记》《筠溪翁传》等，叙家庭及朋友间琐细事，情景逼真，极有韵味。以三五细节写活一个人物，力求于平淡处见真性情。表面上不讲字斟句酌，大有信笔写来不事雕琢的意味，实则着意于积蓄情感、渲染氛围，其抚今追昔不胜感慨处尤为动人。黄宗羲称"予读震川文之为女妇者，一往深情，每以一二细事见之，使人欲涕"（《张节母叶孺人墓志铭》），确实说到了归文的好处。此等以细节显风韵见真情的笔法，除了上承司马迁和欧阳修，很大程度属于引小说入古文。

我更欣赏的，其实是他的另外一本小书：《思旧录》。一般把《思旧录》作为历史著作来阅读，我则更倾向于把它作为文章来欣赏。这正好落实了《论文管见》的说法，“凡九流百家以其所明者，沛然随地涌出，便是至文”。这书是黄宗羲晚年所作，大概是写于八十三岁左右。全书最后有这么一段，说的是：

余少逢患难，故出而交游最早，其一段交情，不可磨灭者，追忆而志之。

作为受迫害的东林党人子弟，早年闯荡江湖，多有患难之交，日后行走大江南北，更是阅人无数。因是追忆文体，记的是交情，至于那人当过什么官，一概不管。这还好说，接下来的，可就有点政治意味了：“然皆桑海以前之人，后此亦有知己感恩者，当为别录。”实际上并没有什么“别录”，“思旧”时单说入清以前认识的朋友，这一体例，难免让人浮想联翩。下面选几则短文，略作介绍。

第一则是《张煌言》。文章很短，写这位抗清名将之“就死从容，有文山气象”，落墨在一点：兵败被俘之前，先遣散士卒，然后再从容就义。这一类笔墨，很能体现遗民心思，在《思旧录》里有不少。这是因为，第一，黄宗羲闻见甚广，对明清易代之际的史事多有了解，能补正史之阙；第二，他本人也曾参加抗清的斗争，借此寄托自家情怀。

第二则，我想介绍《陈继儒》。这一则写隐士，绝妙。前面讲过，大名鼎鼎的隐士陈继儒，在晚明大受欢迎，“上自缙绅大夫，下至工贾倡优”，大家都喜欢他的文章。那一年，黄宗羲“入京颂冤”，在西湖边遇到陈继儒。当时黄只有十九岁，不过是一个东林党人后代，没有什么名气。陈继儒居然到黄暂住的太平里小巷回访。后面这两节很重要，也很精彩。陈“乘一小轿，门生徒步随其后，天寒涕出，蓝田叔（瑛）即以袍袖拭之”。略为推算，这一年，陈继儒应该是七十岁。毕竟年纪大了，再加上天寒，陈继儒不断流鼻涕，学生以袍袖给他擦，这细节很生动。接下来，“余出颂冤疏，先生从座上随笔改定”。一般人心目中的陈继儒，应该是不食人间烟火，而且努力回避人间是非。可你看，他给黄宗羲修改颂冤疏，还给他写了扇面，说什么“一腔热血终难化，七尺残骸莫敢收”。最有意思的是，陈答应给黄的父亲作传，作完传后，没寄给黄宗羲，而是寄给姓宋的。这个传，后来收在《宋子建集》。黄宗羲觉得很奇怪，追问“何也”？黄没有给出答案，以下是我的推测。陈继儒有是非心，可深怕惹是生非。危急时刻，他可以给黄宗羲提供帮助，但白纸黑字，最好还是推给别人。给你写传，但不署名，宁愿放在别人的集子里刊行。我觉得这一笔，很神。这样的大名士，一举一动都会引人注目，要表态，表示自己对忠烈之士的欣赏；可又必须妥善安排，不能落下把柄（学生笑）。这种依违两可的心态，在这短短的两百字里，写得很精彩。

我编《中国散文选》，收了两则，一是《张溥》，一是《钱谦益》。张溥诸位应该都知道，他写过《五人墓碑记》，也编有《汉魏六朝百三名家集》；人民文学出版社刊行的《汉魏六朝百三名家集题辞注》，更是研究汉魏诗文的重要参考书。《思旧录》是这样介绍张溥的：“天如好读书，天资明敏。闻某家有藏书，夜与余提灯而往观之。”如此聪明好学，难怪“其在翰苑，声价日高，奉之者等于游、夏”。也就是说，时人将他比作孔子的门徒子游、子夏。可惜，这样的聪明人，身边没有清醒且高明的朋友，自恃其才，下笔轻率，把做文章和著述看得太容易了。如此挥霍才华，难有大成。你看他，“尝以泥金扇面，信笔书稿”，这个细节，很能显示张溥的才气横溢与风流倜傥。可这样漫不经心，难怪他没办法把学问做大。而就这么一个细节，比许多生平叙述更传神，也更精彩。

张溥（1602—1641），字天如，号西铭，太仓（今属江苏）人。崇祯四年进士，后乞假归家，不再出仕。创立“复社”，提倡“兴复古学，务为有用”，在主持风雅的同时，抨击朝政，影响相当深远。兼具学识与才华的张溥，除著《七录斋集》外，另辑有《汉魏六朝百三名家集》，集各有题词，评价精当，且文辞华美。

下面是《钱谦益》。钱谦益比黄宗羲大二十八岁，曾约黄来绛云楼读书。其中有一个细节，很值得把玩。因为担心黄宗羲经济上有困难，“一夜，余将睡，公提灯至榻前，袖七金赠余曰：‘此内人意也。’”要帮助你，但又要表现得不露痕迹，怕伤你的自尊心。当然，后来绛云楼烧了，读书之约没有落实。但相约结伴读书，以及怕人家不来，半夜赠金，这样的细节，很能显示人物性格。还有，钱谦益病危，有人约写文章，给很高的润笔——这个事情，陈寅恪的《柳如是别传》里有长篇考证，可以参考——别人代笔，都不行。黄宗羲来了，让他马上写，关在屋里，文章没写完不能出来。下面一段描写很神：文章完成后，“公使人将余草誊作大字，枕上视之，叩首而谢”。这个时候，已经病得很重，看不清楚，请人抄成大字，躺在床上，看完了，点头称是。文章最后提到，钱谦益本来希望黄宗羲代为整理遗稿，可后来钱的子孙另有所托。也幸亏没请黄宗羲，要不，以黄之手眼，不知如何褒贬。

参见陈寅恪《柳如是别传》第五章“复明运动”附录“钱氏家难”，见该书下册1197—1224页，上海古籍出版社，1980。

这则《钱谦益》，颇能体现黄宗羲文章特色，能见其大，能写其碎，深乎情，明乎理。大家知道，钱谦益曾降清，气节有亏。而黄宗羲则是一代大儒，又是著名的遗民，你大概以为，他会与钱划清界限，不相往来。其实没有，明亡后，钱、黄往来甚多，关系还很不错。可这并不妨碍黄宗羲对老前辈、老朋友做出严峻的评价。赞赏钱氏文章，“可谓堂堂之阵，正正之旗”；可同时指出，钱文有五病。其中最关键的是：“往往以朝廷之安危，名士之陨亡，判不相涉，以为由己之出处，五也。”对朝廷是非、国家兴亡不太热心，只关注一己之私，这一指责相当严重。此病不轻，但放在最后，方才点出。我说黄文能见其大，是指他知道病根所在，而且敢于说出来。可他又跟一般人只从忠义角度，对钱进行道德谴责，不太一样。对于钱谦益，黄宗羲并没有一笔抹杀，不只肯定其学问与文章，而且力图把他的降清与精神气质联系起来，做综合考察，此举更见深度。站在遗民立场，批判钱谦益的降清，这是很多人都能做的。就好像今天任何一个读书人，都能也都敢批评周作人的落水一样。因为，是非摆在那里，没什么好争辩的。只要你自己没投降过，你就可以“义正词严”（学生笑）。按道理，黄宗羲完全有理由站在遗民立场，热嘲冷讽，攻击钱的降清；可他没这么做，而是从另外的角度立论。

请大家注意，黄宗羲总结钱谦益的毛病，第二点是：“用《六经》之语，而不能穷经。”这其实是文人读经的诀窍，一方面容易转化为文章，给人学问渊博的假象；另一方面，可以趋避，也便于偷懒。其实，在清初学人中，钱谦益的学问相当广博。看《初学集》《有学集》，都能感觉到这一点。但黄宗羲认为，在经学上，钱并没有真正下苦功，因而，思想不成体系。这一点，倒让我想起鲁迅和周作人。

周氏兄弟早年都兼备学问和文章，后来才分途发展。早年的周作人，也从事学术研究，比如，谈儿童文学，撰欧洲文学史，都像模像样。后来，周作人宣布文学店关门，开始藏学问于文章。藏学问于文章有个好处，那就是便于趋避。读书有得，我就说这个“得”，别的我不碰。写文章允许这样，也只能这样；做学问可不行，你必须直面难题，不好耍花枪。鲁迅的《中国小说史略》和周作人的《中国新文学的源流》，都是好书，可写作策略大不一样。后者明显地发挥自家所长，避开许多本来应该关注的难题，颇有“见到红灯绕着走”的味道。前者不一样，《中国小说史略》必须与《古小说钩沉》、《唐宋传奇集》和《小说旧闻钞》参照阅读，方才明白鲁迅所下的功夫。这样步步为营，扎死寨，打硬仗，是做学问的路子。把学问隐藏在随笔里，有好也有坏。读周作人的随笔集，你会觉得，这个人特棒，懂得那么多的东西，思想也很深刻。但如果你同时做学问和写随笔，你就明白，周作人的文章有瞒天过海的地方。所谓读书“取巧”，包括黄宗羲所讥讽的“用《六经》之语，而不能穷经”。对“经”的界定与理解，因人因时而异，但作为一种读书方法，黄宗羲的提醒，不无道理。

鲁迅（1881—1936），原名周樟寿，字豫山，后改名周树人，字豫才，浙江绍兴人。1902年赴日留学，1909年归国，任教于绍兴。1912年应蔡元培之邀到教育部任职，1920年起在北京大学等校兼课。后辗转厦门、广州，于1927年10月抵上海，从此专心写作。自1906年弃医从文，希望以文艺改造国民精神，到1936年积劳成疾，病逝于上海，三十年间，鲁迅完成约一千万字的著译，深刻影响了20世纪中国的思想文化进程。除小说《呐喊》《彷徨》《故事新编》，散文《野草》《朝花夕拾》，以及专著《中国小说史略》《汉文学史纲要》外，鲁迅还撰写了大量杂文。自1925年《热风》出版，此后几乎每年，鲁迅都有杂感集问世。实际上，正是由于鲁迅的精神力量、渊博学识以及文学才华，才使得“杂文”成为现代文学史上不容忽视的文学样式。

另外，黄宗羲批评钱谦益的文章，“阔大过于震川，而不能入情”。钱谦益主要以诗取胜，文似乎非其所长。读他的文章，确实能感觉到黄宗羲所说的问题，即有盔甲在，不够畅达，也不够诚挚。黄文则相反，不时会冒出一些很孩子气的东西，让你感觉很温馨，就像《女孙阿迎墓砖》，或者《思旧录》。在我看来，黄宗羲始终不失赤子之心，故文章比钱谦益好。钱的问题在于，他知道什么是好文章，可下笔过于矜持。

读书多、眼界高的人，往往有这个毛病。诸位读《列朝诗集小传》，你会发现，钱谦益的眼光极好。可正因为有史识，能裁断，心思过重，写文章时容易戴上盔甲，“不能入情”。反过来，正是黄宗羲文章的好处，用一句话来概括，那就是：识大体，守正道，敢穷经，能入情。

原君

有生之初，人各自私也，人各自利也；天下有公利而莫或兴之，有公害而莫或除之。有人者出，不以一己之利为利，而使天下受其利；不以一己之害为害，而使天下释其害；此其人之勤劳必千万于天下之人。夫以千万倍之勤劳，而己又不享其利，必非天下之人情所欲居也。故古之人君，量而不欲入者，许由、务光是也；入而又去之者，尧、舜是也；初不欲入而不得去者，禹是也。岂古之人有所异哉？好逸恶劳，亦犹夫人之情也。

后之为人君者不然。以为天下利害之权皆出于我，我以天下之利尽归于己，以天下之害尽归于人，亦无不可；使天下之人，不敢自私，不敢自利，以我之大私为天下之公。始而惭焉，久而安焉。视天下为莫大之产业，传之子孙，受享无穷。汉高帝所谓"某业所就，孰与仲多"者，其逐利之情，不觉溢之于辞矣。此无他，古者以天下为主，君为客，凡君之所毕世而经营者，为天下也。今也以君为主，天下为客，凡天下之无地而得安宁者，为君也。是以其未得之也，屠毒天下之肝脑，离散天下之子女，以博我一人之产业，曾不惨然，曰"我固为子孙创业也"。其既得之也，敲剥天下之骨髓，离散天下之子女，以奉我一人之淫乐，视为当然，曰"此我产业之花息也"。

然则，为天下之大害者，君而已矣。向使无君，人各得自私也，人各得自利也。呜呼！岂设君之道固如是乎？

古者天下之人爱戴其君，比之如父，拟之如天，诚不为过也。今也天下之人怨恶其君，视之如寇仇，名之为独夫，固其所也。而小儒规规焉。以君臣之义无所逃于天地之间，至桀、纣之暴，犹谓汤、武不当诛之，而妄传伯夷、叔齐无稽之事，乃兆人万姓崩溃之血肉，曾不异夫腐鼠。岂天地之大，于兆人万姓之中，独私其一人一姓乎？是故武王，圣人也；孟子之言，圣人之言也。后世之君，欲以如父如天之空名，禁人之窥伺者，皆不便于其言，至废孟子而不立，非导源于小儒乎！

虽然，使后之为君者，果能保此产业，传之无穷，亦无怪乎其私之也。既以产业视之，人之欲得产业，谁不如我？摄缄縢，固扃鐍，一人之智力，不能胜天下欲得之者之众，远者数世，近者及身，其血肉之崩溃在其子孙矣。昔人愿世世无生帝王家，而毅宗之语公主亦曰："若何为生我家？"痛哉斯言！回思创业时，其欲得天下之心，有不废然摧沮者乎！

是故明乎为君之职分，则唐、虞之世，人人能让，许由、务光非绝尘也；不明乎为君之职分，则市井之间，人人可欲，许由、务光所以旷后世而不闻也。然君之职分难明，以俄顷淫乐不易无穷之悲，虽愚者亦明之矣。

（四部备要《明夷待访录》）

天一阁藏书记

尝叹读书难，藏书尤难，藏之久而不散，则难之难矣！

自科举之学兴，士人抱兔园寒陋十数册故书，崛起白屋之下，取富贵而有余。读书者一生之精力，埋没敝纸渝墨之中。相寻于寒苦而不足。每见其人有志读书，类有物以败之，故曰："读书难。"

藏书，非好之与有力者不能。欧阳公曰："凡物好之而有力，则无不至也。"二者正复难兼。杨东里少时贫不能致书，欲得《史略》《释文》《十书直音》，市直不过百钱，无以应，母夫人以所畜牝鸡易之。东里特识此事于书后。此诚好之矣！而于寻常之书犹无力也，况其他乎？有力者之好，多在狗马声色之间，稍清之而为奇器，再清之而为法书名画，至矣。苟非尽捐狗马声色字画奇器之好，则其好书也必不专。好之不专，亦无由知书之有易得有不易得也。强解事者以数百金捆载坊书，便称百城之富，不可谓之好也。故曰："藏书尤难。"

归震川曰："书之所聚，当有如金宝之气，卿云轮囷覆护其上。"余独以为不然。古今书籍之厄，不可胜计。以余所见者言之："越中藏书之家，钮石溪世学楼其著也。"余见其小说家目录亦数百种，商氏之《稗海》皆从彼借刻。崇祯庚午间，其书初散，余仅从故书铺得十余部而已。辛巳，余在南中，闻焦氏书欲卖，急往讯之，不受奇零之值，二千金方得为售主。时冯邺仙官南纳言，余以为书归邺仙犹归我也，邺仙大喜。及余归而不果，后来闻亦散去。庚寅三月，余访钱牧斋，馆于绛云楼下，因得翻其书籍，凡余之所欲见者无不在焉。牧斋约余为读书伴侣，闭关三年，余喜过望。方欲践约，而绛云一炬，收归东壁矣！歙溪郑氏丛桂堂，亦藏书家也。辛丑，在武林捃拾程雪楼、马石田集数部，其余都不可问。甲辰，馆语溪，檇李高氏以书求售二千余，大略皆钞本也。余劝吴孟举收之。余在语溪三年，阅之殆遍。此书固他乡寒故也。江右陈士业颇好藏书，自言所积不甚寂莫。乙巳，寄吊其家，其子陈澍书来言兵火之后，故书之存者惟熊勿轩一集而已。语溪吕及父，吴兴潘氏婿也，言昭度欲改《宋史》，曾弗人、徐巨源草创而未就，网罗宋室野史甚富，缄固十余簏在家。约余往观，先以所改历志见示。未几而及父死矣，此愿未遂，不知至今如故否也？祁氏旷园之书，初庋家中，不甚发视，余每借观，惟德公知其首尾，按目录而取之，俄顷即得。乱后迁至化鹿寺，往往散见市肆。丙午，余与书贾入山翻阅三昼夜。余载十捆而出，经学近百种，稗官百十册，而宋元文集已无存者。途中又为书贾窃去卫湜《礼记集说》《东都事略》。山中所存，唯举业讲章、各省志书，尚二大橱也。丙辰，至海盐，胡孝辕考索精详，意其家必有藏书，访其子令修，慨然发其故箧，亦有宋元集十余种，然皆余所见者。孝辕笔记称引《姚牧庵集》，令修亦言有其书，一时索之不能即得，余书则多残本矣。吾邑孙月峰亦称藏书而无异本，后归硕肤。丙戌之乱，为火所尽。余从邻家得其残缺实录，三分之一耳。由此观之，是书者造物之所甚忌也，不特不覆护之，又从而灾害之如此。故曰："藏之久而不散，则难之难矣。”

天一阁书，范司马所藏也。从嘉靖至今盖已百五十年矣。司马殁后，封闭甚严。癸丑，余至甬上，范友仲破戒引余登楼，悉发其藏。余取其流通未广者抄为书目，凡经、史、地志、类书坊间易得者及时人之集三式之书，皆不在此列。余之无力，殆与东里少时伯仲，犹冀以暇日握管怀铅，拣卷小书短者抄之。友仲曰诺。荏苒七年，未蹈前言。然余之书目，遂为好事流传。昆山徐健庵使其门生誊写去者不知凡几。友仲之子左垣，乃并前所未列者重定一书目，介吾友王文三求为藏书记。

近来书籍之厄，不必兵火，无力者既不能聚，聚者亦以无力而散，故所在空虚。屈指大江以南，以藏书名者不过三四家。千顷斋之书，余宗兄比部明立所聚。自庚午讫辛巳，余往南中，未尝不借其书观也。余闻虞稷好事过于其父，无由一见之。曹秋岳倦园之书，累约观之而未果。据秋岳所数，亦无甚异也。余门人自昆山来者，多言健庵所积之富，亦未寓目。三家之外，即数范氏。韩宣子聘鲁，观书于太史氏，见《易象》与《鲁春秋》，曰:“周礼尽在鲁矣!”范氏能世其家，礼不在范氏乎?幸勿等之云烟过眼，世世子孙如护目睛，则震川覆护之言，又未必不然也。

（四部丛刊《南雷文案》）

女孙阿迎墓砖

阿迎者，梨洲老人之女孙也。父黄正谊，母虞氏。虞氏家上虞之通明坝，故阿迎生于通明，庚子岁十二月初七日也，壬寅三月归来。夙慧异常儿，余甚爱之，其在左右，洒然不知愁之去体也。时至书案对坐，弄笔砚，信口咿唔，授以沈龙江女诫，背诵如流水。二三年来，余糊口吴中，朝夕念儿，儿亦朝夕念余，见余归家，则凫藻跃坐膝上，挽须劳苦，曲折家中碎事以告，故家中有事，勿欲使吾知者必戒无使儿知，恐其漏于吾也。儿尝谓吾曰："儿念爷，爷勿出门去。"余应之曰："爷勿出门，则儿无果饵食矣。"儿曰："爷在，儿亦不愿果饵也。"今年余返越城，闻痘疫盛行，恐然惟儿之出，十一月十九日至家，儿迎门笑语，余始释然。十二月二日，儿红衫拜跪上太夫人寿，举止安详，一门欢然。初七日，余设饾饤，为儿作生辰，是晚出痘，至二十日而殇，得年七岁。哀哉！

初寿儿之殇，余亦甚爱之，故无夕不入梦。庚子十月，余游庐山，距其殇时已五年，来梦于圆通寺，匆匆若告别者，余作诗记之，圆通亦有重来塔，此意明明不肯灰，归家而阿迎生矣。自此遂不复梦见寿儿，则阿迎为寿儿之，重来无疑也。盖吾里元时名再生，而圆通又为道济禅师重来之地，寿儿现灵于圆通，阿迎应谶于再生，非无故也，独怪顾非熊以殇儿再生，遂得永年，而阿寿之转阿迎，沤珠槿艳，七年旋瞬而失，抑缘分之有浅深欤？何其慰予而反毒予耶？解之者曰："区区女孙，无庸过戚。"老人曰："余赋性柔慈，朋友一言嘘沫，梦寐历然，儿之亲吾如是，虽欲忘情，其可得乎？"殇后三日，葬之化安山其前母孙氏之侧。寒风岁尽，冰雪满山，与葬寿儿，其时日风景秋毫无异也。呜呼！以余之愚，何烦造化之巧弄如此哉？因以哭儿之诗为之铭曰：

老来触事尽无聊，儿女温存破寂寥。阿寿五年迎七载，如何也算福难消？（其一）

十二年中已再世，重翻旧恨作新愁。两行清泪无多重，流到前痕竟不流。（其二）

为因望我太频烦，嘱我明年莫出门。我在家中犹未出，儿何反作不归魂。（其三）

出外长将梨枣赍，博儿一笑解双眉。儿言但得爷长在，不愿堆盘吃枣梨。（其四）

屈指生辰近上弦，红衫侵晓拜堂前。南窗曝背团圞话，不道居然是别筵。（其五）

龙江女戒两三章，晓夜连珠在耳旁。今日广陵从此绝，散为剡瀑尚悠扬。（其六）

（四部丛刊《南雷文案》）

思旧录（选）

钱谦益

钱谦益，字受之，常熟人。主文章之坛坫者五十年，几与弇洲相上下。其叙事必兼议论，而恶夫剿袭，诗章贵乎铺序而贱夫凋巧，可谓堂堂之阵，正正之旗矣。然有数病：阔大过于震川，而不能入情，一也；用《六经》之语，而不能穷经，二也；喜谈鬼神方外，而非事实，三也；所用词华每每重出，不能谢华启秀，四也；往往以朝廷之安危，名士之陨亡，判不相涉，以为由己之出处，五也；至使人以为口实，掇拾为《正钱录》，亦有以取之也。

余数至常熟，初在拂水山房，继在半野堂绛云楼下。后公与其子孙贻同居，余即住于其家拂水，时公言韩、欧乃文章之《六经》也。见其架上八家之文，以作法分类，如直叙，如议论，如单序一事，如提纲，而列目亦过十余门。绛云楼藏书，余所欲见者无不有。公约余为老年读书伴侣，任我太夫人菽水，无使分心。一夜，余将睡，公提灯至榻前，袖七金赠余曰："此内人（即柳夫人）意也。"盖恐余之不来耳。是年十月，绛云楼毁，是余之无读书缘也。

甲辰，余至，值公病革，一见即云以丧葬事相托，余未之答。公言顾盐台求文三篇，润笔千金，亦尝使人代草，不合我意，固知非兄不可。余欲稍迟，公不可，即导余入书室，反锁于外。三文，一《顾云华封翁墓志》，一《云华诗序》，一《庄子注序》。余急欲出外，二鼓而毕。公使人将余草誊作大字，枕上视之，叩首而谢。余将行，公特招余枕边云："唯兄知吾意，殁后文字，不托他人。"寻呼其子孙贻，与闻斯言。其后孙贻别求于龚孝升，使余得免于是非，幸也。是时道士施亮生作法事，烧纸，惟"九十"二字不毁。公已八十有五，人言尚余五年，亦有言"九十"乃"卒"字之草也。未几果卒。

（《黄宗羲全集·思旧录》）

第六讲

能文
而
不为文人

顾炎武的为人与为文

这一课，我准备讲清初的大学者顾炎武（1613—1682）。讲散文史，一般不会专门讨论顾炎武，而我却特别看重他在散文史上的意义。所以，首先，我会花时间讨论一下，为什么我会在散文史而不是在学术史中讨论这个一代奇才。

顾炎武原名绛，明亡后改名炎武，号亭林。为什么要特别指出这一点？因为晚清另有一位奇才，由于特别佩服顾炎武，也随着改名——那就是诸位很可能都熟悉的章炳麟。章炳麟字枚叔，改名绛——他早期很多文章署名“章绛”，包括《文学论略》，号太炎，这些都表明了他对顾炎武的推崇。为人、为学、为政都非常推崇顾炎武的章太炎，有一句名言：“提奖光复，未尝废学。”也就是说，在从事推翻清廷斗争的同时，没有停止自成一家的学术思考。而这正是顾炎武、章太炎二位的立身处世最让后人感兴趣之处。有人从政，有人论学，而像章太炎那样兼而得之，而且二者都有功绩的，极少。章太炎的这一思路，其实是从顾炎武那里借鉴而来的。所以，今天就从这个角度来解

《太炎先生自定年谱》宣统二年（1910）则云：“余学虽有师友讲习，然得于忧患者多。自三十九岁亡命日本，提奖光复，未尝废学。……先后成《小学答问》《新方言》《文始》三书，又为《国故论衡》《齐物论释》《訄书》亦多所修治矣。”

读顾炎武。

不知道在座有没有1994年在昌平园校区念书的同学。那年的秋冬之际，北大启动昌平校区。我对此印象特别深刻，那是因为，那一年我负责给新同学讲课。早上五点半起床，坐上学校的班车，天还没亮的时候出城，到长城边上的昌平园校区讲课。很累，但很有意境。课程结束后，我写了一篇文章，叫《“萧瑟昌平路”》，里面专门引了顾炎武的《赠献陵司香贯太监宗》，其中有我特别感兴趣的诗句“清霜封殿瓦”“空堂论往事”。在十三陵旁边讲中国现代文学，或者倚着长城读《野草》，别有一番滋味。当然，顾炎武入清后六谒明十三陵，而且特别喜欢谒其中规模最小的思陵，也就是崇祯皇帝的陵墓，自然是别有幽怀。清初时，从北京城里走到十三陵，路程还是相当遥远的，颇为费时费力。好在顾炎武在谒陵的同时，写了不少相关著作，包括《昌平山水记》和《京东考古录》。读这些书时，我最大的感觉是，这是一个非常奇特的学者，既有政治抱负，又到处走动，在行走时思考学问，在著述中寄托幽怀。

明亡以后，明遗民中有修心养性的，有从事著述的，也有奔走天涯，致力于反清复明的。但像顾炎武那样，把政治呀，学术呀，个人情怀呀，全都搅在一起，而且借行程把这些串起来，是一个很奇特的现象。顾炎武的朋友王弘撰对此有所概括，这就

王弘撰（1622—1702），字文修，一字无异，号太华山史，陕西华阴人。明季诸生，入清后隐居家乡，“读书”而不“闭门”，与顾炎武等图谋恢复的志士交情甚深。有《华山志》等著述二十余种。

是我今天首先要讲的“以游为隐”。

以游为隐

诸位都知道，顾炎武对整个清代学术起决定性的影响。但是，请大家注意，顾同时又是一个富有传奇色彩的人物。到今天，我们还有很多东西搞不清楚，其中有些说法，听起来像是文人编撰的武侠小说。比如，明亡后顾炎武四处游荡，为什么？赵俪生先生认为——赵俪生写过《顾亭林新传》，篇幅虽不长，但有分量——他四处游荡，用的是早年参加复社的线索和联络方式。别人是，既然隐了，就隐在一个地方，不再出来闯荡江湖，而顾却是在浪迹天涯中保持隐士的身份。所以，在赵俪生先生看来，顾炎武的“以游为隐”，是在搞秘密串联（学生笑）。赵甚至用了这么一种新奇的说法：“他是个做秘密工作的人。”（学生笑）章太炎《菿汉雅言札记》的说法更好玩。他说，根据他的考证，顾炎武中年以后，到了北方的山东呀、山西呀、陕西呀这些地方游荡，后来得到了李自成的窖金，而且建立了票号。这听起来像红花会一类的故事（学生笑）。但这一“掘宝传奇”，到目前为止，没有发现足以支持的材料。我有点怀疑，这会不会是太炎先生突发奇想编出来的“侠客行”（学生笑）。

参见章太炎《菿汉三言》140页，沈阳：辽宁教育出版社，2000；赵俪生《顾亭林与王山史》14页，济南：齐鲁书社，1986。

但是，为什么别的明遗民没有这样的故事，惟独顾炎武有？这跟他的思想与气质，跟他明亡以后的整个生存经历大有关系。所以，我想从这个地方入手，讨论这位有政治抱负的大学者，或者说，这个有学问的革命家。

归庄（1613—1673），字尔礼，又字玄恭，号恒轩，归有光曾孙，昆山（今属江苏）人。后人辑有《归玄恭遗著》《归玄恭文续抄》。明亡后浪迹江湖、曾直接参与抗清斗争的归庄，晚年与“骚客酒人道流名僧”游山，撰写传诵一时的《寻花日记》。这种“惟当乱世，故得偷闲山中”的无奈感，与陈继儒辈沉醉于候月听雨之雅趣大不同。这些洒脱之中隐含悲苦的游记，时人认定其可用《东行寻牡丹舟中作》来解读：“乱离时逐繁华事，贫贱人看富贵花。”（参见钱谦益《有学集》卷四十九《归玄恭看花二记》）。

十七岁那年，顾炎武与同乡归庄等一起参加了复社，日后的奔走四方据说跟这个有关系。复社是晚明时一个既议政又论文的重要社团，活跃于清末民初的南社，追慕“复几风流”，注重的正是这一文人结社的新形式。二十七岁那年，顾炎武科考失败，此后再也不想走这条路了，退而潜心读书，从事研究，因此萌生了著述的志向。日后的很多著作，如《天下郡国利病书》《肇域志》《日知录》等，都是从这个时候开始积累资料的。所以，从二十七岁，也就是1639年那年，到明亡，是顾炎武全心全意读书，打下整个学问根基的六年。日后“奔走革命”的同时，把稿本带在身边，不断地考证，修改。所以，这几年，对他以后走上治学道路，至关重要。

1645年，清军南下，在江南一带受到了顽强的抵抗，其中包括苏州。而顾炎武和归庄等江南文人，都参与了苏州守城，和清军血战。苏州失守了，接下来又有昆山起义，坚持了二十几天，最后也失败了。关于昆山起义，顾炎武到底有没有参加，学界有争议。这个争议因何而起？顾炎武有一篇《常熟陈君墓志铭》，里面提到了当年他奉母居水乡，距离昆山县城四十里。赵俪生出于对顾炎武的一往情深，强调说：顾和归庄等四个好朋友，因苏州守城失败退回来，既然其他三人都参加了昆山起义，他不可能一个人单独跑掉。这是第一个理由。第二个理由，顾炎武奉母住在水乡，距离县城四十里，驾船一日可以来回。这丝毫不影响他晚上在水乡住，白天出来活动，参与守城（参见赵俪生《顾亭林与王山史》28页，济南：齐鲁书社，1986）。这样的论证办法，我觉得有些曲为辩解的意味。

但是，有一位日本学者井上进先生，找到了一则材料，基本上把这个问题解决了。这条关键性的材料，是黄宗羲《明文授读》卷五十二所收的顾炎武《吴同初行状》。今天我们所用的《亭林文集》，是当年由顾炎武的门生刊刻的。《亭林文集》中的《吴同初行状》，有这样的话："北兵渡江，余从军于苏，归而昆山起义兵，归生与焉。"归庄参加了，至于顾炎武本人有没有参加，没说。而《明文授读》中的异文，则是这样的："余从军于苏，亡归昆山为墨守，归生与焉。"诸位知道，等到顾炎武的门生为他刻书时，清代的统治已经非常稳固了。所以，刻书时，不能不刻意模糊顾炎武当初十分激烈的反清言辞。所以，《亭林文集》不说他参没参加昆山守城，可在黄宗羲早期编的《明文授读》里，顾明确无误地自称"归昆山为墨守"（参见井上进《续张氏顾亭林先生年谱补正》，刊日本

《飙风》第28号，1993年7月）。关于顾炎武守没守昆山的争论，有了这则材料，基本上可以定案。总而言之，这是一位清兵南下时，曾血战苏州、昆山，直到感觉天下事一无可为后，方才开始浪迹天涯的大丈夫。

在这一场战乱中，顾炎武的生母被砍断右臂，继嗣母王氏绝食而死，两个小弟弟也被清兵杀掉。清兵南下以后，继嗣母王氏绝食十五日而死，去世前再三叮嘱："我虽妇人，身受国恩，与国俱亡，义也。汝无为异国臣子，无负世世国恩，无忘先祖遗训，则吾可以瞑于地下。"这段话对于顾炎武以后的进退出入，影响极大，这可是他自己再三提及的。

参见顾炎武《先妣王硕人行状》。

诸位必须明白，顺治元年，即清兵入关的那一年，顾炎武只有三十二岁。抗清事业失败，还有很长很长的路要走——顾炎武一直活到七十岁，这漫长的岁月，借用车尔尼雪夫斯基的书名，《怎么办？》。从三十四岁到四十四岁这段时间，因战局未定，志士尚有可图，但又不便轻举妄动，所以，顾炎武主要活动于以南京为中心的大江南北。其后，发生了一件事情，使得他不得不远走他乡。

顾家曾把八百亩田典当给邻人叶方恒。叶是当地的一个士绅，为谋顾家的产业，勾引顾的家奴陆恩，怂恿他告发顾炎武与南明王朝有联系。这可不是闹着玩的，弄不好会被定死罪。所以，顾炎武亲自赶回家乡，连夜处死陆恩，将其沉到塘里去了。当然，叶也不会善罢甘休，他把顾炎武抓住，囚禁起来，逼他自杀谢罪。归庄、钱谦益等人，都出面为顾炎武说情。最后，案件才转交给官府处理。这样的话，友人就比较容易上下其手了。官府开始给他定的罪名是“杀无罪奴”，后经友人活动，改为“杀有罪奴”（学生笑）。这个案件，就这样敷衍过去了，但顾炎武也很难再在当地待下去。于是，在四十五岁那一年，也就是1657年，顾炎武毅然北上。

北上的名义是读书求友，所以，归庄等还给他写了一篇《为顾宁人征天下书籍启》，引司马迁游走天下，最后著成《史记》为例，希望顾氏能遍访名山大川、奇书逸事，最后成为一代大学者。为了避仇，也为了读书，此后的二十五年，顾炎武行万里路，周游北地，结交天下名士，图谋大业。同时，这种广泛的交游，也成就了他大学者的名声。日后归庄写《与顾宁人书》，里面有这么一句话：

使兄不遇讼，不避仇，不破家，则一江南富人之有文才者耳，岂能身涉万里，名满天下哉！

这话有一定的道理。

这二十多年间，顾炎武曾由于文字狱的牵连，在济南蹲了七个月的大牢。幸亏他的几个外甥帮忙——他有三个外甥，都是清朝的大官，其中一个是大家都知

徐乾学（1631—1694），字原一，号健庵，昆山（今属江苏）人。康熙进士，授编修。康熙二十一年（1682）充《明史》总裁官，后入值南书房，充《大清会典》《一统志》副总裁。晚年居吴县洞庭东山。与弟秉义、元文皆显贵，号“昆山三徐”。

道的徐乾学——才得以出脱。出狱以后，顾炎武到了北京，才与此前“道不同不相与谋”的外甥们来往，住在他们的官邸里。不过，据说始终与他们在思想上划清界线（学生笑）。但起码有一点是真的，朝廷征聘“博学鸿词”，他拒绝接受，且以死抗争，说如果你们一定要逼我，我就自杀。和傅山一样，作为前朝遗民，顾炎武始终保持高尚的气节。

顾炎武最后转到了陕西的华阴，准备在这里定居。可惜，死前不久，又受到威胁，不得已迁离。他住华阴，据说大有深意：此地扼守天下咽喉，足不出户，而能见天下之人，闻天下之事。失利可以入山守险，得势则高屋建瓴，一泻千里。到晚年，顾还保持着这么远大的志向！

除了政治上的宏图大业，后二十五年，顾炎武的骑驴走天下，最让我感兴趣。表面上只是到处访古寻碑，吟诗作文，似乎很潇洒。不知道的人，还以为就像我们今天的“行走文学”（学生笑）。今日的旅游观光，与他为图光复而游走四方，当然很不一样。一方面，顾炎武是迫不得已，为生计而远走他乡；另一方面，也是为了印证自己的学问，所以才需要不断地访问遗老、搜寻古碑。同时，还可能隐含了某种政治目的。但既然是秘密活动，又是失败者，没有留下可供查阅的档案，后人只能根据蛛丝马迹加以猜测。还是把这种猜测留给历史学家，我关注的是“骑驴走天下”这一行为方式，对其学问和文章产生了什么样的影响。

据他自己说，开始是一身孤行，并无仆从；过了几年，才有人赠给他仆从三人，马骡四匹，这样走起来比较方便。但是，一年之中，仍旧是“半宿旅店”，也就是说，生活相当动荡，很辛苦的。关于这点，请大家看一下这则《金石文字记序》。文章提到，他每至“名山巨镇、祠庙伽蓝之迹，无不寻求，登危峰，探窈壑，扪落石，履荒榛，伐颓垣，畚朽壤，其可读者必手自钞录，得一文为前人所未见者，辄喜而不寐”。碰到一块前代学者未曾见识的残碑，把上面乱七八糟的东西扒开来，一个字一个字地辨认，然后抄录下来——这么一个过程，既有访古的艰辛，也有探索的快乐。顾炎武感叹自己“身不逢时”，等到他来访古的时候，“名门旧家大半凋落”；再加上自己乃“布衣之贱，出无仆马，往往怀毫舐墨，踯躅于山林猿鸟之间”。关于搜书访古的艰辛，顾炎武有不少自述；这些文章，描述的是其二十五年间大半“在路上”这么一种生存状态。

全面地考证金石文字，其实宋人已经开始了，包括这篇文章里提到的欧阳修和赵明诚。顾炎武的特异之处在哪儿？在于他把田野考古的方式带进来了。前代学人只在书斋里考证碑帖，而顾炎武则亲自到荒山野岭去寻找新的资料，印证或修正已有的结论，重新理解和阐释历史。

一般认为，清代考据学的鼻祖是顾炎武。但是，后人很难再有顾炎武那种生气淋漓的气象。其原因有二：一是后来者大多没有田野考察风餐露宿的经历，而只是在书房里面做研究；二是后人一般没有像顾炎武那样强烈的欲望和痛苦。比如，乾嘉学者所做的专精研究，确实是沿着顾炎武的路子走下来的，但缺少压在纸背的东西。正因为有了压在纸背的欲望和痛苦，顾炎武的这类著述，与后人相比，可能显得粗疏，但大气。这是一种只有在乱世之中、在天崩地裂之际，才能形成的情怀和学问。这就难怪，像顾炎武这样有才华、有节操、有胆识、有心计的学者，真的很难模仿。

在《与戴耘野书》中，顾炎武称自己“九州历其七，五岳登其四”，“百家之说，粗有窥于古人，一卷之文，思有裨于后代”。这信很有意思，诸位有空时不妨读读。我还想建议诸位，读他的《与人书一》:“独学无友，则孤陋而难成；久处一方，则习染而不自觉。”读书人如果足不出户，单靠冥思苦想，是很难成就大学问大事业的。所以，顾炎武再三强调，读书必须游走四方，广交益友，学问才不会“终无济于天下”。

可以这样说，古人所追求的“读万卷书，行万里路”，在顾炎武这里，既落实为一种生活方式，也体现为一种生命境界。把学问、人生和政治抱负扭结在一起，然后借助一系列“旅行”来展开，如此“以游为隐”，远超出一般意义上的“读书行路”。

文须有益于天下

刚才的简要介绍，目的是让诸位对顾炎武的为人有初步的了解。这是一个讲求经世致用的大儒，而且身处战乱以及社会变革的年代。我讲过，顾炎武认为，“亡国”和“亡天下”不一样，明亡是天崩地裂，是“亡天下”。身处这样的年代，文人的想象方式与审美趣味，自然不同于太平年代的枯藤老树、小桥流水。因此，你不难理解他与后世纯粹文人不太一样的地方：那就是固执地认定文章的社会功能。《日知录》中有一则，题目就叫“文须有益于天下”。

《日知录》卷十九“文须有益于天下”则云：“文之不可绝于天地间者，曰明道也，纪政事也，察民隐也，乐道人之善也。若此者，有益于天下，有益于将来，多一篇，多一篇之益矣。若夫怪力乱神之事，无稽之言，剿袭之说，谀佞之文，若此者，有损于己，无益于人，多一篇，多一篇之损矣。”

在《与人书三》里面，他说：“故凡文之不关于六经之指、当世之务者，一切不为。”这里的“文”，泛指一切著述，而不只是通常所说的诗歌或文章。顾炎武特别欣赏白居易，尤其喜欢他“文章合为时而著，歌诗合为事而作”的态度。这可是我读大学时背得很熟的批评术语，因当时作为通用教材的游国恩等人编写的《中国文学史》，对这两句话评价极高。这种文学观念，20 世纪 80 年代后期受到了严峻的挑战；到了 90 年代，古典文学界的专家们，也对白居易把诗歌的功能理解得如此狭隘，提出质疑。但是，这一文学观，在整个 20 世纪中国，却是占主流地位的。至于清初的顾炎武，为何如此立论，以及由此带出来的几个理论问题，在这里稍作介绍。

第一，作为仁人志士，顾炎武有志于恢复，所以，其最大愿望，或者说最主要的工作，就是反省明何以灭亡。因为，面对如此严峻现实，你不能不思考；而且，首先想到的，必定是大明为何如此不堪一击，败给了文明程度远不及自己的异族。不只是顾炎武一个人，清初的许多思想家，都是从这里出发，思考中国的历史与传统、文化与制度。顾炎武的文学观念，必须放在这个基点上，才比较容易体贴。传统中国学者，喜欢把一切问题最后归结为文化与学术，即所谓“学为政本”。这样一来，政治制度的建设也就成了学者必须自觉承担的责任。从这个思路出发，强调实学而反感玄想的顾炎武，会对晚明文人的“空谈心性”有相当苛刻的批评，而置他们在哲学史、文学史上的贡献于不顾。当然，这也是因为，顾炎武主要不以哲学思辨见长。

在我看来，顾炎武在哲学方面的修养，不及黄宗羲和王夫之；他的长处在史学、声韵学和地理学。而这一特点，对清代学术发展的影响很大。顾炎武对清谈无根的晚明文人特别反感，有很多指责。另一方面，对李贽那样肆无忌惮地批评传统，顾炎武也特别愤怒，有很多嘲骂的话，诸如“狂徒”“小人”等。这都是在反省明朝为何灭亡：读书人或无心世务，一味空谈；或无所顾忌，动摇了整个传统的根基。这样一来，国家不亡，那才怪呢。

顾炎武《日知录》卷十八“李贽”则，有如此严厉的批评：“自古以来，小人之无忌惮，而敢于叛圣人者，莫甚于李贽。然虽奉严旨，而其书之行于人间者自若也。”

第二，顾炎武嘲笑那些只知“注虫鱼命草木”的经生，以及那些“徒以诗文而已，所谓‘雕虫篆刻’”的文人。认定这样的经生与文人，对整个国家、整个民族没有什么“用”。所以，《与人书二十五》称：“君子之为学，以明道也，以救世也。”假如做学问、写文章而不能明道救世，可以洗手不干。太平盛世的悠闲文人，以及主张“玩学问”者，很难领会这种心境，会觉得他太苛刻了。

第三，顾炎武的基本思路是，“士当以器识为先”，蔑视所谓“纯粹的文人”。《与人书十八》引了《宋史》中刘挚的话：“士当以器识为先，一命为文人，无足观矣。”诸位大概都知道这句话，念中文系的听了，难免胆战心惊（学生笑）。顾炎武称，读了刘挚的这句话，告诫自己千万“不堕于文人”；并说以后“无关于经术政理之大”的文章，一概不为。甚至说，韩愈虽有“文起八代之衰”的功绩，也写了诸如《原道》《原毁》这样的大文章，但因文集中有很多一看就是应酬文字的墓志铭，还是有弊病的。希望说每一句话，撰每一篇文，都有裨益于天下，这里强调的，主要不是言说的社会功用，而是文人的道德修养。为什么把文人的言说看得这么重？那是因为，顾炎武认定，正是因为读书人的自我放纵，没能担负起“为万世开太平”的责任，才导致今日局面之不可收拾。

从这一立场推演开去，顾炎武强调，“纪政事”“察民隐”这样的好文章，多一篇就多一篇之益；假如你写的是“怪力乱神”“无稽之言”，或是阿谀奉承，那么多一篇就多一篇之损。为文不但无益，而且有损，这可是对于喜欢舞文弄墨者的严正警告。

如此铺陈，很容易让人误以为，顾炎武是一个没有诗情、不讲文章趣味的人。事实并非如此。顾不是不讲修辞，而是更强调文章的社会功能。在《日知录》的“修辞”一则中，顾炎武对现在的讲学先生从语录入手，不会做文章，表示不以为然。他希望做到的是什么呢？《与人书二十三》所说的“能文不为文人，能讲不为讲师”，才是他的最大愿望。不是不能写一手漂亮的好文章，只是不愿意以文章自限。

《日知录》卷十九“修辞”则云：“尝见今讲学先生，从语录入门者，多不善于修辞。或乃反子贡之言以讥之曰：夫子之言性与天道，可得而闻；夫子之文章，不可得而闻也。”

另外，在《日知录》里，还有一则“廉耻”。“礼义廉耻，国之四维”，顾炎武认为，在这四维中，“耻尤为要”。他引了《颜氏家训·教子》中的一段话：齐朝一个士人告诉颜之推，他教儿子弹琵琶、学鲜卑语，将来可以更好地侍奉贵人，以换取优厚的待遇，颜之推表示十分蔑视这种做法。顾炎武说，你看，颜之推身处那样恶劣的环境，还有这种骨气，我们现在更应如此。在沧海横流之际，风雨如晦之时，难得有清白坚贞之士。所以，他才一而再、再而三地讲“耻尤为要”。对士大夫来说，这可是关键的一着。因为士大夫有志向，也有智慧，懂得怎样表现自己，借以谋取较好的生存条件。而且，士大夫有能力把不好的说成好的（学生笑），把本来是耻辱的事情，说成是一种光荣。顾炎武对文人的看法相当悲观：文人无行，文人不讲器识，文人能言善辩，缺少耻辱感，等等。而在易代之际，最需要的不是智慧，而是气节。因此，国人的最大危险，是少廉寡耻。所以，顾炎武才会把明末清初众多错综复杂的问题，最后归结为士大夫的“无耻”，并希望世人守住“知耻”这个底线。

关于顾炎武的“文须有益于天下”，我不知道诸位感觉如何，会不会觉得相当迂腐？所有的文章都讲“有用”，这样的文学观念，今天很难入高人眼，实在是过于陈旧了。但是，我提请大家注意，他考虑的主要不是“文学”；所谓“文须有益于天下”，这里的“文”，是泛指所有的著述。还有一点，如此立论，与其所处时代特殊的心理需求有关。最后，他针对的是当世文人的不讲气节。

顾炎武的其他一些文学观念，也有值得大家关注的。晚清以降，胡适等引入了文学进化的观念，成功地重写了中国文学史。诸位马上会联想到王国维的“一代有一代之文”，即唐诗宋词元曲以及明清小说，各有擅长。今天的学生，不用念中文系，也都知道每个朝代有自己的文体特长，不能用唐诗来衡量宋词，也不能用元曲的辉煌，来褒贬明清小说。后来我们发现，这个话，清代的焦循早就说过了。我这里想再往上推，在《日知录》卷二十一里面，有一则“诗体代降”，讲的也是大概的意思：“用一代之体，则必似一代之文，而后为合格。”也就是说，每个时代都有自己独特的文类和体式，

“凡一代有一代之文学：楚之骚，汉之赋，六代之骈语，唐之诗，宋之词，元之曲，皆所谓一代之文学，而后世莫能继焉者也。”（王国维《宋元戏曲考》）

“一代有一代之所胜，欲自楚骚以下，撰为一集。汉则专取其赋，魏晋六朝至隋则专录其五言诗，唐则专录其律诗，宋专录其词，元专录其曲。”（焦循：《易余籥录》卷十五）

并不存在跨越古今、放之四海而皆准的文体要求。

章太炎《文学论略》中有一段话，我怀疑是从顾炎武那里学来的。章太炎的文章古奥得很，一般人会以为，他肯定断秦汉之文为雅，唐宋之文为俗，明清以降更是一发而不可收拾。可实际上不是这样，章太炎强调，每种文体都有自己的特殊要求，符合这个要求的，就是“雅”。不能说哪一种文体天生雅，哪一种文体必然俗。举例来说，小说既然自成一体，就有其特殊要求，合这个体的，就是雅。所以，章太炎会说《水浒传》《儒林外史》等“皆无害为雅者”，而且主动给章回小说《洪秀全演义》写序。古代文人一般认为，小说“不登大雅之堂”；章太炎却说，不对，“小说自有雅俗，非有俗无雅也”。

古朴深沉的论学文字

顾炎武首先是大学者，而后才是诗人、文章家。他的诗，我不想细说，这里只涉及他的文。作为典型的“学者之文”，顾文自有其独特的魅力：不以叙事抒情而以议论见长。比起黄宗羲，你会发现，同样是“学者之文”，顾文更加古朴、深邃，较少才子气，不追求辞藻华美，而是博学于文，敛华就实。

明清易代之际，出现了许多慷慨赴义的仁人志士，为这些人写墓志、行状，容易成就激动人心的“大文章”。如傅山的《汾二子传》、黄宗羲的《思旧录》以及全祖望撰写的诸多神道碑等，都是这一类文字。本来，伟大的人格放在那里，只要你能体会、善描摹，不难写出大文章。顾炎武这方面的文字也有，如《吴同初行状》，但并不是他所最擅长的，这跟他做学问讲究“实事求是”有关。他做的不是思辨性的哲学，而主要是实证性的史学，尤其是典章制度、天文仪象、河漕兵农等。因此，他的文章风格内敛，很少锋芒毕露，也不太热情洋溢，再激动人心的事，到他笔下，都是点到为止。我想，如果标点顾炎武的文章，最好只用逗号和句号，而不要滥用感叹号。黄宗羲的文章不一样，可以多用感叹号，他的激情澎湃和顾炎武的深思熟虑，就是不一样。如果必须用一句话来概括顾炎武的文章风格，我想，那就是：干净利落。有古朴之风，而无轻佻之病，这可是典型的中年文字。黄宗羲到老，笔下依旧有青春和激情；而顾炎武写文章，始终显得很冷静。

清末民初，最推崇顾炎武的章太炎，讲了一句话，可帮助我们更好地理解顾文特色。他说：“凡立论欲其本名家，不欲其本纵横。”（《国故论衡·论式》）为什么？名家讲逻辑，步步为营，没有花把式；而纵横家才气横溢，

章炳麟（1869—1936），字枚叔，后改名绛，号太炎，余杭（今属浙江）人。1909年，针对上海有人“定近世文人笔语为五十家”，将章太炎与谭嗣同、黄遵宪、王闿运、康有为等一并列入，章大为不满。在《与邓实信》中，除逐一褒贬谭、黄、王、康的学问与文章外，更直截了当地表述自家的文章理想：对那些得到社会及学界高度评价的“战斗的文章”，章太炎本人并不十分看重，以为“无当于文苑”；反而是那些佶屈聱牙、深奥隐晦的学术著作如《訄书》等，因“博而有约，文不奄质”，在章太炎眼里，方才真正当得起“文章”二字。照章氏的说法，自家所撰“文实闳雅”的，除了《訄书》，还有箧中所藏的数十首。这数十首，应该就是第二年结集出版的《国故论衡》。胡适称章氏文章“是古文学的上等作品”，其实暗含讥讽，即“他的成绩只够替古文学做一个很光荣的下场”（《五十年来中国之文学》）。可是，有周氏兄弟的显赫成绩，起码薪火相传，所谓太炎文章“及身而绝”的断言，其实大可商榷。

中间有很多本该直接面对的关卡，竟用瞒天过海的手法，一跃而过。这不是写文章的好办法。章氏甚至主张“疏证之法，可施于一切文辞”（《文学论略》），即以注疏考证这样的笔法，来写一切文章，方能做到一笔也不苟简。这话说得太绝对了，可有很强的针对性。文人总喜欢逞才使气，写文章于是故意摇曳，章太炎希望将这些红杏出墙、稍嫌造作的东西去掉。有新意，汰华辞，不枝不蔓，这才可能呈现出理想的文字。

大家知道，写文章，史学家和文学家不一样。史学家的考证之文，如果没有新的史料与见解，别人写过的，你不应该再写。而文学家（包括文学批评家）不一样，同一件事，同一个道理，换一个角度，换一种表达方式，不妨再写。所以，你会发现，文士之文（包括文章家以及批评家的文章）容易显得“水”，既“水灵灵”，也“水汪汪”。比如说，评吴敬梓的《儒林外史》，或者论鲁迅的《阿Q正传》，何止千人千面。但考证文章不一样，一旦有人考对了，你就不要再白费精力。就像我刚才讲的，日本学者已成功地证明顾炎武确实参加了昆山守城，你还在那儿辩，没这个必要——除非你发现了足以推翻旧说的新材料。所以，写考证文章，有无新意，能不能“每下一义，泰山不移”，那才是关键。批评文章不一样，有自家面目，且能自圆其说，这就行了。我们都知道，写文章，“有新意”和“存己见”，是两回事。所以，章太炎认为，以疏证之法来写文章，你会关注自家的“新意”是否“雷打不动”，而不会只顾发抒才情。

关于“汰华辞”，即把那些华丽的外衣统统拿掉。看看你除掉穿靴戴帽、花拳绣腿，到底还讲了些什么。写文章，把你所要表达的意思讲清楚，这就行了。如此“辞达而已”的文章，也能产生美感。学古文献或语言学专业的同学，对文学专业的论文历来评价不高，他们会说，你那文章太多修饰语，是故意摇曳出来的。

关于“不枝不蔓”，就是尽量用最简单的方法来解决问题，就像做数学题一样，最简短的途径，就是最好的。文学专业不一样，往往是把简单的问题说得特复杂。有这么一种说法：能把一个很复杂的问题说得很简单，是一种本事；而能把一个很简单的问题说得很复杂，也是一种本事（学生笑）。相对来说，做考证文章，应该用最简捷的方法到达目的地，不要绕圈子。假如承认这一点，你读章太炎的文章，就会明白他为什么这么写。同样，你再来读顾炎武的文章，也能明白它好在什么地方。当然，顾炎武、章太炎的好文章，大都是述学之文。也就是说，是谈论学问，而不是叙事或抒情。叙事文字有个诀窍，必须肯说多余的话，而且说得不让人讨厌，文章就显得生动，水灵灵的。假如就这么两句，干干巴巴，直奔主题，那不是好的叙事或抒情文章。我们表彰顾炎武的文章，主要针对其“述学之文”，这种文章自有其境界，也自有其独特的魅力。

“（金岳霖）他曾经说，我们两个人互有短长。他的长处是能把很简单的事情说得很复杂；我的长处是能把很复杂的事情说得很简单。”（冯友兰《三松堂自序》252页，北京：生活·读书·新知三联书店，1984）

述学文字之美，在顾炎武那里，除了《日知录》，再就落实在书札和序跋。诸位知道，古人写信，不仅仅为了沟通彼此的感情，往往还是一种发表意见的绝好途径。日后入集，变成了《与人书一》《与人书二十》等，不但删去了收信人，连原先谈日常事务的部分也都被删除了，留下来的，往往是作者自认为最有心得的部分。顾炎武的论学书札，好处是朴实无华，准确明了，一点没有玄虚繁冗之弊。

追求“准确”而不是“优美”，“坚实”而不是“玄虚”，此乃述学文字的主要特征。明白这一点，你来读顾炎武的文章，会别有会心。十年前，我曾经为顾炎武的两段话所感动，并因此写了篇文章，略加阐发。《日知录》卷十九有一则“著述之难”，称写文章“必古人之所未及就，后世之所不可无，而后为之”。必须是古人还没来得及做，而后世又非常缺乏的，才值得写；这样的文字，才可传。记得 20 世纪 80 年代，有一个著名学者说过，学者写书，最好提前五年。为什么是五年？提前十年，没人懂，不可能热销，甚至不可能被关注；与大家同步，那也不行，无法出人头地，会被淹没的。这当然是经验之谈，可太多功利的计算，我不太喜欢。顾炎武之强调“古人所未及就，后世之所不可无”，考虑的不是自己的书好不好销，而是读书人如何“为万世开太平”，这才是大志向。在座很多人，会跟我一样，将以读书与著述为生，所以，请记住这两句话。当然，话也不能说得太绝，诸位将来要评职称（学生笑），还会有世俗方面的考虑。我只是希望诸位在解决温饱问题之后，记得这两句话。

与此相对应的，是《与人书十》里提到，著述之于古今，意义不同。同是铸钱，“古人采铜于山，今人则买旧钱，名之曰废铜，以充铸而已”（学生笑）。改铸的新钱，本就粗恶，更何况又把古人传世之宝舂锉碎散，岂不两失？下面又说，承蒙你问我《日知录》最近又成了几卷，我可不愿意像改铸“废铜”那样写作。“某自别来一载，早夜诵读，反复寻究，仅得十余条。”这是因顾炎武将自己的职责，定义为“采铜于山”。诸位读了这么多年书，对目前学界的状态应该大致有所了解。我们现在批量生产的硕士论文、博士论文，大部分是以“废铜”充铸“新钱”，极少“采铜于山”的努力。达不到顾炎武那样的境界，起码也应该知道，哪些是真正的学问，哪些只是谋生的手段；然后，“虽不能至，心向往之”。

这“早夜诵读，反复寻究”得来的十几条札记，既是学问，也是文章。一般将《日知录》作为一部专著看待，这自然没错。可这是用一则一则笔记集合而成的著作，每则札记本身，很可能也是可圈可点的文章。一般人写考证文章，很容易枯燥乏味，不好读。《日知录》不一样，可作文章读。诸位不信，可在床头置一册，得便时随意翻翻，翻到哪儿读到哪儿，不但学问上时有所得，而且对培养自己的文章趣味也有好处。

老一辈史学家教人做学问，都主张从读《日知录》开始。新一辈史学家教人做学问，则是从范文澜的《中国通史》说起。当然，因专业不同，作为描红对象的，很可能是冯友兰的

《中国哲学史》，或者游国恩等人的《中国文学史》。我在不同的场合谈到这一点，那就是从通史入手读书做学问，流弊甚大。读通史，编教材，发空论，是 20 世纪 50 年代以后，中国学者治学的一大歧途。说严重点，过早地参与“编教材”，会把人的学术感觉全都破坏。在读大学或读研究生阶段，如果还有志气的话，千万别做这种急功近利的事。

教材发行量大，流传也广，很多人趋之若鹜。能编出一部作为通用教材的《中国文学史》或《中国通史》，是很多学者梦寐以求的事。可在我看来，这是个很大的误区。几年前，《陈寅恪的最后二十年》风行一时，其中一个观点我不能同意——作者特别感慨，陈寅恪这么伟大，可惜没能写出一部中国通史。现在这思路依然很流行，北大校方说，我们在科研上要“造大船”，于是组织专家集体撰写《中华文明通史》《世界文明通史》（学生笑）。我当然很希望北大能出“标志性的科研成果”，但依我浅见，写“通史”，尤其是教材式的“通史”，在一般情况下，不应该是第一流学者努力的方向。

还有一点，进入学界，一开始就编教材，很容易把“编”等同于“撰”。关于这一点，20 世纪 50 年代的做法，给我们留下很深的教训。让大学生集体编教材，怎么编？还不是把“旧钱”买过来，锤碎了再重新改铸。不能说里面没有年轻人新鲜的见解，包括马克思主义批判的眼光，问题在于，这种采旧铜而后改铸

参见洪子诚《问题与方法：中国当代文学史研究讲稿》250—252 页，北京：生活·读书·新知三联书店，2002。

新钱的工作方式，日后贻害无穷，许多当事人很可能一辈子都改不了这种读书习惯。我问过吴组缃先生和季镇淮先生，北大中文系五五级编教材的情景。据他们说，学生确实很努力，热情很高，可毕竟只是大学本科二三年级的学生，读书不多，许多大的关节，主要还是依靠老师们。学生们的优势在哪儿？在政治立场以及马克思主义理论水平。两方面一结合，一部文学史就出来了（学生笑）。这当然是时代风气的问题，不是个人的错误。可这种靠读文学史来编写文学史，靠读研究著作来撰写研究著作的风气，至今没有完全消歇。所以，我开玩笑说，第一个写文学史的人不容易，到了第十个、第一百个，写文学史其实并不难。做学问到了一定境界，格局已定，为普及自家见解，撰写教材，便于学生接受，这是好事情。但如果一开始就从教材入手，很可能永远逃不出铸旧钱的思路，也很可能一辈子写不出像样的论文或专著。

老一辈学者常说，读书要从做札记学起。为什么，读书做札记，只要有所得，一点也行，两点也行，日积月累，大小总有所成。我曾经说过——后来有人对我说，这道理本不应该说穿——做学问其实不一定非第一流人才不可。大才子不见得做得好，太笨的当然也不行（学生笑）。就假定是第二流吧，或者说中等之材，如果方法对头，日积月

据说汤用彤先生对其为何选择史学研究而不是哲学思辨作过如下解释："第二等的天资，老老实实做第二等的工作（即从事历史资料考证等工作，而不挂上什么流派的牌子），可能产生第一流的成果。如果第二等的天资，做第一等的工作（建立体系），很可能第三等的成果也出不来。"（参见任继愈《汤用彤先生治学的态度和方法》，《燕园论学集》45—46页，北京大学出版社，1984）

累，就能做出学问，而且是比较大的学问。大才子不屑于这样一步一步走，觉得太艰苦，老想走捷径，老想找到一种特别特别好的方法，然后“多快好省”地出成果（学生笑）。这样，很容易走弯路；走了弯路折回来，发现落后，于是更急，更想寻找捷径。一辈子就这么转来转去，浪费掉了。诗人和学者不一样，没才气肯定写不了好诗，但没才气不一定做不了学问。当然，学问做到某个层次，没才气或者缺乏想象力，还是上不去，那是另一回事。换句话说，做学问对方法、对心境、对积累等，要求得比较多。明白这一点，诸位自然就会理解，为什么老一辈学者会主张从写札记入手。读书做学问，需要一点一点地“抠”，札记多了，可以写成论文，论文多了，可以做成专著。而现在的时尚是，大学阶段就开始构建涵盖人类全部知识的框架或体系（学生笑），然后再从上往下做。别的专业我不敢说，对于讲究涵养与体味的文史学者来说，这不是一个好路子。

刚才所说的，比较接近顾炎武等清儒做学问的方法。清代学者会告诉你，要随身带个本子，有心得就赶紧记下来，能做成一条考据就做成一条考据，一年中，能有几则得意的考证，那就很不错了。自从流行“通史”，才气大者，都不屑于就“小问题”撰写“小文章”，更不要说“不登大雅之堂”的“札记”了。直到最近，我还在学术会议上听到这样的议论：汉学家们——尤其是日本学者——只会写小文章，不像我们那么善于通观全局。其实，我们今天以“通史”写作为中心的论述，是晚清以降编教科书落下的毛病，既背离清儒治学的传统，也与当今西方学界的著述方式迥异。

顾炎武这两段文字之所以让我大发感慨，除文章风格外，更重要的是其治学路数，以及学术境界。至于《金石文字记序》和《与友人论学书》，或许更能体现其述学之文的风格和趣味。《金石文字记序》前半部分所写，主要是“喜”，即二十年间周游天下，看到各种各样的材料而“喜不自寐”。后半部分则突出“难”，以一布衣走天下，“踯躅于山林猿鸟之间”。讲清楚了这访求古人金石之文的“喜”与“难”，再把欧阳修的《集古录》和赵明诚的《金石录》带进来，说明自己的学术承传与发展路径，思路非常明确。既是介绍写作过程以及学术源流，同时也表达作者的心境与趣味。

在《与友人论学书》中，针对明代学者的空谈心性、无补于世，顾炎武称，先儒并没有那么多神秘玄妙的东西，其论学，往往平易近人。所谓的性呀，命呀，天呀，都是孔子、孟子所不谈的。孔孟谈什么？不外“出处、去就、辞受、取与之辨”。这既是日常生活，也是安身立命之处。如此注重现实人生，贬抑思辨和玄虚，与顾炎武对明清易代之际文人立场的深刻反省密切相关。也就是他说的：“愚所谓圣人之道如之何？曰‘博学于文’，曰‘行己有耻’。自一身以至于天下国家，皆学之事也；自子臣弟友以至出入、往来、辞受、取与之间，皆有耻之事也。”天下事，以士大夫的立身为根本，因此，羞耻感的浮现，是最为重要的。文章最后说：“呜呼！士而不先言耻，则为无本之人；非好古而多闻，则为空虚之学。”整篇文章基本上沿用《论语》《孟子》的思路，以之对照明儒的喜欢空谈心性，得出这样的结论：道不远人，圣人之学是平易而且可以遵循的。落实到明清易代之际，则是讲那么多玄虚的东西，没什么用；最关键的，是如何把握住自己，守住自家的信仰与立场。这样，把“行己有耻”和“博学于文”二者结合起来，既“成人”，也“成学”。我想补充的是，对于顾炎武来说，这更是“成文”的必要途径。

金石文字记序

余自少时，即好访求古人金石之文，而犹不甚解。及读欧阳公《集古录》，乃知其事多与史书相证明，可以阐幽表微，补阙正误，不但词翰之工而已。比二十年间，周游天下，所至名山巨镇、祠庙伽蓝之迹，无不寻求，登危峰，探窈壑，扪落石，履荒榛，伐颓垣，畚朽壤，其可读者必手自钞录，得一文为前人所未见者，辄喜而不寐。一二先达之士，知余好古，出其所蓄，以至兰台之坠文，天禄之逸字，旁搜博讨，夜以继日。遂乃抉剔史传，发挥经典，颇有欧阳、赵氏二录之所未具者，积为一帙，序之以贻后人。

夫《祈招》之诗，诵于右尹，孔悝之鼎，传之《戴记》，皆尼父所未收，六经之阙事，莫不增高五岳，助广百川。今此区区亦同斯指。恨生晚不逢，名门旧家大半凋落，又以布衣之贱，出无仆马，往往怀毫舐墨，踯躅于山林猿鸟之间，而田父伧丁，鲜能识字，其或褊于闻见，窘于日力，而山高水深，为登涉之所不及者。即所至之地，亦岂无挂漏？又望后人之同此好者，继我而录之也。

（四部丛刊《亭林诗文集》）

钞书自序

炎武之先家海上，世为儒。自先高祖为给事中，当正德之末。其时天下惟王府、官司及建宁书坊乃有刻板，其流布于人间者，不过四书、五经、《通鉴》、性理诸书。他书即有刻者，非好古之家不蓄，而寒家已有书六七千卷。嘉靖间，家道中落，而其书尚无恙。

先曾祖继起为行人，使岭表，而倭阑入江东，郡邑所藏之书与其室庐俱焚，无孑遗焉。洎万历初，而先曾祖历官至兵部侍郎，中间莅方镇三四，清介之操，虽一钱不以取诸官，而性独嗜书，往往出俸购之。及晚年，而所得之书过于其旧，然绝无国初以前之板。而先曾祖每言："余所蓄书，求其有字而已，牙签锦轴之工，非所好也。"

其书后析而为四。炎武嗣祖太学公，为侍郎公仲子，又益好读书，增而多之，以至炎武，复有五六千卷。自罹变故，转徙无常，而散亡者十之六七，其失多出于意外。二十年来赢縢担囊以游四方，又多别有所得，合诸先世所传，尚不下二三千卷。其书以选择之善，较之旧日虽少其半，犹为过之，而汉唐碑亦得八九十通，又钞写之本别贮二麓，称为多且博矣。

自少为帖括之学者二十年，已而学为诗、古文，以其间纂记故事。年至四十，斐然欲有所作。又十余年，读书日以益多，而后悔其向者立言之非也。自炎武之先人皆通经学古，亦往往为诗文。本生祖赞善公文集至数百篇，而未有著书以传于世者。昔时尝以问诸先祖，先祖曰："著书不如钞书。凡今人之学，必不及古人也；今人所见之书之博，必不及古人也。小子勉之，惟读书而已。”

先祖书法盖逼唐人，性豪迈不群，然自言少时日课钞古书数纸，今散亡之余犹数十帙，他学士家所未有也。自炎武十一岁，即授之以温公《资治通鉴》，曰：“世人多习《纲目》，余所不取。凡作书者，莫病乎其以前人之书改窜而为自作也。班孟坚之改《史记》，必不如《史记》也；宋景文之改《旧唐书》，必不如《旧唐书》也；朱子之改《通鉴》，必不如《通鉴》也。至于今代，而著书之人几满天下，则有盗前人之书而为自作者矣。故得明人书百卷，不若得宋人书一卷也。”

炎武之游四方十有八年，未尝干人，有贤主人以书相示者则留，或手钞，或募人钞之。子不云乎：“多见而识之，知之，次也。”今年至都下，从孙思仁先生得《春秋纂例》《春秋权衡》《汉上易传》等书；清苑陈祺公资以薪米纸笔，写之以归。愚尝有所议于左氏，及读《权衡》，则已先言之矣。

念先祖之见背已二十有七年，而言犹在耳，乃泫然书之，以贻诸同学李天生。天生，今通经之士，其学盖自为人而进乎为己者也。

（四部丛刊《亭林诗文集》）

与友人论门人书

伏承来教，勤勤恳恳，闵其年之衰暮，而悼其学之无传，其为意甚盛。然欲使之效曩者二三先生，招门徒，立名誉，以光显于世，则私心有所不愿也。若乃西汉之传经，弟子常千余人，而位高者至公卿，下者亦为博士，以名其学，可不谓荣欤，而班史乃断之曰："盖禄利之路然也。"故以夫子之门人，且学干禄。子曰："三年学，不至于谷，不易得也。"而况于今日乎？

今之为禄利者，其无藉于经术也审矣。穷年所习不过应试之文，而问以本经，犹茫然不知为何语，盖举唐以来帖括之浅而又废之。其无意于学也，传之非一世矣，矧纳赀之例行，而目不识字者可为郡邑博士！惟贫而不能徙业者，百人之中尚有一二。读书而又皆躁竞之徒，欲速成以名于世，语之以五经则不愿学，语之以白沙、阳明之语录，则欣然矣，以其袭而取之易也。其中小有才华者，颇好为诗，而今日之诗，亦可以不学而作。吾行天下见诗与语录之刻，堆几积案，殆于瓦釜雷鸣，而叩以二南、雅颂之义，不能说也。于此时而将行吾之道，其谁从之？"大匠不为拙工改废绳墨，羿不为拙射变其彀率。"若徇众人之好而自贬其学，以来天下之人，而广其名誉，则是枉道以从人，而我亦将有所不暇。惟是斯道之在天下，必有时而兴，而君子之教人有私淑艾者，虽去之百世而犹若同堂也。所著《日知录》三十余卷，平生之志与业皆在其中，惟多写数本以贻之同好，庶不为恶其害已者之所去，而有王者起，得以酌取焉，其亦可以毕区区之愿矣。

夫道之污隆，各以其时，若为已而不求名，则无不可以自勉。鄙哉硁硁所以异于今之先生者如此。高明何以教之！

（四部丛刊《亭林诗文集》）

吴同初行状

自余所及见，里中二三十年来号为文人者，无不以浮名苟得为务，而余与同邑归生独喜为古文辞，砥行立节，落落不苟于世，人以为狂。已而又得吴生。吴生少余两人七岁，以贫客嘉定。于书自《左氏》下至《南北史》，无不纤悉强记。其所为诗多怨声，近《西州》《子夜》诸歌曲。而炎武有叔兰服，少两人二岁；姊子徐履忱少吴生九岁，五人各能饮三四斗。五月之朔，四人者持觞至余舍为母寿。退而饮，至夜半，抵掌而谈，乐甚，旦日别去。余遂出赴杨公之辟，未旬日而北兵渡江，余从军于苏，归而昆山起义兵，归生与焉。寻亦竟得脱，而吴生死矣。余母亦不食卒。其九月，余始过吴生之居而问焉，则其母方茕茕独坐，告余曰："吴氏五世单传，未亡人惟一子一女。女被俘，子死矣！有孙，二岁，亦死矣！"余既痛吴生之交，又念四人者持觞以寿吾母，而吾今以衰绖见吴生之母于悲哀其子之时，于是不知涕泪之横集也。

生名其沆，字同初，嘉定县学生员。世本儒家，生尤夙惠，下笔数千言，试辄第一。风流自喜，其天性也。每言及君父之际及交友然诺，则断然不渝。北京之变，作大行皇帝、大行皇后二诔，见称于时。与余三人每一文出，更相写录。北兵至后，遗余书及记事一篇，又从余叔处得诗二首，皆激烈悲切，有古人之遗风。然后知闺情诸作，其寄兴之文，而生之可重者不在此也。

生居昆山，当抗敌时，守城不出以死，死者四万人，莫知尸处。以生平日忧国不忘君，义形于文若此，其死岂顾问哉？生事母孝，每夜归，必为母言所与往来者为谁，某某最厚。死后，炎武尝三过其居，无已，则遣仆夫视焉。母见之，未尝不涕泣，又几其子之不死而复还也。然生实死矣！生所为文最多，在其妇翁处，不肯传；传其写录在余两人处者，凡二卷。

（四部丛刊《亭林诗文集》）

第七讲

超越“江南之文”

全祖望的为人与为文

相对于袁宏道、张岱或者顾炎武，中文系的学生，知道全祖望（1705—1755）的肯定要少得多。原因是，一般的文学史甚至散文史，都不太讲他。一个最明显的例子是，郭预衡《中国散文史》下卷（上海古籍出版社，1999），介绍了清代散文名家四十四位，但就是没有全祖望。这点，我觉得很奇怪。现代学者中，真正关注并极力推崇全祖望文章的，反而是历史学家黄云眉。今人读全祖望的书，完全可以从黄的《鲒埼亭文集选注》（济南：齐鲁书社，1982）入手，那书做得很不错。中文系教授忽视全祖望，历史系先生反而“慧眼识英雄”，这与全祖望所撰并非一般意义上的“美文”有关。

学界一般将全祖望作为历史学家看待，不太关注其散文成就。而我编《中国散文选》，则用“最高规格”，选了他六篇。不用说，我对全文有偏爱。为什么？等下我会具体谈到。

全祖望，字绍衣，号谢山，鄞县（即现在的宁波）人。据史家称，甬上全氏，自南宋至清初，诗书之泽不绝，乃富有文学传统的世家。曾祖、祖父、父亲均坚持遗民气节，入清后不再做官，这点对全谢山日后的立身处世以及文章趣味，有很大影响。王永健《全祖望评传》（南京大学出版社，1996）将全祖望的一生分为四个时期：从出生到二十五岁，读书甬上，怀抱大志；二十六岁到三十三岁，“薄游京洛”，饱尝人生艰辛；三十四岁至四十四岁，家居十载，潜心著述；四十五岁到五十一岁，奔走衣食，二任书院山长。这个描述简单明了，且大致可信。进京赴考时，全祖望住在内阁学士李绂家，那是在宣武门南一所故相国的房子里。在京期间，全祖望曾和李绂共同借读《永乐大典》，分经、史、志乘、氏族、艺文五类，摘抄难见之书，每天二十卷，就这么一直读下来。梁启超、钱穆各自所撰的《中国近三百年学术史》，都提到从《永乐大典》里头纂辑佚书，乃乾隆皇帝开四库馆的最初动机。京城读书固然愉快，仕途却很不顺利；日后的家居著述，其实是不得已而为之。那个时代，不当官，必然家境贫寒。去世时，家人出其藏书万卷，换得二百金，才把他安葬了。

李绂（1673—1750），字巨来，号穆堂，江西临川人。康熙进士，官至内阁学士、兵部右侍郎、广西巡抚、直隶总督等。著有《穆堂初稿》《穆堂别集》《八旗志书》等。

“从《永乐大典》里头纂辑佚书，是乾隆开四库馆最初的动机，读朱筠河请开四库馆原折便可知道了。然而这种工作实由谢山和李穆堂最先发起，本集卷十七有《抄永乐大典记》一篇详述其始末。”（梁启超:《中国近三百年学术史》，《梁启超论清学史二种》200页，上海：复旦大学出版社，1985）“（全、李）二人相约同抄《永乐大典》，又开以后清廷纂辑《四库全书》之远源。四库馆之设立，其议起于朱筠条奏搜辑遗书，而开局阅校《永乐大典》，实为朱筠奏中要点，穆堂、谢山则首辟此途也。”（钱穆:《中国近三百年学术史》303页，北京：中华书局，1986）

就这么一个仕途很不得志的读书人，大概有著述三十种，留传下来的，除了《鲒埼亭文集》《鲒埼亭诗集》外，还有就是《经史问答》《校水经注》《续宋元学案》等。《宋元学案》

是黄宗羲父子草创的，后来由全祖望续成，一般认为，谢山的工作量占十之七八。全面介绍全祖望的著述，不是我的任务，下面集中谈三个问题。

经史文三合一

蒋天枢《全谢山先生年谱》（上海：商务印书馆，1932）附录严可均（1762—1843）《全绍衣传》，其中有这么一句：

> 余观古今宿学，有文章者未必本经术，通经术者未必具史裁，服、郑之于迁、固，各自沟浍，步趋其一，足千古矣，祖望殆兼之，致难得也。

类似的话，约略同时的阮元也说过。在给《经史问答》作序时，阮称，他特别欣赏全祖望的学问。因为，理学家的学问，就好像海上神山一样，虽然高妙，但可顷刻间生成——当然也可顷刻间消灭；而像全祖望的学问，则是："如百尺楼台，实从地起，其功非积年工力不可。"学问路数不同，有见识、学力之异，就好像佛教有顿悟、渐悟之别。阮元是汉学家，他欣赏全祖望这种百

阮元（1764—1849），字伯元，号芸台，江苏仪征（今扬州）人。乾隆五十四年进士，累任湖广、两广、云贵总督、体仁阁大学士等。其提倡朴学，创设诂经精舍（杭州）、学海堂（广州），以及主编《经籍籑诂》、校刻《十三经注疏》、汇刻《皇清经解》等，对于清代学术影响甚大。著有《揅经室集》。其以孔子《文言》为"千古文章之祖"，强调"凡文者，在声为宫商，在色为翰藻"，反对桐城古文等散体之作，日后为刘师培所承继。

尺楼台从地起的治学方法，强调“积年工力”，自有其道理。但这不等于另一种研究思路，那些如“海上神山”般“顷刻生成”的，就没有任何价值。这篇序文里，我更关注的是下面这段话：

经学、史才、词科三者，得一足以传，而鄞县全谢山先生兼之。

凡给人作序，都容易犯一个毛病，那就是专挑好话，而且夸大其辞。像此序称《经史问答》可与顾炎武的《日知录》媲美，评价明显过高。但表彰全祖望将经学、史才、词科三者合而为一，却是搔到了痒处。这既是全祖望的特长，可又不完全是；比如，在我看来，这话完全可以移赠给全祖望极为崇拜的黄宗羲。再说开去，这或许正是黄、全所从属的浙东学派的特点。

谈论“浙东学派”，不能不涉及章学诚。在章氏的《文史通义》里，有一篇《浙东学术》，其中提到，一般人把顾亭林作为清学的开山祖；其实，顾炎武的学问乃浙西之学，跟浙西之学同时并存、遥相呼应的，还有一种浙东之学，代表人物是黄宗羲。此前，学界一般关注顾炎武这条线，其实，黄宗羲为代表的浙东之学同样值得重视。

诸位可能马上提出质疑，顾炎武明明是昆山人，按现在的建制，昆山属于江苏苏州，怎么变成浙西学派了？诸位必须了解，学术史及文学史上的“浙东”“浙西”（如“浙东学派”“浙西词派”等），不同于今日的行政区划。因为，唐时置浙西、浙东两道，到了宋代，称浙西路、浙东路。清人所说的浙东，包括现在的宁波、绍兴、台州、金华、温州这一块，而浙西则除杭、嘉、湖外，还包括旧苏、松、太，也就是今天的苏州、无锡、常熟这一块。浙东浙西，治学为文各有特色。“学者不可无宗主，而必不可有门户。故浙东、浙西，道并行而不悖也。浙东贵专家，浙西尚博雅，各因其习而习也。”这话说得很公允，可在具体论述时，章学诚明显偏向于浙东之学，强调其源远流长，从南宋的永嘉学派、金华学派，也就是叶适、陈亮那里，一直延续下来。

江浙这块地方，从宋代开始，经济文化确有很大的发展。南渡以后，更是一跃成为全国的政治/文化中心。浙东学派与永嘉学派是否真有联系，学界意见分歧；但浙东的人文荟萃，却是不争的事实。这一流风余韵，甚至一直延续到20世纪。这点，念现代文学史的，大都印象很深。

叶适（1150—1223），字正则，温州永嘉（今浙江温州）人，学者称水心先生，南宋哲学家，永嘉学派的代表。反对当时理学家之空谈性理，提倡“事功之学”，有《习学记言》《水心先生文集》等。

陈亮（1143—1194），字同甫，世称龙川先生，婺州永康（今属浙江）人。南宋哲学家，永康学派的代表。提倡有补国计民生的“事功之学”，与朱熹有过多次“王霸义利之辩”，著《龙川文集》《龙川词》等。

关于浙东学术，章学诚主要强调以下三点：第一，文献；第二，史学；第三，经世。无论浙东浙西，历来藏书丰富，乾隆为修四库而征书，得之浙江的最多。当然，被禁毁的图书，也属浙江的最多。在出版业不发达、图书资料紧缺的年代，

"藏书丰富"意味着这个地方的人文环境好。另外，此地学者读书，向来注重史学。大家都知道，史学和玄思不同，对文献资料有很大的依赖性。藏书的丰富与史学的发达，二者虽不能直接等同，但毕竟有千丝万缕的联系。最后，此地学者，多有经世致用的情怀，反对空言著述，希望切合当时人事。落实到具体研究中，就是章学诚所说的"浙东贵专家"。所谓"贵专家"者，反对空言性命，主张"百尺楼台，实从地起"，这种凝重、厚实的史学风格，乃浙东学派的基本特征。

谈论"浙东学派"源流的人，往往上溯南宋的叶适、陈亮，下及清代的黄式三、黄以周父子。这一扩充学统的努力，最早见于章太炎的《检论·清儒》。而今人张舜徽的《清儒学记》（济南：齐鲁书社，1991），则将其进一步坐实。该书第六章"浙东学记"，以清初的黄宗羲开山，紧跟着是万斯大、万斯同，接下来是邵廷采、全祖望，再接下来是章学诚、邵晋涵，最后数到黄式三、黄以周。黄以周生活的时代，已经是晚清。也就是说，这是个跟有清一代相始终的学派。但从20世纪30年代起，就有人别持异议，认为浙东学派应分为两个系统，黄宗羲、万斯同、全祖望确实一脉相承，至于章学诚、邵晋涵，则是"异军突起，自致通达"。这点，有

万斯大（1633—1683），字充宗，晚号跛翁，浙江鄞县（今宁波）人；万斯同（1638—1702），字季野，号石园，万斯大弟；邵廷采（1648—1711），字允斯，又字念鲁，浙江余姚人；邵晋涵（1743—1796），字与桐，一字二云，浙江余姚人；黄式三（1789—1862），字薇香，号儆居，浙江定海人；黄以周（1828—1899），字元同，号儆季，式三的第三子。关于上述诸君的学术承传及贡献，参见张舜徽《清儒学案》200—287页，济南：齐鲁书社，1991。

兴趣的同学，请参阅何炳松的《浙东学派渊源》（上海：商务印书馆，1932）和金毓黼的《中国史学史》（商务印书馆，1941）。尽管有争议，但在清代学术史上，“浙东学派”成型早，而且发展脉络清晰，还是值得注意的。

我甚至有点怀疑，晚清的章太炎以及民国以后的周氏兄弟，其学术思想的形成，与浙东学派都有某种联系。章太炎并没有真正列黄以周门墙，只能算是“私淑弟子”。但大致相同的文化土壤与学术氛围，加上师长间的频繁交往，对章氏颇有影响。只是随着西学东渐，知识系统以及教育体制均发生很大变化，后来者游学四方，甚至读书异域，对于乡邦文献以及地方学风的依赖性越来越少。因此，将浙东学派封闭在清代学术史上，我以为是合适的。后起的黄以周等，并不以文章著称，但我所喜欢的三位“能文章”的“学问家”——黄宗羲、全祖望、章学诚，全都属于广义的“浙东学派”。因此，称经、史、文合一乃浙东学派的重要特征，我想不会太离谱。

作为学者的全祖望，私淑黄宗羲，这点，无论是全祖望本人，还是后来的研究者，没有二话。在《梨洲先生神道碑文》里，全祖望提及黄宗羲之批评明人讲学，“袭语录之糟粕，不以六经为根柢，束书而从事于游谈”。读书明理，须从六经入手，否则路数不正，很容易坠入歪门邪道，这是古代中国教人读书的套话。可黄宗羲的教人“穷经”，目的是“经世”；因此，必须“兼令读史”“旁推交通，连珠合璧”，这样，“方不为迂儒之学”。在黄宗羲看来，各人才情趣味不一，读书可以而且应该有不同途径，但“读史”却是所有学者的必修课。世人都说“以六经为根柢”，黄宗羲因反感明人束书不观空谈性命，故在具体论述时，不知不觉地将命题转化为“以史学为根柢”。也是在这篇碑文里，全祖望引录了一段黄宗羲的自我评价：早年读书，牵缠科举习气，体会不深，所得尚浅；只是到了“患难之余，始多深造，于是胸中窒碍为之尽释”。也就是说，甲申国变之后，历经诸多磨难，对于历史与人生，方才有真正深入的了解，许多以前想不通的东西，一下子豁然开朗，全明白了。另外，全祖望称：“先生多碑版之文，其于国难诸公，表章尤力。”你看，全祖望所描述的黄宗羲：第一，读书注重史学；第二，强调明清易代这一“患难”对自家学问的影响；第三，撰写大量碑传，表彰易代之际的忠臣烈士。这三点，日后几乎为全祖望所全盘继承。

当然，全祖望才高气豪，即便对他崇拜的黄宗羲，也会有所批评。在《奉九沙先生论刻〈南雷全集〉书》中，全祖望提及黄宗羲晚年文章之“玉石并出，真赝杂糅”：一来年纪大了，精力有所不济，不像中年文章那么精彩；二来晚年名气越来越大，“多应亲朋门旧之请，以谀墓掩真色”。称黄宗羲也有不少“谀墓之文”，这可是个非同小可的指摘。前面讲过，钱谦益病危时，黄宗羲曾出手，帮他完成人家“预购”的墓志铭；这笔“不义之财”，对于老病的钱氏来说，如雪中送炭。其实，在固定的稿费制度确立之前，“润笔”乃文人获取生活资料的重要途径；而墓志铭又是其中需求量最大、最“生财有道”的文体。因此，名气越大的文人，越可能“谀墓”。至于同是声名远扬的大文人，为什么有人的文集非常精当，几乎篇篇可传；有的则很芜乱，夹杂很多谀墓之作？在全祖望看来，关键在于，是否有“有力高弟为之雠定”。大家都曾撰有不少应酬文章，至于入不入集、传不传世，取决于弟子的胆识与眼光。过于拘泥的弟子，一味谨守师文，反而可能糟蹋了尊师形象。从这个角度，你能理解全祖望之谈论黄宗羲，恭敬之余，必定也会有所批评与匡正。

说到为师长或先贤编文集，其中有个难题，即如何处理那些不太精彩，不，很不精彩的篇什。求全还是求精，是个两难的境地。全祖望说得没错，唐人宋人的文集，看上去很精彩，那是大量淘汰的结果——有本人删节，有弟子雠定，还有时人及后人的自然选择。再说，雕版印刷成本高，编纂文集时不能不有所取舍。现在不一样，出书太容易了，于是各家文集、全集遍地开花。为已经谢世的著名作家学者出全集，是好事，起码是一种文化积累。可编全集得有个基本思路，到底是希望其作品传世呢，还是要体现作者的全人格？这两者之间，其实是有很大的缝隙的。你是只要找得到的，就尽量往里面塞呢，还是为了顾及作家 / 学者形象，有所选择？

你问哪一种更对得起读者，这取决于你是站在专门家还是一般读者的立场发言。作为研究者，当然希望文集越全越好，以便其纵横驰骋，上下其手；作为一般读者，则很可能抱怨如此“玉石并出，真赝杂糅”，是浪费纸张。说实话，古往今来，经得起“全集”折腾的人物，不是很多。你很认真地为其辑佚、整理，不放过任何只言片语，好不容易弄出全集来，不只没加分，还减分。出全集，并非对所有的文人学者都有利，如果本身并不怎么“完美”，出了全集，其光辉形象反而可能大受损伤（学生笑）。这还不包括，后人编文集/全集，是否有必要尊重作者本人的意愿。

十年前，我们编《王瑶全集》时，就碰到这个问题。在 20 世纪 50 年代以后的历次政治运动中，老教授们普遍受冲击，被迫写了无数的检讨。王瑶先生也不例外。这些东西要不要入集，我和钱理群教授有个争论。钱先生的意见是，出于对历史负责的态度，必须保留这些检讨，因其体现了一个时代的面貌，让后人知道那一代学者是怎么走过来的。我当然承认这种东西很重要，有史料价值，但不主张将其编入文集，而建议交中国现代文学馆保存，供研究者查阅。后来，钱先生的意见占上风，书出版后，这一举措获得了不少好评。但我还是觉得，我和老钱的意见，各有其道理。我不太主张将“文集”做成供研究者发掘的“史料”，而强调对一般读者负责，还有，就是尊重作者的意愿。我们闭着眼睛，都能想象得到，如果由王先生做主，他决不会将这些屈辱的记忆收入自家文集。

参见《王瑶全集》（石家庄：河北教育出版社，2000）第七卷所收据手稿排印的《在思想改造运动中的自我检讨》《在“文化大革命”中的检查》等。

确实，倘若希望完整呈现某一文人学者的形象，正反两方面的资料都应该保留下来。但保存下来，以供研究，与作为文集，公开出版，是两回事。现代史上若干关系重大的伟人，比如康有为、梁启超、章太炎、王国维、鲁迅、胡适等，出版全集时，翻箱倒柜，尽量不要遗漏任何文字。对于研究者来说，这是合情合理的要求；可我们有没有想过，作者本人也许并不领情。几十年间，每篇文章都可读，每则日记都无愧，这样的人太少了。换句话说，绝大部分人是经不起这么折腾的（学生笑）。钱锺书生前跟人家打官司，反对校勘他的书，不准重印某些旧作，这都是基于中国文人传统：爱惜自己的羽毛。所谓“悔其少作”，不是不承认，也不是刻意掩饰，而是对于那些不太精彩的“少作”，如果确需重印，我要修改。对于很有自尊的学者来说，如此“改定稿”，方才是我希望传给后世的东西。古人刊行文集，往往是在去世以后；因此，在世时尽量琢磨，少留遗憾。今人不一样，随写随刊，晚年清点，很可能后悔莫及。因此，对于那些特别珍惜自己羽毛的文人学者来说，后人的拼命辑佚，把他/她遗弃或有意掩埋的东西翻出来，重见天日，简直是跟他/她过不去。

正是从爱惜羽毛这一角度，全祖望认为，黄宗羲前面的文集好，是他自己编的；后面的文集不好，因生前来不及校订，弟子又不敢删改，难免玉石杂陈，可惜了。这里涉及全祖望本人对待文章的态度。在《文说》中，全祖望提及，扬雄的剧秦美新固然贻笑千古；即便韩愈、陆游、叶适这样名声很好的文人，也都有一些不该写、不该留的应酬之作。值得格外留意的，是下面这句话：

吾故曰："儒者之为文也，其养之当如婴儿，其卫之当如处女。"

文人学者应该有所守，有所持，不要滥发议论，不要为文造情，更不应该变成造币厂——当年林纾写得太快，陈衍嘲笑他是"造币厂"（学生笑）。此类"爱惜自家羽毛"的论述很多，但都不若全祖望的说法惊心动魄。当然，悬的甚高，能否做到是另一回事。

林纾（1852—1924），字琴南，号畏庐，又号冷红生，晚年称践卓翁，福建闽县（今福州）人。光绪举人，曾任教于京师大学堂。主要文学成就在翻译外国小说，从1899年刊行《巴黎茶花女遗事》起，二十五年间，借助他人口述，用古文笔法翻译外国小说一百八十余种。钱锺书引述陈衍称林纾为"造币厂"的戏语后，又作了如下发挥："换句话说，这种翻译只是林纾的'造币厂'承应的一项买卖；形式上是把外文作品转变为中文作品，而实质上等于把外国货色转变为中国货币。"但此等嘲讽，并不指向林纾"精神饱满而又集中""随时随地准备表演一下他的写作技巧"的前期翻译（《林纾的翻译》,《七缀集》92—93页，上海古籍出版社，1994）。

史学家和哲学家不太一样，除了考订精审，议论卓然外，还有一点，就是"读的书多"。对藏书及文献的重视，于是成了浙东学术的一大特色。全祖望所撰《二老阁藏书记》，既写黄宗羲，也表达自家情怀。说到黄宗羲如何喜欢读书、收书、藏书，搜罗大江以南诸家殆遍，全祖望特别提到，黄之藏书"非仅以夸博物，示多藏也"。这是喜欢收藏的学者与专门藏书家的最大差异——前者是为了阅读而收藏，与自我炫耀或积聚财富无关。关注现代学术史的同学，很可能记得，郑振铎喜欢藏书，其著述也得益于自家丰富的收藏——尤其在小说考证方面。可同时我们也记得，1935 年 8 月 15 日，鲁迅致信台静农，对郑振铎的治学方法表示异议。不过，那是上了出版商的当。在为郑振铎的《插图本中国文学史》做广告时，出版商特别强调其多用“孤本秘籍”，特了不起。鲁迅说，我从来不靠秘籍孤本炫耀人目，我读的是大众都能见到的书，即所谓“凡所阅览，皆通行之本，易得之书”。读常见的书，而能做出石破天惊的独立判断，这才是真本事。我认识的很多著名教授，学问很大，家里藏书也不少，可就没几本“像样的”——这里所说的“像样”，指的是版本学上的“价值”。伺候“孤本秘籍”，需要时间，也需要金钱，对于“藏书”是为了“用书”的学者来说，不太值得花这个心思。

做学问的人，不可过分依赖“孤本秘籍”；但丰富的藏书，对于史家来说，又是必不可少的。否则，巧妇难为无米之炊。关键在于，“收藏”是否能与“学问”相关联。倘若像黄宗羲那样，“先生之藏书，先生之学术所寄也”，这样的收藏，方才值得赞赏。跟藏书丰富、趣味广泛相关联，黄宗羲的学问也倾向于综合：有人谈性命，有人尚博雅，有人能文章，有人通古今，但惟有黄宗羲“合理义象数名物而一之，又合理学气节文章而一之”。不满足于专攻一家，而是希望把理学、气节、文章合而为一，确保了黄宗羲在清初学界的卓然独立。而这种“三合一”，在私淑弟子全祖望这里，只需将“理学”替换成“史学”，基本上就可以成立。

这里所说的史学、气节、文章三合一，与阮元所表彰的兼及经学、史才、词科，在内在理路上很接近，都是强调全祖望突破“学问”与“文章”之间的藩篱。这一点很重要。刘师培在论及清代文学变迁时，曾慨叹“优于学者往往拙于为文，文苑、儒林、道学遂一分而不可复合”。可具体论述时，对于黄宗羲、万斯同、全祖望等浙东学者之“咸属良史”而又能“斐然成章”，刘师培还是给予了较多的肯定（《论近世文学之变迁》）。

刘师培（1884—1919），字申叔，号左庵，江苏仪征（今扬州）人，出生于经学世家，曾祖文淇、祖毓崧、伯父寿曾、父贵曾，均以经术闻。少承先业，博通群籍。1903 年后，渐与革命党人交往，改名光汉，以表“攘除清廷，光复汉族”之志；亡命日本时期，结识章太炎，为《民报》《国粹学报》撰稿，旁征博引，文采斐然，广为世人关注。后投靠两江总督端方，辛亥革命后又为袁世凯称帝效力，列名筹安会。1917 年被蔡元培聘为北京大学教授，两年后病逝。其对于“文学”的想象，植根于小学，接绪于阮元，但又有西方“纯文学”的影响；所撰《中国中古文学史》得到鲁迅等学者的极大赞赏。

表彰忠义与气节

最能体现全祖望史学、气节、文章“三合一”的，莫过于那些表彰忠义与气节的碑传。

全祖望的史学工作，大体上可分为三类。第一，学术史的撰述，包括诸位耳熟能详的《续宋元学案》。另外，以史家的眼光，为许多著名学者立传。对于治学术史的人来说，全氏这些精彩的描述与总结，是很好的入门向导。从清初的黄宗羲、顾炎武、傅山，一直到刘献廷、姚际恒、方苞、厉鹗等，其为人、为学、为文，都在全祖望的笔下得到极好的呈现。

第二，关于乡邦文献的收集与整理，这方面的成果，包括

《续甬上耆旧诗集》等。如此恭敬桑梓，发扬潜德幽光，日后对周氏兄弟不无影响。鲁迅的编纂《会稽郡故书杂集》，以及周作人终其一生对乡邦文献的强烈兴趣，都与此相关。

第三，这是我想着重谈的，那就是极力表彰明清易代之际的忠臣烈士。就像梁启超《中国近三百年学术史》所说的，《鲒埼亭集》一书，记明末清初掌故者约占十之四五，而其中集中表彰的，又都是“晚明仗节死义之士与夫抗志高蹈不事异姓者”。这个特征太明显了，以致1905年刘师培在《国粹学报》上发表《全祖望传》，竟如此称扬他的表彰忠义、褒贬世俗：“说者谓雍乾以降，文网森严，偶表前朝，即膺显戮，致朝多佞臣，野无信史，其有直言无隐者，仅祖望一人！直笔昭垂，争光日月，可步南、董之后尘者矣。”

接下来的问题是，既然“文网森严”，全祖望为何还能如此“直言无隐”？难道只是胆识高、志气豪？在诸位的印象中，清代文字狱是异常严酷的。就连“清风不识字，何故乱翻书”，都可能导致砍头，更何况直接表彰抗清义士史可法、张煌言等！有一点请大家注意，什么时候文字狱闹得最凶？那是自乾隆三十九年（1774）到四十八年（1783），这十年间，发生数十起骇人听闻的冤狱，查禁违碍文字，动辄砍头抄家，真是风声鹤唳。好在这个时候，那位呕心沥血为故国忠义树碑立传的谢山先生，已经去世二十年了。

在全祖望生前，清代政权基本稳定，大兴文字狱还没开始，思想控制相对较松。那时，为了笼络不愿科举的明遗民及其后代，清廷建明史馆，组织修《明史》。这既是加强思想控制，也是笼络人才，安抚江南始终不服的民气。全祖望没有直接参加《明史》的修纂，但六次上书明史馆，提了很多建议。这些书札还保留在《鲒埼亭集》里。既然为前朝修史，必然涉及一个严重的问题，即如何描述前朝的忠臣烈士——那可是你新朝的死敌！只要你不想让整个《忠臣传》空着，你就必定牵涉到许多抗清人物。既要保留前朝的民气，又不能违背新朝的意旨，这《明史》可不好修。

诸位知道，晚清时，章太炎等反对清廷统治，常用全祖望的文字来激励民心。可这些东西，当初也有安抚人心的作用，清廷并不特别忌讳。在为《鲒埼亭文集选注》所撰长篇序言中，黄云眉提到，全祖望是讲求策略的，第一，不掺入华夷之辨。即不谈民族问题，只说忠贞。大难临头，当臣子的该怎么办，要不要忠于皇上？当然，任何一个统治者，都希望臣下忠贞，清廷也不例外。易代之际忠臣烈士之舍身取义，杀身成仁，剥离具体历史语境，同样为新朝统治者所欢迎。黄云眉总结了六点，最后一点是，全祖望尽量降低姿态，称自己只是在给《明史》做资料准备，订正若干不太准确的民间传说。尽管全祖望再三辩解，说此举如何有利于大清王朝，可要是遇上深文周纳的能吏，根本抵挡不住。好在他已经死了，文字狱才真正大发作。

其实，对于此举的微妙与危险，全祖望不是毫无感觉。在《墨阳集序》中，全祖望提到："吾乡故国遗民之作，大率皆有内外二集，其内集，则秘不以示人者也。”江浙一带，是遗民最多、文化最发达的地方。遗民为何只以外集传世，而内集则秘不示人？当然是逃避文字狱，保存真正的心迹，期待日后光复。没想到光复无望，辗转百年，很多遗民的著述早已“消磨于鼠牙鱼腹之中”。全祖望之所以需要到处访书，主要期待的，不是那些已经刊行的“外集”，而是平日秘不示人的“内集”。我们读全祖望关于各忠烈的神道碑、事略、行状，会发现很多不见于正史记载的。其材料来源，一方面是遗民后代的口耳相传，另一方面则是那些日后“消磨于鼠牙鱼腹之中”的“内集”。如此辗转相传，死无对证，可能不太准确，有以讹传讹处，但意思在那里，精神也在那里，不能轻易抹杀。考虑到已经“为王”的“胜者”，往往借助手中的刀剑，而不仅仅是笔墨，任意地剪裁资料，创作历史；对于无权者叙述时的不够严谨、有欠稳妥，应当给予同情之理解。

说到这个问题，我想引入一件有趣的疑案。全祖望生前手定的《鲒埼亭集》是50卷，而现在我们见到的，则只有38卷。为什么？可能与全祖望以前的好友、后来交恶的杭世骏（1696—1773）有关。据说杭世骏主讲广州粤秀书院时变相受贿，被全祖望揭发，于是结了仇。全祖望去世后，不太知情的弟子们，请杭世骏给老师写墓志铭。杭将《鲒埼亭集》拿走，说是做参考，

杭世骏，字大宗，号堇甫，浙江仁和（今杭州）人。雍正举人，乾隆元年（1736）举博学鸿词科，授翰林院编修。晚年主讲广东粤秀、扬州安定等书院。学识淹博，长于史学及小学，有《史记考证》《三国志补注》《续方言》《道古堂文集》等。

可看完后一直不还。等到好不容易催回来，发现只剩下38卷了。后来，有人甚至揭发，杭世骏把全祖望的某些文章弄到自己的《道古堂集》里，真真岂有此理（学生笑）。但这只是全祖望学生的一面之辞，不见得可靠。黄云眉提醒我们从另外一个角度看问题：假如当初不是杭世骏压住，文稿马上刊印，乾隆大兴文字狱，这书肯定逃不了。不只被毁版，还可能株连九族。幸亏杭世骏把它扣下来，等文字狱的高潮过后，才将书刊印。这样，反而逃过了一大劫。

如果是这样的话，就有一个疑问，之所以只剩下38卷，是杭世骏偷了呢，还是给老鼠咬掉了，抑或是等到刊行时，发现有违碍的东西太多了，只好自己抽掉？其实，站在新朝的立场，即便今天存留下来的《鲒埼亭集》，也有很多“肆无忌惮”的表述。不信，请读读《梅花岭记》《张督师画像记》等，此类文章之表彰忠烈，怎么有可能只讲“忠君”，而不问“爱”的是哪个“国”？换句话说，关注易代之际的人与事，几乎不可能没有“违禁”的文字。

《鲒埼亭集》里，即便没有直接的反清言论，其表彰忠烈，总有新朝忌讳的文字。书之所以残缺，被老鼠咬掉的可能性不大。至于杭世骏的扣住书稿，到底是卑鄙小人，想偷老朋友的文章呢，还是明察时世，故意压下？这个谜，没有确凿的证据，大家只能猜。相对来说，我比较欣赏蒋天枢1933年刊于《北平图书馆馆刊》的《全谢山先生著述考》。蒋为杭世骏辩解，说是杭看多了朝廷禁书毁书的把戏，加上年纪大了，

"血气既衰，则畏惧之心恒多"，其"不敢揭谢山之志，且深藏谢山之集而不敢出者，固宜"。也就是说，既没偷书那么卑劣，也没护友那么英勇，只是眼看山雨欲来风满楼，不想冒险。此举确实是为自家打算，可客观上帮助《鲒埼亭集》躲过了一劫。

像《梅花岭记》之写史可法，或者《张督师画像记》之状张煌言，也就是张苍水，都是情深意长。这样的文章，当然是题中应有之义；可另外还有一种，那就是对气节之士的表彰。在全祖望看来，这也是忠义之举。直接抗清而死的，比如张煌言、史可法等，不用说，大家都知道，新朝也认可。反而是那些抗节不仕的，地位很尴尬，新朝也比较忌惮。在《移明史馆帖子五》里，全祖望称："且士之报国，原自各有分限，未尝概以一死期之。"那些不是死于国难，也没跟清兵打过仗，只是不跟新朝合作的节义之士，也是忠臣，也该入《忠义传》。就好像陶渊明的"不事异代之节"，同样值得表彰。你看他整日"寄情于首山易水"，一点都不悠闲，明明是寄托遥深。"首山"指的是伯夷、叔齐隐居的首阳山，"易水"则是燕太子丹送别荆轲处。表面上飘逸，实际上很讲气节，这样"不事二姓"的高人，不像史可法、张煌言那样死得轰轰烈烈，但同样值得尊敬。他们之所以隐逸，是因为世上无道，作为不得，只好退而求其心安。你可以说，这是一种消极的反抗，但不能否认其心志高洁。我们知道，隐有两种，一是负气带性，一是与世无争。前者有明显的政治意识，虽没有以死相争，杀身成仁，对新朝的声威与权势，同样造成威胁。

就拿《阳曲傅先生事略》来说，描写傅山如何装病，拒绝应博学鸿词科，可硬是被当局抬进北京城，而且不用考试便已授衔。傅山怎么表示？“望见午门，泪涔涔下”，不是感激，而是屈辱。临离开北京时，扔下这么一句话：以后谁要是把我看作像刘因那样曾事新朝的，我死不瞑目！全祖望花那么多笔墨，刻意渲染的是傅山的气节。像他这样有一技之长，明亡后，带着儿子浪迹四方，边行医边读书，似乎很潇洒。但全祖望不太同意顾炎武对傅山“萧然物外，自得天机”的评价，认定傅山晚年的所作所为，并非真性所在。傅山是有政治抱负的，“萧然物外”乃不得已而为之，不是他的真面目。这其实说的不只是傅山，随着清廷统治的稳定，光复明朝已经无望，文人学者的选择出处，相当艰难。就像我前面再三说的，对于气节之士来说，慷慨赴死易，在漫长的岁月里坚守寂寞，拒绝功名富贵的诱惑，是很难的。没有异乎常人的意志与定力，根本做不到。这一点，需要一定的社会阅历，方能体会与想象。我相信当初全祖望刻意表彰傅山等气节之士，是有很深的感触的。

傅山（1607—1684），初名鼎臣，字青竹，后改青主，别号石道人、朱衣道人、丹崖翁等，阳曲（今属山西）人。康熙中征举博学鸿词，称疾固辞，作《病极待死》明志：“生既须笃挚，死亦要精神。”博通经史佛道、兼工诗文书画，且精岐黄术，邃于脉理，乃明末清初一大奇人。著作有《霜红龛集》《荀子评注》《傅青主女科》《傅青主男科》等。周作人说的没错，“傅青主在中国社会上的名声第一是医生，第二大约是书家吧”（《关于傅青主》）。但其思想通达，性格奇崛，品行端方，注重气节，均贯穿其行事以及诗文与书画，即所谓“不拘甚事，只不要奴；奴了，随他巧妙雕钻，为狗为鼠已耳”（《杂记三》）是也。

全祖望撰写《枝隐轩记》，同样别有幽怀，不仅仅是“溺酒人，伤节士”。文章扑朔迷离，先说思南死时，“有父老入哭于轩，不知其为何许人也”，后面才告诉我们，那轩中二老，都是拒绝和新朝合作的名士，一个是“不就”，一个是“自放”，“皆其同志也”。名士们的反抗新朝与自我明志，也不过是以酒浇愁。此文写尽节士的苦闷和守志的艰难。易代之际，像思南这样讲求气节的，城破时投水，被人救起；剪发成头陀，勉强活下去，又实在心有不甘。不得溺于水，于是希望溺于酒；可庙中无酒，只好回家。文章上半段，渲染思南如何不问家事，整天喝酒，不管谁来了，逮住就灌。人家不喝，还不依不饶，跑到别人家里，揪来一起喝。实在找不到酒友，半夜里把婢女、仆童都抓起来，“强以大斗浇之”。如此不近情理的“溺于酒”，终于“修成正果”。“一日坐轩中，忽大呕血”，去世前告诉众人，别伤心，这是我刻意为之的。此文摹写节士内心的忧闷，笔墨酣畅淋漓，只是有点夸张，带有明显的小说笔法。一般说来，史家之文，追求的是沉稳、厚实、准确；但一旦为“奇人”立传，往往不自觉地渗入了小说笔法。过求雅洁，必定大大限制史家想象力及叙事能力的发挥。谈论这一点，不能不牵涉颇具“史才”的全祖望，在“词科”方面的修养与趣味。

大气与芜杂

对于全祖望文章的评价，历来分歧很大。我在《中国散文选》的小传部分，提到清人平步青和近人梁启超对全祖望文章的赞赏。一个说："尝言今之古文，以全谢山为第一。"另一个则是："若问我对于古今人文集最爱读某家，我必举《鲒埼亭》为第一部了。"其实，也有很多批评的意见，必须同时举出，方才公平。黄云眉《鲒埼亭文集选注》的"前言"，引了严元照和谭献的话，大致是说全祖望写文章太随便，"柳子厚所谓以轻心掉之者"；不是不会写，而是写得草率了一点。而这，跟他模仿黄宗羲有关，喜欢笔记和小说，把"稗习"带到文章里来，因而文字不够洁净。就像黄云眉所说的，这种批评，在有清一代很有代表性；那时文坛的主流，强调文章须有门面，而这门面就是唐宋八大家，再往上说，便是《史记》《汉书》。黄宗羲也好，全祖望也好，其文章的最大特点，正在于其"脱略门面"。黄云眉从这个角度为全祖望辩解，大致妥当，但也有若干可以补充或引申发挥的地方。

平步青（1832—1896），字景孙，别号有霞偶、侣霞、霞外等，浙江山阴（今绍兴）人。同治元年（1862）赐进士出身，历任翰林院编修、侍读等，同治十一年（1872）弃官归里，立志精研学术。平生著述甚多，其中《霞外捃屑》论及小说、戏曲、诗文，颇多新意，常为后世文学史家引述。

其实，章学诚的《乙卯札记》中，也谈及《鲒埼亭集》。章既欣赏其"盖于东南文献及胜国遗事尤加意焉，生承诸老之后，渊源既深，通籍馆阁，闻见更广"；又对其文章之芜杂不无非议："而其文辞，不免冗蔓，语亦不甚选择，又不免于复沓，不解文章互相详略之法。"不过，话说回来，相对于时下过求雅洁的文风，章学诚还是承认全祖望文章的魅力："然近人修饰边幅，全无为文之实，而竞夸作者，则全氏又远胜之矣。"

黄云眉说得没错，全祖望文章"脱略门面"，不是一般的"文人之文"。这一点，有必要稍作辨析。史家之文另有尺度，与一般的文人之文不同。比如说，比起方苞的纯净、袁枚的性灵来，你会发现全祖望的文章确实有异。不一样在哪儿？我想用两个词来概括：第一，大气；第二，芜杂。关键在于，这两者恰好又是不能截然分开的——起码在全祖望这儿是这样。跟这直接相关的，还有全祖望所选择的，多是天崩地裂这样的"大题目"。选择"大题目"，与风格上的"大气"和"芜杂"，互为因果。在传统中国文人眼中，能言志抒情，或者发点无关大局的牢骚，这不算本事；关键是要能上得万言书，写活真豪杰。扛得住这种"大题目"的，方才称得上"大手笔"。

这并非毫无道理。有人小文章写得很精彩，但做不起大文章，比如说归有光，或者袁枚，在我的印象中，就有这种问题。全祖望却相反，文章有点粗，可扛得起大题目，这其实很难得。我们常说，百年中国，多灾多难，大起大落，充满戏剧性与史诗性，是可以做"大文章"的。从戊戌变法到辛亥革命，从五四运动到抗日战争，从"反右"到"文革"，多少"大题目"等着文人来扛。可一直到今天，真正惊天地泣鬼神的大文章，依旧不是很多。“大题目”其实不好写，不是一句“解放思想”或者“脱略门面”就能解决的。很多人就是没有这种与“大题目”相匹配的胆识、魄力与文采，勉强做去，压弯了腰，吃力不讨好。

说到全祖望能吃得住大题目，其文章风格是“大气”而“芜杂”，我想起《阳曲傅先生事略》中的一句话。那说的是傅山，可也不妨作为全祖望的夫子自况。傅山不喜欢欧阳修以后的文章，理由是：“是所谓江南之文也。”什么是“江南之文”？作者没说，大概也不太好严格界定，但你能意会——不外秀气、精致、雕琢等。如果是这样，你就能明白，描写天崩地裂之际的忠臣烈士，“江南之文”确实不太合适。为傅山撰写“事略”，表彰其苦持气节以及不喜“江南之文”，文章最后竟然是：“所愧者，未免为‘江南之文’尔。”全祖望对于“江南之文”的不屑与警惕，反过来，帮助我们想象其为人与为文。

文章的好坏，固然依赖于个人才情，但与描写对象也不无关系。全祖望《梨洲先生思旧录序》，第一句话就是：

予尝谓文章之事，不特藉山川之助，亦赖一时人物以玉成之。

在全祖望看来，黄宗羲文章好，就因为他生活在一个大转折的时代，从小见识各种非同寻常的人物。见识多了第一流人物，眼界自然很高，其追怀朋好，杂糅见闻，这样的文章自是有别于小桥流水、小家碧玉。在《中国近三百年学术史》中，梁启超特别赞扬全祖望“最会描写学者面目”，比如说黄梨洲、顾亭林、刘献廷、钱谦益、毛奇龄等，都是三言两语，就能写活一个人。所谓全氏“能以比较简短的文章，包举他们学术和人格的全部，其识力与技术，真不同寻常”，固然在理；但还必须考虑到，这些当世第一流人物，本身行事特异，性格鲜明，确有可写处。换句话说，不管是黄宗羲的《思旧录》，还是全祖望诸多慷慨壮烈的碑传，确实是“亦赖一时人物以玉成之”。

刘献廷（1648—1695），字君贤，号继庄，别号广阳子。直隶大兴（今属北京）人。一生未仕，以读书著述为志。其学主经世，可惜著述多散佚，仅《广阳杂记》传世。

毛奇龄（1623—1716？），字大可，号秋晴，学者又称西河先生。浙江萧山人。明季诸生，曾参加抗清斗争，后隐居读书。康熙十八年举博学鸿词，授翰林院检讨，充《明史》纂修官。读书广博，著述甚多，以驳论求胜著称。

诸位可能已经注意到，全祖望诸多碑传之文，选择江浙人为表现对象。为什么？此地抗清本就激烈，故国遗老也多，虽相隔百年，仍有许多逸事流传民间。史家闻见亲切，加上又可能访到若干秘不示人的“内集”，难怪其文章生龙活虎。用梁启超的话来说，全祖望状写忠烈的文章，好处在“能曲折其情”，而不只是排比史料，因此特别感人。

为了说明这个问题，请大家读《梅花岭记》。单看题目，你以为这是一篇游记；可真正记游的，其实只有两句话。第一句话是：“百年而后，予登岭上，与客述忠烈遗言”；第二句是：

“墓旁有丹徒钱烈女之冢”，“梅花如雪，芳香不染”。梅花岭在江都县，即现在的扬州市广储门外，因遍植梅花而得名。文章架构很简单：我登梅花岭，跟朋友们谈论百年前的忠臣烈士。就这么回事，完了。可此文的真正意图，不是记游，而是写人。

文章起笔很突兀，顺治二年，也就是 1645 年，清兵围江都，史可法知道大势已去，事不可为，于是召集诸将，跟他们说，城破的时候，我必须殉难，不能落入敌人之手。临危之际，谁来为我完此大节。这时候，副将军史德威说，我来干。史可法说，好，你跟我同姓，我上书给母亲，将你写到族谱里。城破的时候，史可法想拔刀自裁，诸将将他抱住。这时，“忠烈大呼德威，德威流涕，不能执刃”。诸将拥着史可法拼死突围，但清兵太多，眼看部下大都牺牲了，史可法“乃瞠目曰：‘我史阁部也。’”清军统帅多铎“以先生呼之”，以礼相待，劝他投降，“忠烈大骂而死”。依照遗言，史德威将其葬于梅花岭上；找不到尸骨，只好以衣冠代之。

讲过城破之际史可法的英勇就义，作者笔锋一转，数说起各种传说来。有人说，城破的时候，看见史可法“青衣乌帽，乘白马，出天宁门”，投江而死；也有人说，不对，史可法当日突破重围，并未死于城中。因了这些传说，各地纷纷起兵，托史可法的大名。其中有一个叫孙兆奎的，兵败被俘，押到洪承畴帐前。他俩原本相识，洪承畴于是亲自审问。下面这一段对话，非常精彩。洪承畴问：“先生在兵间，审知故扬州阁部史公果死耶？抑未死耶？”看来这传说，还真让人牵挂。孙兆奎的回答是：“经略从北来”——经略是明清两代守备若干个路的军政大臣，地位在总督之上，那是洪承畴的官职——知不知道在松山殉难的督师洪公到底死了没有？诸位都知道，洪承畴在松山，即现在的辽宁锦州城南，率大军和清兵打仗，兵败后降清。当时传说他是战死，崇祯皇帝还专门设坛祭祀“烈士洪承畴”。孙兆奎明知故问，不承认高坐眼前的，就是那已经尽忠报国的“督师洪公”。洪承畴当然“大恚”，急呼麾下将其推出斩首。

讲过此等逸事，全祖望接着发议论：英雄烈士死后，大都会有传说，说他们如何成仙、成神。从唐代的颜真卿、宋代的文天祥，一直到眼下的史可法，都有类似传说。其实，神仙之说，纯属画蛇添足；因为，忠臣烈士精神不死，不必靠神仙传说来延续其生命。

从史可法的故事，一转又是墓旁的“丹徒钱烈女之冢”。由英雄而烈女，越发远离正史，依赖于遗老的口头传说。文章最后，突起波澜：日后建忠烈祠，相信副使诸公均能从祀；可烈女呢？希望不被遗忘，“当另为别室以祀夫人，附以烈女一辈也”。扬州十日，江南抗清，易代之际，牺牲的不仅仅是沙场上的战士，还有许多不屈不辱的烈女。这样来表彰烈女，很有见地，值得今日的女性主义学者关注。

此文以忠烈为主线，辗转盘旋，一唱三叹。真正记游的，就那么两句话，一是百年登临，一是烈女冢旁梅花如雪。而在如此简略的记游中间，竟然穿插进史可法、孙兆奎、洪承畴、诸部将、钱烈女等故事。作者以忠义之气贯穿全文，左冲右突，万变不离其宗。跟一般文人的讲求结构谨严、线索清晰很不相同，此文以气势取胜。这也是全祖望的文章显得“大气”的缘故——不屑于精雕细刻，如长江大河，浩浩荡荡。另一方面，过于放任情感奔腾，无暇思考与别择，文章自然显得有点“芜杂”。回过头来读《梨洲先生思旧录序》，所谓《思旧录》让人“肠断”“神伤”“缠绵恻怆”，其实也正是谢山先生文章的特色。

在《中国近三百年学术史》中，梁启超曾引清人沈彤的一句话，说：“读《鲒埼亭集》，能令人傲，亦能令人壮，得失相半。”据说全祖望本人很认同这一评价。至于梁启超，更是对此说赞叹不已。文章能够激动人心，这是大好事，为何说“得失相半”？这就好像梁启超的“笔锋常带情感”，很是动人，但相对不够冷静、简洁。这不仅仅是技巧问题，更关乎作者的性情。

沈彤（1688—1752），字冠云，别号果堂，江苏吴江人。少从何焯游，又与惠栋相交。平生治学，长于名物训诂，亦不废宋儒义理，有考证周官典制、仪礼丧服等著述多种。

此君才气纵横，可惜只活了五十一岁。这有两方面的原因，一是生活窘迫，郁郁不得志；另一个原因，便是心高气傲，负气忤俗。四十六岁那年，全祖望曾生过一场大病，有朋友说了这么一句：“不善持志，理会古人事不了，又理会今人事，怎能不害病！”你弄的是史学，本来应该专管古人，现在可好，古人的事你都忙不过来，还管今人的，难怪心力交瘁！这个生活在三百年前的狂傲的读书人，睥睨当世，讥弹前人，常跟人家过不去。据说他后来牙疼得厉害，妻子嘲笑他：都是喜欢雌黄人物落下的毛病（学生笑）。批评人还不打紧，关键是语气太刻毒，这可是有才气的人常犯的毛病。原华中师大教授张舜徽，在《清儒学记》里这样评价全祖望："他的为人，博洽有余，沉厚不足，一生刻峭寡和，而持论偏激，多未可据为典要。"（246页）张先生是文献学家，自然对为人的稳重、为文的典要有较高的要求。反过来，大概也是专业的缘故，我很欣赏全祖望的"露才扬己，不谙世务"。

就在这乾嘉学术全盛期，居然有这么"文人气"十足的著名学者，不只"肆无忌惮"地褒贬天下英雄，连自己最为佩服的黄宗羲，也都有所批评。同样潜心做学问，不像同时代许多著名学者那样，被考据、训诂、辑佚等磨平棱角与性情，而是关注故国遗闻，表彰易代之际的忠烈之士，这点很难得。如此治学，隐含着志向，贯穿着情感，寄托着抱负，不知不觉中，研究者的个人气质也会发生变化，颇有"自我英雄化"的倾向。在追踪先烈足迹的同时，作者开始傲视群雄，更不要说芸芸众生——包括许多谨小慎微的当世学者。正因为写作时太投入了，一往情深，无暇顾及笔墨和结构，全祖望文章的稍嫌"芜杂"，也在情理之中。

黄宗羲说过："凡情之至者，其文未有不至者也。"（《明文案序上》）什么叫"至文"？"至文"的首要条件是，作者撰述时必须“一往情深”。对全祖望文章不以为然者，往往攻击其“殊有稗习”，也就是说，不够专精，也不够严谨。就像前面说的，这可能是因为全祖望使用了部分难以实证的“内集”，也可能是因其得之于故老遗闻，所有这些，都无法做到“每下一义，泰山不移”。还有一点，全祖望写文章时，情感强烈，爱憎分明，笔调夸张，与那个时代的主流学术颇有距离。但事过境迁，到了晚清，这种强烈、高调的表述方式，得到了广大读者的热烈欢迎。基于对史学“超然独立”、史料“不偏不倚”这一传统思路的质疑，今人再也不敢轻易嘲笑全祖望著述的“主观性”。相反，对其关注口头传说，引入稗官野史，发掘被“王者”所刻意压抑的“另一种历史”，越来越有好感。

回到全祖望那些“大气”而又略嫌“芜杂”的文章，到底应该怎么看？这里，不妨借用《文说》的思路，区分“大家”与“作家”。全祖望称，唐宋八大家以后，文坛上“作家多，大家不过一二”。“作家”只要“瘦肥浓淡，得其一体”即可；而“大家”呢，“必有牢笼一切之观”。这里的“作家”，约略等于一般所说的“名家”。名家有所得，大家有所失，得失之间，我关注的是文章的境界。清风明月、小桥流水，是一种美；但反过来，“惊风飘白日”“大漠孤烟直”，也是一种美。后者的壮阔、粗犷、豪迈，迥异于傅山所嘲笑的“江南之文”。在我看来，全祖望文章的大气磅礴、生气淋漓，在清文中独树一帜，十分难得。即便有点“芜杂”，那也是“大家”之失。

阳曲傅先生事略

朱衣道人者，阳曲傅山先生也。初字青竹，寻改字青主，或别署曰公之它，亦曰石道人，又字啬庐。家世以学行师表晋中。先生六岁，啖黄精，不乐谷食，强之，乃复饭。少读书，上口数过，即成诵。顾任侠，见天下且丧乱，诸号为荐绅先生者，多腐恶不足道，愤之，乃坚苦持气节，不肯少与时媕婀。

提学袁公继咸为巡按张孙振所诬，孙振故奄党也。先生约其同学曹公良直等诣匦使，三上书讼之，不得达，乃伏阙陈情。时抚军吴公甡亦直袁，竟得雪，而先生以是名闻天下。马文忠公世奇为作传，以为裴瑜、魏劭复出。已而曹公任在兵科，贻之书曰："谏官当言天下第一等事，以不负故人之期。"曹公瞿然，即疏劾首辅宜兴及骆锦衣养性，直声大震。

先生少长晋中，得其山川雄深之气，思以济世自见，而不屑为空言。于是蔡忠襄公抚晋，时寇已亟，讲学于三立书院，亦及军政、军器之属。先生往听之，曰："迂哉！蔡公之言，非可以起而行者也。"甲申，梦天帝赐之黄冠，乃衣朱衣，居土穴以养母。次年，袁公自九江羁于燕邸，以难中诗贻先生，曰："晋士惟门下知我最深，盖棺不远，断不敢负知己，使异日羞称友生也。"先生得书恸哭曰："公乎，吾亦安敢负公哉！"甲午，以连染遭刑戮，抗词不屈，绝粒九日，几死。门人有以奇计救之者，得免。然先生深自咤恨，以为不如速死之为愈，而其仰视天、俯画地者并未尝一日止。凡如是者二十年。

天下大定，自是始以黄冠自放，稍稍出土穴与客接。然间有问学者，则告之曰："老夫学庄、列者也，于此间诸仁义事，实羞道之，即强言之，亦不工。"又雅不喜欧公以后之文，曰："是所谓江南之文也。"平定张际者，亦遗民也，以不谨得疾死。先生抚其尸哭之曰："今世之醇酒妇人以求必死者，有几人哉！呜呼，张生！是与沙场之痛等也。"又自叹曰："弯强跃骏之骨，而以占毕朽之，是则埋吾血千年而碧不可灭者矣！"或强以宋诸儒之学问，则曰："必不得已，吾取同甫。"

先生工书，自大小篆、隶以下，无不精。兼工画。尝自论其书曰："弱冠学晋唐人楷法，皆不能肖，及得松雪香山墨迹，爱其员转流丽，稍临之，则遂乱真矣。"已而乃愧之曰："是如学正人君子者，每觉其觚棱难近；降与匪人游，不觉其日亲者。松雪曷尝不学右军；而结果浅俗，至类驹王之无骨，心术坏而手随之也。"于是复学颜太师。因语人学书之法：宁拙毋巧，宁丑毋媚，宁支离毋轻滑，宁真率毋安排。君子以为先生非止言书也。

先生既绝世事，而家传故有禁方，乃资以自活。其子曰眉，字寿髦，能养志。每日樵于山中，置书担上，休担则取书读之。中州有吏部郎者，故名士，访先生。既见，问曰："郎君安往？"先生答曰："少需之，且至矣。"俄而有负薪而归者，先生呼曰："孺子，来前肃客！"吏部颇惊。抵暮，先生令伴客寝，则与叙中州之文献，滔滔不置，吏部或不能尽答也。诘朝，谢先生曰："吾甚惭于郎君。"先生故喜苦酒，自称老糵禅，眉乃自称曰小糵禅。或出游，眉与子共挽车。暮宿逆旅，仍篝灯课读经、史、骚、选诸书。诘旦，必成诵始行，否则予杖。故先生之家学，大河以北，莫能窥其藩者。尝批欧公《集古录》曰："吾今乃知此老真不读书也。"

戊午，天子有大科之命，给事中李宗孔、刘沛先以先生荐。时先生年七十有四，而眉以病先卒，固辞，有司不可。先生称疾，有司乃令役夫舁其床以行，二孙侍。既至京师三十里，以死拒，不入城。于是益都冯公首过之，公卿毕至。先生卧床，不具迎送礼。蔚州魏公乃以其老病上闻，诏免试，许放还山。时征士中报罢而年老者，恩赐以官。益都密请以先生与杜征君紫峰，虽皆未豫试，然人望也。于是亦特加中书舍人以宠之。益都乃诣先生曰："恩命出自格外，虽病，其为我强入一谢。"先生不可。益都令其宾客百辈说之，遂称疾笃，乃使人舁以入。望见午门，泪涔涔下。益都强掖之使谢，则仆于地。蔚州进曰："止，止，是即谢矣。"次日遽归，大学士以下，皆出城送之。先生叹曰："自今以还，其脱然无累哉！"既而又曰："使后世或妄以刘因辈贤我，且死不瞑目矣。"闻者咋舌。及卒，以朱衣黄冠殓。著述之仅传者，曰《霜红龛集》十二卷，眉之诗亦附焉。眉诗名《我诗集》，同邑人张君刻之宜兴。

先生尝走平定山中，为人视疾，失足堕崩崖，仆夫惊哭曰："死矣！"先生旁皇四顾，见有风峪甚深，中通天光，一百二十六石柱林立，则高齐所书佛经也。摩挲视之，终日而出，欣然忘食。盖其嗜奇如此。惟顾亭林之称先生曰："萧然物外，自得天机。"予则以为是特先生晚年之踪迹，而尚非其真性所在。卓尔堪曰：青主盖时时怀"翟义之志"者。可谓知先生者矣。

吾友周君景柱守太原，以先生之行述请，乃作事略一篇致之，使上之史馆。予固知先生之不以静修自屈者，其文当不为先生之所唾；但所愧者，未免为江南之文尔。

（四部丛刊初编《鲒埼亭集》）

梅花岭记

顺治二年乙酉四月，江都围急。督相史忠烈公知势不可为，集诸将而语之曰："吾誓与城为殉，然仓皇中不可落于敌人之手以死，谁为我临期成此大节者？"副将军史德威慨然任之。忠烈喜曰："吾尚未有子，汝当以同姓为吾后。吾上书太夫人，谱汝诸孙中。"

二十五日，城陷，忠烈拔刀自裁，诸将果争前抱持之。忠烈大呼德威，德威流涕，不能执刃，遂为诸将所拥而行。至小东门，大兵如林而至，马副使鸣騄、任太守民育及诸将刘都督肇基等皆死。忠烈乃瞠目曰："我史阁部也。"被执至南门。和硕豫亲王以先生呼之，劝之降。忠烈大骂而死。初，忠烈遗言："我死当葬梅花岭上。"至是，德威求公之骨不可得，乃以衣冠葬之。

或曰："城之破也，有亲见忠烈青衣乌帽，乘白马，出天宁门投江死者，未尝殒于城中也。"自有是言，大江南北遂谓忠烈未死。已而英、霍山师大起，皆托忠烈之名，仿佛陈涉之称项燕。吴中孙公兆奎以起兵不克，执至白下。经略洪承畴与之有旧，问曰："先生在兵间，审知故扬州阁部史公果死耶，抑未死耶？"孙公答曰："经略从北来，审知故松山殉难督师洪公果死耶，抑未死耶？"承畴大恚，急呼麾下驱出斩之。

呜呼！神仙诡诞之说，谓颜太师以兵解，文少保亦以悟大光明法蝉脱，实未尝死。不知忠义者圣贤家法，其气浩然，长留天地之间，何必出世入世之面目！神仙之说，所谓为蛇画足。即如忠烈遗骸，不可问矣，百年而后，予登岭上，与客述忠烈遗言，无不泪下如雨，想见当日围城光景，此即忠烈之面目宛然可遇，是不必问其果解脱否也，而况冒其未死之名者哉？

墓旁有丹徒钱烈女之冢，亦以乙酉在扬，凡五死而得绝，时告其父母火之，无留骨秽地，扬人葬之于此。江右王猷定、关中黄遵严、粤东屈大均为作传、铭、哀词。

顾尚有未尽表章者：予闻忠烈兄弟，自翰林可程下，尚有数人，其后皆来江都省墓。适英、霍山师败，捕得冒称忠烈者，大将发至江都，令史氏男女来认之。忠烈之第八弟已亡，其夫人年少有色，守节，亦出视之。大将艳其色，欲强娶之，夫人自裁而死。时以其出于大将之所逼也，莫敢为之表章者。

呜呼！忠烈尝恨可程在北，当易姓之间，不能仗节，出疏纠之。岂知身后乃有弟妇，以女子而踵兄公之余烈乎？梅花如雪，芳香不染。异日有作忠烈祠者，副使诸公，谅在从祀之列，当另为别室以祀夫人，附以烈女一辈也。

（四部丛刊初编《鲒埼亭集》）

二老阁藏书记

太冲先生最喜收书，其搜罗大江以南诸家殆遍，所得最多者，前则淡生堂祁氏，后则传是楼徐氏，然未及编次为目也。垂老遭大水，卷轴尽坏，身后一火，失去大半。吾友郑丈南溪理而出之，其散乱者复整，其破损者复完，尚可得三万卷。而如薛居正《五代史》，乃天壤间罕遇者，已失去，可惜也。

郑氏自平子先生以来，家藏亦及其半，南溪乃于所居之旁，筑二老阁以贮之。二老阁者，尊府君高州之命也。高州以平子先生为父，以太冲先生为师。因念当年二老交契之厚也，遗言欲为阁以并祀之。南溪自游五岳还，阁始成，因贮书于其下。

予过之，再拜叹曰："太冲先生之书，非仅以夸博物，示多藏也。有明以来，学术大坏，谈性命者迂疏无当，穷数学者诡诞不精，言淹雅者贻讥杂丑，攻文词者不谙古今。自先生合理义、象数、名物而一之，又合理学、气节、文章而一之，使学者晓然于九流百家之可以返于一贯。故先生之藏书，先生之学术所寄也。试历观先生之学案、经说、史录、文海，睢阳汤文正公以为“如大禹导山导水，脉络分明”，良自不诬。末学不知，漫思疵瑕，所谓蚍蜉撼大树者也。古人记藏书者，不过以蓄书不读为戒，而先生之语学者，谓“当以书明心，不可玩物丧志”。是则藏书之至教也。先生讲学遍于大江之南，而瓣香所注，莫如吾乡。尝历数高弟，以为陈夔献、万充宗、陈同亮之经术，王文三、万公择之名理，张旦复、董吴仲之躬行，万季野之史学，与高州之文章，惓惓不置。

南溪登斯阁也，先生之薪火临焉，平子先生以来之手泽在焉。是虽残编断简，其尚在所珍惜也，况未见之书累累乎？昔者浦江郑氏，世奉潜溪之祀，君子以为美谈。今后郑犹先郑也，而更能收拾其遗书，师传家学，倍有光矣。书目既成，爰为之记。

（四部丛刊初编《鲒埼亭集》）

梨洲先生思旧录序

予尝谓文章之事，不特藉山川之助，亦赖一时人物以玉成之。蔡侍郎梁村因数古人享此遇者，莫如欧阳兖公，盖其当有宋极盛之时，扬历真、仁、英、神四朝，一时名流，皆极九等人表之最，而兖公尽收之于文字间，是不特昌黎、柳州所无，即东坡、南丰亦稍逊之。梨洲先生产于百六之际，其生平磨蝎之宫、野葛之饷，有为世人所不堪者，而百年中阅历人物，视兖公有过之而无不及，斯又一奇也。先生以忠端公为之父，以蕺山先生为之师，当髫髻时所追随称父执者，莫非膺、滂、蕃、武之徒，稍长游证人书院，私淑者洛、闽之门庭，见知者杨、袁之宗派，或告以中原文献之传，或语以累朝经制之略，耳濡目染，总不入第二流品目。会庙堂兴绍述之论，祭酒诸生，俱挂党人之籍，父不肯帝，子不肯王，以禁锢之碑，为通家之谱，苟有范温、陆棠之徒，隳家世而丧师传者，望尘自遁，不敢复前。盖先生之学问气节，得于天者固有不同，要其渊源之自，则相半焉。

至于三辰易运，从亡不遂如邓光荐，从戎不遂如王炎午，蛎滩鳌背，呼文、陆，谒张、陈，相与吞声而泣血，又一时也。风波既定，家居奉母，则尝以讲经自给，东维以论文为生，灵光岿然，长谢鹤书，河汾弟子，多出而为岩廊之器，而先生亦已老矣。

先生碑、版、传、状文字最多，其《思旧录》，则其追怀朋好，杂录见闻，肠断于甘陵之部，神伤于漳水之湄，缠绵恻怆，托之卮言小品以传者也。以先生之撰述言之，《学案》《文案》，如山如河，是录其渺焉者，然先生百年阅历，取精多而用物宏，于此约略见之。在他人则分先生之一节，皆足以豪。兖公当其盛，故哆兮者如春，先生当其衰，故噫兮者如秋。世有读先生之书者，方信予言之非夸也。

（四部丛刊初编《鲒埼亭集》）

第八讲

文派、文选与讲学

姚鼐的为人与为文

今天讲清代名气很大的文派——桐城派，以及名气很大的文学教授——姚鼐（1732—1815）。之所以首先强调姚鼐的“教授”身份，是因为在他一生的最后四十年，这位长寿的文学家，先后主掌江南不少重要书院。这一经历，使之区别于一般文人，直接影响了姚鼐学问与文章的风格。

姚鼐字姬传，世称惜抱先生，安徽桐城人。在具体论述之前，我先谈三点常识，这是学中国文学的人都大致知道的。其一，姚鼐出身书香门第，曾祖父是刑部尚书，伯父是翰林院编修，母亲则是宰相张英的孙女。姚鼐本人二十岁中举（1750），三十三岁成进士（1763）。相对于跟他大有瓜葛的戴震，赴京会试老是失败，因在学界名声很大，皇上特加恩遇，以举人召充四库全书馆纂修官，后又“赐同进士出身”，你就知道，姚鼐的科举道路，是相当顺畅的。1873 年四库开馆，

戴震（1723—1777），字东原，休宁（今属安徽）人。博学多才，乾隆间修《四库全书》，特召为纂修官。对天文、数学、历史、地理均有精深研究，在经学、小学方面成绩尤其突出，乃乾嘉学派的代表性人物。传世著作有《原善》《原象》《孟子字义疏证》《声韵考》等。乾嘉以下，戴东原“考核”与“义理”之名如雷贯耳，反而文章不大为人提及。戴氏曾批评阎若璩“能考核而不能做文章”，可以想象其对自家文章的抱负；弟子段玉裁称戴氏从小揣摹太史公笔法，撰经说时也得益于此，故其文章“精义上驾乎康成、程、朱，修辞俯视乎韩、欧”（均见段玉裁《戴东原先生年谱》所附关于戴氏学行的追忆）。

姚鼐也被任命为纂修官。眼看前途似锦，没想到第二年秋天，姚鼐辞官，并于1775年春天南下。四十五岁以后，姚鼐先后在扬州、安庆、南京等地教书，彻底脱离官场。

其二，姚鼐不仅仅是古文名家，更是桐城开派的关键性人物。下面我会再三提到，“桐城”之所以能成“派”，最重要的不是因为方苞，更不是刘大櫆，而是长期执掌江南各大书院的姚鼐。

其三，作为文派的“桐城”，不仅在有清一代影响深远且争议不断，放在整部中国文学史上来看，也是一个很奇特的现象。一个文派，居然绵延两百多年，从方苞、戴名世、刘大櫆、姚鼐，到姚门弟子梅曾亮、管同、姚莹、方东树、刘开，再到曾国藩及其弟子张裕钊、薛福成、吴汝纶，一直可以数到在京师大学堂或北大教书的马其昶、姚永朴、姚永概，还有虽不太正宗但确实对桐城文章很有好感的林纾、严复等，这么一个文派，几乎贯穿整个清代。这样的气势、这样的规模，在中国文学史上实属罕见。尽管五四以后，所谓的“桐城谬种”受到了致命打击，但你必须承认，这是一个在中国文学史上影响极为深远的文学流派。不管你喜欢不喜欢，都必须认真面对。

今天主要讨论文派的建立、三合一的主张，以及选本与教学。

桐城文派的建立

念中国文学的人，都知道清代有个桐城文派，人才辈出，势力很大。只是对于曾国藩到底是中兴了桐城呢，还是别立新宗，学界有不同看法。不管叫“后期桐城派”，还是“湘乡派”，曾国藩论文极为尊重桐城，这点是没有疑问的。而谈桐城文派的建立与展开，不妨就从曾国藩的名文《欧阳生文集序》入手。

曾国藩（1811—1872），原名子城，字伯涵，号涤生，湖南湘乡人。道光进士，官礼部右侍郎，后历署兵部、吏部侍郎。咸丰二年（1852）丁母忧回籍，年底奉命赴长沙帮办湖南团练，后扩编为湘军。率兵与太平军血战多年，乃“同治中兴”的最大功臣。为文推崇姚鼐，多以桐城派作家充幕僚。遗著辑为《曾文正公全集》，所编《经史百家杂钞》《十八家诗钞》广为流传。

这是一篇为桐城文派重新溯源并画龙点睛的妙文，对于“中兴”桐城起很大作用。其实，到曾国藩的时候，桐城开派已历百年；关于此文派的产生与流变，大都信从姚鼐的说法，即从方苞说起。可你看曾国藩截断众流，确实是独具手眼。文章是这样开篇的：

乾隆之末，桐城姚姬传先生鼐，善为古文辞，慕效其乡先辈方望溪侍郎之所为，而受法于刘君大櫆及其世父编修君范。三子既通儒硕望，姚先生治其术益精。历城周永年书昌为之语曰：“天下之文章，其在桐城乎！”由是学者多归向桐城，号“桐城派”，犹前世所称江西诗派也。

不愧是一代名臣，曾国藩洞察世态人心，明白“桐城派”的关键所在，故刻意突出姚鼐的作用。首先，讲桐城文章，不依惯例顺流而下，而是从姚鼐立论，再回头来，渲染其如何慕效先辈，这样才带出方苞和刘大櫆。其次，点出三人中姚鼐“治其术益精”。再次，引周永年语时略加转化，境界因而大异。原话见姚鼐的《刘海峰先生八十寿序》：“昔有方侍郎，今有刘先生，天下文章，其出于桐城乎？”如今将天下文章出桐城此等妙语，置于“姚先生治其术益精”后，明显转移读者视线。这还不算，最后添上一笔，姚氏主讲江南各书院，有管同、梅曾亮、方东树、姚莹等“高第弟子”，以及无数“私淑于姚先生”者。请注意，这里没有方门、刘门的事，有的只是“姚门四大弟子”。

这其实不难理解，桐城派和

方苞（1668—1749），字凤九，号灵皋，又号望溪，桐城（今属安徽）人。康熙四十五年进士，后累官至礼部侍郎。为桐城派创始人，论文主“义法”，有《方望溪先生全集》。“义法”本太史公语，溯源于大《易》之有物与有序，具体的例证则见诸方苞为果亲王和乾隆皇帝所编的两部古文、时文选。编《古文约选》时强调其可“用为制举之文”，进《四书文选》时又力主取材三代追踪秦汉——可见方苞颇有借“义法”沟通古文与时文的意图。在《进四书文选表》中，方苞将其概括为“清真古雅而言皆有物”。“言皆有物”乃千年老调，“清真古雅”则甚合皇上“训正文体”的旨意。桐城古文自有变化，但大都过分讲求“规矩”，因而缺少纵横奇逸之气。这种“章妥句适、脉理清晰”的桐城文章，可圈可点处多多，可就少了点奇宕的真气与激情。而这，与其祖师爷标榜的兼通古文与时文的“义法”大有关系。

刘大櫆（1698—1779），字才甫，一字耕南，号海峰，桐城（今属安徽）人。虽有文名，科考场中却极不得意，平生以教书为业，有《海峰文集》传世。刘氏文章气肆才雄，波澜壮阔，兼集庄骚左史、韩柳欧苏，与其师事的方苞之雅洁大不相同。这与他平生怀才不遇，故多悲愤郁积有关。《马湘灵诗集序》中“湘灵被酒意气勃然”，作者则“泣涕纵横不自禁”，一点也不“温柔敦厚”。《答吴殿麟书》也是发泄自古才士厄于巉岩、“无由自见其美”的愤懑，文中兼用奇偶，音调铿锵，辞采华丽，以才气横溢取胜。至于像《张复斋传》《樵髯传》《章大家行略》等借一二细节写人而栩栩如生，那是桐城派的看家本领，也是其学《史记》真有所得处。

历史上其他文派或学派一样，都不是自然而然地形成，而是有意识地建构起来的。念文学史的，说到流派，往往习惯于“从头说起”，似乎这样才顺理成章。但如果你读过福柯的《知识考古学》，就会知道所有的知识体系，都并非自然生成，而是在社会实践中被逐步建构起来的。文学流派也不例外，我们不只需要知道其内涵与外延，更必须了解它的建构过程。因此，我不讲作为先驱的方苞、刘大櫆，也不讲姚门四弟子或湘乡变法，而专注于姚鼐这一文派成立的关键。正是姚鼐的承上启下、东拉西扯，以及走南闯北，广而告之，桐城文派方才得以确立。这里有文学理想的选择，也不无技术层面的操作，二者几乎同样重要。

关于桐城派的奠基者姚鼐，前人说法很多。比如，姚鼐的侄孙姚莹——也是其四大弟子之一——在《惜抱先生行状》里说到，世人大都认为，方苞文章质直，主要以理趣取胜；刘大櫆文章豪放，主要以才情取胜。只有到了姚鼐，方才文质并举，“理文兼至”。请大家注意，我前面已经提到，“桐城文派”这杆大旗，是姚鼐首先扛起来的。日后诸弟子关于桐城文章的论述，一方面不能背叛师说，讲渊源时从方苞数起；另一方面又希望突出尊师——他们真正师承的，不是方苞，而是姚鼐。所以，明里暗里，褒贬抑扬时，都会特别提醒你姚鼐技高一筹。就像刚才说的，一个学识渊博，一个才高气豪，这当然都是好词。可也隐含着批评，即都有所偏颇。到了姚鼐，可就不一样了，“文”“学”兼备，无所不能。这与其说是史学家的盖棺论定，不如说代表了姚鼐本人的文学主张。在清代诗文中，以姚鼐为代表的桐城派确实以“走向综合”为基本特征。可强调义理、考据、辞章三合一，不见得就真的做到了“理文兼至”。我们都知道，所有的文学运动，口号、旗帜与实绩不可能完全一致。

最能体现姚鼐“扛大旗”意图的，当属《刘海峰先生八十寿序》。文章开篇称：“曩者，鼐在京师，歙程吏部、历城周编修语曰：‘为文章者，有所法而后能，有所变而后大。维盛清治迈逾前古千百，独士能为古文者未广。昔有方侍郎，今有刘先生，天下文章，其出于桐城乎？’”程吏部即程晋芳，号鱼门，安徽歙县人，官吏部主事、四库全书编修。读中国文学史的，大概都会记得他的另一篇文章，那就是《木山先生传》。关于《儒林外史》作者吴敬梓的生平及其文学趣味，这篇传记很重要，为后世无数著述所本。比如“其学尤精《文选》”，“晚年亦好治经”，“仿唐人小说为《儒林外史》”等，便常被研究者引用。至于历城周编修，即刚才所说的周永年，山东历城人，与姚、程同为四库全书编修。这段话说的是，有清一代在治理国家方面成绩卓著，超越前人很多；但在古文写作方面，却实在是乏善可陈。幸亏有了方苞方望溪、刘大櫆刘海峰，这才让人刮目相看，于是世人感叹：是不是天下文章全都出在桐城？

请大家注意，这句话可是整篇文章的“文眼”。借用当世名贤的表彰，将天下文章归于你桐城，如此全称判断，非同小可。不管你用问号，还是感叹号，这句话都很霸道。好在这话不是我姚鼐说的，是任职于当代最高学术机构的某某“权威”说的。这句话影响极大，你可以赞同，也可以反对，但不妨碍其流播。不只曾国藩，很多清代文人都必须面对这一判断。一直到了今天，我们谈清代文章时，仍然必须对此加以分辨。借他人之口，讲自家的心里话，并乘机建立一个文派，没有比这更高明的“借力”了。借他人之口说话，实现表扬与自我表扬，或者开窗纳景，把别人的思想纳入自家的体系，这都是写文章的技巧。难得的是，姚鼐做得如此不露痕迹。因为，这是一篇寿序。给老人家做寿，多说两句好话，一般人不会特别计较。

“天下文章，其出于桐城乎？”面对如此倾向性很明确的询问，你猜姚鼐如何作答？我们这个地方，奇山异水，郁积千年，本就该出名留青史的大人物。什么大人物？政治领袖、军事统帅、商业奇才，还是著名和尚？（学生笑）别笑，确实是后者。自梁陈以来，此地以佛教兴盛著称。“夫释氏衰歇，则儒士兴，今殆其时矣。”也就是说，斗换星移，如今和尚不行，该论到读书人扬名立威了。绕了一大圈，从“天下奇山水”落笔，最后还是回到天下文章是否真的出于桐城。作者没有正面回答，可既然山川如此秀丽，还能有假？大家肯定记得，王勃《滕王阁序》里有这么两句：“物华天宝”“人杰地灵”。照常规，应该是以“夫黄、舒之间，天下奇山水也”起笔，然后按部就班，顺流而下；可姚鼐偏偏颠倒时序，将陈述改为释疑，倒更进一步坐实了天下文章在桐城的说法。

本来是给师长刘大櫆写八十寿序，怎么变成了文学史论？好，姚鼐就此打住，转入正题。话说康熙年间，方苞名闻海外，刘大櫆“以布衣走京师”并呈上文章。方苞读后，拍案叫绝，逢人便说，我方某算什么东西，我们乡里的刘生，虽无功名，文章却是一等一，这才是真正的国士。世人不以为然，觉得方苞言过其实，可渐渐地，也都承认刘大櫆的文章写得好。接下来说，方苞已经去世了，可刘先生还在。而且现在耳聪目明，还能写文章，我很佩服。这是寿序的主体，借方苞的“惊艳”来凸显刘大櫆的文章。方苞当过侍郎，陪太子读书，名气很大；而刘大櫆科场很不得志，没有什么功名，一辈子困守地方。虽然刘文长于气势，富有文采，单就文学性而言，甚至超过方侍郎。但这没用，刘大櫆的文章，还是得借重方苞的大名。

文章共三段，第一段借友人询问，分辨是否天下文章在桐城；第二段讲刘大櫆以一布衣走京师，得到方苞的激赏；第三段呢？“鼐之幼也，尝侍先生。”先是总说，其次方、刘，再次刘、姚，至此，桐城文派的轮廓已跃跃欲出。着眼的是自家的文学史定位，却以“寿序”名目出现，将私人交情与历史叙述交织在一起，此处可见姚鼐的功夫。

文章最为精彩的，是第三段。我追随先生读书，本该正儿八经才是，可实际上并非如此。“奇其状貌言笑，退辄仿效以为戏”——回家的时候偷偷模仿老师的言谈动作（学生笑），这大概是所有学生的通病（学生笑）。古今中外，概莫能外（学生大笑）。从这儿，任何一个学生，都能有所联想与发挥。那种不带恶意的模仿，还有夸张的语调及手势背后的亲昵，其实挺温馨的。前面板着面孔，突然间冒出这么一句，感觉很不错。这篇文章努力的方向，是将代表桐城文章的三个关键人物，建立起牢靠的承传关系。要不，只是同为桐城人，并不构成一个文派。说文章风格很接近，这比较虚，还必须有直接的师承关系。刘大櫆并没列方苞门墙，最多只能说是私淑弟子。刻意渲染刘送上文章，方格外欣赏，目的是建立方、刘之间的准师生关系。至于刘、姚这一环，那好办，本来就曾“学文于先生”，姚鼐说得更加痛快。“游宦三十年而归”，昔日父辈多已去世了，但令人高兴的是，“犹得数见先生于枞阳”。接下来的这一句，很能显示桐城文章的特色：“先生亦喜其来，足疾未平，扶曳出与论文，每穷半夜。”善于捕捉生活细节，刻画生动，文字凝炼简洁，且与前面的“退辄仿效以为戏”相呼应，既写师生情谊，又落实在文章与文派，可谓滴水不漏。

一篇很容易落入俗套、也很容易滥情的寿序，居然能写得如此摇曳多姿，这是本事。为老师祝寿，刻意提升其文学史地位，这确实是绝佳礼品；可背后隐含的，却是自家的文学理想——建构桐城文派。以“天下文章，其出于桐城乎”开篇，又以“使乡之后进者，闻而劝也”结尾，文章立意高远，语重心长。这是一篇“打旗”“立派”之文，打出桐城文派的旗帜，建立桐城文派的文统。所以，后世谈论桐城文章的，无不关注这一篇寿序。如此重大话题，不是正面立论，而是迂回曲折，采用今日所说的“私人话语”，既很好地表达了自己的文学理想，又不太得罪人——给我老师祝寿，多说两句好话，总不要紧吧？

我之所以特别关注姚鼐，关键就在这一点。在一篇寿序中，把一个文派的来龙去脉巧妙地梳理出来，而且不露声色。后人谈桐城文派，大的方面，不出姚鼐的规划。这与其说是文学史家的独特发现，不如说是姚鼐故意留下伏笔，让你去发现、去开掘。后世谈桐城文章，大都不谈戴名世，这就是姚鼐的影响。戴也是桐城人，长方苞十五岁，也以能文著称，谈桐城文派，本该戴、方并称才是。但戴名世以《南山集》中有抒发明亡遗恨文章，书被查禁，人被腰斩。姚鼐怕惹祸，故意避开他，只从方苞说起。后人不明就里，依样画葫芦，谈及桐城文章，也多漏过至关重要的戴名世，实在不应该。不只方、刘、姚之间的师承是姚鼐建构起来的，连方苞如何上接归有光，也是姚鼐完成的。这就难怪，也算是欣赏桐城文章的清人吴敏树，在《与筱岑论文派书》中称：

戴名世（1653—1713），字田有，号药身，又号忧庵，安徽桐城人。先为塾师，后当幕友，以编选、批注文章著称。康熙四十八年（1709）中进士，任翰林院编修，参与《明史》编纂工作。因所著《南山集》中多有“狂悖”之语，1713年被清圣祖亲自下令杀害，牵连被杀的多达三百余人，是为清初著名文字狱。

吴敏树（1805—1873），字南屏，湖南巴陵（今岳阳）人。道光十二年举人，游京师时曾与梅曾亮、朱琦等精研古文及经学，有《柈湖文集》。与曾国藩颇多交往，但未入其幕。曾《欧阳生文集序》有“昔者，国藩尝怪姚先生典试湖南，而吾乡出其门者，未闻相从以学文为事。既而得巴陵吴敏树南屏，称述其术，笃好而不厌”云云，吴并不领情，甚至对于姚鼐的建立文派，大不以为然。可无论当时还是后世，一般还是将其视为桐城派。

今之所称桐城派者，始自乾隆间姚郎中姬传。

说桐城文派，不从康熙年间的方苞说起，而是选择乾隆年间的姚鼐，那是因为，作为关键人物，姚鼐以方接归，以刘接方，然后把自己放到刘的后面，于是成为井然有序的文派；除此之外，姚鼐还编了《古文辞类纂》，以归有光接唐宋八大家，这样一来，整个中国文学史就“血脉贯通”了。这个建构文统的过程，是一步步完成的。随着教学的深入，姚鼐的思路日渐明晰，其所绘制的文学史图景，也日益为读者所了解。

学统与文统

诸位念中国史，不管是文学史还是思想史，应该都会注意到韩愈在建立道统方面的努力。古代中国人，特别喜欢讲正统，包括道统、学统、文统等。大概是出于对当下学界风气败坏的不满，现在有些朋友重提学派与学统，比如“清华学派”“北大学统”等。这一点，我不太同意。现在的教育方式，讲求转益多师，学者个人风格的形成，受地域以及师长的影响，不如以前那么深。比如，我从广东来，你能说我就是岭南学派，或者受广东学风的影响特深？那么，你从绍兴来，他从长沙来，能说你就是浙东学派，他就是湖湘学派吗？恐怕都不成。现在的小学、中学，采取标准化的教学方式；上大学以后，更可能远走高飞，根本无法靠“郡望”判断学风。你一辈子跟了很多老师，有的影响极深，有的则如过眼烟云；即便是前者，你也很难说是继承了某某的学统或文统。生活在过分讲求反叛与创新的时代，刻意谈论学统或文统，本意是持“文化保守”立场，但总给人“背靠大树好乘凉”的嫌疑，效果不好。

相反，在古代中国，学统和文统很重要。怎样把自己的写作与讲学，纳入一个被广泛承认的学统或文统中，对于读书人来说，是生死攸关的事。姚鼐的建立文统，其宗旨、手段、过程以及效果，一如韩愈的建立道统。是非得失，均系于此。

陈寅恪《论韩愈》(《金明馆丛稿初编》285—297页，上海古籍出版社，1980)一文，表彰韩愈的六大功绩，第一点便是“建立道统，证明传授之渊源”。

桐城文派，标榜的是“学行继程朱之后，文章在韩欧之间”(王兆符《方望溪先生文集序》)。道统上遵从程朱，文统上追摹韩欧，这是桐城诸家所再三表述，也是被后世学者所认可的。只是具体说来，桐城诸家在理学上的贡献微乎其微。不管是被认为渊雅博学的方苞，还是号称“理文兼至”的姚鼐，其思辨都不够精微。关于桐城，能说的还是文章。是否真在“韩欧之间”，可以不论；但文章很有特色，这点没有疑问。桐城各家，才情有大小，学问有高低，但文章基本上都做到了两点：一是“清通”，二是“雅驯”。

有清一代，桐城是最大的文派，影响极大，受到的攻击也不少。在众多批评里，我想提出两点，让大家稍有了解，然后再进入具体的文章分析。第一点批评是，桐城派大都义理根基很浅，但卫道热情很高。所谓立场坚定，摆出一副卫道士的架势，可又说不出什么道理，显得有点可笑。不许别人胡思乱想，甚至诅咒那些欲与程朱争名者断子绝孙（学生笑）。这可不是我说的，见于方苞的《与李刚主书》和姚鼐的《再复简斋书》。前者称：

故自阳明以来，凡极诋朱氏者，多绝世不祀，仆所见闻，具可指数。

后者说：

且其人生平不能为程朱之行，乃欲与程朱争名，安得不为天之所恶，故毛大可、李刚主、程绵庄、戴东原率皆身灭嗣绝，殆未可以为偶然也。

周作人的《谈方姚文》（收入《秉烛谈》），专门敲打这一点，称“识见何其鄙陋，品性又何其卑劣耶”。清代有很多批评桐城的文章，“五四”时期钱玄同的“桐城

周作人（1885—1967），原名櫆寿，入南京水师学堂时改名作人，自号启明（或作岂明）、知堂等，浙江绍兴人。1906年留学日本，1911年返回绍兴，1917年起任北京大学文科教授。五四新文化运动时期发表《人的文学》《思想革命》等重要论文，1921年参与发起文学研究会并起草宣言，1924年组织语丝社并主编《语丝》。此后，转而提倡“闭门读书”，专注于随笔小品的写作。七七事变后，未随北大南迁，且出任重要伪职，故抗战胜利后被以汉奸罪判刑。20世纪50年代后定居北京，撰写回忆录，并翻译日本和希腊文学名著。著有《欧洲文学史》《儿童文学小论》《中国新文学的源流》等学术著作，但最为世人称道的，还是《自己的园地》《雨天的书》《泽泻集》等散文随笔。另外，《儿童杂事诗》和《知堂回想录》也是不可多得的好书。

谬种，选学妖孽”更是大为解气；可要说真下功夫批判桐城，一直咬住不放的，是周作人。一直到20世纪60年代，周作人还在不断地写文章批桐城，不只强调桐城与八股的关系，连带桐城极力推崇的归有光，甚至唐宋八大家（尤其是韩愈），都在扫荡之列。周作人的好多说法很尖刻，出乎一般人的想象，但不无道理，值得倾听。真想了解桐城文章的弊病，读周作人的文章很有收获。

有趣的是，到目前为止，关于周作人的“文章”，谈得最好的，当数桐城学人舒芜。研究周作人的生平、思想、学问等，钱理群的《周作人传》（北京：十月文艺出版社，1990）当属首选；可论及周氏的“散文艺术”，舒芜的《周作人的是非功过》（北京：人民文学出版社，1993）更值得推荐。当然，舒芜对周作人的高度评价，引来一些非议。比如说，周作人在抗战中“落水”，舒芜在胡风事件中扮演的角色也不光彩，很多人于是有“诛心之论”，说，难怪他对周作人体会那么深（学生笑）。可在我看来，真能体会并且说出周作人文章好处的，到目前为止，还是首推舒芜。品鉴周文，需要有较好的文章修养，这方面，舒芜做到了。我很好奇，真能看穿桐城文章底细，并给予尖刻批评的，是周作人；而真能看出周文长处，而且不遗余力地表彰的，又是桐城后人舒芜。

除了周作人所说的，桐城派用骂大街的方法对待论敌，显得很没修养，还有第二个批评，那就是桐城文章讲求“义法”，很容易与时文，也就是八股接近。你按照唐宋八大家的章法来写八股，你的时文会显得比别人“古”；可你反过来以时文的章法来写古文，就必然显得“俗”。清代大学者钱大昕有一则《跋方望溪文》，其中引了王澍（若霖）的一句话：“灵皋以古文为时文，以时文为古文。”接下去是：“论者以为深中望溪之病。”也就是说，大家认为，此话说到了点子上，切中桐城文章的弊病。是否真的如此，下面我还会回答。

钱大昕（1728—1804），字晓徵，一字及之，号辛楣，又号竹汀居士，江苏嘉定（今属上海）人。学问博大精深，与戴震同为乾嘉学派的代表性人物。主要著作有《廿二史考异》《十驾斋养新录》《潜研堂文集》等。段玉裁为《潜研堂文集》作序，兼及其人品、学问与文章：“若先生于儒者应有之艺，无弗习，无弗精。其学固一轨于正，不参以老、佛、功利之言。其文尤非好为古文以自雄坛坫者比也，中有所见，随意抒写，而皆经史之精液。其理明，故语无鹘突；其气和，故貌不矜张；其书味深，故条鬯而无好尽之失，法古而无摹仿之痕，辨论而无叫嚣攘袂之习。”这段议论十分精彩，基本上说清了清代“学者之文”得天独厚处；至于其极力贬抑“好为古文以自雄坛坫者”，明显指向其时正如日中天的“桐城文章”。

义理·考证·文章

念中文系的，应该都晓得姚鼐的名言：义理、考据、词章三结合。在《复秦小岘书》中，有这么一句：“鼐尝谓天下学问之事，有义理、文章、考证三者之分，异趋而同为不可废。”这里说的是三者路向不同，但都有价值，不该扬此抑彼。如果只是平分秋色，一碗水端平，那宋儒程颐区分文章之学、训诂之学、儒者之学，已有言在先（参见邬国平、王镇远《清代文学批评史》566—567页，上海古籍出版社，1995）。其实，姚鼐的特出之处，在于其强调三者不只不可偏废，而且可以互相扶持。这个意思，主要在《述庵文钞序》里表述。这一篇，引用的人很多，讨论姚鼐或桐城文派的，都会提及。

> 余尝论学问之事，有三端焉，曰：义理也，考证也，文章也。是三者，苟善用之，则皆足以相济；苟不善用之，则或至于相害。

三者都有独立的价值，可以相济，也可能相害，就看你善不善用。“夫天之生才，虽美不能无偏，故以能兼长者为贵。”也就是说，能兼及义理、考证、文章，是治学或为文的最高境界。这个说法，有很强的现实性，那就是认准，有的人善言义理，但言辞芜杂；有的人博学强识，但文章琐碎。如此德行才识，为什么文章写不好？就因其“自喜之太过”。请注意，这里谈三结合，主要立足点及工作目标，是“文章”，而不是“义理”或“考证”。这就难怪，日后喜欢谈论此类三合一的，往往是文章家，而不是史学家或哲学家。

对于自称“学行继程朱之后”的桐城诸家来说，谈义理、考证、文章三结合，或许真有程颐的影响；但我相信，姚鼐最初的立意，应该是与戴震有关。为了说明这个问题，我想引入戴震的《与方希原书》。戴震于乾隆二十年，也就是1755年，给同乡同志方希原写信，说拜读来信，知道你最近正下大力气治古文之学，在我看来，此举很容易误入歧途。为什么？就因为：

古今学问之途，其大致有三：或事于理义，或事于制数，或事于文章。事于文章者，等而末者也。

这么说，司马迁、韩愈等文章大家也都是“等而末者”？不。不过，他们之所以有大成就，就因其“以艺为末，以道为本”。也就是说，“子长、孟坚、退之、子厚诸君子”之所以值得称道，且为后人所尊崇，正因为他们追求的是“道”，“艺”只是兼及，或者说顺手牵羊。同样区分三种学问，在戴震的心目中，文章地位最低。值得注意的是，不只戴震，乾嘉学人普遍持此观点。

如果我没猜错的话，大约撰于1795年的《述庵文钞序》，是隐含着对于戴震《与方希原书》的反驳。同样主张学问三途，戴震以为“等而末者”的“文章”，姚鼐则将其作为三军的“统帅”——虽说是三者“相济”，最后的工作目标，还是落实为“文章”。已经四十年过去了，姚鼐还记得当初戴震的信？记得，因这涉及姚鼐人格及学问发展的关键。

我们读段玉裁《戴东原先生年谱》，在“乾隆二十年”则，除了记载戴震此年入都，学问大成，观其书者“莫不击节叹赏”，“于是声重京师，名公卿争相交焉”；再就是记录了两封论学书札，一是《与方希原书》，一是《与姚孝廉姬传书》。我们知道，古人的论学书札，与今天的

段玉裁（1735—1815），字若膺，号懋堂，江苏金坛人。乾隆举人，历任贵州玉屏、四川富顺等县知县，后引疾归，居苏州之枫桥。师承戴震，根柢经学，尤精于小学、音韵，积数十年之力成一代名著《说文解字注》。

私人通信不太一样，完全可能在朋友中广泛传阅。而这两封信，互有关联，互相指涉，应该参照阅读。

公元 1755 年，两位刚入京的才俊戴震与姚鼐相晤。交谈之后，年少七岁的姚鼐大为叹服，提出拜戴震为师。我们知道，戴震虽科考成绩不好，可入京以后得到许多大学者比如纪昀、王鸣盛、钱大昕、王昶（也就是日后姚鼐为之作序的《述庵文钞》的作者）、朱筠等的极力推崇，名声大震。而其时虚岁二十五，已经中了举人的姚鼐，要求拜没有任何功名的戴震为师，应该说没有拍马溜须的嫌疑。没想到，戴震竟婉言谢绝了。在《与姚孝廉姬传书》中，戴震说，你来信要求拜师，我不敢接受。“古之所谓友，固分师之半”，既然如此，“仆与足下，无妨交相师”。表面上很客气，说不当你的老师，愿当你的朋友；可实际上，所谓“交相师”，就是不接受你的拜师。

这件事很有趣，只要论及戴、姚，各家著作都会有所涉及。因为，一个是清学的高峰，一个是清文的领袖，二人竟擦肩而过，险些成为师徒，这里大有文章可做。如此婉言谢绝，与日后的分道扬镳，到底有多大的关系，是祸是福，值得深究。比如，段玉裁撰《戴东原先生年谱》，说到这事，称：“先生学高天下，而不好为人师。”这是好话，两边都不得罪。今人吴孟复写《桐城文派述论》（合肥：安徽教育出版社，1992），也涉及这个问题，不过，因其不辨先后，四十年间的事搅成一锅粥。吴刻意称颂姚鼐对于汉学学风的批评，这属一家之言，没什么不妥；可说戴震等人之所以也能“善审文理语气，著书作文并不缭绕杂乱”，“这可能是由于姚鼐提醒的结果”，可就有点离谱了。由此而得出这样的结论：“戴复姚书中说：愿与姚‘交相师’，戴的话也应是由衷之言。”（102页）这也未免太一厢情愿，可以说对清代的学术风气毫无了解。

吴孟复站在表彰桐城、发扬其潜德幽光这一先验立场，不曾考虑晚年姚鼐的《述庵文钞序》，不可能影响早年自家崇拜对象的文章风格，更不要说拿来解释四十年前的拜师受挫。刚才说了，谈论戴震之所以谢绝姚鼐拜师，应该将同年撰写的《与方希原书》与《与姚孝廉姬传书》对照阅读。前一篇教训乡人不可专治古文，因为“事于文章者，等而末者也”；后一篇告诉正专治古文的姚鼐，不敢收你为徒，咱俩“交相师”吧。你说，这能是“由衷之言”吗？一个被当朝诸多大学者赞誉不已的“学术明星”，怎么可能跟一个趣味不相投、且未有任何精彩表现的年轻人“交相师”呢？这件事，对于姚鼐来说是个打击，就像今天年轻人所说的，“我很受伤”。姚鼐随后的折向考据，跟这有直接关系。

这是一个独尊汉学的时代，即便兼擅义理与考据的戴震，也感受到来自学界的巨大压力。余英时的《论戴震与章学诚》，尤其是其中的长文《戴东原与清代考

“东原平生学术兼跨义理与考证，然而细察他对于这两门学问的不同态度，可知他内心始终偏向义理。这可以说是他的‘刺猬’本性所决定的。但是另一方面，考证为清代学术的主流，且与一部分学人之职业有关。东原自甲戌入都之后，即预于考证之流，一时相往复者几全是此道中人。而东原既不得志于科第，衣食所仰亦在乎是。所以他中年时代，立论不免有依违流俗之处。及至晚期，他在思想方面卓然有以自立，乃绝彼纷华，还我故态，仍以义理为其心灵的最后归宿之地。”（余英时《论戴震与章学诚》149—150页，台北：东大图书公司，1996）

证学风》，专门讨论“有志闻道”的戴震，如何在“义理”与“考证”两种趣味之间挣扎。这比胡适只是平面地强调“戴震在清儒中最特异的地方，就在他认清了考据名物训诂不是最后的目的，只是一种‘明道’的方法”（参见《戴东原的哲学》第二节，上海：商务印书馆，1927），因而下决心做“哲学家”，而不仅仅是“考据家”，更能显示清代中期学术思想的潮流。也正是这种潮流，决定了本来倾心文章的姚鼐，一度折向考据。

全祖望《经史问答》卷五批评方苞“不长于稽古”：“不读杂书，颇类程子。即如《史》《汉》，侍郎但爱观其文章，而于考据，则勿及也。”姚鼐好些，入四库馆，也有若干考据之作。但作为考据家的姚鼐，在以汉学为中心的时代，几乎没有任何光彩可言。我想，这也是他很快离开当时的最高学术机构，宁愿选择到外地教书的原因。

关于姚鼐1775年辞官南下，侄孙姚莹为姚鼐做“行状”，称其狷洁自好，不愿拜当权者为师；今人吴孟复更精彩，说姚鼐“志在经世”，见事无可为，于是“揭褐归田里”（《桐城文派述论》99页）。作为四库馆臣，姚鼐的主要任务是考证和撰述，没有“当官不为民做主，不如回家卖红薯”的焦虑。再说，这个家族有在朝为官的传统，不会满足于“采菊东篱下，悠然见南山”。之所以离开京师，肯定跟四库馆的内部纷争有关系。在集中全国最好学术人才的四库馆，戴震如鱼得水，姚鼐呢，以他的考据功夫，我相信日子不好过。正是考据家们有意无意的挤压，促使姚鼐掉头而去，另辟新径。这其实是大好事，如果不是离开京城，姚鼐不可能有日后的独树一帜。

回到南方，辗转各地书院，以讲学为生，姚鼐舍弃此前也曾沉醉的考据，重新专注文章。在《与翁覃溪书》中，姚鼐称："近日后辈才俊之士，为考证者犹有人，而学古文者最少。"这个判断是对的，在考据学风大盛的时代，讲求文章之学，未免被人讥笑。可姚鼐认准古文也自有发展空间，并将其作为终身事业来经营。这一明智的选择，既涉及思想上的尊崇还是贬抑程朱，也包括学问上的重视还是轻蔑文章。所谓清代学界的"汉宋之争"，具体说来，可能是考据和义理之争，也可能是考据和文章之争。严格说来，后者更像是"文史之辨"。抓住"汉宋之争"，以及与之相关、但不完全一致的"文史之辨"，我们对清学的发展，就会有比较清楚的了解。

在四十年讲学生涯中，姚鼐逐渐形成义理、考证、文章三结合的思路，并多有表述。其最终目标，无非是文质并举，理文兼至。说到这儿，必须略加分辨。清人治学，讲究"专精"而不是"广博"，姚鼐此举，似乎反其道而行之。有两件事提醒我们，姚鼐对其中的陷阱，不是毫无了解。早年姚鼐也曾努力学诗，查慎行见了，说"子诗不能工，徒夺为文力"，姚于是放弃；也曾努力填词，听戴震转述王鸣盛的意见后，也毅然退却。王鸣盛怎么说？他说，我以前很怕姚鼐，现在不怕了，为什

查慎行（1650—1727）字悔余，号初白，浙江海宁人。康熙时举人，赐进士出身，官编修。有《敬业堂诗集》等。

么？“彼好多能，见人一长，辄思并之。夫专力则精，杂学则粗，故不足畏也。”这两段话，都是姚鼐自己说出来的，最后一代桐城大家姚永朴，将其写在《文学研究法》（合肥：黄山书社，1989）的结尾，说是：“此二事相类，因足为后生龟鉴，附录于此。”《文学研究法》共四卷二十五篇，是姚永朴在北大等校教授文学时的讲义，对于了解桐城家法，很有好处。

这你就明白，无论姚鼐还是桐城后学，都很清楚，为文为学，非“专精”不可。之所以强调义理、考证、文章三结合，不是平均用力，而是纳“义理”与“考证”于“文章”，既回应时代挑战，又坚守自家门户。要是不晓得这个诀窍，真的三者并举，追求全面发展，很可能变成大杂烩，什么都是，又什么都不是。如此“兼采众长”，绝非好事。所以，姚永朴要在全书的末尾，打穿后壁，传学生一个秘诀。

一般来说，桐城三祖，姚鼐的文章以平淡、自然、简洁、精微见长。刘大櫆的文章，有棱有角，显示其才情纵横；方苞过于雅洁，被他自己的“义法”束缚住了，加上在朝为官，说话很不痛快。相对来说，姚鼐“文”“学”兼修，确实比较全面。这是谈桐城的人，都会提及的。我想从另一方面，给大家提个问题：南下讲学的姚鼐，除了与汉学家的对峙，是否还有别的思想资源？

我希望大家读两篇姚文，一是《随园雅集图后记》，一是《袁随园君墓志铭》，前者收入我编的《中国散文史》，后者我没选，可以在刘季高标校的《惜抱轩诗文集》（上海古籍出版社，1992），或者在漆绪邦、王凯符选注的《桐城派文选》(合肥：安徽人民出版社，1984）里读到。《桐城派文选》从戴名世、方苞一直选到吴汝纶、姚永概，还包括“教外别传”的林纾，共27家，所收文章大都可读，也大致能够体现桐城文章两百年的历史，可作为了解桐城派的入门书。姚鼐这两篇文章都写得很好，声情并茂。而我更想强调的，是姚鼐与袁枚的关系。南京讲学，与注重趣味、突出性灵的袁枚交游，甚至成为挚友，这对姚鼐的文章风格，必然产生影响。不见得像袁枚那么放志泉石、独抒性灵，但“君古文、四六体，皆能自发其思，通乎古法；于为诗尤纵才力所至，世人心所欲出不能达者，悉为达之”，还是对姚鼐大有触动，对其走出方苞过于狭隘的“义法”，用比较开阔的眼光来看待各种风格的诗文，不再固守一家藩篱，大有帮助。当然，这也与四十年的教书经历有关系。当老师的，面对不同才情的学生，讲授各体文章，一般都会比较通达，不会太固执己见。

顺带说一下，《随园雅集图后记》虽然以对时间的流逝、对友情的珍惜、对生命的关注为主旨，但我更想提醒大家注意园、图、文三者的关系。这是为“水石林竹，清深幽靓，使人忘世事，欲从之终老也”的“随园”所画的“雅集图”而做的“记”。园虽盛极一时，总有一天会消失，更何况物是人非，“潮打空城寂寞回”，所以，不能不有文士雅集图。但图也可能被毁，相比之下，文字更容易传世。这里提醒我们，了解中国文史，不妨稍为关注建筑、图像和文字之间的关系。大家知道，中国古代建筑以土木为主体，很容易毁于兵火。你到欧洲任何一个古城，很容易见到数百年甚至上千年前的建筑，人家是石头造的，即便被火烧了，主体结构还在，还能供后人凭吊。中国的土木建筑，可就没有这个运气了，就像“五步一楼，十步一阁，廊腰缦回，檐牙高啄”的阿房宫，不也是“楚人一炬，可怜焦土”？你今天到哪儿去看遗址？或许正因为如此，中国诗文中，有大量关于建筑的记载、描述、追忆与凭吊。在这个意义上，文字的力量真是强大，真的是“寿于金石”。古人将立体的建筑转化为平面的图像，再借文字加以描摹，力图保存记忆，以达永久。这种隐含在各式图记背后的心情，希望诸位有所体会。当然，在这么一个“读图时代”，阅读相对干枯的文字，能否凭借丰富的历史知识与想象力，将其还原为平面的图像乃至立体的建筑，实在不容乐观。

讲学生涯与《古文辞类纂》

谈论桐城文章的得失，一般都会仔细辨析方苞的“义法”、刘大櫆的“神气、音节、字句”，还有就是姚鼐的八字诀：“神、理、气、味、格、律、声、色”。我想换个角度，从教学入手。

前面说过，从1775年辞官南下，此后四十年，姚鼐以讲学为生。具体说来，就是四十五岁赴扬州，主讲梅花书院；五十岁到安庆，主讲敬敷书院；五十八岁转徽州的紫阳书院；六十岁到南京的钟山书院；七十一岁回安庆的敬敷书院；七十五岁到八十五岁，重归南京钟山书院。算起来，执教南京钟山书院的时间最长，达二十二年之久。这是一个以教书为职业的真正意义上的“书生”。当然，除了教书，也读书、写书。这么一种生活经历，使得姚鼐的视野、胸襟、趣味与文风，既不同于此后曾驰骋疆场的大员如曾国藩，也不同于此前曾侍读太子的朝臣如方苞。虽然也曾接触过最高学术机构，成为四库馆臣，但很快“落荒而逃”，转而讲学江南各大书院。对于这么一位“教书先生”，谈论其学术路数与文章风格，不能不从“讲学”入手。

前几年，有位北大的博士生以桐城文章为题，撰写学位论文。开题时，我建议他从教育入手，抓住姚鼐和南京钟山书院的关系，考察桐城文派的形成以及教学方式。从这个角度来辨析姚鼐的文学主张及其得失，会更踏实些。他也觉得有道理，可不会钩稽教育史方面的资料，最后只能回到解释什么叫“义理”、什么叫“辞章”这样的老路。

中国古代的文章家，像姚鼐这样长期教书的，不多；从教育入手，绝对是个好主意。韩愈也喜欢收徒，但他的学生大都是追认的；人家送几篇文章来请教，说是拜师，你接受了，这就成了入室弟子。姚鼐不一样，实实在在教了四十年书，是真正意义上的“教授”。而且，这个教授还有自己编的课本，那就是《古文辞类纂》(学生笑)。你不了解“好为人师”的韩愈是如何指导学生的，但我们可以找到资料，描述姚鼐的教学活动。有书院，有教学，有教材，而且因此形成文派，这么好的个案，到哪里去找？讨论中国文学史，教育和文学之间的关系，绝对是个值得认真经营的领域。这样的个案，有的线索不清，有的资料不足，相对来说，姚鼐应该是可以用力的。另外，谈桐城文章，如果不从教育入手，我相信是很难出彩的。

谈到姚鼐的讲学，必然涉及那部影响极为深远的教材《古文辞类纂》。这部声名远扬的文选，是他刚到扬州主讲梅花书院时，就开始着手编选的。从一开始就是为教学服务，这与曾国藩编《经史百家杂钞》大不一样。编一部适合教学实际需要的教材，这是任何一个负责任的教师的最大愿望。从事教学四十年，其所编纂的《古文辞类纂》也不断修改。现在我们见到的，有最早的本子，也有晚年的本子，一直到去世前不久，姚鼐还在修订这个著名的“选本”。

所谓“选本”，不外借古人的文章，寓自家的见解。就阅读效果而言，既不同于包罗万象的“全集”，也不同于立一家之言的“著述”。1933 年，鲁迅写过一篇文章，题目就叫《选本》。鲁迅说：“凡选本，往往能比所选各家的全集或选家自己的文集更流行，更有作用。”举的例子中，就有“读《古文辞类纂》者多，读《惜抱轩全集》的却少”。明白这一点，如果想发布自家的文学主张，最好的办法不是著书立说，而是出选本。再往下说，假如这个选本不只广泛流传，甚至还被书院或学堂选作教材，那影响就更大了。这影响，有好也有坏。鲁迅说得对，“读者的读选本，自以为是由此得了古人文笔的精华的，殊不知却被选者缩小了眼界”。不读作家的全集，单凭入选家眼的那几篇，就说陶渊明很悠闲，苏东坡很放达，这当然不对。可除了专门家，又有多少人是读过苏轼全集，然后才开口说话的呢？可以这么说，“选本”既扩大了我们的知识面，又相对缩小了我们的眼界。要知全人，确实需要读全文；可如果没有选本，我们无论如何对付不了那汗牛充栋的诸多全集。“选本”与“全集”，各有利弊，无法互相取代。这里还必须考虑教学的需要，就好像现在，要求诸位在短短几年时间里，对中国文学的整体有初步的了解，就不能不借助别人的趣味和眼光，包括读文学史和作品选。

诸位读中国文学，肯定知道，现存最早、最有名的文学选本，是南朝梁昭明太子萧统编选的《文选》，世称《昭明文选》。此后，历朝历代，都有成功的诗文选本。拿文章来说，宋人吕祖谦的《古文关键》、宋人谢枋得的《文章轨范》、明人吴讷的《文章辨体》、明人徐师曾的《文体明辨》等，都是存留至今的著名选本。桐城文派特别关注选本，方苞有《古文约选》，曾国藩有《经史百家杂钞》，但都不如《古文辞类纂》那么受欢迎。

《古文辞类纂》从《楚辞》《史记》《汉书》，一直选到归有光、方苞、刘大櫆，就差姚鼐自己的了。此书分文体十三类，收文七百余篇，其采辑之博、选择之精、分类之善，不只桐城古文家奉为圭臬，一般文人学者也都承认其“为初学示范”的功用。钱基博表扬此书，除称颂它分类必溯源，选辞务渊雅，更看好其“荟斯文于简编，诏来者以途径”（参见吴孟复《桐城文派述论》113 页）。我们知道，编选本有两种不同的思路，一是对古人负责，一是对今人负责。前者关注的是，如何选出韩愈的好文章，不能有大的遗漏，要不，对不起先贤；后者则更多考虑，怎么编选才能更好地让学生领略韩愈文章的佳妙，而且隐约透出学步的途径，以便学生模仿。毫无疑问，这两种选本都是需要的。姚鼐的选本，更接近后者，即更多考虑阅读者学习、模仿的方便。这就是当老师的特点，不好意思大言欺世，指明方向还不够，还得安排好具体的路径。

我之所以强调姚鼐是个负责任的好老师，就因为他思考问题时，与纯粹学者不一样。我要尽最大的努力，将我的学生带进古文的世界，因此，不说“道可道，非常道”那样莫测高深的话，必须是实打实，讲清楚前进的具体步骤。在《古文辞类纂序》中，姚鼐论及其著名的八字诀，特别指出：“神、理、气、味者，文之精也；格、律、声、色者，文之粗也。”为什么需要如此分辨？就因为怕说得太玄，学生无从入手。读书做学问，必须由粗而精，循序渐进。当老师的，如果故作高深，专说“形而上”的玄言妙语，学生必定一头雾水。如何让学生“始而遇其粗，中而遇其精，终则御其精者而遗其粗者”，对于老师来说，是一大挑战。姚鼐提醒学生，应该从有形的、比较低级的“格、律、声、色”入手，这是负责任的态度，我喜欢。本来嘛，你读了几十年的书，会积累一些很好的见解，也会逐渐上升为理论，或者一些奇思妙想。但传授给年轻人时，不讲你如何一步步走过来，而是故意抹去中间那一段痛苦的摸索，就只说最后的结论，而且神龙见首不见尾，故意神乎其技。像这样故弄玄虚、过河拆桥的学者（学生笑），实在太多了。

晚明文人艾南英撰《答陈人中论文书》，反对时人撇开韩柳欧苏，直接取法秦汉文的主张，理由是：

艾南英（1583—1646），字千子，东乡（今属江西）人，著有《天慵子集》十卷。其文学主张承继唐宋派，推崇自司马迁、韩愈、欧阳修到归有光的古文传统。

譬之于山，秦汉则蓬山绝岛也，去今既远，犹之有大海隔之也，则必借舟楫焉，而后能至。夫韩、欧者，吾人之文所由以至于秦汉之舟楫也。

教人学文，如此提供舟楫，我觉得比只是高喊“文必秦汉，诗必盛唐”要可取些。当然，“达岸”而不会“舍筏”，那是另一种弊病。当老师的，管你入门，管不了你高升，什么是文章的最高境界，还得你自己摸索。告诉你小岛在那里，给你提供船只，教你怎么过去，后面的修行，就是你自己的事了。这比只告诉你那个遥远且虚无缥缈的文章最高境界，不问你是否会游泳，有没有舟楫，就催你赶快上路，要负责任得多。

《古文辞类纂》为什么影响特别大，就因为它是在教学中摸索出来的，很讲“可行性”。我教你的这些，不是最精妙的，但有了这个，你进去后，再自己慢慢体会，能上来。要不，你暗中摸索，悬的过高，不只一辈子达不到那个理想境界，很可能连门都入不了。不故作高论，强调从粗到精，有桥最好，没桥则给你到达绝岛的舟楫，让你经过一番努力，会有所长进。这是姚鼐以及桐城文派成功的地方。

作为教师，这样的工作习惯值得称道。可作为文章家，想得太细，太照顾读者的趣味与能力，老怕人家看不懂，赶紧加一句（学生笑），这样的话，文章必定不超脱，不空灵，也不幽深。在我看来，这正是姚鼐本人文章的缺陷所在。不会飞扬跋扈，也不可能才情纵横，更谈不上潇洒脱俗，大概是长期教书养成的习惯，姚鼐文章清新有余，而奇崛不足。所谓"负责任"，教学很好，撰文则未必。处处为读者着想，站不高，飞不远。姚鼐不是不明白，《刘海峰先生八十寿序》里就有这么一句："为文章者，有所法而后能，有所变而后大。"问题在于，"法"和"变"的边界在哪儿，如何把握好二者之间的互动？注重"法"，则强调可操作性，适合于教学；注重"变"，则神龙见首不见尾，更适合于独自远行。相对来说，桐城教学有方，强调"法"的时候多，对"变"考虑得较少。这既使得桐城文派迅速扩张、声名远扬，也因其文章规矩太多，个人才情发挥不够，因而备受责难。带进"教学"这一角度，当更容易明白姚鼐及桐城文章的利弊得失。

与个人撰述追求特立独行、天马行空不同，教学就是必须强调规矩，而不能过于放纵个人才情。所谓"无规矩则不成方圆"，起码在教学上，是有道理的。回过头来，你就会发现，这个讲究"义法"的文派，在"可说"与"不可说"、"可教"与"不可教"之间，选择的是前者。这一教育上的巨大成功，在创作方面留下了某些遗憾，是可以谅解的。

与此相关但又不完全相同的是，桐城文派除了讲求法度，推崇雅驯，还与时文有千丝万缕的关系。换句话说，这文派影响之所以那么大，跟这一训练有利于科举考试，容易获取功名，不无关系。也就是说，桐城文章很好地接通了“古文”与“时文”，它所讲究的“义法”，有审美意义，但更有实用价值。时过境迁，对科考毫无兴趣且不甚了解的当代读者，只从文学以及审美的角度来阅读、评判桐城文章的得失，是有局限的。诸位都从中学走过来，想想你们的校长或教导主任，他们最关心的是什么，当然是升学率。多少人考上北大、清华，这是最值得夸耀的，就像科举时代的中举一样。好了，你学雅驯的桐城文章，有助于科考；而那些学奇崛的汉魏之文的，不但没加分，还扣分，你怎么办？不管是当初的科考，还是今天的高考，都要求守规则而又有所发挥，可以稍微显露自家才情，但不能无法无天。才气太大的，往往考不好。这么说，你就会明白，这种“有节制的表演”，正是桐城文章的长处。如果不是 1905 年后废除了实行千年的科举制度，我们今天还得学桐城文章。

当然了，高明者并不推崇桐城文章；但没关系，桐城文章的实用性，使它拥有广大的读者。因为它有用，好学，你不服不行。所以，真正打倒桐城文章的，不是五四新文化人，而是废除科举。倘若不是晚清的废科举开学堂，你再骂也没用，桐城依旧是天下第一文派，原因就在于，它提供了最为切实有效的教学——包括“义法”、“神气”以及“神理气味格律声色”等一整套散文理论，也包括《古文辞类纂》这样的最佳摹本。

五四时期，钱玄同在许多文章中大骂“桐城谬种，选学妖孽”（参见《新青年》3 卷 5 号及 3 卷 6 号的“通信”栏），是把它作为传统中国文化的象征来批判的，所以话说得特别狠、特别绝。倒是胡适的态度平和些。1922 年，胡适撰写《五十年来中国之文学》（收入《胡适文存》二集，上海：亚东图书馆，1924），特别指出：“学桐城古文的人，大多数还可以做到一个‘通’字；再进一步的，还可以做到应用的文字。”考虑到胡适时常用“通”与“不通”作为评判诗文的标准，称“桐城派的影响，使古文做通顺了，为后来二三十年勉强应用的预备，这一点功劳是不可埋没的”，如此谈论桐城文章，评价可不低。这话其实很有道理，桐城文章容易学，实用性强，在大转折时代发挥了不小的作用。你会发现，晚清最早接受并介绍西学的，很多是学桐城文章出来的，比如严复、林纾、吴汝纶等。也就是说，桐城文章在维持审美和实用的平衡这一点上，是有“特异功能”的。别的文章家数，有的太实在，只能实用；有的太玄

严复（1854—1921），字又陵，又字几道，福建侯官（今福州）人。自 1898 年出版《天演论》，震撼整个中国思想文化界，严复主要以传播新知闻名于世。其译述《原富》《群学肄言》《法意》《群己权界论》《社会通诠》《穆勒名学》等，在现代中国产生了重大且积极的影响。戊戌前后，不少仁人志士希望以报馆言论变易天下，文体的改造于是显得迫在眉睫。其时影响最大的是梁启超的“时务文体”。严复则嘲笑“粗犷之词”与“鄙倍之气”，反对“徒为近俗之辞，以取便市井乡僻之不学”（严复《与〈新民丛报〉论所译〈原富〉书》）。严氏“中国文之美”的提法曲高和寡，而梁氏的“文界革命”口号则响彻云天，很大原因在于后者符合当时正方兴未艾的报刊事业以及文体变革的发展趋向。

虚，只能审美。桐城文章说不上特高明，但能兼及审美与实用，这就很不错了。另外，到目前为止，你如果想学古文，桐城那一套，还是切实可行的。正因为这样，《古文辞类纂》现在重印，仍颇获好评。当然，这主要是从教学的角度考虑。最后说一句，中学教师、大学教师的眼光和趣味，不同于大文人、大学者，这一点也不奇怪，是很正常的事。因为，各自的工作目标不同。

把教育带进来，讨论桐城文章的得失，这是我作为教师的“独得之秘”。下课。

随园雅集图后记

曩者鼐居京师，友人程鱼门为语：在江宁时，尝寓居袁简斋先生随园几一月。其水石林竹，清深幽靓，使人忘世事，欲从之终老也。简斋先生与鼐伯父姜坞先生故交友，而鼐未见，独闻鱼门语，识不能忘。其后鼐以疾归，闲居于皖，简斋先生游黄山过皖，鼐因得见先生于皖。又后七年，鼐至金陵，始获入随园观之，鱼门语不虚也。而鱼门于前数年卒于陕，独家归江宁，因见先生，述其语，而相对太息。

先生故有《随园雅集图》，所图五人，为沈尚书、蒋编修、尹公子、陈文学及先生。先生以示鼐。考作图之年，与鱼门语鼐时相次，时陈文学年才十八。今先生外，惟文学尚存，仕为郡倅，亦已老矣。图后名公卿贤士题识数十人，于今求之，非特昔之耆耉宿德邈焉已往，即与鼐年辈等者亦零落殆尽。独先生放志泉石三四十年，以文章诏后学于此。夫岂非得天之至厚，而鼐亦幸值之于是时也。图有山阴梁相国记，五人爵里具焉。先生俾鼐书其末。

夫人与园囿有时变，而图可久存；图终亦必毁，而文字可以不泯。千百年后，必有想见先生风流者，顾鼐非其人，不足托也。先生故人皆有题咏，鱼门独无名字其间，鼐识其辞，亦以补其阙云。

（四部丛刊《惜抱轩文集》）

刘海峰先生八十寿序

曩者，鼐在京师，歙程吏部、历城周编修语曰："为文章者，有所法而后能，有所变而后大。维盛清治迈逾前古千百，独士能为古文者未广。昔有方侍郎，今有刘先生，天下文章，其出于桐城乎？"鼐曰："夫黄、舒之间，天下奇山水也，郁千余年，一方无数十人名于史传者。独浮屠之俊雄，自梁陈以来，不出二三百里，肩背交而声相应和也。其徒遍天下，奉之为宗。岂山川奇杰之气，有蕴而属之邪？夫释氏衰歇，则儒士兴，今殆其时矣。"既应二君，其后尝为乡人道焉。

鼐又闻诸长者曰：康熙间，方侍郎名闻海外。刘先生一日以布衣走京师，上其文侍郎。侍郎告人曰："如方某，何足算邪！邑子刘生，乃国士尔。"闻者始骇不信，久乃渐知先生。今侍郎没，而先生之文果益贵。然先生穷居江上，无侍郎之名位交游，不足掖起世之英少，独闭户伏首几案，年八十矣，聪明犹强，著述不辍，有卫武懿诗之志，斯世之异人也已。

鼐之幼也，尝侍先生，奇其状貌言笑，退辄仿效以为戏。及长，受经学于伯父编修君，学文于先生。游宦三十年而归，伯父前卒，不得复见，往日父执往来者皆尽，而犹得数见先生于枞阳，先生亦喜其来，足疾未平，扶曳出与论文，每穷半夜。

今五月望，邑人以先生生日为之寿，鼐适在扬州，思念先生，书是以寄先生，又使乡之后进者，闻而劝也。

（四部丛刊《惜抱轩文集》）

第九讲

志在述学与文艺其末

汪中的为人与为文

今天讲的是汪中（1745—1794）。一般谈清代文章，都会从“天下文章，其在桐城乎”入手，来一番辩难与拓展——在文学观念上，与桐城文派相对立的，一是考据学派，也说是汉学家的文章；还有一个，那就是骈文学派。我不这么看，原因是，在我看来，“桐城”确实成派，后两者则只有大致相同的趣味与倾向，构不成独立的文派。因此，在撰写《中华文化通志·散文小说志》（上海人民出版社，1998）时，我将桐城以外的文章，统称为“学者之文”。这里想表达的是：第一，所谓“学者之文”，并不限于考据训诂，顾炎武、黄宗羲等人的通经致用，或者全祖望的深谙史学，都不是“考据”二字所能涵盖的。第二，这些“学者之文”，往往超越了唐宋八大家，以根柢经史、熔铸汉魏为目标，但不一定是骈文学派。既然跟桐城相对立的，可以是骈文，可以是考据，也可以是讲求通贯的史家，因此，我用更为宽泛的“学者之文”来涵盖。

谈及“学者之文”与桐城文章的区别，诸位很可能马上提出疑问：桐城文章不也是强调义理、考据、辞章三合一吗？表面上都是讲“学”和“文”的融合，但出发点不同，桐城文章是“以文入学”，而学者之文则是“以学入文”，各自的学问功底和审美趣味不太一样。也就是说，桐城文家也讲“学”，但学问非他们所长；而我统称为“学者之文”的，他们的主攻方向是学问，学有余力，方才讲求文章之美。

第二个差异，主要不在文学观念，而在政治理想。我所推许的这些能文的学者，眼界一般比较开阔，对朝廷提倡的思想、钦定的学说，借用今天的术语，即“主流意识形态”，有一种审视的眼光和怀疑的能力。相对来说，桐城文家出于对程朱理学的信仰，有强烈的卫道精神，但缺乏认真深入的反省。主张“实事求是”的学者们，并非有意挑战官方学说，而是对所持义理与史实抱审视的眼光——这是被他们的学问趣味和研究方法逼出来的。我之所以关注这些学者之文，首先是学识渊博，其次是思想通达，而后才是性情超脱与文章雅致。这些，明显跟桐城文章不太一样。

“学者之文”不是一个严格的概念，我也没想把它弄得渊源有自、秩序井然。我关注的是清代文章的另外一种内在动力，即对于桐城文派及其极力鼓吹的唐宋八大家的超越。我所欣赏的桐城以外的文章家，除了前面分析的黄宗羲、顾炎武、全祖望等，上两个学期讲“中国散文史”时提到的钱大昕、袁枚、章学诚、阮元、龚自珍等，还有就是今天我想着重谈的汪中。这不是一个冷僻的题目，但要谈好不容易，尤其是在“文章”的范围内。汪中的骈文历来评价很高，如何将其与我所理解的“学者之文”结合，需要一个巧妙的切入角度。

自学成才与恃才傲物

谈论汪中的学问与文章，不能不涉及其坎坷的生平。因为，清代学者中，像他这样出身贫寒而最终成为大学者的，极少。诸位应该读读王引之给他写的《行状》：

> 先生名中，字容甫，江都人。少孤好学，贫不能购书，助书贾鬻书于市，因遍读经史百家，过目成诵。

王念孙（1744—1832），字怀祖，号石臞，江苏高邮人。少从戴震，尽得其文字、音韵、训诂之学。所撰《读书杂志》，博涉子史，考订《逸周书》《战国策》等十种古书之音训句读、文字讹误等，多有创获。子引之（1766—1834），能传其学，有《经义述闻》《经传释词》等，世称“高邮王氏父子”。

汪中七岁时，父亲死了，靠母亲为缝衣店干活来养活家人。无法正常念书的汪中，跑到书店里当学徒，帮助卖书，借这个机会亲近书本。可以这么说，他的学问，不是书院里教出来的，而是书店里读出来的。利用卖书的便利，“遍读经史百家”，并最终成为一代大学者的，在清代乃至整个中国学术史上，可能都是绝无仅有。当然，同样当学徒，在书肆里卖书，与在米店、盐店里干活，还是大不一样。前者毕竟有机会亲近书本，是风雅的劳作。

说到书肆读书，大家很可能会联想到一个教人读书的口头禅：买书不如借书，借书不如抄书。书买回来，往书架上一搁，很可能十年八年都不会翻阅；但如果没钱买书，好不容易借到自己喜欢的书，阅读时会更加认真。不只翻阅，还抄录副本，在这一过程中，阅读、理解及思考会更加深入。等下我会提到顾炎武的《钞书自序》，分析中国古代文人为何喜欢抄书。因为汪中也很崇拜顾炎武，在《与巡抚毕侍郎书》中，有这么一句：

中少日问学，实私淑诸顾宁人处士，故尝推六经之旨以合于世用。及为考古之学，惟实事求是，不尚墨守。

二十岁时，汪中终于补了诸生，进安定书院念书。安定书院的山长杭世骏对汪有一评价，念中国文学的，大概都会记得。那是在《哀盐船文》的序言部分，杭世骏称扬此文：

采遗制于《大招》，激哀音于变徵，可谓惊心动魄，一字千金者矣！

汪中虽得到杭世骏等人的激赏，但因不愿意离开老母进京考试，一辈子都没有功名。他不像顾炎武那样游历四方，见识天下豪杰，而是主要生活在扬州。

但请大家注意，清代的扬州可是非同小可，是一个学术重镇，很多著名学者聚居于此，这里也出了一批很好的学人。所以，后人谈论清代学术，会说到徽派、吴派之分，也会提及浙东学派的崛起，但更值得注意的，很可能是扬州学派别具一格的追求。张舜徽的《清代扬州学记》(上海人民出版社，1962)，给予此前不太受关注的扬州学派以特别的表彰。这书原是作者20世纪40年代的讲稿，60年代方才整理出书。到了90年代，张先生又在《清儒学记》(济南：齐鲁书社，1991)中，再次称赞扬州学派的“能见其大，能观其通”(473页)。也就是说，清代扬州这个地方的学者，如王念孙、王引之、汪中、焦循、阮元、刘文淇等，与讲究默守的吴派和讲究专精的皖派不一样，特别追求“会通”。按张先生的说法，“无吴、皖之专精，则清学不能盛；无扬州之通学，则清学不能成其大”(378页)。如何评价扬州学派，不是我这门课的任务，这里只需要一个背景：清代的扬州，虽远离京城，却聚集了一大批术业有专攻的大学者，甚至影响一时之学术风气。因此，汪中的长居扬州，并没有限制其学术视野与胸襟。

在清代学术重镇扬州成长的汪中，不会因为没上京城，就在学界没有地位；可学问虽然大进，但没有科举功名，在当时的社会环境下，其实是很受压抑的。一方面，你的学术精湛，备受推崇；但另一方面，你的社会地位永远不高，只能屈居下僚。同样是“游幕”，也有很成功的，以此为台阶，日后步步高升；就像现在大官们的秘书，一转身说不定就“放道台”了。问题在于，恃才傲物的汪中，其游幕生活不可能很愉快。古今中外，单靠学问，在官场上肯定都吃不开。才情纵横而又出身贫寒，再加上没有功名，很不得意，凝聚成一腔抑郁不平之气。如此“气势”，落实在文章中，必然跟讲求雅驯的桐城文章不可同日而语。有学问者，文章可能“渊雅”；但如果有学问而又抑郁不平，那么文章必定“气盛”。

汪中有一篇《经旧苑吊马守贞文》，我没有选入《中国散文选》，但确实是好文章，很能显示其气质与才情。马守贞号湘兰，秦淮名妓，性格豪侠，能诗善画，就像柳如是一样，常被当时与后世的文人士大夫谈及。文章开头说，我客居江宁，也就是南京，在城南回光寺旁边，发现一“风烟掩映”的废圃，一问，原来是“明南苑妓马守贞故居也”。此女非同寻常，我曾见识过她画兰，“秀气灵襟，纷披楮墨之外”。人生实难，如此一代名妓，在天崩地裂之际，不能以守节或者为国殉难这样来要求她。而我之所以在芳草凄凄中寻觅其遗迹，自然是别有怀抱。如此才女，如此命运，让人感叹唏嘘：“嗟夫！天生此才，在于女子，百年千里，犹不可期，奈何钟美如斯，而摧辱之至于斯极哉！”感怀这位能诗能画、千载难逢的奇女子，目的是表达自己的身世之感。“余单家孤子，寸田尺宅，无以治生。”小时困顿，不说也罢；长大成人，过笔墨生涯，也不过是给大官当幕僚，照样没办法过舒坦的日子。所谓“一从操翰，数更府主，俯仰异趣，哀乐由人”，写尽当幕僚的难言之隐。关键在于为人捉刀，只能“哀乐由人”。欢喜固然是别人的，连悲哀都轮不到自己，一代英才落到如此地步，能不感慨万端？虽说“幸而为男，差无床箦之辱耳”，似乎自家命运比马湘兰好些；可一句“江上之歌，怜以同病”，马上又把距离拉近。这里用的是《吴越春秋》里的典故，伍子胥引述江上之歌："同病相怜，同忧相救。"我和马守贞身世不同，可隔代感应，很大程度上是因为同病相怜。这是中国文学史上一个悠久的叙事传统："同是天涯沦落人，相逢何必曾相识。"借前贤的不幸遭遇寄托自家悲愤，这样的文字很多；可这里写的是名妓，没有怜香惜玉，有的只是屈辱与忧愤。

我之所以强调这一点，是因为近年来谈秦淮名妓的越来越多，从小说到散文到戏剧到电影，秦淮名妓已经成为一个时髦话题。可我从里面读出来的，分明是一种猎奇乃至寻艳的心思，这种趣味，符合大众传媒的特性，也确实是古代很多文人的癖好。可汪中不一样，谈秦淮名妓，竟然将其与自己的"俯仰异趣，哀乐由人"相比拟。这里隐藏着很深的忧愤，一点也没有寻花问柳、风流倜傥的意味。这倒让我想起一个现代学者，那就是撰写《柳如是别传》的陈寅恪。我相信陈先生撰《柳如是别传》(上海古籍出版社，1980)时的心境，和汪中写《经旧苑吊马守贞文》，很接近。全书完稿后，陈先生"合掌说偈"，其中有"述事言情，悯生悲死""痛哭古人，留赠来者"，忧愤之情，溢于言表。

谈论汪中的忧愤，必须把他的志向及身世考虑在内。《与朱武曹书》里有这么几段话，很能体现他的志趣。第一，有志于用世，而耻为无用之学；第二，做学问关注古今制度沿革，以及民生利病之事；第三，自食其力，而可以养其廉耻；第四，对于"耗心劳力，饰虚词以求悦世人"，表示不屑。这四层意思，恰好把我所理解的汪中形象，相当准确地勾勒出来。

你想“用世”，不见得就能做得到；但关注制度沿革，关心民生疾苦，这种情怀还是很难得的，尤其是在乾嘉学术大盛、读书人皓首治经的时代。诸位读《哀盐船文》，之所以有“惊心动魄”的感觉，不仅仅是善于描摹的文字功夫，更与作者心境的悲凉乃至悲愤大有关系。也就是说，关键在“哀”字。“一夕并命，郁为枯腊，烈烈厄运，可不悲邪？”这种能感动、会落泪的人间情怀，是许多乾嘉时代的读书人所缺乏的。那个时代的大儒，有不少是埋头书斋，对外面的世界漠不关心，只管考据训诂，不问世道人心。单读《哀盐船文》，你就明白汪中不在此列。至于自食其力，养其廉耻，这正是章太炎所最为欣赏的。

基于反清的政治立场，章太炎对清代学者的褒贬，有时候过于道德化。对于不曾当过清朝的官，没有任何“污点”的汪中，章太炎最有好感，在很多文章里表彰。章太炎特别景仰顾炎武，汪中也是，两人趣味相投，这还在其次；更重要的是，章太炎强调学在民间，主张体贴民情，坚持不与当朝合作，所有这些，恰好又都是汪中的特点。所以，章太炎对清代学者多有批评，唯独对于汪中，一路赞歌唱到底。请注意，当官与游幕不一样，后者是凭借一技之长，自食其力，完全可以做到出污泥而不染，保持清廉与正直。

至于说不愿意虚情假意地跟人家周旋，这可是当幕僚的大忌。正是这一点，显示了汪中的狂傲。诸位知道，所谓幕僚，必定是以长官的意志、趣味为转移，不能有强烈的个人色彩。

游幕最悲苦的地方，就在于“俯仰异趣，哀乐由人”。拿人家的钱，就得听人家的话，只能是长官指挥你，不能你教导长官——管他是不是阿斗。为人代笔，第一要求是长官满意，而不是驰骋你的才华。好在清代的大官都有很高的文化修养，还能欣赏汪的才华；而且，那时的游幕，还能保持一点自尊，其中包括代笔之作可以入集。王引之为汪容甫所作《行状》，提及汪最有名的三文，其中的《黄鹤楼铭》就是代笔之作。《述学》一书里，注明“代毕尚书作”者，就有《黄鹤楼铭》《汉上琴台之铭》《吕氏春秋序》等；还有一篇《繁昌县学宫后碑传》，那是“代繁昌县知县叶一彪作”的。替权贵撰文，但保留“著作权”，现在卖给你，将来可是要编入自家文集的。卖文，但保留著作权，这样的文人，还是有自尊的。现在不一样，要是秘书们都把代笔之作收入自家文集，那首长的书可就出不成了（学生笑）。从什么时候开始，文人的这点自尊都被剥夺了，那可就真的是“百无一用是书生”了。

毕沅（1730—1797），字纕蘅，一字秋帆，号灵岩山人，江苏镇洋人。乾隆进士，累任陕西巡抚、陕甘总督、湖广总督等。虽为大吏，好读书，通经史，尤精小学、金石、地理之学。曾延揽章学诚、卢文弨、洪亮吉等著名学者编纂《续资治通鉴》《经典文字辨证》等。

既然游幕，就得给人家代笔；既然代笔，就应该揣摩上司的语气，不能写成你自己的文章。怎么能抱怨“俯仰异趣，哀乐由人”呢？可一想到我这文章将来是要入集的，不能不有我自己的感怀与意气。哪怕有一丝这样的考虑，都会被斥为“狂傲”。如此才气，本就招人嫉妒；还不夹着尾巴做人，难卢文弨（1717—1796），字绍弓，号抱经，浙江杭州人。乾隆进士，官翰林院侍读学士。告归后，历主江浙各书院。以校勘名家，其校注的经子诸书汇刻为《抱经堂丛书》。

怪非议四起。卢文弨给汪中写《祭文》，里面有这么一句话："君实不狂，而众曰狂。"就看你怎么定义"狂"了，是病理上的，心理上的，还是文化意义上的。在清代学界，汪中是以狂傲著称的，没必要曲为辩解。其实，有才气的读书人，稍为轻狂傲慢，不是大问题。反而是一生谨小慎微，从没有当众骂过人的，有点可怕。

汪中喜欢骂人，我相信这跟他才情大而地位卑下，心里很不平衡有关系。有几件逸事，讲出来，大家听听，就知道汪中的为人，也明白他为何招人嫉恨。据说他在安定书院读书的时候，经常拿经史难题去请教，山长答不出来，他就狂笑而出（学生笑）。当时有个著名学者叫沈志祖的，被他考过笑过，没几天就死了（学生笑）。我相信，给这种才气横溢而又不会收敛的学生当老师，真是胆战心惊。洪亮吉有一篇文章，叫《又书三友人遗事》，其中说到，汪中曾口出狂言，称扬州一府，通者有三，王念孙、刘台拱和他自己。另外有三个人是不通的，那就是程晋芳、任大椿、顾九苞。有个不知趣的缙绅，打扮得漂漂亮亮，跑过来请他品评。汪中说："汝不在不通之列。"那老兄一听，很高兴。没想到汪中接下来说："汝再读书三十年，或可

洪亮吉（1746—1809），字君直，一字稚存，号北江居士，江苏阳湖（今常州）人。乾隆五十五年（1790）进士，授编修，督学贵州。晚年上书指责朝政，遣戍伊犁，次年赦归。通经史、舆地之学，尤长于诗文，有《洪北江全集》，收著作二十余种，其中《北江诗话》常被文学史家引述。

以望不通矣。”（学生笑）像这一类逸事，在学界广泛流传，你说世人心目中的汪容甫，到底是狂还是不狂。

有才气的人，不见得都像汪中那样狂傲。换一个角度，着眼于人物心理，我怀疑这其实是以极端自尊的形式，掩盖其内心深处的自卑和自悼。如果是世家子弟，或者仕途比较顺利，我相信他的心理状态就不是这样。这里，带有一点性格扭曲的成分。因为出身社会底层，经过很长时间的奋斗，好不容易才逐渐出人头地，学业有成，可囿于社会陋习，没有功名的汪中，其实是不太被尊重的。更何况其做学问讲究“会通”，也不是主流。虽然你很自信，也基本上被学界承认了，但这一路上的摸爬滚打，心理上所受的伤害肯定很大。所以，狂傲之中，不全是得意之色。

文人学者的锋芒毕露，或者倔强狂傲，是世人津津乐道的逸事，放在当时，却很可能有意无意中伤害了很多人。形象点说，这种人物，好像刺猬，只可观赏，不能亲近。有个事情，我没想好，说出来，留给有兴趣的同学去考。那就是汪中与章学诚之间微妙的关系。章学诚也是大学者，做学问也讲会通，跟主流学术不太一致。照理说，二人的孤识独抱，颇多相通处，应该能够互相欣赏才是。事实上，两人在武昌相遇后，有过一段很不错的交往。可汪中去世后，章学诚写文章批评他，而且语调相当刻薄。在《述学驳文》

章学诚（1738—1801），字实斋，会稽（今浙江绍兴）人。乾隆进士，主讲诸多书院，后入毕沅幕府，助修《续资治通鉴》。一生精力，都用于讲学、著述和编纂方志。所著《文史通义》极负盛名，与唐人刘知幾的《史通》同为史学理论名著。1922 年有《章氏遗书》刊行。

的结尾，章学诚说："汪氏之文，聪明有余，真识不足。触隅皆悟，大体茫然。"这可是相当严厉的批评。在《立言有本》中，章学诚更进一步发挥：

无如其人聪明有余，而识力不足（聪明要于至当乃佳，凡有余之聪明，必有所不足也）。不善尽其天职之良，而强言学问，恒得其似，而不得其是。

你的天资很高，可你没有善用，不专心致志于文章，而是"强言学问"，这样用非所长，实在可惜了（参见《章学诚遗书》56—58页，北京：文物出版社，1985）。

如何看待朋友的身后"反目"，钱穆撰《中国近三百年学术史》（北京：中华书局，1986）时，提及此事，特别感慨："则知难之叹，果不虚欤。"（442页）这么两个特异之士，都是不被当世学风所遮蔽的，有自己远大的志向，应该惺惺相惜才是，为何还有这样刻薄的讥讽？难怪人家说"知音难求"。读章学诚这两篇文章，对照王念孙、王引之、卢文弨等人的怀念文字，你会觉得，实斋先生太过分了。可我怀疑，以汪中的性格，在世时肯定得罪了很多人，其逞才使气，信口雌黄，比章学诚的文章要刻毒得多，只是没留下来而已。老朋友写序言或悼念文章，当然只说好话；至于其他人呢，或许曾受到有意或无意的伤害，难怪多有物议。章学诚的批评刻毒了些，我怀疑不全是出于公心。但现在没有证据，只是大胆假设，不算数，诸位听听就算了。以上这一段，擦掉。

述学与文艺

其实，章学诚的批评，也不是毫无道理。在《立言有本》中，章学诚嘲笑汪中自诩甚高的《述学》，连“序记杂文，泛应辞章”都收入，“斯乃与《述学》标题风马牛”。“泛应辞章”四字后面，还故意加注：“代毕制府《黄鹤楼记》等亦泛入。”在讲究著述体例的章学诚看来，这也未免太离谱了。这里的问题在于，中国古代的文人学者，大都没有严格区分集合众文的“文集”与完整构思的“著作”。

在《五十年来中国之文学》中，胡适曾专门讨论这个问题。在他看来，中国虽历史悠久文化发达，但“这两千年中只有七八部精心结构，可以称作‘著作’的书”，这就是刘勰的《文心雕龙》、刘知幾的《史通》、章学诚的《文史通义》，还有章太炎的《国故论衡》等。其他的呢，要不结集，要不语录，要不稿本，统统不是严格意义上的“著作”。强调所谓的“著作”，必须是完整构思、精心结撰，不能只是把很多杂七杂八的文章汇集在一起，胡适的这一思路，与章学诚很接近。你可以说这是中国

胡适（1891—1962），字适之，原名洪骍，1910年参加留美考试时改现名，安徽绩溪人，生于上海。1917年留学归来，任北京大学教授，参加《新青年》编务。其提倡白话文，尝试白话诗，介绍杜威思想，引入现代学术规范，在五四新文化运动时期影响极大。抗战时任驻美大使，1946年出掌北京大学，1949年赴美，1956年回台湾担任“中央研究院”院长。主要著作有《中国哲学史大纲》《白话文学史》《尝试集》《胡适文存》《胡适论学近著》等。

人著述的特点，蔑视体系，突出感悟，以片断见精神；可在擅长目录学的章学诚看来，做学问首先就得理清流别与体例。像《述学》这样名头很响的大书，其实是集合作者的各种文字，并非严格意义上的“著述”。

《述学》作为一代名著，不管讲学术史，还是文学史，都会提到。现在我们看到的《述学》，包括“内篇”“外篇”“补遗”“别录”等几大部分，收文百余篇，其中确实很多与书名“述学”无关，只能说是汪中所撰文章的结集。这与章学诚撰写的《文史通义》《校雠通义》等完整著述，确实不可同日而语。著述完整与否，与“立言”是否“有本”，其实关系不大。嘲笑“平日谈经论史，灿然可观”的汪中，没有写出预想中的皇皇巨著，那是基于章学诚自己的学术理想；不够完整的《述学》，并非真的如他所说的“触隅皆悟，大体茫然”。

我们可以这样为汪中辩解：千古文章未尽才，人家五十一岁便英年早逝，难怪其著作没能写完。可我想，还有一个原因，那就是作者的过于愤世嫉俗。这对文章有好处，对著述则未必。“述学”需要的是对于古人的理解、体贴、同情，而不是没来由的愤怒。汪中文章写得漂亮，那是因为他有一腔抑郁不平之气。可这种抑郁不平，转移到学术著述，则使其无法全心全意投入专业研究。所以，章学诚说：

使不分心于著述，固可进于专家之业也。内其所外，而外其所内。识力之暗于内，而名心骛于外也。惜哉！（《立言

有本》）

这是假设汪中不合适做学问，应该全力以赴地经营他的文章，方能成就“专家之业”。至于老朋友王念孙，则不这么看，在给《述学》写的序言中，有这么一段推心置腹的评价：

余与容甫交垂四十年，以古学相底厉，余为训诂、文字、声音之学，而容甫讨论经史，榷然疏发，挈其纲维。余拙于文词，而容甫澹雅之才，跨越近代，每自愧所学不若容甫之大也。

在清代学者中，汪中能文，这方面的名气很大，所谓“容甫澹雅之才，跨越近代”，大家都承认。只是王念孙赞美其能治古学以外，还兼擅文辞；而章学诚则嘲笑他不专心文章，非要“强言学问”不可。那么，汪中本人怎么看，是更看重自己的“述学”呢，还是已经备受赞赏的“文艺”？

在《与端临书》里面，汪中曾提及如何看待自家著述。这句话，谈汪中思想或文章的，大概都会引：

所谕鸠集文字，中亦素有此志。然中之志乃在《述学》一书，文艺又其末也。

既然把学问放在第一位，那就必须直面章学诚的指摘：你是否因为过分沉湎于文章而耽搁了专业著述？再进一步，那种有助于文章的愤怒与狂傲，是否反过来损害了你撰写《述学》的计划与热情？谈论这个问题，必须略为涉及汪中在清代学术史上的意义。

汪中说得没错，他确实是把撰写《述学》作为自己毕生追求的目标。《述学》一书，博考先秦古籍，讨论三代以上学制兴废，使后人知道“古人之所以为学者”。据汪中的儿子汪喜孙在为其父撰写的《年谱》中介绍，原书的计划是：“凡虞夏第一，周礼之制第二，列国第三，孔门第四，七十子后学者第五；又列通论、释经、旧闻、典籍、数典、世官、目录凡六；未成书。”如此规模庞大、体系完整，当然属于胡适所说的精心结构的“著作”，可惜只是计划，汪中没能完成自家的设想。当时的很多学者，只做看得见摸得着的名物训诂，而汪中则把眼光放在三代之学，希望借助各种学术手段，重构那个时代的学术风尚与教育制度，这可是很大的学术野心。这种眼光，这种气魄，跟斤斤计较一字一句得失者，有很大差异。有人看过《述学》的稿本，上面汪氏自题“述学一百卷”，与真正面世的区区数卷相比，原计划实在是气吞山河。可也正因为规模宏大，生命又太短，才留下那么多的遗憾。

为什么关注三代学制的兴衰，而不仅仅是名物训诂，这跟汪中的学术追求有关。在《与巡抚毕侍郎书》中，汪中再三表白自己私淑顾炎武，学问宗旨有二：一是“合于世用”；一是“实事求是”。用我的话来说，这是一种“有情怀”的研究。

所谓“合于世用”，只是一种“情怀”，而不是实际效果。学问能够转化为改变世界的力量，不是学者个人说了算，明显受制于外在环境。汪中追慕顾炎武等清初学者的“合于世用”传统，不满足于同时代人的为考据而考据。至于“实事求是”，是清儒特别喜欢说的话。但对这个口号，各人理解不同。在汪中，主要是反对默守，强调会通。能见其大，能观其变，而不仅仅是考订精细，这是汪中也是扬州学派的主要特点。

这种有明显的问题意识、而不是为考据而考据的学术路数，使得汪中的研究，虽不完整，但有思想史意义。这是我们今天所格外关注的。不是解决了某些具体问题，而是开启了当下或日后的思想潮流。谈论清代学术史或思想史的，一般都会提及汪中的《荀卿子通论》《荀卿子年表》《墨子序》《墨子后序》。比起时人之独尊孔孟以及程朱，汪中表彰荀子，强调荀子出于孔氏，有功于诸经的传播，以及发掘两千年来一直受压抑的墨子，确实是革命性的变化。从考经到考子，出现了意想不到的效果。不再局限于知识性的考辨，而进入思想史的领域。最直接的结果是，孔孟在先秦思想史上的地位受到了挑战；诸子平等，孔子、孟子、荀子、墨子、庄子等，都是在先秦思想史上占有重要地位的一家，这就回到了百家争鸣状态。另外，被“重新发现”的诸子言论中，有许多对孔子不满乃至热讽冷嘲的，给今人的“疑孔”提供了思考方向。诸位知道，晚清以及五四的“疑孔”，是对以往两千年中国思想及意识形态的怀疑与反省。而这么一个对现代中国举足轻重的思潮，与晚清诸子学的兴起关系密切。因此，讨论“疑孔”，就会涉及晚清诸子学的崛起，而汪中发现荀子与墨子的意义，一下子就凸显出来了。这一点，从梁启超、胡适、钱穆到侯外庐、余英时、张灏等，都不断提及。

“清儒之有功于史学者，更一端焉，则校勘也。……其功尤钜者，则所校多属先秦诸子，因此引起研究诸子学之兴味。盖自汉武罢黜百家以后，直至清之中叶，诸子学可谓全废。若荀若墨，以得罪孟子之故，几莫敢齿及。及考证学兴，引据惟古是尚，学者始思及六经以外，尚有如许可珍之籍。……夫校其文必寻其义，寻其义则新理解出矣。故汪中之《荀卿子通论》《墨子序》《墨子后序》，孙星衍之《墨子序》，我辈今日读之，诚觉甚平易，然在当日，固发人所未发。……及今而稍明达之学者，皆以子与经并重。思想蜕变之枢机，有捩于彼而辟于此者，此类是已。”（梁启超《清代学术概论》第十六节）

《述学》之值得关注，除了专论具有思想史意义，还有就是文章之美。刚才引王念孙的《述学序》，特别表彰汪中的说经、为文均“卓尔不群”。考证之言必有据，可以传诸将来，这点乾嘉诸老都能做到；难得的是其文章超越欧、苏、王、曾的路数：

> 至其为文，则合汉、魏、宋、晋作者，而铸成一家之言，渊雅醇茂，无意摹仿而神与之合，盖宋以后无此作手矣！

大概的意思，在王引之给汪中写的《行传》里，也有提及。比如：“为文根柢经史，陶冶汉魏，不沿欧曾王苏之派，而取则于古，故卓然成一家言。”赞扬汪中的“根柢经史”而又“陶冶汉魏”，直接针对着其时的流行文体，即桐城文派及其推崇的唐宋八大家。这点，文学史上都会提及，请大家自己看。

刚才谈到洪亮吉的《又书三友人遗事》，其中提及恃才傲物的汪中，撰文时又“格度谨饬过甚”，似乎有点矛盾。洪也觉得奇怪，于是询问，汪的回答是：“一世皆欲杀中，倘笔墨更不谨，则堕诸人术内矣。”本来就有很多人睁大眼睛想整我，写文章再不严谨，不等于给人家送把柄？我才没那么傻，落入人家设计的圈套。洪亮吉说，你看，狂傲的汪中，原来也有狡黠的一面。郭预衡在《中国散文史》下卷（上海人民出版社，1999）中引用了这一段，并称：“由此可知，汪中行文之‘渊雅’，盖有意为之。”（533页）我不太同意这个说法，即汪中撰文之务求“渊雅”，是出于避祸的考虑，担心自己像晚明的李贽那样被诛杀。在我看来，更重要的是文体本身的规定性。为什么这么说？因为，骈文讲究裁对、调声、敷藻、用典，不可能像公安三袁那样不拘一格，独抒性灵。如此经营，文章风格必定趋于“渊雅醇茂”，而不可能放诞滑稽，或者我手写我口。

选择什么样的文体，基本上就决定了写作思路与风格，除非你想故意写得“不入流”，或者变成“滑稽文”。即便你平日口无遮拦，一旦经营起骈文来，你也必须老老实实地调声、敷藻，否则不被承认。这让我想起近代的一位著名学者黄侃，他很佩服汪中，举止行事也有些相似。黄侃在北大等校教书，据当时的学生回忆，他一节课骂人，另外一节课才露点“真功夫”（学生笑）。但他很有学问，大家也就都接受了。这么一个狂傲的文人，做起学问来，可是特别严谨。黄侃是章太炎的得意门生，当老师催促赶紧著述时，他的回答是：“五十以前不著书。”可他五十岁那年不幸去世（学生笑），实在可惜。

他留下了不少短文、札记及讲稿，但大的著述还没开始，这跟他自己原来的抱负差别很大。你会发现，一个睥睨调笑，行止不就绳墨的狂士，写文章、做学问竟然如此谨慎。就像程千帆说的："季刚老师脾气很坏，爱骂人，这是学术界都知道的。但是人们往往乐于传播他性格中狂放的一面，却忽略了他性格中非常谨慎谦虚的一面。"（《忆黄季刚老师》，见《量守庐学记》，北京：生活·读书·新知三联书店，1985）这种"谨慎"，与其治朴学而不是玄学，撰骈文而不是小品，大有关系。

参见拙文《"当年游侠人"》,《读书》1995年11期。

自序之得失

上学期的课，我讲到中国文人的自传、自序、自撰墓志铭、自定年谱等，讨论古代中国文人的自我表达。这学期讲明清散文，张岱以及汪中两讲，也都牵涉这问题。比起张岱的《自为墓志铭》，汪中的《自序》因大量用典，难懂得多。故稍为顺一下，课后自己阅读。

根据汪喜孙所撰年表，我们知道，这篇《自序》完成于乾隆五十一年，那年汪中四十三岁。要是今天，不过"人到中年"而已；但汪中只活了五十一岁，因此，撰此文时已到迟暮之年，回首往事，"目瞑意倦，聊复书之"。

第一句"昔刘孝标自序平生，以为比迹敬通，三同四异，后世诵其言而悲之”，必须略为解释，要不阅读起来有困难。冯衍，字敬通，东汉辞赋家，撰有《显志赋》《与妇弟任武达书》等。刘峻，字孝标，南朝梁学者、文学家，山东平原人，有明确的生卒年，公元 462 — 521 年。所谓刘孝标比起冯敬通来，有“三同四异”，这是刘峻在《自序》中的说法：“余自比冯敬通，而有同之者三，异之者四。”先说同。第一，我们俩都雄才盖世，亮节慷慨；第二，我们俩都生逢明君，但却不被重用。生逢昏君而不被重用，那是可以理解的；生逢明君，还不见用，那可就惨了，连发牢骚都没人听。第三，敬通有忌妻，我则有悍室，日子都很不好过（学生笑）。那么，哪四个不同呢？

刘勰《文心雕龙·才略》提及冯衍："敬通雅好辞说，而坎壈盛世;《显志》《自序》亦蚌病成珠矣。"

敬通当更始之世，跃马食肉；余自少至长，戚戚无欢，此一异也。敬通有一子仲文，官成名立；余祸同伯道，永无血胤，此二异也。敬通膂力方刚，老而益壮；余有犬马之疾，溘死无时，此三异也。敬通虽芝焚蕙残，终填沟壑，而为名贤所慕，其风流郁烈芬芳，久而弥盛；余声尘寂寞，世不吾知，魂魄一去，将同秋草，此四异也。

从不被重用，一路数落下来，一直到声名寂寞，全是自我调侃。这基本上是一种牢骚之文，不必太当真，一句一句抠，没有多少意思。

"尝综平原之遗轨，喻我生之靡乐，异同之故，犹可言焉。"汪中的《自序》，就是接着刘峻的同题文章往下说。"我生靡乐"是《诗经》里的话，大家应该记得。到底有哪些不如意事，请看下文。这回不是"三同四异"，而是"四同五异"。只讲汪中，不再说刘孝标了。先说四同。第一，"余幼罹穷罚，多能鄙事"。我们知道，汪中从小因家境贫寒，做过各种谋生的活，可这并不可耻，正如《与朱武曹书》所说的，"下至百工小道，学一术以自托，平日则自食其力，而可以养其廉耻"。第二，"余受诈兴公，勃谿累岁"。孙兴公骗人娶自家嫁不出去的女儿，事见《世说新语·假谲篇》。"勃谿"指吵架、争斗，《庄子·外物》有"室无空虚，则妇姑勃谿"语，这里暗喻婆媳不和。后面的"蹀躞东西，终成沟水"，用的是卓文君的《白头吟》。司马相如准备纳妾，卓文君写了《白头吟》，里面有这么四句："今日斗酒会，明旦沟水头。蹀躞御沟上，沟水东西流。"据说司马相如一听，马上回心转意。而在汪文，则指夫妇分手。第三，"春朝秋夕，登山临水，极目伤心，非悲则恨"。满眼都是伤心事，一辈子从没过过快活的日子。第四，"鬼伯在门，四序非我"。所谓"春非我春，夏非我夏，秋非我秋，冬非我冬"，那是因为，据学者考证，汪中四十以后，身体很坏，"百疾交攻，几无生人之乐"。

这是四同，五异呢？就看第二、第三、第四。"簪笔佣书，倡优同畜"，给人家当幕僚，代笔撰文，感觉上就像给人取乐的倡优一样。"卑栖尘俗，降志辱身"，因生活所逼，无法远离红尘，只好降志辱身，用北京人的说法，“混日子吧”。“著书五车，数穷覆瓿”，接下来是两个典故：“长卿恨不同时，子云见知后世。”长卿是司马相如，读中国文学史的，都会知道这么一件逸事：汉武帝读了他的《子虚赋》，很喜欢，于是感叹：“朕独不得与此人同时哉！”旁边的人告诉皇上，此人还在人间，于是赶紧召见。子云是扬雄，他死了以后，别人问桓谭：你说子云的文章能传得下去吗？桓谭答曰：“必传，顾君与谭不及见也。”一个是生前受到皇上的恩宠，一个是死后得到知音的赏识。“昔闻其语，今无其事”，这样的好事，现在再也见不到了。我的满腹才华，无论当世、后世，大概都不会得到赏识和尊重。“跬步才蹈，荆棘已生”，遍地都是陷阱，叫我如何得意得起来。冯衍说他很不得志了，没想到刘峻说自己更惨，而我呢，比起冯衍、刘峻来，更是惨上加惨。可见，“九渊之下，尚有天衢。秋荼之甘，或云如荠”。语出《诗经·谷风》，“谁谓荼苦，其甘如荠”。接下来是：“劳者自歌，非求倾听。目瞑意倦，聊复书之。”如此作结，类似《红楼梦》的“满纸荒唐言，一把辛酸泪”。

从头到尾，都在诉说自己的悲苦。汪中固然不得志，可这里也有“作文章”的意味。韩愈有一妙语：古来为文，“欢愉之辞难工，而穷苦之言易好也”（《荆谭唱和诗序》）。这话很有道理，属

据钱锺书《诗可以怨》，“早在六朝，已有人说出了‘和平之音淡薄’的感觉”；而明末的孤臣烈士张煌言则尝试对此给予心理解答：“甚矣哉！‘欢愉之词难工，而愁苦之音易好也’！盖诗言志，欢愉则其情散越，散越则思致不能深入；愁苦则其情沉著，沉著则舒籁发声，动与天会。故曰：‘诗以穷而后工。’夫亦其境然也。”（《七缀集》127页，上海古籍出版社，1994）

于经验之谈。想想中国古代诗文，以及那些文人气比较浓的小说、戏曲，确实大都洋溢着“悲苦之音”。记得当年毛泽东与斯诺谈话，说到中国人特别擅长表现悲哀，戏曲舞台上，表现欢乐时，只是“哈哈哈”大笑，没多少花招；但如果是悲苦，那可就大不一样了，大段大段的唱腔，还有一大堆身段动作。

说到这儿，我想引入另一个文人，那就是刚才提及的黄侃。为什么？因为黄侃和汪中有很多相似之处：都是兼擅学问和文章，都只活到五十岁左右，都推崇汉魏之文。更重要的，黄侃还有两篇文章，一是《吊汪容甫文》：“顷寻汪君遗文，为之永叹！夫以奇才博学，妙解辞条，情均相宣，质文不掩……”等等。一是接续冯衍、刘峻、汪中的《自序》：“刘峻自序，比迹冯衍，而汪中作文拟刘，文辞之工，私淑久矣。”请注意，黄侃是从“文辞之工”这一角度切入，重撰《自序》的。不用说，黄文更加“凄凄惨惨戚戚”。

黄侃称，我跟他们不一样，“三君皆遇悍妻”，而我呢，“中年鳏处，罔罔无聊”。冯、刘、汪三人，真的都碰到很可怕的“悍妻”？（学生笑）我想略做辨析。冯衍的《与妇弟任武达书》，有这么一段：“不去此妇，则家不宁；不去此妇，则家不清；不去此妇，则福不生；不去此妇，则事不成。”态度如此决绝，看来问题的确很大。刘峻的《自序》里有这样的话：“余有悍室，亦令家道坎坷”，估计也是夫妇绝情，非分离不可。问题出在汪中，其《自序》中的“受诈兴公，勃谿累岁”，该做何解？下面的分析，主要得益于现代学者李详。李详也是扬州人，骈文写得很好，是治“选学”的大家。他给汪中《自序》做的笺注，初刊晚清的《国粹学报》，后来收入古直选注的《汪容甫文笺》（北京：人民文学出版社，1958）。

李详称，他读汪文，见“勃豀累岁”，估计汪中的出妇，很可能有难言之隐。因为，同时代人凌廷堪为汪中写墓志铭时说到：“初娶孙氏，不相能，援古礼出之。”夫妇之间有矛盾，不能够凑合着过，于是援用古礼，将妻子送走了。仔细推敲，“勃豀累岁”，用事用典都很精到，唯一让人感到疑惑的是，这会不会“厚诬其妻”？为什么这么说呢，因为阮元《广陵诗事》里提到汪中的原配孙氏，说她诗写得很好，还记下来两句：“人意好如秋后叶，一回相见一回疏。”这么好的诗，这么有才气的女子，会越礼自弃吗？他有点怀疑。而且，这位孙氏日后没有再嫁，不像是放诞不守妇道之人。包世臣后来还见过这位不幸的妇人，在《艺舟双楫》里提及，评价很不错。李详于是断言：

凌廷堪（1755—1809），字次仲，安徽歙县人。以研究中国古代礼制及乐律见长，有《礼经释例》《燕乐考原》等著述。

包世臣（1775—1855），字慎伯，号倦翁，安徽泾县人。嘉庆举人，官江西新喻知县。被劾去官后，寓居金陵、扬州等地。工书法，其提倡北碑的主张影响深远，有《艺舟双楫》传世。

夫阮公誉之，慎伯称之，孙无大过审矣。容甫至孝，此事所不忍言。

也就是说，问题不在夫妇不和，孙氏也无大的过失，只是无法获得婆婆的欢心。故汪中的“援古礼出之”，很可能像《孔雀东南飞》里的焦仲卿，乃不得已而为之。

汪中七岁丧父，是母亲把他带大的，各种传记资料都提到他“侍母至孝”，甚至不愿离开母亲进京赶考，以至于一辈子都因没有功名受尽屈辱。守寡多年，好不容易把儿子养育成人，这样的婆婆，往往跟媳妇很难相处。这点，对中国社会略有了解，读过《孔雀东南飞》的，大概都能体会。如果真是婆媳矛盾，那么汪中别无选择，只能站在母亲一边。这个时候的“出妇”，确实有说不出的苦衷。因为有难言之隐，只好用典；可后人单看字面，妄坐孙氏罪名，实在很不公平。因此，李详大为感叹：“嗟夫，贞妇冥冥，谁为平反一挥涕邪！”本来是一才女，就因为不合婆婆的意，不只当世被辱，还经过丈夫的生花妙笔，变成了“悍妻”。如此百年沉冤，一旦洗刷，大为快意。

李详还加了个按语：“容甫感同放翁。”读中国文学，都应该晓得陆游和唐婉的故事，还有那首鼎鼎有名的《钗头凤》。孙氏比唐婉惨多了，只留下来两句诗，别的什么都没有，我们对她的教养、身世、情感、哀怨等，一无所知。而且，还因为丈夫会写文章，留下与“悍妻”并列的恶名，真是冤屈。李详的说法，带有推论的成分，材料方面不是很坚实，但我相信他的论述。因为在古代中国，女性的不幸命运，确实多被掩盖，不能要求所有的细节都搞清楚了再下结论。

汪中的《自序》，也暴露了骈文写作的问题，过分讲求用事用典，雅是雅了，可历史真实和生活细节也随着消失。就拿夫妇离异来说，原因很复杂，当事人柔肠百结，痛苦得很，你可好，一个典故下来，两千年来无数凄男怨女的命运及感受全都一个样了。就为了文章典雅，就为了辞采华美，牺牲了文学的丰富与精细，实在不值得。缺少了具体的生活细节，叙事写人，很难生气勃勃。这么一来，活人都可以给写死。你读读黄宗羲的《思旧录》，寥寥数语，写活了一个人，精彩得很。相比之下，汪中的《自序》，典雅有余，而生动活泼明显不足。另外，过多的用典，使得这篇名文，叙事没有时间，性情没有变化，多为人生感慨，很难作为“信史”来阅读。

从冯衍到刘峻到汪中再到黄侃，所有的《自序》，越说越差劲，越说越悲惨。真的是这样吗？难道没有任何得意之处？不是的，这是文章的风格决定的。你再接着用骈文写一篇《自序》，很可能还是这路数。这里有不满，有愤怒，有自嘲，但不宜估计过高。我总觉得，其中不无“游戏文章”的意味，不太真诚，也不够沉郁。晚清以降，梁启超、胡适等提倡的传记写作，包括“个人”的发现，包括“真实”的意义，也包括“细节”的魅力，现代中国文人的自我陈述，在我看来，有明显的长进，值得专门讨论。

参见拙著《中国现代学术之建立》（北京大学出版社，1998）第九章“现代中国学者的自我陈述”，404—456页。

著书与抄书

最后回到顾炎武的“钞书”，将其作为这节课的结束语。在汪中的成长过程中，我特别强调一点，他主要靠自学，借卖书之便读书。同时，我还引了一句古话：“买书不如借书，借书不如钞书。”这种趣味，跟今天的社会生活，相距十万八千里。我才不会迂腐到劝今天的大学生、研究生也去抄书，那样会被笑掉大牙的。不过，顾炎武《钞书自序》里的“著书不如钞书”，还是大有讲究，值得认真回味的。

顾炎武《金石文字记序》讲述其二十年间，周游天下，扪落石，履荒榛，见“其可读者必手自钞录，得一文为前人所未见者，辄喜而不寐”。其实，不只田野考古，书斋里也有如此体会。《钞书自序》中便提及其先祖遗训：

> 著书不如钞书。凡今人之学，必不及古人也；今人所见之书之博，必不及古人也。小子勉之，惟读书而已。

接下来还有一段：“至于今代，而著书之人几满天下，则有盗前人之书而为自作者矣，故得明人书百卷，不若得宋人书一卷也。”据顾炎武称，这一祖训很管用，本来自以为对《左传》很有想法，正准备发表高见，读到朋友帮助抄得的《春秋权衡》，方知古人“已先言之矣”。

此话不假，读顾炎武的名著《日知录》，你能隐约感觉到作者在"钞书"方面所下的功夫。这里说的，当然不是贪天之功以为己有的抄袭，而是独具匠心的广泛阅读与精心纂辑。钱穆《中国近三百年学术史》中，也曾谈到顾炎武的读书与著述：

然则清儒所重视于《日知录》者何在？曰：亦在其成书之方法，而不在其旨义。所谓《日知录》成书方法者，其最显著之面目，厥为纂辑。（144 页）

接下来引述的，正是《钞书自序》中那段先祖遗训。现代人讲求独创性，对于前人之以纂辑或抄书为著述，很可能无法理解。

古人为何抄书？一是没有收藏，为自家阅读方便，不得不抄；一是为了加强记忆，在抄书中阅读、选择、理解；还有就是，古人的思想比我们深邃，与其自作聪明，不如俯首，老老实实地读书、抄书。清人顾炎武的《钞书自序》是这么说的，现代作家周作人的《胜业》中也有类似的说法。日后周氏创立大段大段抄引古书的"文抄公"文体，也是基于这么一种对古人智慧的尊重与欣赏。

在《中国文化的海外媒介》一文中，余英时这样谈论杨联陞："他自己受过现代学术的严格训练，但是他对于中国经史老辈的传统论述从不敢稍存轻视。从沈曾植的《海日楼札丛》、章炳麟的《国学略说》（晚年讲学记录）、柳诒徵的《中国文化史》，以及吕思勉的几部断代史，他都十分推重。他说，读这些老先生的书不能以狭隘的考证观点去挑小毛病，而是要看他们的大论断，其中有些论断是很有启发性的。……在这一点上，我完全同意杨先生的看法（严耕望先生持论亦不谋而合）。"（《犹记风吹水上鳞》193—194 页，台北：三民书局，1991）

当然，所谓的“钞书”，其实大有讲究，并非只是依样画葫芦。清代第一流学者中，不乏喜欢此道者。全祖望曾撰文提及他抄录《永乐大典》，其方法是：

流传于世者概置之，即近世所无而不关大义者亦不录，但钞其所欲见而不可得者。(《钞永乐大典记》)

这其实也是许多学人“钞书”的诀窍：或出于保存文献的考虑，或为了自家日后的研究。这样的钞书，既是整个文化事业的有机组成部分，更可能是研究中关键的一环。为什么这么说？清人王鸣盛《十七史商榷序》，有这样的说法：

王鸣盛（1722—1797），字凤喈，号礼堂，又号西庄，江苏嘉定（今属上海）人。乾隆进士，授翰林院编修，官至内阁学士兼礼部侍郎。少从沈德潜学词章，以诗文知名，后致力于经史及文字、金石之学，其《十七史商榷》乃清代考史名著。

好著书不如多读书，欲读书必先精校书。校之未精而遽读，恐读亦多误矣。读之不勤而轻著，恐著且多妄矣。

好的“钞书”，包含阅读、理解、校勘、阐释。你可以将其作为自家著述的起步，也可以为学界提供便利。

归国之初的鲁迅，曾用了十年时间来“钞旧书”，这种感受，难以言说。这里仅以日后撰写的《〈小说旧闻钞〉再版序言》为例，看看鲁迅抄书的苦与乐：

时方困瘁，无力买书，则假之中央图书馆，通俗图书馆，教育部图书室等，废寝辍食，锐意穷搜，时或得之，瞿然则喜，故凡所采掇，虽无异书，然以得之之难也，颇亦珍惜。

不能将《小说旧闻钞》与《中国小说史略》等价齐观，二者在学术史上的价值，确实有高低大小之分。但作为小说史家的鲁迅，如果没有《古小说钩沉》、《唐宋传奇集》和《小说旧闻钞》等资料准备，是无法完成一代名著《中国小说史略》的。

作为现代中国极为难得的散文大家，周作人的“抄书”，更是大有讲究。不说具体为文时的“详引略引，参差相间，或述大意，或录原文，虚实相形”（参见舒芜《周作人的是非功过》268页，北京：人民文学出版社，1993），就单讲读书与抄书的甘苦吧。这方面，周作人自己有很好的说明，就在《苦竹杂记》的《后记》中。针对世人之喜欢“创作”而蔑视“抄书”，自称“文抄公”的周作人为自家的选择辩解：

但是不佞之抄却亦不易，夫天下之书多矣，不能一一抄之，则自然只能选取其一二，又从而录取其一二而已，此乃甚难事也。……我的标准是那样的宽而且窄，窄时网不进去，宽时又漏出去了，结果很难抓住看了中意，也就是可以抄的书。不问古今中外，我只喜欢兼具健全的物理与深厚的人情之思想，混合散文的朴实与骈文的华美之文章，理想固难达到，少少具体者也就不肯轻易放过。然而其事甚难。孤陋寡闻，一也。沙多金少，二也。若百中得一，又于其百中抄一，则已大喜悦，抄之不容易亦已可以不说矣。故不佞抄书并不比自己作文为不苦，然其甘苦则又非他人所能知耳。

这段话实在精彩，把周氏抄书的底牌亮了出来。没有别的办法，我也当一回"文抄公"。

既是看得见摸得着的资料准备，也是一种写作技巧，还可以养成读书思考的好习惯，何乐而不为？不过，这里也有陷阱，就像周作人提醒的，"学我者病"。"文抄公"需要有自己的价值尺度与审美标准，否则，拿起来就抄，谁不会？弄不好变成偷懒甚至抄袭的借口。之所以在这个时候谈论古人的"钞书"，当然是有感而发。今人看书，普遍过于浮泛，如蜻蜓点水，不若古人之沉潜把玩。这是因为现在需要看的东西太多了，没时间，只好一目十行，都是"知道了"。还有一点，五四以前，我们太尊信古人；五四以后，我们又太藐视古人。都想开天辟地，都是前无古人，写自己的书都来不及，哪还有心思抄别人的书？

其实，不仅仅是中国古代文人抄书，外国人中，也不乏这种雅趣。本雅明（Walter Benjamin）谈到读书时，就曾有这样的妙喻：就像坐飞机无法领略窗外风景，除非你亲自走进风景中。你要读书，最好是深入字丛，在那里驻足、优游、徜徉，而不是走马观花（参见《万象》2001 年 5 期董桥文）。因此，誊写一部书，是阅读、理解这书的最好方法。这跟古代中国人的“钞书”，思路上十分接近。

对于书籍所承载的文化，大概有三种态度：一是开发与利用。最典型的例子是“以史为鉴”，下而谋衣谋食，上至谋国谋家，都是注重学问的实用性；二是观察与研究。这是隔岸观火，冷静解剖，有心得，也能出成果，典型的学问家路数；三是驻足与同化。驻足其间，感同身受，在阅读、思考、品味中，获得安身立命的根基，最典型的说法，是陈寅恪《王观堂先生挽词并序》所说的“为此文化所化之人”“此文化精神所凝聚之人”。就现实意义而言，三者各有利弊；但若论文化血脉的流淌与贯通，第三种最为难得。这也是我所再三强调的，读书不只是求知，更是陶冶性情。当然，正因为读书有得者，可能被书所化，这书不能是坏书（学生笑）。

在这个意义上，我能理解顾炎武的“钞书”。之所以发挥这么一大通，是有感于我们现在的研究生，其读书越来越与个人的精神生活无关，变成一种职业训练。记得王国维在《人间词话》里说过：“词以境界为最上。有境界，则自成高格。”什么时候我们也能说，读书也是如此，“有境界，则自成高格”？下课！

王国维（1877—1927），字静安，一字伯隅，号观堂，海宁（今属浙江）人。早年醉心于康德、叔本华和尼采的哲学和美学思想，撰有《静安文集》。1904 年起致力于文学研究，先后有《红楼梦评论》《人间词话》《宋元戏曲考》等问世。辛亥革命后，因避地日本京都，转治古史、古器物及古文字。1925 年起任教清华国学研究院，课余兼及西北地理和辽金元史研究。1927 年 6 月 2 日自沉于颐和园昆明湖。生平著作基本收录于《海宁王静安先生遗书》。

自序

昔刘孝标自序平生，以为比迹敬通，三同四异，后世诵其言而悲之。尝综平原之遗轨，喻我生之靡乐，异同之故，犹可言焉。

夫亮节慷慨，率性而行，博极群书，文藻秀出，斯惟天至，非由人力。虽情符曩哲，未足多矜。余元发未艾，野性难驯。麋鹿同游，不嫌摈斥。商瞿生子，一经可遗，凡此四科，无劳举例。孝标婴年失怙，藐是流离，托足桑门，栖寻刘宝。余幼罹穷罚，多能鄙事，赁舂牧豕，一饱无时。此一同也。

孝标悍妻在室，家道轗轲。余受诈兴公，勃谿累岁。里烦言于乞火，家构衅于蒸梨，蹀躞东西终成沟水。此二同也。

孝标自少至长，戚戚无欢。余久历艰屯，生人道尽。春朝秋夕，登山临水，极目伤心，非悲则恨，此三同也。

孝标夙婴羸疾，虑损天年。余药裹关心，负薪永旷。鳏鱼嗟其不瞑，桐枝惟余半生；鬼伯在门，四序非我。此四同也。

孝标生自将家，期功以上，参朝列者十有余人；兄典方州，余光在壁。余衰宗零替，顾景无俦。白屋藜羹，馈而不祭。此一异也。

孝标倦游梁楚，两事英王；作赋章华之宫，置酒睢阳之苑；白璧黄金，尊为上客；虽车耳未生，而长裾屡曳。余簪笔佣书，倡优同畜。百里之长，再命之士，苞苴礼绝，问讯不通。此二异也。

孝标高蹈东阳，端居遗世，鸿冥蝉蜕，物外天全。余卑栖尘俗，降志辱身。乞食饿鸱之余，寄命东陵之上。生重义轻，望实交陨。此三异也。

孝标身沦道显，籍甚当时。高斋学士之选，安成《类苑》之编，国门可悬，都人争写。余著书五车，数穷覆瓿。长卿恨不同时，子云见知后世；昔闻其语，今无其事。此四异也。

孝标履道贞吉，不干世议。余天谗司命，赤口烧城。笑齿啼颜，尽成罪状。跬步才蹈，荆棘已生。此五异也。

嗟乎！敬通穷矣，孝标比之，则加酷焉。余于孝标，抑又不逮。是知九渊之下，尚有天衢。秋荼之甘，或云如荠。我辰安在？实命不同。劳者自歌，非求倾听。目瞑意倦，聊复书之。

（四部丛刊《述学》）

附

结缘傅山

今年五月间，我和妻子夏晓虹到北京郊区拜访小说家李锐、蒋韵夫妇，闲聊时，谈及十五年前的太原之游，感叹唏嘘。那回是在北大参加“北京：都市想象与文化记忆”国际学术研讨会后，应李锐夫妇的邀请，专程到太原游玩的。同行的有王德威、奚密、梅家玲。游览晋祠、双林寺、镇国寺、平遥古城、乔家大院等，感觉都很好，可印象最深的，还是太原郊外崛围山的多福寺。此寺初建于唐贞元二年，但屡经战火，目前建筑乃明洪武年间重修，这在遍地文物的山西，实在不算什么。但这里有傅山先生读书处，故庙小名气大。就比如我们，便是冲着道人而不是寺庙去的。

明崇祯十五年前后，傅山曾在多福寺附近构筑青羊庵，入清后改名霜红庵，是其专为读书和著述而建。若是观赏红叶的季节，这盘山公路肯定拥挤。好在我们来得巧，路上车不多。山顶树少，视野极佳，俯瞰晋中大地，遥想傅山当年。寺里有个小型的傅山生平事迹展，图片已变色，编排也不算精彩，但聊胜于无。站在“傅山先生读书处”拍照，这对自家日后学业，是个无形的督促。那是我第一次使用数码相机，很容易翻查，时间是 2003 年 10 月 27 日。

傅山最为人称道的是其医学，太原城里有傅山医院、傅山药业街、傅山文化园，还有傅山配制的滋补食品“头脑”。而我之结缘傅山，则纯粹是因为文章。在我的所有著作中，1992年人民文学出版社初刊、日后有好多版本的《千古文人侠客梦——武侠小说类型研究》，大概是传播范围最广的。此书第七章“笑傲江湖”中，有这么一段话：“明清之际的傅山有句妙语，说透了世上读书人的心理：‘贫道岑寂中，每耽读《刺客》《游侠》传，便喜动颜色，略有生气矣。’（《霜红龛文集·杂记三》）春风得意者大概不会念念不忘游侠，只有屡经坎坷备尝世味者，才会深感人间侠士的可贵。当初太史公‘愤激著书’传游侠，后来者读《游侠列传》则‘喜动颜色’，不就因为借此可以发泄一肚皮宿怨？”

司马迁尚气好侠，以及《史记》特别喜欢发挥“缓急人所时有”，这点宋人张耒《司马迁论》和明末金圣叹《读第五才子书法》都有涉及。别人只是书斋里的感叹，傅山不一样，明亡后带着孩子四处游荡，结交天下豪杰，是颇有侠士的气质与风采的。1654年的“朱衣道人案”，全祖望《阳曲傅先生事略》中提及：“甲午，以连染遭刑戮，抗词不屈，绝粒九日，几死。门人有以奇计救之者得免。”读审判记录，官吏的怀疑不是毫无道理的，幸亏傅山小心应对。当然，最终之得以脱险，还靠门人的“奇计”。傅山当初是否直接介入反清复明大业，很难说，但这并不妨碍后世史家及文学家驰骋想象，将其塑造成天崩地裂之际“长剑横九野，高冠拂玄穹”的大侠。

当然，如此四海纵横，注定了是个心胸开阔的读书人。《霜红龛集》卷二十五有云："好学人那得死坐屋底！胸怀既因怀居卑劣，闻见遂不宽博。故能读书人亦当如行脚阇黎，瓶钵团杖，寻山问水，既坚筋骨，亦畅心眼。若再遇师友，亲之取之，大胜塞居不潇洒也。"如此阅历与才华，诗文书画样样俱佳，加上其最负盛名的医术，傅山知识领域之广、成就之大，在清初诸儒中少有可匹敌者，在中国文学史上也是个异类。

这里有个有趣的现象，文学史家通常将傅山（1607—1684）放入清文，而张岱（1597—1680）则属于明文。甲申之变（1644）发生时，他俩都是成年人。面对如此并非亡国而是亡天下的惨痛局面，作为深明大义的读书人，"守"还是"不守"，是个严峻的考验。如果只有十几岁，"不守"没有问题；最难抉择的是那些已经成年，甚至有功名的，他们有相对固定的立场、知识与信仰，面对新朝的威逼利诱，进退两难，格外痛苦。明朝作为全国统一政权灭亡的这一年，张岱四十八岁，傅山三十八岁，黄宗羲三十五岁，顾炎武三十二岁。一般来说，我们不会讨论顾、黄的文章是明文还是清文，他俩的撰述是清学的开山之作，其文章当然属于清文了。比较复杂的是张岱和傅山，入清后张还活了三十六年，傅也活了四十年，大半辈子都生活在清朝，但学界谈明清之文，张岱属于明，傅山则归清。之所以这么划分，相差十岁不是主要原因，关键在自我认同。

张岱的生活趣味与文章风格跟公安、竟陵有密切联系，其人际关系也多属于江南文人。晚明小品与江南士大夫的生活方式密切相关。傅山不一样，这位山西大汉，过的是另外一种生活。张岱入清后的诸多文章，如《陶庵梦忆》等，追怀前明的好日子、江南的文人风采及民间习俗，依旧生活在二十年前的世界里。至于山西阳曲人傅山，文中很少关于晚明生活的描述，和江南文人也没有多少往来。全祖望《阳曲傅先生事略》称其“又雅不喜欧公以后之文，曰：‘是所谓江南之文也’”，可见其趣味。相反，他和明遗民中主张抗清的这批人，譬如顾炎武、李二曲、孙奇逢等有密切交往。也就是说，他本人以及整个生活圈子，属于明遗民中倾向于积极行动的，故将其置于清初的政治、思想、学术及文学潮流来论述，再合适不过。

此后几年，因撰写《中华文化通志·散文小说志》（上海人民出版社，1998 年），也就是日后的《中国散文小说史》（上海人民出版社，2004/2014；台北：二鱼文化出版公司，2005；北京大学出版社，2010），我又与傅山迎面相逢。在第五章“八股时代与晚明小品”中，我先是引傅山《霜红龛集》卷十八《书成弘文后》，谈明清文人对八股的批评：“仔细想来，便此技到绝顶，要他何用。文事武备，暗暗底吃了他没影子亏。要将此事算接孔孟之脉，真恶心杀，真恶心杀。”后又在谈及明清易代，读书人的生活方式发生巨大转折，小品依旧奇情异采，可风格已由空灵一转而为沉郁时，特别表彰傅山的文章：“明亡后隐居不仕、自号‘朱衣道人’的傅山，还在写洁癖写豪饮、写老道写怪厨，可笔锋一转，写起‘先我赴义死’的《汾二子传》来，笔带调侃，但已无轻佻之气。”

说到隐居，不能不提傅山的《仕训》：“仕不惟非其时不得轻出，即其时亦不得轻出。”即使有好时机，也不该轻易出仕，为什么？不说“天意自古高难测”，就算上下级之间，也都没有什么自由，很难找到与自己性情相投的。读书人所倚仗的是一个“志”字，若志向不能实现，当官有什么意义？危急关头，意气用事，一死谢君王，这实际上于事无补。所以，真正明智的，应在读书中寻“志”，所谓萧瑟门庭自有风流。读到这里，你很容易联想到晚明文人喜欢隐居的传统，比如陈继儒。可明亡以后傅山的浪迹江湖与陈继儒太平年代的隐居昆山，二者不可同日而语。前者不再只是文人清高，看不惯官场污浊，而是强忍隐痛，坚守节操。即便没像传说中那样肩负反清复明重任，开展各种秘密活动，单是借悬壶济世游走四方，也都注定要经历很多磨难。

这并不意味晚明文风对傅山毫无影响，相反，我们可以找到若干晚明小品的痕迹，以及他是如何从中挣扎出来的。《帽花厨子传》讲一个世家子，不去攻举业，而执着于庖厨，蔑视世俗功名，津津乐道于如何做菜。在传统中国文化中，确有这么潜在的一脉，那就是对于饮食及饮食文化的格外关注，从苏轼、袁枚一直到当代作家汪曾祺、陆文夫、王世襄等，都有这种雅好。另一篇文章《间过元仲》也很有趣：“间过元仲，门庭萧索，薨薨金石声流户外。”萧索门庭里，居然传来金石声，读者猜，大概作者是想写隐居陋巷的高人正在弹琴。不是的，推门进去一看，是元仲在刻石，刻的正是傅山的书法作品。时已过午，问吃了没有，他说“无米”；问饿不饿，他说“好此亦不甚饥也”。后面一通议论，谈如何看待此“镌字迂矣，忍饥镌字，迂之迂也”。这种对某种技艺的特殊执着，跟晚明袁宏道、张岱等再三致意的“一往情深”的“痴”，是异曲同工。应该这么说，在傅山的小品中，晚明文人的某种风气，还是有所存留的。只是这种痕迹不太明显，且你感觉得到后面有一种很硬朗的东西在支撑着。

傅山的名声，第一是医术，第二是书法，第三才是诗文。不懂医，并不妨碍你欣赏他谈医的文章。比如他有一篇杂记：“医犹兵也。古兵法阵图无不当究，亦无不当变。运用之妙，在乎一心。”要说变化之妙，可谓一通百通，“妙于兵者”，必定“妙于医”，也妙于书，妙于文——后两句是我添的，但谅必能得到他的认可。无论兵、医、书、文，运用之妙的关键，在傅山看来就一个字，不要“奴”，要敢于有自家面目，才能变化无穷。《医药论略》中提及“处一得意之方，亦须一味味千锤百炼”，这就好像“文章自古难，得失寸心知”。这还没完，最能表现文人习气的，是下面这一段：“奴人害奴病，自有奴医与奴药，高爽者不能治。胡人害胡病，自有胡医与胡药，正经者不能治。妙人害妙病，自有妙医与妙药，粗俗者不能治。”如此文章，不知学医的看了有何感想。当然，人家根本就不是在论医，而是在说人。傅山对于“奴人”极端不屑，就像另一则杂记所说的：“不拘甚事，只不要奴。奴了，随他巧妙雕钻，为狗为鼠已耳。”

我喜欢傅山此类文章，因其第一杂学博识，第二诙谐刻薄，第三口语入文。但传统文学史家，不太看好此类杂文。目前影响最大的高校教材如朱东润《中国历代文学作品选》(上海古籍出版社，初版于1962年，多次修订重印)、冯其庸等《历代文选》(北京：中国青年出版社，1962年初版，多次修订重印)、刘盼遂与郭预衡编《中国历代散文选》(北京出版社，1980年初版，日后多次修订重印)均不收傅山散文。2000年天津的百花文艺出版社刊行我编的《中国散文选》，兼及古代与现代，收录傅山的《汾二子传》《拙庵小记》《作字示儿孙》《训子侄》四则，可见个人偏好。前两则属于传记，比较好理解；难得的是我选了两则家训。

20世纪30年代，周作人撰《关于家训》(收入《风雨谈》，上海北新书局，1936)，开篇就是“古人的家训这一类东西我最喜欢读，因为在一切著述中这总是比较的诚实的”，接下来表彰的“老实近人情”“见识情趣皆深厚”的家训，从汉人马援《诫兄子严敦书》、晋人陶渊明《与子俨等疏》、南北朝颜之推《颜氏家训》，一直说到明末清初的傅青主《家训》、冯钝吟《家戒》等。当然，周本人最推崇的是《颜氏家训》，不同于世人之注重道德教诲，周强调的是“宽严得中，而文词温润与情调相副，极不易得”(参见《〈颜氏家训〉》，《夜读抄》，上海：北新书局，1934)。

《霜红龛集》卷二十五“家训”收录众多教育子孙的言论，

除了讲人生百态，还谈文说诗论音韵，当然最有名的是“字训”，如“写字之妙，亦不过一正。然正不是板，不是死，只是古法”；“写字无奇巧，只有正拙。正极奇生，归于大巧若拙已矣”等。“家训”作为一种文体，主要以子孙为拟想读者，确实如周作人所说的比较诚实，但也不排除写作者戴面具已经习惯成自然，且并无自家见识，留给子孙的也是一通大话空话。再说，当父母的，跟孩子说的并不全是真话，也会有所保留。或怕孩子误解，刻意修饰隐瞒；或觉得时候未到，“天机不可泄露”。在这个意义上，“诚实”只是相对而言。实际上，历代家训中，诚实、真率、见性情，且有恰到好处的自嘲与自省，这样的好文章并不多见。另外，家训不仅仅是写给子孙的，也可以借此表达自家情怀，包括志向与郁闷，因而越到后世越有做文章的味道。

“作字先作人，人奇字自古。纲常叛周孔，笔墨不可补。”这段家训，举的例子是自己早年临摹圆转流利的赵孟頫墨迹，“不数过而遂欲乱真”，理由很简单，学正人君子难，“降而与匪人游，神情不觉其日亲日密，而无尔我者然也”。赵孟頫的字，喜欢的说温润闲雅，不喜欢的说妍媚纤柔，这都没问题。可没想到傅山将其一棍子打死，并告诫子孙：“只缘学问不正，遂流软美一途。心手之不可欺也如此。危哉！危哉！尔辈慎之。”

要说单从书法就能看出一个人是否奸佞、狡诈或残暴，其实很勉强；要不，书法评论家就可以兼管人事了。北京人喜欢吃酱菜，可“六必居”这三个字是明代大奸臣严嵩写的，你能据此分辨正邪吗？不要说单幅作品，就是书法全集，也都很难一一对应。无论“字如其人”还是“文如其人”，说的是大趋势，且只可意会难以言传，切忌鼓瑟胶柱。这段家训的结尾，常被史家及书法评论家引用：“宁拙毋巧，宁丑毋媚，宁支离毋轻滑，宁真率毋安排，足以回临池既倒之狂澜矣。”

作为一种美学主张，傅山的“拙”论在书法史上很有意义。但傅山之所以不喜欢赵孟頫的书风软美，也不赞同董其昌的“书道只在巧妙二字，拙则直率而无化境矣”（《画禅室随笔》），是别有幽怀的。身处乱世，目睹世风颓败的青主先生，刻意强调“心正则笔正”“正极奇生，归于大巧若拙已矣”，既指向书风，更指向士风。作为赵宋宗室，赵孟頫后来投降元朝，做到翰林侍读学士等，如此没有骨气，傅山是很看不起的。因鄙薄其为人，连带也贬低他的字，这是明遗民的洁癖，值得尊重。在另一处家训中，傅山自己也承认，如此激烈批评赵孟頫，是基于道德义愤，不纯然是美学立场：“予极不喜赵子昂。薄其人，遂恶其书。近细视之，亦未可厚非。熟媚绰约，自是贱态，润秀圆转，尚属正脉。盖自《兰亭》内稍变而至此。”

2001 年春夏，我在北京大学为研究生开设“明清散文研究”专题课。课刚开讲，反应不错，生活·读书·新知三联书店的朋友听说了，提议出版讲课记录稿。于是，请几位研究生帮助录音，并做了初步的整理，我再据此修订成文。在生活·读书·新知三联书店2004年版《从文人之文到学者之文——明清散文研究》的《后记》中，我提及："一开始没经验，有的课（归有光、王思任）没录上，有的（龚自珍）则换带子时缺了一大截；还有三讲（徐弘祖、刘侗、傅山）整理出初稿后，感觉不满意，自己压下来了。至于李渔、袁枚、章学诚三家，已做好准备，但没来得及开讲。这样七折八扣，原先设想的十八家，就剩下眼下的九讲了。"不少人很好奇，说没录上也就算了，为何已有初稿的徐弘祖、刘侗、傅山三讲，不整理发表呢？

傅山这一讲，原题《气节之士与杂家之文——傅山的为人与为文》，分"杂家之文""气节之士""家训之体"三节，课堂效果很好，可那很大程度得益于傅山本人的传奇性——单是依据傅山《因人私记》《汾二子传》加上全祖望《阳曲傅先生事略》，讲述其如何"生既须笃挚，死亦要精神"（《病极待死》），不难有精彩的铺排与阐发。正如周作人《关于傅青主》（收入《风雨谈》）所说的："我们读全谢山所著《事略》，见七十三老翁如何抗拒博学鸿词的征召，真令人肃然起敬。"坚守气节，鄙视功名，此等事说起来容易，真正实践极难。过去如此，今天也不例外。这一讲最终没有入集，是因为专业性不够，毕竟，讲课和著述是两回事。

这回因《名作欣赏》邀稿，且说明面对的不是专家，而是喜欢文学的普通读者，我于是鼓起勇气，拿出多年前的记录稿，看能不能修订增补，拿出来发表。为了定一定准星，重新翻阅魏宗禹的《傅山评传》（南京大学出版社，1995）、赵园的《我读傅山》（《文学遗产》1997年第2期），以及白谦慎的《傅山的世界》（北京：生活·读书·新知三联书店，2006），结论是，还是藏拙好。

记得上大学时，某位老师讲过，自己最喜欢的人物，最好不要轻易撰文或著书，一旦立意写作，必须清醒客观，且条分缕析，这样一来很容易破坏美感。还是留着自己慢慢品味好——几次邂逅傅青主，没能有像样的论说，只能这么自我辩解了。

近日附庸风雅，在京举办书法微展，我专门写了幅有关傅山的字，居然大获好评。内容是："傅山《霜红龛文集·杂记》曰：贫道岑寂中，每耽读《刺客》《游侠》传，便喜动颜色，略有生气矣。"

2018年10月28日于京西圆明园花园

（初刊《名作欣赏》2019年第1期）

汾二子传

薛子宗周，字文伯。王子如金，字子坚。皆汾之高才生。薛峻崖岸，肩棱棱如削，不苟言笑，高视迂步，而佣奴汾之人。王疏漫不立崖岸，工书，学诗歌，短小负气，行多不掩言，而亦佣奴汾之人。汾俗缮樕樕，自搢绅以至诸生，皆习计子钱，惜费用。二子者独喜交游，豁达，耻琐碎米盐计日费，殆数倍过诸财，虏家而日益贫，汾之人皆笑之。甲申国变，皆废举子业。出城屏居小村落。薛有田三四十亩，佣人勤耕获，颇学天文。既置之曰："天道远。"乃取古今兵家者言，以己意撮为编，曰《兵法要略》二卷。时时揣摩之。王益颓纵，数递过友家饮，辄半月廿日不归舍。及归舍，亦辄半月廿日不出。与内子焚香奕棋，间搜史策中快事，读之，下酒诗歌。日益老。

己丑四月，大同兵以明旗号，从西州入汾。薛以策干帅江某，劝急捣太原虚。江不能用。旧御史张懋爵适家居，兵拥之为监军。张佣奴，浮慕二子名，敦致戎幕。汾山乡义勇少年千许人愿投张部。张欲不收，少年又请自备马匹器杖从之，张唯唯。张富于财。二子劝出橐中，大赏士鼓勇，张不肯。少年稍散去。

迁延至五月，兵将北上太原。二子过雷家堡，曹举人伟伐之，语间劝且辞张为上。薛厉声言："极知事不无利钝，但见我明旗号，尚观望，非夫也。"曹语塞。薛徐顾王曰："尔有老母，可不往。"王曰："顾请之老母，老母许之。不敢绝裾也。"皆从张至晋祠。太原程生者，见二子，问兵事。二子曰："我兵有必胜之道，恨此辈无制胜术耳。"乃提兵者不即抵太原。而清援从北来，屯赤桥、华塔间。兵保晋祠堡。清据西山。步卒乱，欲溃堡门出。入见二子者拔刀砍卒，斥登埤守堡。清攻堡五日不下。会挽运不即到，马乏草，遂结阵南迁。汾州步卒沿道狼藉死，二子不知所终。或传王中两箭。晋祠南城楼火发，见薛上投烈焰中。或又曰：未也。而汾之人皆益笑之。

丹崖子曰：余先与薛子游，畏其卓荦，喜西河有斯人。及袁先生三立讲堂，二子咸在，至今盖十五六年矣，而谊日亲。相观摩期许，颇不似今之为朋友者。乃二子果能先我赴义死耶？未也，彼其无论矣。或诮之曰：儒行爱其死，以有待也，养其身以有为也，然乎哉？然乎哉？乃又曰：鸷虫攫搏不程勇，引重鼎不程力。往者不悔，来者不豫。何哉？余乃今愧二子。

鄙夫见此等事迹，辄畏触忌讳言之。从古无不亡之国，国亡后有二三臣子，信其心志，无论成败，即敌国亦敬而旌之矣。若疾之如仇，太祖何以夷齐讥诮危素也？余阙之庙，是谁建之？何鄙夫见之不广也！继起之贤断不尔。

（续修四库全书《霜红龛集》）

拙庵小记

拙庵者，雪峰和尚以古佛事亲之庵也。其庵旧名“藏拙”。白子曰：“拙不必藏，藏即不拙。”和尚不饮酒，母老，能少饮，庵中蓄名酿以承颜。余与石道人时至，辄出所蓄以饮道人与余，不藏其和尚而畜酒也。和尚实能肃威仪，熟字母，摊藏中论，分小小部。亦颇喜读经史，学小诗，或者疑其逃墨归儒也。寒山拾得乃复有诗之谓何？况资生事业，与实相不相违背，木人花鸟，枯禅云乎哉！《楞严经》云：“譬如有客，寄宿旅亭，暂止便去，终不常住。”而掌亭人终无所去，不为亭主。是庵也，非蘧庐寄宿之庵，安身立命之庵也。余尝赠和尚诗曰：“出家何必废田庐，无学仍看子史书。和尚有亲将佛事，耆婆偕母入山居。”即以此为和尚说偈，愿和尚之始终拙而不藏，净衣而持触器。岂其容巧，巧则藏，藏则败矣。

（续修四库全书《霜红龛集》）

作字示儿孙

作字先作人，人奇字自古。纲常叛周孔，笔墨不可补。诚悬有至论，笔力不专主。一臂加五指，《乾》卦六爻睹。谁为用九者，心与擘是取。永真溯羲文，不易柳公语。未习鲁公书，先观鲁公诂。平原气在中，毛颖足吞虏。

贫道二十岁左右，于先世所传晋唐楷书法无所不临，而不能略肖。偶得赵子昂香光诗墨迹，爱其圆转流丽，遂临之，不数过而遂欲乱真。此无他，即如人学正人君子，只觉觚棱难近；降而与匪人游，神情不觉其日亲日密，而无尔我者然也。行大薄其为人，痛恶其书，浅俗如徐偃王之无骨。始复宗先人四五世所学之鲁公，而苦为之。然腕杂矣，不能劲瘦挺拗如先人矣。比之匪人，不亦伤乎？不知董太史何所见，而遂称孟頫为五百年中所无。贫道乃今大解，乃今大不解。写此诗仍用赵态，令儿孙辈知之勿复犯。此是作人一著。然又须知赵却是用心于王右军者，只缘学问不正，遂流软美一途。心手之不可欺也如此。危哉！危哉！尔辈慎之。毫厘千里，何莫非然？宁拙毋巧，宁丑毋媚，宁支离毋轻滑，宁真率毋安排，足以回临池既倒之狂澜矣。

（续修四库全书《霜红龛集》）

训子侄

眉、仁素日读书，吾每嫌其驽钝，无超越兼人之敏。问观人有子弟读书者，复驽钝于尔眉、仁，吾乃复少恕尔。两儿以中上之资，尚可与言读书者。此时正是精神健旺之会，当不得专心致志三四年。记吾当二十上下时，读《文选》京、都诸赋，先辨字，再点读三四，上口则略能成诵矣。戊辰会试卷出，先兄子由先生为我点定五十三篇。吾与西席马生较记性，日能多少。马生亦自负高资，穷日之力，四五篇耳。吾栉沐毕诵起，至早饭成唤食，则五十三篇上口不爽一字。马生惊异叹服如神。自后凡书无论古今，皆不经吾一目。然如此能记，时亦不过六七年耳，出三十则减五六，四十则减去八九，随看随忘，如隔世事矣。自恨以彼资性，不曾闭门十年读经史，致令著述之志不能畅快。值今变乱，购书无复力量，间遇之，涉猎之耳。兼以忧抑仓皇，蒿目世变，强颜俯首，为蠹鱼终此天年。火藏焰腾，又恨咕哗大坏人筋骨。弯强跃马，呜呼已矣！或劝我著述，著述须一副坚贞雄迈心力，始克纵横。我庾开府萧瑟极矣！虽曰虞卿以穷愁著书，然虞卿之愁可以著书解者，我之愁，郭瑀之愁也，著述无时亦无地。或有遗编残句，后之人诬以刘因辈贤我，我目几时瞑也！

尔辈努力自爱其资，读书尚友，以待笔性老成、见识坚定之时，成吾著述之志不难也。除经书外，《史记》《汉书》《战国策》《左传》《国语》《管子》《骚》《赋》，皆须细读。其余任其性之所喜者，略之而已。廿一史，吾已尝言之矣：金、辽、元三史列之载记，不得作正史读也。

（续修四库全书《霜红龛集》）

参考书目

（此书目不包括基本史料；另外，单篇论文随文注出）

艾尔曼（Benjamin A Elman）著，赵刚译:《从理学到朴学——中华帝国晚期思想与社会变化面面观》，南京：江苏人民出版社，1995 年

蔡景康编选:《明代文论选》，北京：人民文学出版社，1993 年

陈平原:《中华文化通志・散文小说志》，上海人民出版社，1998 年

陈平原:《中国散文选》，天津：百花文艺出版社，2000 年

陈平原:《千古文人侠客梦》，北京：人民文学出版社，1992 年

陈平原:《中国现代学术之建立》，北京大学出版社，1998 年

陈汝衡:《说书史话》，北京：人民文学出版社，1987 年

陈万益:《晚明小品与明季文人生活》，台北：大安出版社，1992 年

陈寅恪:《元白诗笺证稿》，上海古籍出版社，1982 年

陈寅恪:《柳如是别传》，上海古籍出版社，1980 年

陈寅恪:《金明馆丛稿初编》，上海古籍出版社，1980 年

程千帆编:《量守庐学记》，北京：生活・读书・新知三联书店，1985 年

戴震:《戴震文集》，北京：中华书局，1980 年

冯友兰:《三松堂自序》，北京：生活·读书·新知三联书店，1984 年

郭预衡:《中国散文史》下卷，上海古籍出版社，1999 年

何炳松:《浙东学派渊源》，上海：商务印书馆，1932 年

胡适:《五十年来中国之文学》，见《胡适文存》二集，上海：亚东图书馆，1924 年

胡适:《戴东原的哲学》，上海：商务印书馆，1927 年

荒井健编:《中华文人生活》，东京：平凡社，1994 年

黄侃:《黄季刚诗文钞》，武汉：湖北人民出版社，1985 年

黄裳:《银鱼集》，北京：生活·读书·新知三联书店，1985 年

蒋天枢:《全谢山先生年谱》，上海：商务印书馆，1932 年

金毓黼:《中国史学史》，上海：商务印书馆，1941 年

梁启超:《清代学术概论》，见朱维铮校注《梁启超论清学史二种》，上海：复旦大学出版社，1985 年

梁启超:《中国近三百年学术史》，见朱维铮校注《梁启超论清学史二种》

林语堂:《八十自叙》，北京：宝文堂书店，1990 年

林语堂:《生活的艺术》，合肥：安徽文艺出版社，1988 年

林纾:《春觉斋论文》，见《论文偶记·初月楼古文绪论·春觉斋论文》，北京：人民文学出版社，1959 年

刘师培:《中国中古文学史·论文杂记》，北京：人民文学出版社，1959 年

刘师培:《刘师培论学论政》(李妙根编)，上海：复旦大学出版社，1990 年

鲁迅:《鲁迅全集》，北京：人民文学出版社，1981 年

鲁迅:《中国小说史略》，见《鲁迅全集》第九卷

漆绪邦、王凯符选注:《桐城派文选》，合肥：安徽人民出版社，1984 年

钱理群:《周作人传》，北京：十月文艺出版社，1990 年

钱穆:《中国近三百年学术史》，北京：中华书局，1986 年

钱谦益:《列朝诗集小传》，上海古籍出版社，1983 年

钱钟书:《管锥编》，北京：中华书局，1979 年

钱钟书:《七缀集》(修订本)，上海古籍出版社，1994 年

容肇祖:《明代思想史》，济南：齐鲁书社，1992 年

斯蒂芬·欧文 (Stephen Owen) 著，郑学勤译:《追忆——中国古典文学中的往事再现》，上海古籍出版社，1990 年

舒芜:《周作人的是非功过》，北京：人民文学出版社，1993 年

王国维:《王国维遗书》，上海古籍书店，1983 年

王永健:《全祖望评传》，南京大学出版社，1996 年

吴承学:《晚明小品研究》，南京：江苏古籍出版社，1998 年

吴孟复:《桐城文派述论》，合肥：安徽教育出版社，1992 年

邬国平、王镇远:《清代文学批评史》，上海古籍出版社，1995 年

谢和耐 (Jacques Gernet) 著，刘东译:《蒙元入侵前夜的中国日常生活》，南京：江苏人民出版社，1995 年

严复:《严复集》(王栻编)，北京：中华书局，1986 年

姚永朴:《文学研究法》，合肥：黄山书社，1989 年

俞平伯:《古槐梦遇》，上海：世界书局，1936 年

余英时:《中国近世宗教伦理与商人精神》，见《士与中国文化》，上海人民出版社，1987 年

余英时:《论戴震与章学诚》，台北：东大图书公司，1996 年

余英时:《犹记风吹水上鳞》，台北：三民书局，1991 年

张舜徽:《清代扬州学记》，上海人民出版社，1962 年

张舜徽:《清儒学记》，济南：齐鲁书社，1991 年

章太炎:《国故论衡》，上海古籍出版社，2003 年

章太炎:《菿汉雅言札记》，见《菿汉三言》，沈阳：辽宁教育出版社，2000 年

章太炎:《检论》，见《章太炎全集》第三卷，上海人民出版社，1984 年

章太炎:《章太炎先生自定年谱》，上海书店，1986 年

章学诚:《文史通义》，上海书店，1988 年

赵俪生:《顾亭林与王山史》，济南：齐鲁书社，1986 年

周作人:《泽泻集》，上海：北新书局，1927 年

周作人:《苦竹杂记》，上海：良友图书公司，1936 年

周作人:《中国新文学的源流》，北平：人文书店，1934 年订正三版

宗白华:《艺境》，北京大学出版社，1987 年

后　记

两年前（准确地说，是2001年2月至7月），我在北京大学第一教学楼204教室，为研究生开设“明清散文研究”专题课。课刚开讲，反应很好，生活·读书·新知三联书店的朋友听说了，提议出版讲课记录稿。于是，请几位研究生帮助录音，并做了初步的整理。学生们工作过分认真，“有闻必录”；我则问心有愧，不好意思“带病（语病）出场”。既想保存讲课时的语气与神态，避免混同于一般论文，又不希望留下太多的纰漏，贻人笑柄，于是，只好略做“修补”。拿起放下，放下拿起，如此磨磨蹭蹭，直到非交稿不可，方才草草收住。

一开始没经验，有的课（归有光、王思任）没录上，有的（龚自珍）则换带子时缺了一大截；还有三讲（徐弘祖、刘侗、傅山）整理出初稿后，感觉不满意，自己压下来了。至于李渔、袁枚、章学诚三家，已做好准备，但没来得及开讲。这样七折八扣，原先设想的十八家，就剩下眼下的九讲了。需要说明的是，“开场白”只是讲授提纲，没有临场发挥，与其他各讲的风格很不一致。这自然有点可惜。而逝者不可追，除非重来一遍，否则，也只能保留这个遗憾了。

当初确定书名时，我脱口而出——“明清散文十八家”。其实，那时课刚开始，真不知道能讲几家。为研究生开设的专题课，往往是讲到哪儿算哪儿，有“计划”但难以“实现”。事后想想，这“脱口而出”背后，大有深意在焉。讲一学期的明清散文，可以是十六家，也可以是二十家，为何一口咬定十八？了解我的学术背景的，马上会联想到陈独秀的“十八妖魔”。确实如此，不是大家熟悉的十八姨、十八省、十八学士、十八贤人，也不是常被挂在嘴上的十八罗汉、十八层地狱、十八般武艺，而是名不见经传的“十八妖魔”。这“十八妖魔”四个字，在《汉语大辞典》里是查不到的，那是陈独秀创造出来的，见于其《文学革命论》。

1917 年 2 月，陈独秀在《新青年》2 卷 6 号上发表日后影响深远的《文学革命论》，呼应胡适提倡白话文的主张，除了大家熟悉的文学革命“三大主义”，还有就是“与十八妖魔宣战”。在陈独秀看来，中国文学发展到元明清，本该大有作为，可惜给“十八妖魔”毁了，以至“远不能与欧洲比肩”。“此妖魔为何？即明之前后七子及八家文派的归、方、刘、姚是也。此十八妖魔辈，尊古蔑今，咬文嚼字，称霸文坛，反使盖世文豪若马东篱、若施耐庵、若曹雪芹诸人之姓名，几不为国人所识。”极力表彰元杂剧及明清小说，这我很赞同；但把同时代的文章一概斥为“无病呻吟”，“直无一字有存在之价值”，则未免过分了些。搞革命的，需要理想与激情，认准“古文”该死、“白话”当活，胡适、陈独秀于是大声呐喊。至于明清之文是否真的如此不堪，以致必须彻底打倒，等日后打扫战场时再做商量。我原先学的是现代文学，对这“十八妖魔”说的来龙去脉及其利弊得失，自是了然于心。开这门课，也算是为五四新文化运动“打扫战场”，呈现当初情急之余，被当作脏水泼掉的“明清之文”的另一侧面。还是“十八家”，只不过不再是陈独秀想象的那“十八妖魔”。

课堂讲授不同于个人著述，不能不更多考虑听众的接受能力，往往清晰有余而厚实不足。跻身“讲坛”丛书，希望保留原先的闲文与穿插，更使本书显得不够严谨与丰腴。但借助明清十八家文章，呈现三百年间（16 世纪中叶至 19 世纪中叶）中国散文发展的大致脉络，并引起学生对这一古老文体的兴趣，是这一课程的主要目的。计划虽未全部完成，但基本思路及大致面目已经出来，不妨就此打住。

最后，感谢修课的近百位同学，他们的掌声与笑声，是对讲课者的最大鼓励。至于帮助录音以及初步整理的几位研究生——魏泉、葛飞、杨志、吴献雅、陈丹丹、季剑青、陈洁等，更是给我的工作提供了很大的方便，没有他们的积极参与，就没有本书的问世。

2004 年 1 月 31 日于圆明园新居

图书在版编目（CIP）数据

明清散文十家：从文人之文到学者之文 / 陈平原 著 . — 北京：东方出版社，2024.3
ISBN 978-7-5207-3404-2

Ⅰ . ①明…　Ⅱ . ①陈…　Ⅲ . ①古典散文—古典文学研究—中国—明清时代
Ⅳ . ① I207.62

中国国家版本馆 CIP 数据核字（2023）第 062875 号

明清散文十家：从文人之文到学者之文
（MINGQING SANWEN SHIJIA: CONG WENREN ZHI WEN DAO XUEZHE ZHI WEN）

作　　者： 陈平原
策　　划： 姚　恋
责任编辑： 王若菡
装帧设计： 广岛 · UN_LOOK unlook-guangdao.com
出　　版： 东方出版社
发　　行： 人民东方出版传媒有限公司
地　　址： 北京市东城区朝阳门内大街 166 号
邮　　编： 100010
印　　刷： 番茄云印刷（沧州）有限公司
版　　次： 2024 年 3 月第 1 版
印　　次： 2024 年 3 月第 1 次印刷
开　　本： 640 毫米 ×950 毫米　1/16
印　　张： 25.5
字　　数： 241 千字
书　　号： ISBN 978-7-5207-3404-2
定　　价： 92.80 元
发行电话：（010）85924663　85924644　85924641